Le repaire du mal

DU MÊME AUTEUR CHEZ MIRA

N'oublie pas que je t'attends
La poupée brisée
Juste après minuit

AMANDA STEVENS

Le repaire du mal

Roman

MIRA

Titre original :
THE DEVIL'S FOOTPRINTS
publié par MIRA®

Traduction de l'américain par BARBARA VERSINI

Photos de couverture
Maison : © SKINNER PHOTOGRAPHY/WORBOOK STOCK/GETTY IMAGES
Barrière en bois : © ROYALTY FREE/PHOTODISC
Ciel : © ROYALTY FREE/DIGITAL VISION
Chemin : © ROYALTY FREE/MICHEL GILE

83-85 boulevard Vincent-Auriol 75646 PARIS CEDEX 13.
www.harlequin.fr
ISBN 978-2-2808-1516-1 — ISSN 1765-7792

Pour Margie et Jeanie

Prologue

La légende

Ça se passait dans la nuit du 10 janvier 1922, près d'Adamant, Arkansas, une petite communauté située à huit kilomètres au nord de la ligne de frontière de la Louisiane. La pleine lune s'était levée sur la campagne gelée, une pâle lumière étincelait sur la neige fraîche et éclairait la tour de forage de pétrole qui se dressait dans l'ancien champ de coton de Thomas Duncan.

Quelques mois après l'arrivée des investisseurs de la banque Busey à El Dorado, on avait découvert un gisement dans la propriété dudit Thomas, mais celui-ci refusait toujours de déménager en ville pour un logement plus confortable. Il préférait vivre dans la ferme de famille qu'il avait héritée de son père depuis bientôt un demi-siècle.

Thomas appréciait la campagne. Son voisin le plus proche se trouvait à plus de trois kilomètres et il lui arrivait de se sentir seul, mais il tenait à rester ici, auprès de sa femme Mary, morte cinq ans plus tôt. Mary reposait sous un bosquet de peupliers, sur une petite colline dominant le fleuve. Il avait accroché des clochettes aux branches pour les entendre tinter lorsque le vent soufflait et il espérait que Mary les entendait aussi.

Mais ce jour-là, le hurlement du vent avait couvert le carillon des clochettes. Les rafales avaient diminué d'intensité en fin d'après-midi, mais il faisait encore très froid, même pour un mois de janvier. Une épaisse couche de neige — la première depuis une bonne dizaine d'années — recouvrait les champs et le jardin de Thomas. Il était resté derrière ses carreaux jusqu'au crépuscule, à observer le tourbillon des flocons. Il n'aurait pas su dire pourquoi, mais il se sentait angoissé. Il se prépara un rapide dîner et se coucha tôt.

Vers minuit, quelque chose le réveilla. Il régnait sur le paysage enneigé un silence presque surnaturel — un silence si profond que Thomas entendait nettement un cliquetis provenant de la tour qui se dressait dans son champ, celui de la machinerie qui pompait le pétrole dans les entrailles de la terre. Quand on avait construit le puits, ce bruit l'avait empêché de dormir, mais il s'y était maintenant habitué et ce n'était sûrement pas ça qui l'avait dérangé dans son sommeil.

Encore à moitié endormi, il se demanda s'il n'avait pas entendu claquer un coup de feu tiré par quelque chasseur poursuivant une biche ou un cerf. Puis il lui vint à l'esprit qu'il y avait peut-être eu une explosion au puits et il se leva pour jeter un coup d'œil par la fenêtre. Pourtant, non, la tour de bois s'élevait, noire et menaçante, au-dessus de la blancheur immaculée du sol. Tout paraissait normal de ce côté-là.

Au moment où Thomas retournait se blottir sous les chaudes couvertures, il entendit de nouveau une sorte de cliquetis régulier, comme si l'on jetait un objet contre la toiture métallique de sa maison.

Ou comme des pas très lourds.

Les petits cheveux de sa nuque se hérissèrent et une terreur sans nom le saisit brusquement. Il sauta à bas de son lit, enfila ses vêtements à la hâte, puis alla chercher son fusil et son manteau dans l'entrée.

Il passa par le vestibule de service pour éviter d'emprunter le perron verglacé et contourna la maison en piétinant dans la neige et en luttant contre le vent, puis il alla se placer devant l'entrée principale, là où il avait la meilleure vue sur le toit.

La lune qui se reflétait sur le tapis neigeux baignait le paysage d'un halo de lumière. On se serait cru à l'aube, plutôt qu'en pleine nuit. L'air était pur et si froid qu'il piquait en pénétrant les narines. Thomas leva lentement les yeux vers le toit…

Mais qu'est-ce que… ?

Des traces de sabots… Elles démarraient au bord du toit, grimpaient la pente en ligne droite, puis disparaissaient de l'autre côté.

Thomas décrivit lentement un cercle, en embrassant du regard le jardin, la grange, l'ancien champ de coton, et enfin, de nouveau, la maison et les marches du perron. Il remarquait à présent ce qui lui avait échappé quelques secondes plus tôt. Ces empreintes étaient partout. Il n'en avait jamais vu de pareilles. Elles ne provenaient pas d'un animal à quatre pattes, mais d'un être qui se tenait bien droit, sur deux jambes. En étudiant les traces dans la neige, Thomas fut frappé par la longueur des enjambées : elles mesuraient le double des siennes.

Thomas avait toujours vécu dans cette propriété et il s'y sentait bien. Le dimanche, quand les voisins partaient en ville pour assister à l'office religieux, il se promenait seul dans les champs alentour. Seul. Ses escapades dans le silence et l'odeur de la terre fraîchement labourée lui paraissaient plus propices à la prière et à la réflexion qu'une église. Et ce soir-là Thomas Duncan eut l'atroce sensation que sa propriété était souillée, profanée à jamais. Que jamais plus il n'y goûterait cette paix intérieure à laquelle il tenait tant.

Un inexplicable sentiment d'urgence le poussa à courir vers la maison, en évitant soigneusement de marcher sur les pas de l'étrange créature. Il sauta par-dessus les marches glissantes du perron et ouvrit la porte. Quand il entra, son cœur battait comme un marteau dans sa poitrine. Il s'attendait à trouver de la neige fondue sur le plancher, mais non, il était intact.

Il referma précipitamment à clé derrière lui et traversa à grands pas le couloir en direction de la cuisine pour aller ouvrir la porte du vestibule. Les empreintes commençaient sur le seuil, descendaient les marches, puis traversaient le jardin en direction du champ ouvert, comme si l'intrus était entré par la porte principale et avait ensuite traversé la maison sans laisser la moindre trace, avant de ressortir par-derrière.

Paniqué, Thomas rentra à l'intérieur, ferma la targette et plaça une chaise sous la poignée pour bloquer la porte. Puis il alla s'asseoir à la table de la cuisine, son fusil sur les genoux, pour attendre le lever du jour.

Le lendemain, la nouvelle se répandit dans la petite ville comme une traînée de poudre, et avec elle les spéculations quant à l'origine de ces empreintes. L'un des voisins de Thomas les suivit jusqu'au fleuve : il constata qu'elles s'arrêtaient au bord de l'eau pour reprendre sur l'autre rive, exactement en face.

Durant les nuits qui suivirent, des hommes veillèrent avec Thomas pour guetter la réapparition de l'étrange phénomène. Comme il ne se produisait rien, la petite communauté commença à respirer plus librement. Le pasteur en parla au cours de son sermon du dimanche. Il prétendit que les foreurs avaient percé un trou tellement profond dans le sol qu'ils avaient ouvert une porte donnant sur l'enfer et que le diable en profitait maintenant pour se promener à sa guise dans la campagne.

Les empreintes en forme de sabot s'effacèrent quand la neige fondit et elles tombèrent peu à peu dans l'oubli.

Jusqu'à ce qu'elles réapparaissent, sept décennies plus tard, près du corps mutilé d'une adolescente de seize ans. Près du corps de Rachel DeLaune.

1.

Assise sur les marches du perron de la vieille ferme des Duncan, la jeune fille était perdue dans sa rêverie. Elle n'avait pas conscience du regard que le garçon posait sur elle. Il lui aurait suffi de tourner la tête pour le voir, mais elle regardait droit devant elle. Elle resserra les pans de sa veste autour de son frêle corps, comme saisie brusquement d'un frisson.

Le crépuscule tombait lentement. Au loin, les clochettes du peuplier tintèrent dans le silence. *Les fantômes font de la musique*, songea-t-il. *Leur sérénade pour les morts.*

Il écouta un long moment leur mélodie désordonnée, les yeux clos, en savourant la délicieuse sensation de plaisir anticipé qui chatouillait les terminaisons nerveuses de sa colonne vertébrale. Puis il avança de quelques pas.

En prenant soin de ne pas trahir sa présence.

Il avait appris depuis longtemps l'importance d'une approche discrète. Des chaussures silencieuses. Eviter les branches mortes. Ne pas respirer. Il se déplaçait comme une ombre, comme un prédateur s'apprêtant à fondre sur cette proie que ses yeux visaient avec la précision d'un aigle.

Elle releva brusquement le menton, avec un petit mouvement sec, comme si elle avait été tirée par le fil invisible qui les reliait tous deux. Il s'immobilisa, le cœur battant, jusqu'à ce que le danger passe.

Elle se replongea dans son rêve éveillé tandis que son chien continuait à jouer près d'elle dans l'herbe haute. Elle lui tournait le dos et il eut envie de l'appeler par son nom, pour qu'elle le voie et qu'elle lui montre son visage, pour croiser ses yeux noirs. Si noirs.

Un frémissement le parcourut. Il désirait ce contact plus que tout au monde, mais ce n'était pas pour aujourd'hui. Il ferait bientôt nuit et il avait de plus en plus de mal à contrôler ses pulsions. Lorsque ses démons s'emparaient de lui, il devenait parfois imprudent et en oubliait de se cacher.

Mais, pour elle, il était prêt à prendre quelques risques supplémentaires.

A la voir, elle n'avait rien d'exceptionnel : de noirs cheveux raides et une frange qui lui retombait sur le front, une peau blanche, des yeux bruns et profonds.

Mais quand on se donnait la peine de regarder plus loin, à l'intérieur, là où ça comptait vraiment, on découvrait que la véritable Sarah DeLaune était une personne exceptionnelle.

Elle était très jeune — elle n'avait que treize ans —, aussi devait-il se montrer particulièrement délicat avec elle.

Il était plus âgé qu'elle, plus mûr, et sans doute plus ancré dans le réel. A l'inverse de Sarah, qui se présentait comme un être doux et inoffensif, voire quelconque, il avait choisi les attributs de la noirceur et cachait son être profond sous des vêtements noirs et un maquillage outrancier. Mais il pouvait tout aussi bien se débarrasser de son personnage gothique quand il le fallait.

— Gabriel, laisse cet écureuil, tu m'entends ? gronda

Sarah en s'adressant à son chien. Ne m'oblige pas à tailler une badine dans une branche…

La menace le fit sourire. Sarah n'aurait jamais touché un poil de la tête de son foutu bâtard. Gabriel était son seul ami. Pour l'instant.

Le chien trottina jusqu'aux marches et Sarah prit son vilain museau dans ses mains, puis le gratta derrière les oreilles. Il s'effondra aux pieds de sa maîtresse en la couvant d'un regard plein d'adoration, mais une rafale de vent dut lui apporter l'odeur du garçon car il tourna brusquement la tête en direction du coin de la maison et ses petits yeux vifs tentèrent de percer la pénombre.

Le garçon fit un pas en arrière pour échapper au regard de l'animal, mais trop tard. Il était repéré.

Tandis que Gabriel se levait pour courir vers lui, le garçon fouilla dans sa poche et en tira l'une des gâteries qu'il conservait dans un sac en plastique. Le chien de Sarah avait un faible pour le bacon et le garçon avait tout prévu.

L'affreux clébard s'arrêta net en dérapant, renifla ce qu'il tenait dans sa main, puis avala goulûment le morceau en lui léchant la paume au passage. Encouragé, le garçon en sortit un deuxième, tout en surveillant Sarah du coin de l'œil.

Elle s'était levée, mais elle n'avait pas quitté les marches et elle le contemplait, immobile, comme si elle se demandait ce qu'il convenait de faire. Son instinct la poussait à fuir, sa curiosité l'incitait à rester, mais le garçon savait ce qu'elle choisirait.

Il ne s'était pas trompé. Elle avançait déjà lentement dans sa direction, en écrasant les branches mortes.

Il souffla plusieurs fois, pour maîtriser son émotion, tout en regardant Sarah venir à lui. Il s'était plusieurs fois introduit chez elle quand il n'y avait personne. Il avait traversé les pièces silencieuses, jusqu'à sa chambre, et là il avait effleuré du bout des doigts les objets qui lui appartenaient, tout en respirant son odeur avec délices. Il connaissait ses habitudes, ses secrets, ses peurs les plus intimes. Il lui semblait parfois qu'elle était un reflet de lui-même.

Mais jamais il ne l'avait approchée de si près.

Elle tressaillit d'émotion quand leurs yeux se rencontrèrent et il sentit qu'elle fouillait les recoins les plus profonds de son âme et de son esprit, à la manière dont il avait fouillé les recoins de sa chambre.

— Hé, toi ! appela-t-elle. Qu'est-ce que tu fais ici ?

L'intensité de son regard le surprit et il baissa les paupières quand elle s'approcha encore.

— Je jetais simplement un coup d'œil dans le coin, murmura-t-il. Je ne pensais pas trouver quelqu'un ici à cette heure.

— Eh bien, tu t'es trompé, rétorqua-t-elle en le jaugeant d'un air maussade. Et d'abord, tu es qui ? Je ne t'ai jamais vu dans la région.

— Je m'appelle Ashe Cain, dit-il en prenant soin de rester dans l'ombre pour qu'elle ne puisse pas discerner ses traits.

— Jamais entendu parler d'un Ashe Cain, pourtant je connais tout le monde dans cette ville.

— Je ne vis pas à Adamant.

Elle parut soudain intéressée.

— D'où tu viens ?

— Quelle importance ?... Je ne suis pas en train de violer une propriété privée, il me semble.

— Tu es sur une propriété privée, mais elle est abandonnée et tout le monde s'en fout.

Elle inclina la tête tout en continuant à l'étudier intensément. Elle n'avait pas l'air le moins du monde effrayée. Il songea qu'il avait eu tort de s'en faire et qu'il aurait pu l'aborder plus tôt.

— Ashe Cain, répéta-t-elle lentement comme si elle testait le goût des syllabes sur ses lèvres. C'est ton vrai nom ou tu viens de l'inventer ?

La question le surprit.

— C'est mon vrai nom. Pourquoi ?

— Parce que tous les gothiques de mon collège se donnent des noms bizarres du genre Twilight et Shadow.

Elle marqua un temps d'arrêt et un sourire ironique étira sa bouche.

— Ou Ashe, lâcha-t-elle.

— Ne me mets pas dans le même panier que ces frimeurs. Je n'ai rien à voir avec eux.

— Ah bon ? Alors pourquoi tu traînes du côté de la ferme Duncan ?

Elle montra la vieille maison derrière lui.

— C'est leur repaire, acheva-t-elle.

— Je suis venu voir les empreintes, répondit-il.

Quelque chose passa dans son regard, puis elle eut un rire moqueur.

— Ces empreintes ne sont qu'une stupide légende. Elles n'existent pas et elles n'ont jamais existé.

— Tu en es sûre ?

Elle se baissa pour se gratter derrière le genou.

— Je suis souvent venue ici et je n'ai jamais vu d'empreintes, assura-t-elle.

— Ce n'est pas parce qu'on ne voit pas une chose qu'elle n'existe pas. Moi, je les ai vues.

— Tu les as vues ? Où ça ?

— Je peux te les montrer si tu veux.

Un souffle de vent dérangea ses longs cheveux noirs et les clochettes du peuplier tintèrent au loin. Pour la première fois, il perçut une hésitation de sa part. Mais ce n'était pas de la peur, juste une légère méfiance qu'il n'aurait aucun mal à vaincre avec un minimum de douceur.

De nouveau, un frisson de plaisir anticipé le parcourut et il détourna la tête pour lui dissimuler son sourire.

Elle enfonça ses mains dans les poches de sa veste.

— Je ne te crois pas, fit-elle posément. Et de toute façon je dois rentrer. Mon père déteste que je sois en retard pour le dîner.

— J'espère que ce n'est pas moi qui te fais fuir. Tu n'as rien à craindre de moi. Jamais je ne te ferais du mal.

Elle releva fièrement la tête.

— J'ai l'air d'avoir peur ? Ne me fais pas rire. Si tu osais lever la main sur moi, mon chien n'hésiterait pas à planter ses crocs dans ton cul de punk.

Il baissa les yeux vers le bâtard qui suivait leur échange d'un œil placide.

— Je vois ça, ironisa-t-il.

— Il est bien plus dangereux qu'il n'en a l'air, prévint-elle.

Il s'agenouilla et tendit la main. Gabriel vint renifler l'odeur du bacon d'un air gourmand.

— Tu vois ? Il m'aime, dit-il. Pas vrai, le chien ? Tu es un bon chien, ajouta-t-il d'un ton câlin tout en enfouissant ses doigts dans la douce fourrure de l'animal.

Il soupira.

— J'avais un chien comme lui. Il lui ressemblait tellement que je me demande s'ils ne venaient pas de la même portée.

L'idée parut intriguer Sarah.

— Gabriel était un chien perdu. Il est venu chez nous et je l'ai recueilli. Je me suis toujours demandé s'il avait un maître.

Elle s'arrêta net, comme si quelque chose la dérangeait brusquement.

— Tu ne vas pas me dire que ton chien s'est enfui ou un truc dans le genre, n'est-ce pas ?

— Non. Mon chien est mort. On l'a empoisonné.

— Empoisonné ? Merde ! C'est dégueulasse.

Elle se laissa tomber dans l'herbe près de Gabriel. Elle avait visiblement oublié ses réticences, l'heure du dîner, l'accueil qu'on risquait de lui réserver chez elle.

— Quel genre de dingue ferait un truc pareil à un pauvre animal sans défense ?

— Le genre mauvais, répondit-il. Le genre sans âme.

Leurs regards se croisèrent et il la vit frémir.

— Ma sœur ne cesse de harceler mes parents pour qu'on se débarrasse de Gabriel. Elle le déteste.

— Et ils vont s'en débarrasser ?

— Probablement. Mon père est toujours de son côté. Ils me donnent envie de vomir, tous les deux.

La colère de Sarah fit battre le cœur du garçon. Il dut inspirer profondément pour calmer son émotion.

Sarah passa un bras autour de l'encolure de Gabriel et le serra contre elle.

— Ils vont le regretter, pas vrai, mon chien ?

— Pourquoi ? Qu'est-ce que tu comptes faire ?

Elle haussa ses minces épaules.

— Je ne sais pas encore, mais je trouverai bien quelque chose.

— Je peux peut-être t'aider.

Elle le contempla d'un air méfiant.

— Pourquoi m'aiderais-tu ?

— Parce que c'est normal de s'aider entre amis.

— Je vais t'en apprendre une bonne, espèce d'attardé : on n'est pas des amis. On ne se connaît même pas.

Oh, que si ! Sarah, je te connais..., songea-t-il.

Mais il se retrancha dans un silence prudent.

— De toute façon, je n'ai pas besoin de ton aide et je n'ai pas non plus besoin d'amis. Gabriel me suffit.

La dureté du ton et des paroles ne le trompa pas. Elle avait besoin d'amis, bien sûr. Les autres ne le savaient pas, mais lui le voyait dans ses yeux.

Son cœur se serra. Il connaissait bien ce sentiment d'abandon. Sarah et lui se ressemblaient tant. Ils étaient tous deux noirs, seuls, tristes... La solitude de Sarah l'attendrissait. Il s'y accrochait. Il la recherchait comme un nouveau-né recherche le sein de sa mère.

Elle se leva d'un bond et épousseta l'arrière de son jean.

— Je suis désolée, fit-elle. Je n'aurais pas dû te traiter d'attardé.

Il sourit.

— Ce n'est pas grave.

— Si, ça l'est. Je déteste que les gens me traitent d'attardée.

— Et qui te traite d'attardée ?

Elle se contenta de hausser les épaules.

— Tu seras ici demain ? demanda-t-elle d'une voix légèrement altérée qu'il fit mine de ne pas remarquer.

— Si ça te fait plaisir.

— Je m'en fiche. Je posais la question, c'est tout.

C'était un mensonge. Elle ne s'en fichait pas du tout. Elle ne le savait peut-être pas encore, mais elle avait besoin de lui autant qu'il avait besoin d'elle. Elle reviendrait le lendemain, il était prêt à le parier.

Assis en tailleur dans l'herbe, il la regarda s'éloigner à travers champs, en direction de la route, suivie de Gabriel. Avec le crépuscule, l'air commençait à fraîchir et il songea qu'il était temps pour lui de rentrer. Les voix dans sa tête se faisaient de plus en plus pressantes et désespérées. Il n'avait que trop tardé. Il ne pouvait pas les ignorer plus longtemps.

Il se leva tout en tendant l'oreille au tintement des clochettes du peuplier.

La musique des morts. La sérénade des condamnés.

2.

Quatorze ans plus tard

L'hiver était venu tard, comme toujours dans le Sud-Est.

Il s'était annoncé par un murmure dans les magnolias, une ombre insidieuse, une présence vaguement dérangeante, mais qu'on pouvait encore ignorer. Puis un front froid venu du Canada avait balayé le golfe du Mexique, apportant avec lui une pluie glaciale, et la température avait chuté en battant tous les records. Lignes à haute tension arrachées, services municipaux perturbés, carambolages sur les routes interEtats — La Nouvelle-Orléans n'avait pas connu un tel chaos depuis Katrina.

Sarah DeLaune avait toujours détesté le froid, avec ou sans chaos et tempête. Tout à l'heure, quand elle avait vu la neige fondue marteler ses fenêtres, une étrange angoisse l'avait saisie et elle s'était demandé comment elle réagirait si l'été ne revenait jamais, si cet ouragan hivernal qui faisait rage au-dehors n'était pas seulement une anomalie météorologique passagère, mais un phénomène définitif signant la disparition du climat subtropical de la région.

Elle se voyait déjà piégée pour toujours dans un univers gelé et s'était enfoncée si profondément dans la morosité de cet affreux fantasme que le comprimé de Valium qu'elle avait avalé vers midi avait échoué à la réconforter.

A force d'être cloîtrée chez elle, elle se sentait comme un lion en cage, et, en dépit des avertissements répétés des bulletins météo qui conseillaient de rester chez soi, elle était sortie. Elle avait traversé prudemment les rues verglacées du quartier français pour aller se réfugier dans le bar miteux où elle traînait depuis peu.

L'atmosphère festive, ajoutée à quelques verres et à la moitié d'un Xanax, avait fini par adoucir son humeur et par égayer sa conception de la vie. Quand elle était rentrée chez elle vers minuit, elle avait sombré dans un sommeil de plomb pour la première fois depuis des mois.

Elle rêvait de sa sœur morte quand le téléphone la réveilla. Elle n'aurait pas su dire depuis combien de temps il sonnait quand elle l'entendit, mais les démons qui avaient hanté son sommeil ne l'abandonnèrent pas tout de suite. La silhouette du corps sans tête de Rachel continua à flotter au-dessus de son lit et une vague odeur de soufre persista dans l'air glacé. Puis une sonnerie plus perçante que les autres acheva de refouler son cauchemar dans le royaume sombre de son subconscient.

Elle s'assit lentement dans son lit, comme une somnambule, en commandant à sa main de prendre le récepteur. Mais c'était trop tard. Celui ou celle qui cherchait à la joindre avait abandonné. Le silence qui s'ensuivit lui parut presque inquiétant. Elle aurait juré entendre le tic-tac fantomatique du réveil qu'elle avait pourtant débranché depuis plusieurs jours.

Elle se laissa aller contre la tête de lit en se demandant si elle dormait depuis longtemps. Elle aurait bien voulu savoir l'heure, mais pas au point de se lever. Elle ne prit pas non plus la peine de vérifier qui osait la déranger si tard. Un coup de fil après minuit n'annonçait jamais rien de bon. Elle n'avait pas hâte de savoir.

Sa première pensée fut que l'état de son père s'était brusquement aggravé. La dernière fois qu'elle était allée le voir, une semaine plus tôt, le médecin lui avait annoncé que le vieil homme en avait encore tout au plus pour quelques mois. Il s'y était pris avec délicatesse, mais il aurait pu s'épargner cet effort. Sarah ne serait pas accablée de douleur quand le moment viendrait. Elle ne s'était jamais sentie proche de son père. Quand il posait sur elle son regard plein de mépris, elle se demandait pourquoi elle lui rendait visite. Sans doute parce que Michael — le Dr Garrett — l'avait persuadée de se réconcilier avec son vieux père avant qu'il ne soit trop tard.

Michael se plaisait à lui répéter que l'évitement n'était pas une solution, mais, au fond, elle n'était pas certaine qu'il ait raison. Jusque-là, elle s'en était très bien sortie en planquant ses problèmes sous le tapis après avoir balayé. Elle prenait des cachets pour dormir afin de pouvoir se lever le matin, c'était très simple. Pourtant, depuis qu'elle était retournée dans la maison de son enfance pour rendre régulièrement visite à son père, ses cauchemars aussi étaient revenus.

« Tout est lié, Sarah », assurait Michael.

Sans blague…

Elle sursauta et se redressa, les yeux grands ouverts. Elle ne s'était pas vraiment rendormie, mais elle avait perdu le contact avec la réalité quelques minutes — à moins que ce ne soit quelques heures. Et maintenant le téléphone s'était remis à sonner.

Quelqu'un tenait vraiment à la joindre.

Elle attendit un peu en espérant que l'importun se lasserait, comme la première fois. Mais la sonnerie se prolongeait et elle tendit le bras vers le récepteur, tout en jetant un coup d'œil vers la fenêtre. De l'autre côté de son minuscule jardin, le vent secouait furieusement les branches sèches d'un vieux chêne.

— Allô !

— Enfin…

Elle reconnut aussitôt la voix. Sean Kelton… Le ton exaspéré lui fit l'effet d'une piqûre d'aiguille dans la colonne vertébrale. Il ne manquait pas de culot. Mais pour qui se prenait-il ?

— Tu es là ? insista-t-il comme elle ne disait rien.

— Oui, je suis là. Qu'est-ce que tu veux ?

— Qu'est-ce qui cloche chez toi ? rétorqua-t-il.

La main de Sarah se crispa sur le téléphone.

— Que veux-tu dire ?

— Tu mets un temps infini à décrocher et ensuite tu n'ouvres pas la bouche. Comme si tu étais complètement absente.

— Pour l'amour de Dieu, Sean, on est au beau milieu de la nuit ! Je dormais, figure-toi.

Il se tut.

— Je suis désolé, dit-il au bout de quelques secondes. Mais je ne t'aurais pas dérangée si ça n'était pas vraiment important.

— Ça ne pouvait pas attendre demain matin ?

— Je ne pensais pas te réveiller, se défendit-il. D'habitude, tu ne dors jamais avant…

Il marqua une pause.

— Qu'est-ce que tu prends en ce moment ? demanda-t-il sur un ton légèrement accusateur.

— Ça ne te regarde pas. Tu as abandonné le privilège de te mêler de ma vie privée quand tu es parti.

Raccroche, lui fit une petite voix intérieure. *Il te suffit d'appuyer sur un bouton.*

Mais la voix de Sean était si familière, elle éveillait en elle un regret si vif et si profond que sa main libre chercha instinctivement le flacon de médicaments sur sa table de nuit. Comme elle ne le trouvait pas et qu'elle était dans le noir, ses doigts se mirent à explorer la surface lisse du bois.

— Ça ne me regarde peut-être pas, mais je me soucie toujours de toi, Sarah. Et j'ai récemment entendu à ton sujet des choses qui m'ont inquiété.

— Quel genre de choses ?

— Il paraît que tu traînes le soir dans de drôles de bars.

— Quoi ? Tu m'espionnes, maintenant ?

La main glissa comme un crabe dans le tiroir, puis referma sa pince sur le flacon de plastique. Sarah coinça le téléphone entre son oreille et son épaule pour libérer sa deuxième main et ôter le bouchon, puis avala à sec la moitié d'un Xanax — non sans remarquer avec angoisse que le flacon était déjà presque vide.

— Je me fais du souci, insista Sean. Je sais ce qui se passe quand tu bois. Surtout si tu prends aussi des cachets.

— Et qu'est-ce qui se passe, Sean ?

Il marqua une pause avant de répondre. Une pause qui paraissait pleine de regrets.

— Tu deviens imprudente. Tu prends trop de risques.

— Ça te plaisait, autrefois, que je prenne des risques.

— Il y a une différence entre prendre des risques et adopter une conduite suicidaire. J'ai mis du temps à le comprendre, mais j'y vois clair, à présent.

— C'est pour ça que tu es parti ?

— Tu sais très bien pourquoi je suis parti.

Non, elle ne savait pas, mais sa fierté lui interdisait de lui demander pourquoi, comme elle lui avait interdit de le supplier de revenir quand il l'avait quittée.

Avec le recul, elle se rendait compte qu'il avait probablement essayé pendant des semaines de lui faire comprendre que c'était fini, mais elle n'avait pas voulu l'entendre et elle avait évité la discussion. Et puis un beau jour… Elle était sortie faire des courses et au retour elle avait confusément perçu un changement dans la maison, mais sans vraiment l'enregistrer consciemment. Elle était allée dans la cuisine se préparer du café et c'était là qu'elle avait trouvé le mot posé contre le sucrier.

Tu vas sûrement me détester pour ça, mais j'ai fait ce qui s'imposait. Si tu veux me parler, je suis prêt à t'écouter, mais au point où nous en sommes je crois qu'il n'y a plus grand-chose à dire.

Elle avait plié le message avant de le fourrer dans sa poche, puis elle s'était rendue dans la chambre, calmement. Là, elle avait ouvert les placards, très doucement, comme si elle manipulait le mécanisme d'une bombe.

Le côté réservé à Sean, d'habitude en pagaille, était ce jour-là d'une netteté surprenante. Parce qu'il était vide. Il ne restait pas un costume, pas un pantalon, pas une chemise. Rien. Rien que deux cintres vides qui se balançaient sur la tringle et un vêtement roulé en boule abandonné par terre.

Il avait aussi emporté ses affaires de toilette, ne laissant aucune trace de lui dans la salle de bains. En faisant le tour de la maison, elle avait pu voir et détailler ce que son subconscient avait enregistré quand elle était entrée : les CD et les livres qui manquaient, son ordinateur, ses tableaux préférés.

Il avait emporté tout ce qui lui appartenait.

Et par la même occasion une partie de leur vie.

Et il l'appelait près de un an après en pleine nuit, comme si c'était tout naturel.

— Tu comptes rester longtemps silencieuse ? demanda-t-il d'une voix agacée.

— C'est toi qui m'as appelée. Moi, je n'ai rien à te dire.

— Sarah…

— Va droit au but, Sean. J'aimerais me rendormir.

Mais elle ne risquait pas de se rendormir, elle n'avait plus du tout sommeil.

— Très bien, fit-il d'un ton résolu. Je t'appelle parce que j'ai besoin de ton aide.

Cette déclaration éveilla aussitôt la méfiance de Sarah.

— Je ne suis pas d'humeur très généreuse, ces temps-ci.

— Ce n'est pas personnel. J'ai besoin de ton aide pour une affaire. Nous avons un cadavre couvert de tatouages et nous n'avons pas encore identifié la victime. J'aurais voulu que tu viennes jeter un coup d'œil au travail. Tu reconnaîtras peut-être le style du tatoueur.

Sarah s'agrippa au téléphone en essayant d'ignorer la

décharge d'adrénaline qui lui donnait déjà de la tachycardie. Pas la peine de s'énerver. Sean Kelton ne faisait jamais rien sans une bonne raison.

— Pourquoi moi ? demanda-t-elle.

— Parce que je n'ai pas pu joindre ton associé, avoua-t-il. Et aussi parce que tu connais tous les tatoueurs de la ville. Et puis… tu as toujours adoré me donner un coup de main dans mes enquêtes. Et tu n'étais pas mauvaise, je dois le reconnaître.

Elle ne put s'empêcher de sourire.

— Tu acceptes ? insista-t-il. Ton avis me serait vraiment précieux.

— Il va falloir que j'aille à la morgue ?

— On pourrait attendre qu'elle soit à la morgue, bien sûr, mais je préférerais que tu viennes tout de suite. On n'a pas encore emporté le corps et ce serait bien que tu me donnes ton avis sur la scène du crime.

— Je suis une civile, Sean. Personne ne me laissera franchir le cordon jaune sans justification.

Il hésita.

— En effet, ça pourrait poser problème, mais je m'en charge. Je t'envoie une voiture de patrouille. Le temps est vraiment mauvais dehors. Je n'ai jamais vu une pareille tempête de neige depuis mon enfance.

Sarah dégringolait déjà de son lit pour chercher un jean propre dans la pile de pantalons de sa commode. Elle se sentait envahie d'un inexplicable sentiment d'urgence, mais ses mouvements étaient encore ralentis et cela lui prit une éternité de mettre la main sur un chemisier.

— Elle sera là dans combien de temps, la voiture de patrouille ?

— Quelques minutes.

Quelques minutes.

Donc il avait envoyé la voiture avant même de l'appeler… Ou bien la scène du crime ne se trouvait qu'à quelques minutes.

— Sarah DeLaune ?

L'officier en uniforme qui se tenait sous le porche n'avait pas plus de vingt-cinq ans, avait un large visage sympathique et de pétillants yeux bleus. Il effleura le bord de sa casquette.

— Le lieutenant Kelton m'envoie vous chercher, ma'am.

— Je suis presque prête…

Elle jeta un coup d'œil au nom mentionné sur le badge accroché à sa chemise.

— Officier Parks… Donnez-moi une seconde pour attraper un manteau et trouver mes clés. Vous pouvez entrer vous mettre au chaud si vous le désirez.

— Je vais attendre dans la voiture pour faire tourner le chauffage, mais merci tout de même.

— Comme vous voulez.

Elle ne referma pas la porte et enfila une veste de laine et les gants qu'elle avait sortis du fin fond de son armoire quand la vague de froid était arrivée. Une bouffée d'air glacé balaya la pièce en soulevant les coins du journal posé sur la table basse.

Il traînait là depuis plusieurs jours, ouvert sur un article concernant la disparition d'une femme de Shreveport. Elle s'appelait Holly Jessup. Sarah ne pensait pas la connaître, pourtant le nom ne cessait de lui trotter dans la tête.

Holly… Jessup.

Sarah trouva ses clés sur la console de l'entrée et sortit sous le porche. Le vent lui mordit les jambes à travers le jean pendant qu'elle fermait la porte à double tour. Elle avait hâte de se réfugier dans la voiture, mais elle hésita quelques secondes avant de s'engager sur les marches verglacées et contempla les flocons de neige qui tourbillonnaient au-dessus de la rue avant de se déposer, légers comme des plumes, sur la pelouse. Son petit jardin était blanc et brillant. Ça ne durerait pas. La neige fondrait probablement dès le lever du jour.

Sarah n'aimait pas le froid, mais une tempête de neige à La Nouvelle-Orléans était un phénomène rare qui se produisait environ tous les trente ans et qu'il convenait donc d'apprécier. Elle aurait bien voulu savourer la pureté et le calme de cette nuit d'hiver, mais elle se surprit à fouiller les ombres du regard pour chercher…

Ashe Cain.

Il était toujours là. Où qu'elle soit. Quoi qu'elle fasse. Il attendait. Il guettait. Il s'approchait parfois si près qu'elle sentait l'odeur de la mort qui lui tenait lieu d'eau de toilette.

Après la mort de Rachel, il avait disparu de la vie de Sarah. Mais ses cauchemars le faisaient revenir. Et ce soir il était là. Elle le savait.

Un frisson de terreur glacée la secoua. A présent, elle aurait voulu se réfugier chez elle, jusqu'à ce que les images de son rêve s'effacent, jusqu'à ce que Ashe Cain soit renvoyé aux ombres du passé.

Mais elle s'obligea à descendre les marches glissantes et à traverser le jardin en direction du trottoir gelé. L'officier

Parks sortit de la voiture et fit le tour pour lui ouvrir la portière.

— Vous n'aviez pas besoin de vous déranger, protesta-t-elle. J'étais parfaitement capable de monter sans votre aide.

— L'inspecteur Kelton m'a recommandé de prendre bien soin de vous.

— Ah oui ? fit-elle d'un ton acerbe qui arracha un sourire à Parks.

— Si ça ne vous dérange pas trop, je préfère lui obéir et rester dans ses petits papiers.

Il attendit qu'elle s'installe sur le siège et claqua sa portière, puis il revint s'asseoir derrière le volant en lui décochant de nouveau un grand sourire. Ils avaient sensiblement le même âge, mais le visage enfantin du policier et son attitude déférente donnaient à Sarah l'impression qu'il était plus jeune qu'elle.

Elle ôta l'un de ses gants et approcha sa main du ventilateur qui soufflait de l'air chaud.

— Vous êtes sûr qu'il marche ? demanda-t-elle.

— Oui, ma'am. Et je l'ai réglé sur le maximum.

Mais elle se sentait encore glacée jusqu'à la moelle des os.

Et elle se demanda si le froid qui la faisait frissonner ne venait pas de l'intérieur. S'il n'avait rien à voir avec le temps.

Un courant gelé coula dans ses veines. Elle allait sur la scène d'un crime, examiner les tatouages d'une femme morte. L'article du journal lui revint soudain à l'esprit.

Holly Jessup.

Où avait-elle entendu ce nom ?

— Ma'am ?

— Oui ? fit-elle en se tournant vers l'officier.

— Vous vous sentez bien ?

— Pourquoi cette question ?

— Vous aviez l'air absente.

— Vraiment ? fit-elle en haussant les épaules. Je pensais simplement que je haïssais le froid.

Il gloussa doucement.

— Le froid ? Vous appelez ça le froid ? Croyez-moi, le froid, on ne sait pas ce que c'est tant qu'on n'a pas connu un hiver au bord du lac Michigan.

— Vous venez de Chicago ?

— De Slidell. Mais j'ai passé mes hivers dans le Nord, chez ma grand-mère, quand j'étais gamin.

— Et pourquoi avoir émigré au sud ?

— D'après vous ? Parce que je ne supportais pas le froid. Comme vous.

De nouveau, il lui sourit. Une brève lueur d'intérêt passa dans ses yeux et l'habitacle était suffisamment éclairé pour qu'elle n'échappe pas à Sarah. Elle lui plaisait… Elle se demanda si ça durerait quand il la connaîtrait un peu mieux. Elle avait le don d'effrayer ses plus fervents admirateurs.

Sean avait tenu le coup plus longtemps que les autres, mais il avait fini lui aussi par craquer. Il avait supporté de la voir se gaver de cachets, mais pas les secrets qui la rongeaient.

Parks désigna du menton la ceinture de sécurité.

— Vous devriez vous attacher. Nous n'allons pas loin, mais les rues sont une vraie patinoire. Je ne voudrais pas que vous passiez par le pare-brise si nous dérapons contre un réverbère.

— Je n'y tiens pas, moi non plus, répondit-elle.

Elle ajusta sa ceinture, puis approcha de nouveau sa

main de la sortie d'air chaud. Elle ne put s'empêcher de frissonner.

— Où allons-nous exactement ? demanda-t-elle.

— On a trouvé le corps dans une maison vide sur Elysian Fields.

Donc à quelques centaines de mètres de chez elle, tout près de North Rampart.

— Vous croyez que l'assassin a le sens de l'humour ?

— Que voulez-vous dire ?

— Elysian Fields... Dans la mythologie grecque, c'est le lieu où les âmes des héros et des gens vertueux goûtent le repos.

Parks lui jeta un regard embarrassé.

— Je ne crois pas que ce type s'intéresse beaucoup à la mythologie grecque, ma'am.

3.

Adamant, Arkansas

Esme Floyd déambulait sans but dans sa petite maison, avec ses genoux arthritiques qui protestaient à chaque pas. Elle ignorait pourquoi elle se sentait angoissée, mais elle soupçonnait le temps d'y être pour quelque chose. *Un temps à ne pas mettre le nez dehors*, aurait dit sa mère.

Mais le temps n'était pas le seul responsable. Esme souffrait d'insomnies depuis longtemps et elle restait parfois éveillée jusqu'au petit matin, même quand les nuits étaient douces. Elle mettait cela sur le compte de toutes ces années passées à attendre son fils, Robert, qui traînait dehors jusqu'à l'aube, et plus tard son petit-fils, Curtis, même si Curtis n'avait jamais été aussi pénible que son père.

Jusqu'à ce fameux hiver…

Esme fit la moue. Elle n'allait pas ruminer ça ce soir. A quoi bon ?

Le démon qui avait hanté Curtis pendant des années avait fini par lâcher prise et Curtis était devenu un homme très bien. Un médecin, rien que ça… Esme était fière de lui. Les Floyd n'avaient jamais dépassé le lycée. Alors l'université et l'école de médecine, pensez, personne n'y avait jamais mis les pieds. Robert, lui, avait quitté l'école à la fin du collège et il s'était retrouvé dans le pénitencier de Cummins à l'âge de vingt et un ans.

Esme ne savait pas ce qu'il était devenu. Sans doute était-il mort. Il avait quitté la région dès qu'on l'avait libéré de prison, abandonnant Curtis et sa mère. La mère n'avait pas été capable d'assumer Curtis seule et Esme l'avait recueilli. Il n'avait alors que douze ans, quelques années de plus que Rachel, ce qui ne les avait pas empêchés de devenir rapidement les meilleurs amis du monde.

Fort heureusement, les DeLaune n'avaient pas remarqué cette amitié. James surveillait de très près les fréquentations de Rachel et Esme avait craint qu'il se formalise de la présence de Curtis. Elle travaillait depuis toujours pour cette famille qui s'était toujours montrée bonne et généreuse avec elle, et elle aurait détesté devoir la quitter. Mais Curtis avait été un enfant et un adolescent facile, et il avait toujours su rester discret quand c'était nécessaire.

Excepté quand il s'agissait de Rachel.

Esme avait vu venir le problème depuis le début, mais elle n'avait pas eu le cœur de priver son petit-fils de la seule véritable joie de sa vie. Elle était donc restée en retrait, à regarder l'attachement de Curtis pour Rachel se transformer en dévotion. Plus tard, elle avait observé en silence son désespoir quand la jeune fille avait pris ses distances pour fréquenter quelqu'un de sa condition.

Durant cette période, Esme avait passé de nombreuses nuits à veiller en se demandant si les sentiments de Curtis pour Rachel n'avaient pas fini par tourner à l'obsession.

Mais à présent tout cela n'avait plus d'importance. Rachel était morte, que Dieu ait son âme… Depuis quatorze ans.

On n'avait jamais démasqué son assassin, mais la plupart des gens d'Adamant avaient leur petite idée quant au coupable. Le corps avait été retrouvé dans la vieille maison des Duncan, là où le fils de Buddy Fears avait l'habitude de rôder. Esme l'avait vu souvent traîner par là avec la bande de bons à rien qu'il fréquentait.

A fumer de la drogue et Dieu sait quoi encore. Rien que des gosses à problèmes, tous tant qu'ils étaient.

Derrick Fears avait toujours été le pire du lot, un rebelle, sans le moindre égard pour les adultes. Il ne respectait même pas son propre corps couvert de piercings et de tatouages — des horreurs qui étaient la marque du démon…

A cette époque, Esme avait entendu William Clay, le shérif du comté, parler avec James DeLaune. Et, d'après William, c'étaient bien ces dégénérés de gothiques qui avaient tué Rachel, probablement au cours d'un de ces rituels sataniques auxquels ils se livraient sur la propriété Duncan. William avait juré à James de les envoyer à la chaise électrique, même s'il devait passer le reste de son existence à prouver leur culpabilité.

Mais toute son existence n'y avait pas suffi. Le shérif Clay était mort avant de les coincer. Le meurtre de Rachel était l'unique échec d'une carrière jalonnée de succès.

Et, quatorze ans après, le tueur se promenait toujours en liberté.

Mais à quoi bon ressasser tout ça… Esme alla chercher sa bible pour chasser ces pensées moroses. Mais elle se sentait trop agitée pour lire et ses articulations commençaient à la lancer. Cette arthrite ne la laissait plus en paix…

Curtis la poussait à prendre sa retraite depuis qu'il travaillait à l'hôpital d'El Dorado, mais pour Esme prendre sa retraite signifiait se préparer à entrer dans un hospice de vieillards. Elle n'était pas fichue au point d'être incapable de se rendre utile.

Elle reposa sa bible, se leva, et marcha doucement vers la salle de bains pour aller se chercher un verre d'eau, sans même enfiler des chaussons. Elle n'avait pas l'intention de prendre ses médicaments tant que la douleur restait supportable. Elle redoutait par-dessus tout de devenir accro aux cachets.

En retournant dans sa chambre, elle n'alla pas se réfugier sous les chaudes couvertures de son lit, mais se déplaça jusqu'à la fenêtre en traînant les pieds. La nuit était claire et froide, la lune brillait. On voyait nettement le givre sur les branches nues des arbres.

La fenêtre de son cottage donnait sur la maison des DeLaune et elle admira ses lignes élégantes à travers les branchages. Cette demeure avait plus de cent ans, mais elle n'avait rien perdu de sa splendeur. Esme songea qu'elle n'avait pas changé depuis qu'elle la connaissait. Depuis son enfance.

Elle se souvenait parfaitement du jour où le vieux Thomas Duncan y avait emménagé avec sa fille. A ce moment-là, ses cheveux étaient déjà blancs et fins comme du coton, et ses yeux voilés par la cataracte. Il s'asseyait pendant des heures sur la chaise à bascule, sous la véranda, en marmonnant dans sa barbe, sans se préoccuper des enfants du voisinage qui le taquinaient de loin en le traitant de vieux cinglé.

Esme le voyait en passant le dimanche matin quand elle rentrait de la messe. Parfois, ses deux petites-filles jouaient dans le jardin et elle s'arrêtait pour les admirer.

« Cesse donc de regarder ce pauvre homme avec cet air

bête, Esme Louise, grondait sa mère. On dirait que tu n'as jamais vu de vieux monsieur. »

Sa mère se trompait, ce n'était pas Thomas qui la fascinait, mais ces deux petites qui portaient toujours des robes d'une blancheur immaculée.

« Elles ne se salissent jamais, maman ?

— Elles se salissent, comme tout le monde, voyons, qu'est-ce que tu racontes ? Simplement, elles ont quelqu'un pour les laver et leur mettre des vêtements propres tous les jours. Et même plusieurs fois par jour s'il le faut.

— J'aimerais bien vivre dans une maison comme la leur, maman.

— Esme Louise, le seul moyen pour toi de vivre dans une maison comme la leur serait d'y entrer comme bonne. Et je n'y tiens pas du tout, ma chérie, parce que je voudrais que tu aies de l'instruction et que tu ailles vivre à Little Rock ou à Memphis pour trouver un travail digne de ce nom et faire ton petit bout de chemin à toi. Il n'est pas question que tu passes ta vie au service des autres. »

Esme n'avait rien dit, mais elle avait pensé en son for intérieur qu'elle était prête à laver des vêtements et à frotter des parquets pour vivre dans une belle maison. Ça ne l'aurait pas dérangée de s'occuper du ménage. Le ménage, elle aimait bien ça, ça n'avait rien de dégradant. Après tout, sa mère acceptait bien de faire le repassage des autres pour arrondir les fins de mois.

Ce qu'Esme ne voulait pas, c'était trimer dans les champs, ramasser du coton sous un soleil de plomb l'été, ou des noix de pécan l'hiver, quand le sol était glacé et humide et que les chardons se collaient à vos cheveux et à vos vêtements comme des sangsues.

Le printemps était la seule saison durant laquelle Esme appréciait de se promener dans les champs — avant que la chaleur moite de l'été pèse comme une couverture de laine —, quand l'air était saturé des odeurs de rose et de lilas, et qu'elle cueillait des fraises des bois au milieu des feuilles vertes humides de rosée.

Sa mère était morte au printemps.

Esme venait d'avoir treize ans et elle avait dû abandonner l'école pour s'occuper de ses jeunes frères et sœurs. Elle s'était mariée à seize, elle avait mis au monde son premier enfant à dix-sept et à vingt ans elle avait perdu son mari.

Quand James et Anna DeLaune étaient venus s'installer dans la maison, ils venaient tout juste de se marier et Esme y travaillait déjà depuis plusieurs années. James lui avait rendu visite, le chapeau à la main, un samedi matin, pour lui demander si elle acceptait de rester pour eux. Anna, sa jeune épouse, était fragile et ne pouvait entretenir seule une grande demeure comme la leur. Esme connaissait bien les lieux, elle pouvait la seconder.

Elle était restée là quarante ans et elle n'avait pas eu à s'en plaindre. Mais après la mort de Rachel tout avait changé. Une ombre noire s'était abattue sur la maison.

James avait toujours adoré Rachel — un peu plus que de raison sans doute. Après le drame il avait évité la maison en passant le plus clair de son temps au tribunal du comté, sans se soucier de son autre enfant et de sa femme qui auraient eu besoin de lui.

Anna n'avait pas eu la force de porter seule le fardeau de son chagrin. Elle avait suivi Rachel au bout de quelques mois. On prétendait qu'elle était morte d'une crise cardiaque, mais Esme avait des doutes. On ne succombait pas à une crise cardiaque à trente-six ans : Esme soupçonnait le Dr Washington d'avoir falsifié le certificat de décès pour épargner une famille déjà brisée par la douleur et la culpabilité.

Esme s'était demandé — et elle se le demandait encore — si Anna DeLaune avait délibérément mis fin à ses jours en laissant la petite fille qui lui restait se débrouiller comme elle pouvait avec son désespoir.

Pauvre gosse.

Sarah la solitaire avait toujours été une énigme pour Esme. Elle dédaignait les fêtes et les soirées pyjamas. Elle passait son temps à se promener seule dans la campagne, quand il lui en prenait l'envie, à n'importe quelle heure du jour ou de la nuit.

Et ses yeux…

Le Seigneur en était témoin, la manière dont cette fille vous dévisageait vous donnait la chair de poule.

Mais en dépit de toutes ses bizarreries Sarah avait toujours été la préférée d'Esme. Sans doute à cause de la manière dont son père la traitait.

Il n'avait jamais fait de mystère à ce sujet : Rachel était de loin sa favorite.

Après l'enterrement de sa mère, Sarah s'était plus que jamais renfermée sur elle-même. L'expert psychiatre appelé par le shérif Clay n'avait pas pu libérer les secrets enfermés dans le crâne de cette gamine, mais, certaines nuits, Esme l'avait entendue murmurer un nom dans ses cauchemars.

Parfois Esme avait l'impression qu'en tendant l'oreille elle aurait pu entendre le vent chuchoter ce nom.

Le courant d'air qui passait sous la fenêtre la fit frissonner et elle leva les yeux vers le toit de la maison des DeLaune où la lune se reflétait sur la mince couche de neige. Et là…

Elle battit des paupières. *Seigneur…*

Il y avait quelqu'un là-haut.

La silhouette se détachait à peine contre le rideau sombre du ciel, mais pas de doute, une forme floue grimpait la pente du toit.

Le verre glissa des mains d'Esme et alla s'écraser contre les carreaux du sol. Des tessons piquèrent ses pieds nus, mais ce fut à peine si elle les sentit tant elle était hypnotisée par la scène.

La silhouette parut brusquement plus grande, comme si elle avait avancé courbée jusque-là et qu'elle venait brusquement de se redresser. Esme distingua un visage très blanc et des yeux cernés de noir.

Elle tenta de se raisonner. On ne pouvait pas voir ce genre de détails de loin et de nuit. Son imagination lui jouait des tours. Elle se laissait impressionner par la légende qui circulait dans le comté, comme une vieille femme superstitieuse qu'elle était.

Et pourtant… il y avait bien une silhouette. Qu'elle le veuille ou non. Celle d'un homme.

Esme eut l'impression qu'il se retournait pour la regarder droit dans les yeux au moment où il atteignait le sommet du toit. Puis il disparut sur l'autre versant. Mais elle sentait encore son regard la brûler jusqu'au tréfonds de l'âme.

4.

Sarah aperçut de loin la lueur intermittente des gyrophares. Elysian Fields était la principale voie d'accès au Faubourg Marigny, un secteur branché depuis que les artistes du quartier français avaient émigré de l'autre côté d'Esplanade Avenue pour échapper aux touristes.

En tournant au coin d'Elysian, on remarquait tout de suite la cohorte de véhicules garés le long du trottoir. Sarah dénombra trois voitures de patrouille, une camionnette d'experts et une voiture du bureau du coroner. C'était bien là le triste cortège qui signalait un crime violent.

En dépit de l'heure tardive, quelques bungalows aux couleurs pastel et quelques cottages proposant des chambres d'hôtes étaient éclairés. Les badauds avaient commencé à se rassembler, sans doute des voisins sortis précipitamment pour connaître la raison de ce remue-ménage en passant juste un manteau sur leur pyjama. Tout ce petit monde attendait dans le froid — on voyait les haleines chaudes former de petits nuages dans l'air glacé — et contemplait l'incessant va-et-vient des policiers qui entraient et sortaient de la maison.

Les gens de La Nouvelle-Orléans étaient familiarisés avec le crime et la violence. La ville avait profité d'une brève période d'accalmie pendant l'inondation, mais après le départ des renforts de la police d'Etat et de la garde nationale les autorités locales avaient dû faire face à une escalade de violence.

Depuis toujours, les citoyens de La Nouvelle-Orléans avaient l'habitude de se tenir sur leurs gardes et évitaient de circuler seuls et de nuit dans certaines rues.

Mais, depuis que les zones les plus pauvres ravagées par Katrina étaient désertées, une nouvelle génération de criminels — plus hardis et plus agressifs que jamais — sévissaien t dans les beaux quartiers jusque-là épargnés. Une fois le soleil couché, il n'y avait que les courageux ou les inconscients pour rester dehors. La plupart des gens se calfeutraient derrière leurs portes verrouillées et leurs fenêtres sécurisées.

Quand Sarah descendit de voiture, une rafale de vent glacé rabattit son col et la tira brusquement de la torpeur due aux effets du Xanax. Parks fit le tour du véhicule pour la rejoindre et ils traversèrent la rue ensemble. Elle sentait peser sur elle les regards intrigués du groupe de curieux et, quand elle se tourna vers eux, ils se turent en prenant un air gêné. Sans doute la prenaient-ils pour une proche de la victime.

Parks murmura quelques mots à l'officier qui gardait le périmètre, puis il fit signe à Sarah de le suivre, passa sous le cordon de police et s'engagea dans l'allée. Comme la plupart des maisons du quartier, le petit cottage de style créole était surélevé et on y accédait en montant des marches menant à un étroit porche de bois sculpté.

La porte s'ouvrit avant qu'ils atteignent le haut des marches et Sean apparut sur le seuil. Sarah s'arrêta net, le pied sur la marche qu'elle s'apprêtait à gravir, et leva les yeux vers lui. Un homme la dépassa en courant pour aller dire quelques mots à Sean, puis se précipita à l'intérieur de la maison. Parks la poussa gentiment pour lui rappeler qu'elle devait avancer, mais elle l'ignora. Toute son attention était accaparée par la silhouette de Sean qui s'encadrait dans la porte.

Il était grand et mince, avec une présence d'une force rare chez un homme de trente-trois ans. Il avait été autrefois le plus jeune inspecteur des forces de police, mais ceux qui le connaissaient n'avaient pas été surpris de sa rapide ascension. Sean avait toujours su attraper au vol les opportunités.

Les pans du grand manteau noir en laine qu'il n'avait pas boutonné flottaient dans le vent. Sarah fut étonnée de le voir en manteau. La brusque arrivée du froid en avait surpris plus d'un et beaucoup en étaient réduits à se couvrir en accumulant plusieurs pulls sous une veste chaude.

Mais le manteau était l'unique concession de Sean à la température glaciale. Il avait la tête nue et, quand il s'avança au-delà de l'abri du porche, des flocons blancs se posèrent sur ses cheveux noirs. Il les balaya d'un geste machinal tout en dévisageant fixement Sarah.

Avant de venir, elle s'était juré de ne pas lui montrer qu'elle n'avait pas encore surmonté leur séparation. Bien sûr, elle l'avait déjà revu… mais de loin. Il lui arrivait parfois de faire un détour pour passer devant sa maison et tenter d'apercevoir sa silhouette à travers les carreaux. Mais là, c'était différent, elle n'avait nulle part où se cacher pour dissimuler son trouble. Des images de leurs étreintes lui revinrent à la mémoire. Elle n'avait rien oublié. Pas un geste, pas un murmure, pas une promesse.

Elle parvint pourtant à se ressaisir et à détourner le regard. Puis elle s'en voulut et se décida à l'affronter. Après tout, il l'avait appelée, il avait réclamé son aide. Elle n'avait pas à se sentir gênée.

Il descendit quelques marches et fit un léger signe de tête à Parks.

— Je vois que vous avez réussi à me la livrer en un seul morceau, dit-il.

— Oui, monsieur.

— Je vous en remercie.

— Ce fut un plaisir.

Parks repartit vers sa voiture et Sean attendit que Sarah le rejoigne avant de monter avec elle. Quand ils atteignirent le porche, il l'attira à l'écart de l'agitation qui régnait devant la porte.

— Sarah, murmura-t-il.

Elle détourna le regard. Elle trouvait déplacé qu'il affiche son émotion.

— Qu'est-ce qui t'est arrivé ? poursuivit-il d'une voix bourrue. Tu as une mine de chien.

Cette fois, elle se sentit vexée et furieuse.

— Ça fait du bien de te revoir, Sean, ironisa-t-elle.

— Je suis sérieux. On dirait que tu n'as pas dormi depuis des jours.

— Je dormais quand tu m'as téléphoné.

Il eut l'air sceptique.

— Et avant ce soir, tu n'avais pas dormi depuis combien de temps ?

— Pourquoi fais-tu ça ? s'énerva-t-elle.

— Mais je ne fais rien, protesta-t-il d'un ton sincère. Je suis inquiet à ton sujet, c'est tout, je te l'ai dit tout à l'heure.

— Pourquoi ?

— Sarah…

Il allongea le bras vers elle, mais elle s'écarta.

— Tu m'as fait venir pour jeter un œil aux tatouages de ta victime. C'est l'unique raison pour laquelle je suis ici.

Le visage de Sean se durcit et cela aussi n'était que trop familier à Sarah. Il supportait mal qu'on le rejette. Il ne supportait pas non plus les refus ou les reproches.

— Bon sang, Sarah, pourquoi faut-il toujours que tu réagisses comme ça ?

— Et je réagis comment ?

— Comme quelqu'un qui se sent incompris… Comme si tu étais la seule à avoir souffert de notre séparation.

— Je serais peut-être portée à croire que tu as souffert aussi si tu ne t'étais pas remarié au bout de quatre mois. Comment va Catherine, au fait ? Elle sait que tu m'as demandé de venir ?

Il soupira.

— Je ne vais pas me lancer dans ce genre de discussion avec toi. Pas ici, en tout cas.

— Parfait. Dans ce cas, montre-moi ce que tu tenais tant à me montrer. J'ai hâte d'en finir.

Il passa sa main dans ses cheveux d'un air las. Ils étaient plus longs que dans le souvenir de Sarah et les mèches de sa nuque touchaient le col de son manteau. Il ne s'était pas rasé depuis plusieurs jours et avait des cernes mauves sous les yeux. Elle n'était visiblement pas la seule à avoir besoin d'une bonne nuit de sommeil.

La porte de l'entrée s'ouvrit à la volée. Le jeune officier la bouscula, sortit en courant sur le perron, dégringola les marches, fit quelques pas hésitants dans le jardin et se pencha pour vomir copieusement sur un buisson gelé de camélias.

Une vague de nausée souleva l'estomac de Sarah. Elle tenta de se faire croire que les haut-le-cœur du jeune homme étaient communicatifs, mais au fond d'elle-même elle savait que c'était faux. Elle paniquait et sa panique n'avait rien à voir avec le cadavre qui l'attendait quelque part dans la maison. Elle la devait à Sean, à l'effet qu'il produisait sur elle.

— Je te préviens que ce n'est pas beau à voir, Sarah, murmura Sean.

Sa voix la fit sursauter.

— Je n'ai aucun droit de te demander ça, poursuivit-il. Lapierre va me retirer mon badge si elle l'apprend.

Sean lui avait souvent parlé d'Angelette Lapierre quand ils étaient encore mari et femme. C'était une dure à cuire d'une trentaine d'années, une Cajun qui avait réussi à se hisser au rang d'inspecteur. Elle cumulait le double handicap d'être une femme et d'être jeune, mais on l'avait récemment nommée à la tête de la division des homicides, suite à un scandale qui avait décimé un corps de police déjà en sous-effectif.

Bien entendu, la rumeur attribuait cette promotion à ses opinions politiques, voire à une liaison avec le nouveau maire. D'après Sean, Angelette Lapierre avait la folie des grandeurs et elle était décidée à se faire un nom — même s'il lui fallait pour ça écraser quelques cadavres ou s'allonger dans quelques lits.

Sean se gratta la nuque. Tout son visage exprimait la lassitude et la contrariété.

— Elle est complètement obsédée par le problème de contamination des scènes de crime, et ça, tu peux le demander à n'importe quel flic ici, ça nous fait bien rigoler. On ne l'a pas attendue, on sait que c'est catastrophique, mais de nos jours n'importe qui entre et sort, juste par curiosité, et nous la plupart du temps on est tellement crevés qu'on ne s'en aperçoit même pas.

— Si tu sais d'avance que ça va t'attirer des ennuis, pourquoi m'as-tu demandé de venir ?

Il remua les doigts, signe qu'il était impatient de passer à l'action.

— Parce que je veux coincer ce fils de pute. Tu connais les tatouages et tes commentaires me seront précieux. Le reste, c'est des conneries.

Elle le reconnaissait bien là. Il n'hésitait pas à enfreindre quelques règles pour faire avancer une enquête. Et il n'hésitait pas non plus à s'adresser à son ex-femme. Au fond, son fonctionnement n'était pas si différent de celui d'Angelette Lapierre, mais ça, il ne l'aurait jamais admis.

— J'ai la désagréable intuition que notre tueur ne fait que s'échauffer pour le moment, dit-il. Et si on trouve un autre corps les portes de l'enfer vont s'ouvrir. Lapierre commencera par réclamer une réunion solennelle avec le chef de la police. Le FBI va s'en mêler. Tout le monde va essayer d'en tirer un peu de gloire. Bref, si ce salaud recommence, je ne pourrai sûrement pas te faire venir sur la scène du crime. Donc, j'ai bien l'intention d'en profiter aujourd'hui. Si tu es toujours d'accord…

— Je suis venue pour ça, non ?

Il parut encore hésiter.

— Il n'y a pas que les tatouages… Il a dessiné un drôle de truc partout sur les murs…

Il sortit de sa poche une feuille de carnet et lui montra un croquis.

— Tu peux me dire de quoi il s'agit ?

Un frisson secoua Sarah.

— C'est ce qu'on appelle un *udjat*, dit-elle. Ou encore œil de Lucifer.

Sean émit un petit sifflement.

— Tu veux dire que ce serait satanique…

— On peut l'interpréter comme un élément satanique, oui. Mais c'est aussi tout simplement le symbole de l'œil qui voit tout. Le tueur essaye peut-être de vous faire comprendre qu'il vous surveille.

— Ou qu'il surveille quelqu'un.

Sarah préférait ça à un rite satanique et les petits cheveux de sa nuque reprirent leur place.

— Tu as trouvé autre chose ? demanda-t-elle.

— Un pentagramme tatoué sur la main de la victime.

Seigneur…

— Et dehors ? demanda-t-elle. Vous n'avez rien vu ?

— Tu penses à des traces de pas ?

Elle se tourna pour scruter la pénombre.

— Oui, à des traces de pas. Ou à des empreintes bizarres. Inhabituelles.

— Qu'entends-tu par inhabituelles ?

Elle hésita.

— Si tu les avais vues, tu saurais de quoi je parle.

— Tu ne veux pas m'en dire plus ?

— Pas pour le moment. On y va ?

Il la jaugea du regard.

— Oui, fit-il enfin. Allons-y, qu'on en finisse, comme tu dis.

5.

La porte d'entrée était décorée d'un motif en émail noir et brillant, avec une poignée et un heurtoir en cuivre. Les chiffres en métal cloués sur le battant de bois attirèrent l'attention de Sarah. Elle avança un doigt ganté pour suivre leur contour, mais Sean l'arrêta.

— Les experts ont déjà fini leur travail dehors, mais je préfère que tu ne touches à rien dans la maison.

Une bouffée d'air glacé s'engouffra avec eux à l'intérieur et Sarah contempla en frissonnant la petite entrée, le cœur battant.

L'ouragan Katrina avait dévasté le quartier et le petit cottage était encore en cours de rénovation. On avait bâché le sol du salon sur lequel s'alignaient les pots de peinture. Ça sentait le vernis, la sciure — et aussi une étrange odeur qui ne cadrait pas avec le tableau général.

Du soufre.

L'estomac de Sarah se souleva quand le goût métallique de la peur emplit sa bouche. Sean ne lui avait pas dit où se trouvait le corps, mais elle sut aussitôt. Sans doute à cause des voix étouffées dans la cage d'escalier et du bruissement des protections pour chaussures qu'elle entendait glisser au-dessus d'elle. Peut-être aussi possédait-elle un radar interne quand il s'agissait de cadavre.

Sean lui tendit une paire de bottines en plastique et attendit qu'elle les enfile par-dessus ses chaussures pour la prendre par le coude et la guider vers l'escalier. Elle sentit ses genoux faiblir. Elle aurait bien voulu s'agripper à la rambarde, mais elle se souvint qu'il lui avait recommandé de ne toucher à rien.

— A qui appartient cette maison ? demanda-t-elle en essayant de ne pas penser à ce qui l'attendait en haut des marches.

— Les propriétaires s'appellent Alain et Juliette Fontenot. Ils ont commencé les travaux juste avant Noël et espéraient revenir chez eux d'ici le printemps. Mais ce qui vient de se passer entre ces murs risque de tempérer leur enthousiasme.

— Ce sont eux qui ont trouvé le corps ?

— Non, c'est un des ouvriers. L'équipe avait suspendu le chantier vendredi soir, pour le week-end. Avec la tempête de neige ce matin — enfin, hier matin, plutôt —, le contremaître a dû leur donner un jour de congé supplémentaire. L'un d'eux est passé chercher des outils qu'il avait laissés ici. C'est comme ça qu'il a découvert le cadavre.

— Il est venu chercher ses outils en pleine nuit ? s'étonna Sarah. Mais comment a-t-il fait pour entrer ?

— Il avait une clé, mais il prétend que la porte de derrière était ouverte. Il a d'abord cru que c'était quelqu'un de son équipe qui avait oublié de fermer. Ensuite il a remarqué une fenêtre cassée et il a décidé de faire un tour pour vérifier qu'on n'avait pas volé des outils ou du matériel de peinture. Il a appelé le 911 dès qu'il a vu le corps.

— Tu penses qu'il dit la vérité ?

Ils avaient presque atteint le palier et Sarah fit une pause pour rassembler son courage.

— Première porte sur la droite, dit Sean derrière elle. Et pour répondre à ta question, je ne crois pas que cet homme soit l'assassin. Même s'il est probable qu'il ne venait pas ici pour récupérer des outils, mais plutôt pour en voler.

— Il a tout de même eu l'honnêteté de prévenir la police.

Le plancher craqua sous leurs pieds quand ils atteignirent le palier et les deux hommes qui discutaient devant la porte jetèrent un coup d'œil dans leur direction. L'un d'eux était Danny LeJeune, le partenaire de Sean. L'autre était grand et mince, scandaleusement séduisant, brun avec des yeux d'un vert jade. Il s'agissait de Tony Vincent, du bureau du coroner. Sarah l'avait rencontré lors d'une soirée et elle avait pu remarquer que la plupart des célibataires — et aussi quelques femmes mariées — tournaient autour de lui comme des mouches autour d'un pot de miel. Sarah avait observé de loin leur manège, avec amusement, mais aussi avec une pointe de mépris. A l'époque elle avait jugé qu'un Sean Kelton valait une douzaine de Tony Vincent. Aujourd'hui, elle n'en était plus très sûre.

— On est prêts à l'embarquer, fit Vincent en s'adressant à Sean. Tu as fini ?

Sean acquiesça.

— Oui. Mais je te demande encore une minute. J'ai fait venir une spécialiste des tatouages, je voudrais qu'elle jette un coup d'œil.

Vincent se dirigea vers l'escalier et jeta un vague regard à Sarah en passant.

— Pas de problème. Appelle-moi quand vous en aurez terminé.

Danny LeJeune attendit que Vincent disparaisse pour aller à la rencontre de Sarah et la serrer dans ses bras.

— Salut, ma beauté. Ça fait longtemps…

— Comment vas-tu, Danny ?

— Je n'ai pas à me plaindre, répondit-il avec un sourire las. Mais sans vouloir te vexer, ma chérie, tu es la dernière personne que je souhaitais voir apparaître en haut de cet escalier. J'espérais que tu changerais d'avis et que tu enverrais ce type au diable.

— Ça suffit, intervint Sean.

Sarah fut surprise de la tension dans sa voix. Elle ne l'avait jamais vu en conflit avec son partenaire. Ils étaient proches et s'entendaient bien.

Danny haussa les épaules.

— Elle n'a rien à faire ici et tu le sais aussi bien que moi. Je ne laisserais pas mon chien approcher de cette porte et encore moins…

Il s'arrêta, comme s'il ne savait pas quel titre accorder à Sarah.

Elle tressaillit et elle sentit que Sean se crispait derrière elle.

— Lapierre va nous chier une pendule quand elle va le savoir.

Sean fit la moue.

— Qui a dit qu'elle devait le savoir ? Si elle demande quelque chose, nous lui dirons que nous avons fait venir un expert indépendant.

— Ah oui… Et elle va te croire…

— S'il y a le moindre problème, je m'arrangerai pour

que tu ne sois pas éclaboussé, rétorqua Sean. Je prends sous ma responsabilité cette entorse au règlement.

— Tu fais bien, parce que c'est toi l'unique responsable. Mais je ne parlais pas que de ça…

Il jeta un coup d'œil du côté de Sarah et sa voix s'adoucit.

— Rien ne t'oblige à rester, assura-t-il. Tu peux encore faire demi-tour, descendre cet escalier et franchir la porte d'entrée.

Sarah eut l'impression que l'avertissement était à double sens et que Danny lui conseillait de se tenir à distance de Sean.

Cela lui fit plaisir qu'il se sente concerné. Danny était un type bien et elle l'appréciait. Il lui était même arrivé de regretter de ne pas l'avoir rencontré avant de se marier.

Danny mesurait quelques centimètres de moins que Sean, mais il était plus large d'épaules, avec un torse plus développé. Quand il avait bu quelques verres de trop, il se mettait à évoquer ses succès d'autrefois auprès des femmes, quand il jouait arrière pour les LSU Tigers. Sa femme s'efforçait de le garder dans le droit chemin, mais Sarah le soupçonnait de faire de temps en temps la fête avec ses anciens copains en s'arrangeant pour qu'elle ne le sache pas.

Sarah posa une main sur son bras.

— Ça va, Danny, fit-elle. Je ne demande pas mieux que de vous aider.

— Vous êtes aussi dingues l'un que l'autre, commenta Danny d'un air écœuré mais résigné.

Il sortit un flacon de Vicks de sa poche et ôta le bouchon.

— Elle ne sent pas trop mauvais, c'est encore une chance.

Le froid y est pour quelque chose, probablement. Mais tu devrais quand même respirer un grand coup de ce truc, tu verras, ça aide.

Sarah suivit son conseil en prenant une noisette de Vicks qu'elle se passa sous les narines. Sean attendit qu'elle ait terminé, puis il la prit par le coude pour la pousser gentiment devant lui. Elle ne marqua qu'une brève seconde d'hésitation avant de franchir le seuil.

Elle s'efforça de ne pas trop s'attarder à détailler la victime, mais il suffisait d'un simple coup d'œil pour se rendre compte qu'il s'agissait d'une femme de race caucasienne, avec des cheveux châtains et une fine ossature. Elle était allongée à plat ventre sur le sol et il était difficile de déterminer son âge sans voir son visage, mais elle paraissait tout de même très jeune.

Il était impossible de ne pas remarquer les larges flaques rouges autour du corps et les giclées sombres sur le mur. On aurait dit que la pauvre fille avait été vidée de son sang.

La position du corps dissimulait la blessure et Sarah en fut soulagée.

Mais l'odeur était décidément pénible. Elle mit une main devant son nez.

— Qu'est-ce qu'il lui a fait ? demanda-t-elle.

— Il vaut mieux que tu ne le saches pas, répondit Sean.

Sarah s'obligea à respirer à fond et le Vicks lui fit venir les larmes aux yeux. Elle jeta un coup d'œil à la pièce. Elle était vaste, avec de hauts plafonds et des moulures récemment restaurées. Les deux grandes fenêtres donnaient probablement sur la maison voisine et Sarah se demanda pourquoi les carreaux étaient recouverts de plaques de carton qui empêchaient la lumière d'entrer.

Sean n'avait pas exagéré. Les *udjats* étaient partout. Il y en avait même au plafond. Sarah eut l'impression d'être observée par des milliers d'yeux.

— L'assassin les a tracés avec du sang ? demanda-t-elle.

— On n'en est pas certains, mais on a toutes les raisons de le supposer.

Il marqua une pause, puis désigna les dessins de sa main gantée.

— Tu as déjà vu ça ? fit-il.

Oui, elle avait déjà vu ça. Bien des années auparavant.

L'assassin avait disposé un miroir en pied contre le mur opposé à la porte. On pouvait y voir le reflet du corps où que l'on se trouvât dans la pièce. Mais Sarah ne regardait pas le corps, elle était hypnotisée par un message tracé sur le mur derrière elle et qu'elle venait de découvrir dans le miroir.

Elle se retourna pour lire par-dessus son épaule les mots griffonnés à la hâte, d'une écriture tremblante.

iot sius eJ

Ce qui donnait dans le miroir :

Je suis toi.

Une bouffée de panique l'envahit et elle eut un mouvement de recul involontaire qui l'envoya contre Sean. Il la rattrapa par le bras pour l'empêcher de tomber.

— Ça va ? dit-il.

— Oui, c'est juste que... Je ne sais pas... C'est ce message sur le mur...

Elle désigna le miroir du menton.

— Il était déjà là ?

— D'après l'ouvrier, non. Il assure que la pièce était entièrement vide quand ils ont quitté la maison vendredi.

— L'assassin se serait donc donné la peine de déplacer un objet aussi volumineux juste pour laisser un message dans un miroir ?

— Je ne pense pas, murmura Sean. Je crois que ce salaud avait envie de se voir à l'œuvre.

Sarah avança vers le miroir. Une femme aux yeux sombres et graves lui rendit son regard. Elle avait les cheveux emmêlés par le vent, les lèvres gercées, un visage exsangue. Elle comprenait maintenant pourquoi Sean avait fait des commentaires sur sa mine.

Elle s'intéressa de nouveau au message qu'elle apercevait encore dans le miroir, derrière sa silhouette.

Je suis toi

— Je me suis peut-être trompée tout à l'heure quand je t'ai dit que l'assassin essayait de vous faire comprendre qu'il voyait tout. Il a pu aussi vouloir dire qu'il se sentait surveillé.

Les lèvres de la Sarah du miroir avaient remué et elle la contempla comme s'il s'était agi d'une étrangère. Elle se sentait étrangement détachée de son image.

— Que veux-tu dire ? demanda Sean.

Elle secoua la tête. Elle n'aurait pas pu préciser. Elle ne comprenait pas vraiment les idées qui lui traversaient l'esprit.

— Je dis n'importe quoi, fit-elle. Je crois que je devrais m'en tenir aux tatouages.

Sean la prit par le bras et lui fit contourner le corps en évitant soigneusement les flaques de sang.

Les bras et les jambes de la femme étaient couverts de

tatouages et sa peau pâle et cireuse faisait figure de macabre toile de fond comparée à cette débauche de couleurs.

Le visage de la femme était tourné sur le côté et dissimulé par ses cheveux poisseux de sang. Sarah n'apercevait qu'un unique œil grand ouvert au regard fixe. Comme les *udjats* des murs et du plafond, il parut la suivre quand elle s'agenouilla près du corps.

— Vous l'avez identifiée ?

— Pas encore. On interroge les voisins, mais pour l'instant nous n'avons abouti à rien.

— D'après le coroner, elle serait là depuis quarante-huit heures, intervint Danny.

Le crime remontait donc à samedi soir. Sarah se surprit à se demander ce qu'elle faisait au moment où cette femme était morte, si elle avait senti quelque chose de particulier, si elle avait eu la prémonition du drame affreux qui se déroulait tout près, à quelques rues seulement de chez elle.

Elle se pencha sur le cadavre et tâcha de se concentrer sur les tatouages. Elle reconnut des crânes, des dragons, des serpents enroulés autour d'une croix. Rien de très original. On trouvait ce genre de modèles dans toutes les vitrines des tatoueurs de la ville.

Pourtant, un symbole rouge et noir plus récent que les autres et placé sur le dos de la victime attira son attention. L'attirail du tatoueur était éparpillé sur le sol, à proximité de la morte — minuscules gobelets d'encre de la taille d'un dé à coudre, vaseline, serviettes en papier. L'assassin avait travaillé ici, sur la scène du crime.

Cela expliquait les fenêtres calfeutrées avec du carton. Il avait voulu se protéger du regard des voisins pour prendre tout son temps.

Sarah se pencha un peu plus pour examiner les gouttes de sang coagulé sur la peau du cadavre.

— Elle était encore en vie quand il a fait ça, commenta derrière elle la voix de Sean.

— Elle a beaucoup saigné, murmura Sarah. Elle avait dû boire avant de venir.

Elle refusait de tatouer les clients sous l'emprise de l'alcool pour éviter les risques de saignement excessif. Et aussi pour être sûre qu'ils ne regretteraient pas une fois dessoûlés.

— Le rapport de toxicologie nous le dira, dit Sean.

Sarah marqua une pause.

— Les tatouages des bras et des jambes sont anciens, expliqua-t-elle. On le voit à leur couleur passée. Mais celui-ci est récent, les tons sont plus vifs. Tu parlais tout à l'heure d'un pentagramme sur la main ?

— Oui, sur la paume droite. Regarde… On voit nettement les récentes traînées d'encre, mais pas de sang. Elle était déjà morte quand il l'a tracé.

Sarah y jeta un vague coup d'œil. Sean se trompait, il ne s'agissait pas d'un pentagramme. Elle ne prit pas la peine de rectifier, elle s'intéressait surtout au dos de la victime.

— Ça lui a pris combien de temps, d'après toi ?

Sarah haussa les épaules.

— Nous n'avons pas affaire à un amateur, loin de là. Il sait ce qu'il fait. Les bordures du motif sont nettes et bien découpées. Mais ça lui a pris plusieurs heures.

— Tu pourrais me dire où elle a pu s'adresser pour les tatouages des bras et des jambes ?

Elle secoua la tête.

— Impossible. Ils datent probablement de plusieurs

années et ils n'ont rien de particulier dans le trait ou dans le choix des motifs.

Le craquement d'une semelle sur le plancher les fit se retourner. Danny venait d'entrer dans la pièce et contemplait le cadavre. Il inclina la tête de côté pour mieux détailler l'étrange dessin sur le dos de la victime.

— Vu d'ici, on dirait deux femmes nues enlacées, dit-il.

Il inclina la tête de l'autre côté.

— Elles ont de très gros seins, ajouta-t-il.

— Intéressant commentaire, ironisa Sean. Mais pour moi ça ne ressemble à rien.

— Tu n'as aucune imagination, rétorqua Danny en s'accroupissant au niveau des pieds de la femme.

Il contempla de nouveau le tatouage d'un air concentré.

— Sans rire, tu sais à quoi ça me fait penser ? Aux taches d'encre utilisées par les psychiatres dans leurs batteries de tests.

Sean s'apprêtait à le contredire, mais Sarah tourna vers eux un visage surexcité.

— Il a raison ! s'exclama-t-elle. C'est tout à fait ça. On dirait une planche de Rorschach.

— Et elle signifierait quoi ?

— Rien de particulier. Il s'agit d'un test projectif et chacun peut y voir ce qu'il veut. C'est tout l'intérêt du dispositif. On les présente au patient et sa réponse est censée révéler des complexes inconscients qui servent à dresser un bilan de personnalité.

Sarah se pencha de nouveau vers le corps.

— Les planches de Rorschach sont au nombre de dix.

Cinq en noir et blanc, deux contenant du rouge et trois en couleur. Elles ne sont pas diffusées pour conserver au test sa validité. Celles qu'on nous montre dans les reportages sont des imitations.

— Et celle-ci ?

— Seul un spécialiste pourrait le dire, mais ça risque d'être difficile d'en trouver un. L'utilisation du Rorschach est un peu tombée en désuétude ces dernières années.

— Comment se fait-il que tu sois si bien renseignée ? demanda Sean d'un ton un peu trop dégagé.

Sarah le regarda droit dans les yeux.

Pourquoi poses-tu la question puisque tu connais la réponse ?

— Je lis beaucoup, dit-elle seulement.

— Je vois toujours deux femmes avec des gros seins, insista Danny. Qu'est-ce que ça révèle de mon fonctionnement psychologique ?

— Ça révèle que tu es un obsédé sexuel, commenta posément Sean. Mais je n'avais pas besoin d'une tache d'encre pour le savoir.

Sarah, elle, voyait deux visages. Un blanc et un noir.

Elle leva les yeux vers le miroir posé contre le mur. Elle aurait voulu détourner le regard, mais c'était impossible. Elle songea que le tueur avait dû observer la scène sous le même angle qu'elle en ce moment, pour admirer le message qu'il venait de tracer.

Je suis toi

— Admettons qu'il s'agisse d'une vraie planche de Rorschach…, commença Sean. Tu dis qu'elles sont tenues secrètes… Donc, si le tueur les connaît, c'est qu'il est psychiatre ou patient d'un psychiatre. Entre les deux options, je crois que je sais laquelle choisir. Nous devrions chercher du côté des thérapeutes qui utilisent encore cette batterie de tests pour leurs bilans. Qui sait ? Nous aurons peut-être de la chance.

— Merde, fit Danny d'un air écœuré. Tu sais bien que je déteste m'adresser à ces connards prétentieux et condescendants. Ils me donnent la chair de poule.

Sean ne répondit pas. Il dévisageait Sarah qui paraissait perdue dans la contemplation de son image dans le miroir. Elle venait de comprendre pourquoi le message sur le mur l'impressionnait tant. Il lui rappelait quelque chose.

Nous sommes pareils, Sarah. Identiques. Pas en apparence, bien sûr. Mais à l'intérieur. Nos âmes sont le miroir l'une de l'autre.

Sa gorge se serra et elle se sentit soudain en sueur. Elle fit un effort pour respirer profondément, pour se calmer, mais il était trop tard.

Elle était déjà plongée dans l'obscurité.

Un peu plus tard, Sarah frissonnait sous le porche en suivant des yeux les larges dos des deux brancardiers qui descendaient précautionneusement les marches glissantes du perron en portant la civière. Elle n'arrivait pas à détacher son regard du sac contenant le corps. Cette femme avait été la sœur, la mère ou la fille de quelqu'un. Et maintenant elle était morte, assassinée par un psychopathe incapable de maîtriser ses pulsions.

Elle s'adossa à un pilastre et ferma les yeux. Sean lui avait demandé de l'attendre quelques minutes, mais elle avait hâte de rentrer chez elle. Le froid avait engourdi son visage et ses mains, mais il ne lui était d'aucun secours pour endormir la peur qui battait dans sa poitrine. Cette peur, elle savait à quoi l'attribuer. Des souvenirs tentaient de refaire surface. Et, ces souvenirs, elle n'en voulait pas.

Un thérapeute lui avait dit un jour qu'il existait dans chaque subconscient un sanctuaire où l'on stockait les événements trop pénibles, mais il suffisait d'un rien — une mélodie, un visage — pour ouvrir une brèche dans ce sanctuaire.

Dans la chambre de la morte, tout à l'heure, quelque chose avait ouvert une brèche dans le sanctuaire de son subconscient. Et ce quelque chose n'avait rien à voir avec les taches de sang sur le sol ou avec les tatouages de la victime. Le message de l'assassin et le visage exsangue qu'elle avait découverts en se regardant dans le miroir l'avaient brutalement renvoyée à un passé terrifiant.

La porte s'ouvrit et Sean sortit sous le porche.

Il la chercha du regard et vint vers elle.

— Ça va ? demanda-t-il. J'ai eu peur quand tu t'es enfuie de la pièce. Tu avais l'air complètement paniquée.

— J'ai été aussi surprise que toi de ma réaction, dit Sarah. Je pensais avoir une constitution solide et un estomac un peu moins délicat.

— Il arrive qu'une scène de crime vous paraisse brusquement insupportable. J'ai déjà vu craquer des types qui travaillaient depuis des années dans la police et qui croyaient avoir déjà tout vu.

Il parut hésiter.

— Mais dans ton cas, il s'agit peut-être d'un peu plus que d'une question d'estomac délicat.

— Que veux-tu dire par là ?

— Tu as pensé à Rachel, n'est-ce pas ? Si tu savais ce que

je m'en veux de t'avoir fait venir jusqu'ici. J'aurais dû me douter que ça te perturberait.

Elle haussa les épaules.

— Ne t'inquiète pas. Ce n'est pas si grave.

— Si, c'est grave. Je n'oublierai pas de sitôt l'expression de ton visage… On aurait dit que tu venais de voir un fantôme. Tu as besoin d'en parler ?

— Ici ?

Elle jeta un coup d'œil autour d'elle. Les curieux commençaient à se disperser et les professionnels à plier bagage, mais elle n'avait pas la moindre envie d'aborder une conversation privée.

— Je suis certaine que tu as autre chose à faire, ajouta-t-elle. Interroger les voisins, par exemple…

— Je peux t'accorder quelques minutes. Et puis…

Il soupira.

— C'est toujours la même histoire. Personne n'a rien vu ni rien entendu. Pour l'instant, nous allons rédiger notre rapport en attendant l'autopsie. Et ça pourrait peut-être t'aider si tu me racontais ce qui t'est arrivé là-haut.

Il posa sa main sur la rambarde, près de celle de Sarah. Sans la toucher. Mais suffisamment près pour qu'elle sente sa présence.

— Je ne pense pas que ça m'aiderait, Sean.

— Pourquoi ? Tu as toujours refusé de me parler de Rachel sous prétexte que tu ne voulais pas que ton passé entache notre relation. Mais à présent qu'il n'y a plus rien entre nous tu n'as plus besoin de te gêner.

— Je me demande pourquoi tu te soucies encore de moi.

— Sarah…

Le ton de douce réprimande la fit frémir. Le regard de Sean pesait sur elle dans la pénombre et elle avait envie de fuir. Mais plus encore de rester.

Elle détourna les yeux vers la rue sombre où la lune éclairait la cime enneigée des arbres. Les gyrophares des véhicules de police se reflétaient dans de minuscules stalactites, les transformant en saphir et en rubis et, pour les plus lointaines, en aiguilles d'une couleur ambrée. Les tons doux et fondus de cette nuit d'hiver embellissaient le quartier.

Sean s'agita près de Sarah. Comme toujours, il était impatient d'entrer dans le vif du sujet.

— Quand je t'ai rencontrée, j'ai fouillé dans les archives des journaux pour éplucher les articles concernant le meurtre de ta sœur. J'ai même réussi à convaincre la police d'Adamant de me laisser jeter un œil sur les rapports de police. Un détail m'a frappé parce qu'il revenait systématiquement : le shérif avait trouvé des symboles sataniques sur la scène du crime et il était persuadé qu'il s'agissait d'un meurtre rituel. Un peu comme nous, ce soir. C'est pour ça que tu t'es sentie si mal tout à l'heure ?

Sarah repoussa des mèches de cheveux humides qui lui retombaient sur le visage.

— Laisse tomber, d'accord ? Je t'ai dit des millions de fois que je ne voulais pas remuer cette vieille histoire. Ça ne servirait à rien. J'ai oublié pendant des années ce qui s'était passé cette nuit-là et je ne vois pas pourquoi la mémoire me reviendrait brusquement.

— Je suis sûr au contraire que tu n'as rien oublié. Tu refuses de laisser tes souvenirs remonter à la surface. C'est pour ça que tu fais encore des cauchemars. Tu connais l'identité de l'assassin et tu sais qu'il est toujours parmi nous.

Cette fois, Sarah trouva que Sean allait un peu trop loin.

— Te voilà psychiatre, maintenant ?

— Pas besoin d'être psychiatre pour comprendre ce qui se passe. On t'a trouvée près de la scène du crime, couverte du sang de ta sœur. Ce que tu as vu cette nuit-là t'a tellement traumatisée que tu as décidé de l'oublier. Mais les images sont toujours là, enfouies dans ton subconscient. Elles viennent te hanter quand tu dors. Donc, tu luttes contre le sommeil, tu ne fermes les yeux qu'en dernière extrémité, quand tu n'en peux plus… Parce que tu as peur de ce que tu vas revivre en rêve.

Il se pencha vers elle pour lui murmurer la suite à l'oreille.

— Pourquoi ne décides-tu pas d'affronter tes démons, Sarah ? Qui essayes-tu de protéger ?

Elle sursauta et recula. Pour mettre de la distance entre elle et lui. Entre elle et son passé. Mais il était trop tard. Elle se sentait déjà glisser vers le vide sombre de la paranoïa et de cette culpabilité qui l'avait poursuivie pendant toute son adolescence, et aussi plus tard, quand elle était devenue une femme. Elle se surprit à fouiller du regard les alentours, comme si elle s'attendait à voir surgir de l'ombre les forces maléfiques qui ne tarderaient pas à envahir de nouveau sa vie.

Sean lui toucha le bras et elle sursauta de nouveau.

— Dans la chambre, tout à l'heure, tu as fui parce que tu t'es souvenue de quelque chose ?

Comme elle ne répondait pas, il insista :

— Sarah ?

Elle tourna lentement son visage vers lui.

— C'est pour ça que tu m'as demandé de venir ici ? Parce que tu pensais que la scène du crime donnerait à ma mémoire la petite secousse dont elle a besoin.

Elle eut l'impression qu'il évitait son regard.

— Je t'ai appelée parce que je pensais que ton aide me serait précieuse, murmura-t-il.

Mais elle ne le trouva pas très convaincant. Il y avait autre chose en jeu, autre chose dont Sean n'était peut-être pas vraiment conscient. Le meurtre de Rachel avait fini par devenir une sorte d'obsession pour lui et, s'il le remettait aujourd'hui sur le tapis, ce n'était pas parce qu'il se préoccupait du bien-être de son ex-femme, mais parce qu'il espérait encore démasquer l'assassin de Rachel.

— Je ne vois pas pourquoi tu me harcèles avec une affaire qui remonte à quatorze ans et que tu ne pourras jamais résoudre. Tu devrais te concentrer sur celle d'aujourd'hui.

Il fit la grimace et elle crut qu'il s'apprêtait à riposter, mais il changea d'avis et haussa les épaules.

— D'accord, concéda-t-il. Tu as sans doute raison. Le moment est mal choisi pour parler de tout ça. Mais j'ai encore une question à te poser avant de demander à Parks de te ramener chez toi.

La partie de son visage éclairée par le carré de lumière qui venait de la fenêtre était étrangement pâle. L'autre était sombre.

— A quoi pensais-tu quand tu as demandé si nous avions trouvé des empreintes inhabituelles autour de la maison ?

Sarah leva les yeux vers le ciel. Les flocons de neige qui tourbillonnaient dans la nuit ressemblaient à de petits anges dansants. Elle avança la main pour en recueillir un au creux de sa paume.

— De quelles empreintes parlais-tu, Sarah ? insista-t-il.

Ses doigts se refermèrent sur le flocon. Elle ne répondit rien.

6.

Adamant, Arkansas
Veille de Noël

La température avait chuté à la tombée de la nuit et une brume s'était levée. Ashe frissonna dans sa veste trop légère, tout en jetant encore un coup d'œil par-dessus son épaule pour s'assurer que personne ne le suivait des yeux.

Mais il avait tort de s'inquiéter. La maison se trouvait au fond d'un terrain de deux acres, lui-même situé tout au bout de la rue. Il ne risquait rien. Les voisins les plus proches ne pouvaient distinguer qu'une vague ombre passant sous la fenêtre du salon des DeLaune.

Il n'avait pas non plus à se préoccuper des voitures puisque la rue était déserte. Il ne voyait au loin qu'un kaléidoscope flou de phares. Les braves citoyens d'Adamant passaient la veillée de Noël en famille, comme il se devait.

Mais, pour lui, cette nuit n'avait rien d'exceptionnel. Il eut une fugace pointe d'amertume à l'idée que personne ne s'inquiétait de lui. Mais il ne s'attarda pas à pleurnicher sur sa solitude. Etre invisible aux yeux des autres présentait aussi un certain nombre d'avantages.

Il décida donc de penser à autre chose et se tourna vers la fenêtre. Il était presque minuit. La famille DeLaune était déjà couchée, à l'exception du père qui somnolait dans son fauteuil devant la cheminée — sans se douter le moins du monde de ce qui allait bientôt lui tomber dessus.

Tout à l'heure, Ashe avait assisté au rituel des cadeaux autour du sapin. La fenêtre était entrouverte pour laisser sortir la fumée crachée par le vieux qui tirait sur sa pipe et Ashe avait entendu leurs voix, si nettement qu'il avait eu l'impression d'être de la fête. Il avait suivi leurs conversations avec avidité et ferveur, tout en couvant Sarah du regard.

Vêtue d'un jean et d'un pull jaune pâle, les cheveux tirés en queue-de-cheval, elle s'était assise en tailleur sur le sol pour ouvrir ses paquets, avec un air sombre et renfrogné qui avait agacé son père. Au bout de quelques minutes, le contraste avec sa sœur qui poussait des petits cris de joie en déchirant les emballages avait fini par mettre le juge DeLaune en fureur.

— J'en ai plus qu'assez, avait-il grommelé en marchant vers Sarah.

Il l'avait tirée par le bras pour l'obliger à se mettre debout.

— Puisque tu as visiblement l'intention de rester assise à bouder, tu peux aussi bien filer dans ta chambre, avait-il vociféré. Je ne te laisserai pas nous gâcher la soirée.

La mère s'était levée.

— James…

— Reste en dehors de ça, Anna. Pendant tout le repas, elle n'a cessé d'agresser sa sœur et je me suis retenu. J'ai eu tort. C'est une sale petite ingrate et je n'ai pas la moindre intention de supporter son attitude une minute de plus.

Il avait fermement entraîné Sarah vers la porte, puis vers l'escalier dans lequel ils avaient tous deux disparu. Il était revenu seul, un long moment après, les joues écarlates et l'œil furibond.

— Ça va, papa ? avait demandé doucement Rachel.

La colère du vieux avait aussitôt fondu. Il avait souri à Rachel.

— Je vais bien, ma princesse, ne t'inquiète pas.

Il avait plongé la main dans sa poche de veste pour en tirer un minuscule paquet qu'il avait posé sur la table, près de sa chaise.

— Viens voir, avait-il murmuré.

— Encore un cadeau ? s'était étonnée Rachel en poussant un gloussement de plaisir.

Elle avait fébrilement arraché le ruban et le papier. Depuis la fenêtre, Ashe avait vu briller quelque chose au fond de la boîte quand elle l'avait ouverte. Puis elle s'était jetée au cou de son père.

— Papa ! Des diamants ! Ce sont des vrais ?

— Bien sûr, ma chérie. Tu crois que j'offrirais des faux à ma princesse ?

— Mais je croyais… Maman avait dit qu'il fallait que j'attende l'année prochaine. Que je les aurais le jour de la cérémonie de remise des diplômes.

— Et moi j'ai jugé que tu les méritais déjà.

— Merci, papa ! s'était-elle écriée. Merci, merci, merci…, répéta-t-elle en plantant un baiser sur la joue de son père après chaque merci.

Il l'avait serrée dans ses bras quelques secondes, puis elle s'était dégagée pour se précipiter vers sa mère.

— Regarde, maman ! N'est-ce pas que c'est magnifique ? Papa est vraiment adorable.

La mère avait murmuré quelque chose qu'Ashe n'avait pas entendu, puis elle avait regardé sans un mot Rachel rassembler ses cadeaux et monter dans sa chambre pour essayer ses nouvelles boucles d'oreilles.

Après son départ, la mère s'était avancée vers la cheminée.

— Pourquoi m'avoir caché que tu lui avais acheté des boucles d'oreilles ? avait-elle demandé.

— Depuis quand ai-je besoin de ta permission pour acheter des boucles d'oreilles à ma fille ? avait-il rétorqué.

— Tu aurais dû faire un cadeau équivalent à Sarah. Elle aussi est ta fille, James.

— Un cadeau équivalent ? A Sarah ? Certainement pas. Ç'aurait été du gâchis. Elle n'est jamais contente.

— Ce n'est pas vrai. Elle traverse simplement une période difficile. Je voudrais que tu te montres un peu plus compréhensif et que…

— Une période difficile ? avait-il coupé avec un rire mauvais. Tu te fais des illusions, Anna. Elle a toujours été comme ça. Cette gamine a des problèmes. C'est une menteuse et une voleuse. J'aurais dû sévir avec elle depuis longtemps.

La mère s'était assise près du feu en croisant ses mains sur ses genoux.

— Tu es trop dur avec elle.

— Elle est incontrôlable et tu le sais aussi bien que moi. J'en ai plus que marre de gérer ses problèmes. Et quand je pense à ce qu'elle sera dans quelques années, ça me donne envie de vomir. Des gosses comme elle, j'en vois tous les jours dans mon tribunal. Il faut réagir, et vite, sinon nous risquons de le regretter toute notre vie. Je commence à croire que Lydia Mason avait raison. St. Stephen serait l'endroit idéal pour une délinquante comme Sarah.

— Je ne pense pas que Lydia Mason soit qualifiée pour juger de ce qui convient à notre fille. Et je n'arrive pas à croire que tu l'as emmenée voir cette femme sans même me prévenir.

— Elle est la seule thérapeute de la ville.

— Tu aurais pu t'adresser au psychologue scolaire de son collège. Ou consulter quelqu'un à El Dorado. Mais pas Lydia Mason.

— Quel est exactement ton problème, Anna ? Tu t'inquiètes de devoir envoyer ta fille en internat ou tu as peur de ce que Lydia pourrait dire de toi à son prêcheur de mari, ce crétin dont l'opinion a tant d'importance pour toi ?

— Ça n'a rien à voir avec Tim. Et je n'ai pas l'intention de mettre Sarah dans un internat. Je me fiche de ce que disent les gens. Sarah n'a que treize ans, James !

— Calme-toi, je te prie. Je ne te parle pas de l'abandonner. St. Stephen n'est qu'à une heure de voiture d'ici et tu pourras lui rendre visite autant que tu veux.

— Je n'accepterai jamais de l'inscrire dans un internat. Elle a besoin de moi.

— Et Rachel ? Tu penses à Rachel ? Sarah lui lance parfois des regards qui me glacent le sang.

— Elle en veut à Rachel parce que tu fais une trop grande différence entre elles. Elle a compris que Rachel était ta préférée. Tout le monde l'a compris. Tu n'essayes même pas de le cacher.

— Rachel est une belle jeune fille avec un avenir brillant. Je suis fier d'elle. Pourquoi devrais-je le cacher ?

La mère avait baissé les yeux vers ses mains.

— Si j'avais su que ça se passerait comme ça…

Elle s'était tue.

— Vas-y, dis-moi ce que tu as sur le cœur.

— Sarah n'est qu'une enfant. Elle n'est pas responsable de ce que j'ai fait.

— C'est vrai. Mais je ne peux rien contre ce que je ressens.

— Si, tu peux. Tu peux au moins reconnaître qu'il ne s'agit pas de Sarah, mais de moi. C'est moi que tu cherches à punir à travers elle.

Elle s'était levée et était sortie en courant de la pièce. Le sang d'Ashe avait battu violemment. Il était dévoré de curiosité. Il avait cru tout savoir au sujet de Sarah, mais il venait d'entrevoir de nouveaux horizons avec ce secret qu'il allait devoir percer, étudier, savourer.

Son regard s'était posé sur le père de Sarah et il avait senti quelque chose de noir gonfler son cœur. Le vieil homme contemplait le feu d'un air sombre et au bout d'un moment il s'était endormi.

Ashe avait songé qu'il lui aurait été facile d'entrer sans bruit par la fenêtre et de prendre une bûche dans l'âtre pour lui défoncer le crâne. Ou de trancher son gros cou de taureau avec un couteau. L'image était si forte, si présente, qu'il avait presque senti le jet de sang chaud qui giclerait sur ses mains, et, l'espace de quelques secondes, il avait cru ne pas pouvoir résister.

Puis il s'était repris. Ça valait le coup d'attendre. Le moment n'était pas venu.

La mort n'était pas la pire des punitions. Ashe avait prévu mieux pour ce vieux salaud.

Quoi de plus terrible que de perdre ce que vous avez de plus cher ?

7.

Dans la matinée du mardi, la température grimpa de quelques degrés. Autour de la maison d'Esme, la neige fondue se mit à goutter lentement des arbres. Le soleil brillait enfin, mais il soufflait toujours un vent frais et mordant.

Lukas Clay ouvrit en frissonnant la portière de sa voiture de patrouille pour attraper sa veste fourrée qu'il avait laissée à l'arrière. Il aurait eu besoin d'une tasse de café, mais il n'allait tout de même pas retourner maintenant au centre-ville pour ça. Plus vite il en finirait et plus vite il pourrait rentrer chez lui, au chaud, et boire une bonne bière.

Le chef de la police locale d'une petite ville d'à peine trois mille habitants avait en général à gérer des affaires de routine. En général… Et justement les dernières trente-six heures avaient débordé du cadre général. Une tempête de neige dans le Sud, c'était toujours du sérieux. Entre les véhicules qui n'étaient pas équipés pour les routes verglacées ou enneigées et les lignes à haute tension qui ne résistaient pas aux chutes de branches, on ne savait plus où donner de la tête.

Lukas avait mobilisé un détachement spécial : deux officiers à plein temps et quatre à temps partiel patrouillaient les coins isolés pour s'assurer que personne ne se trouvait bloqué dans le froid. Il avait lui-même circulé toute la nuit et s'apprêtait à regagner sa maison quand Esme avait appelé pour signaler un problème sur la propriété des DeLaune.

Lukas replia les branches de ses lunettes de soleil et les glissa dans sa poche tout en jetant un coup d'œil alentour. Tout au bout du vieux verger planté de poiriers, la maison d'Esme était construite sur des piliers de briques étayés par des croisillons de bois. Il vit des yeux briller dans la pénombre entre les lattes et, quelques secondes plus tard, un chat roux tigré sortit en courant et sauta sur un tas de bois où un autre chat, noir et blanc celui-là, somnolait au soleil.

De la fumée s'échappait en volutes de la cheminée et, comme Lukas la suivait des yeux, il remarqua une buse qui survolait le bois en décrivant des cercles.

Il y avait probablement un cadavre là-bas. Tout en avançant vers la maison, Lukas continua à observer la buse — avec des yeux larmoyants à cause du froid.

Un coup de feu claqua au loin. Lukas s'arrêta net.

Une nuée d'oiseaux noirs quittèrent, affolés, la cime des arbres, mais la buse continua à planer tranquillement en se laissant porter par les masses d'air.

L'écho du coup de feu vibra encore quelques secondes dans la poitrine de Lukas, le temps que son cœur reprenne un rythme normal.

Calme-toi, bon sang… C'est probablement un brave type qui chasse le lapin.

Il était rentré aux Etats-Unis depuis… Depuis quand, déjà ? Deux ans. Deux ans et pourtant un simple coup de feu ou une brusque accélération de moteur de voiture suffisaient à lui rappeler la guerre.

Un psychiatre de l'armée lui avait expliqué que les désordres posttraumatiques pouvaient durer, voire s'aggraver, avec le temps, mais Lukas avait fini par découvrir le moyen d'en venir à bout. Il suffisait de compartimenter sa vie, comme il l'avait toujours fait, et d'entasser tout ce qui concernait l'Irak dans une boîte à part. Ce n'était pas plus compliqué que de faire le ménage dans une maison. Une place pour chaque chose et chaque chose à sa place.

Certaines boîtes ne s'ouvraient que rarement et avec d'infinies précautions. Celle qui concernait son enfance en faisait partie. Dans le Sud, on attendait beaucoup des garçons. Une fois que vous aviez accepté de tenir votre rang, que vous maîtrisiez les passe-temps considérés comme virils, on vous récompensait de vos efforts par la jalousie et l'amertume. Votre père voyait soudain en vous sa jeunesse perdue. Vos succès lui rappelaient ses échecs et il cherchait à prouver qu'il était encore l'homme de la maison, même s'il devait pour ça vous briser férocement.

Parfois, cette rivalité perdurait après la mort. Lukas en avait parfaitement conscience. Il avait choisi de rentrer au pays et d'exercer le métier que son père avait exercé avant lui. Il marchait dans ses traces. Il était dominé par le désir torturant de l'égaler, voire de le dépasser.

Et ce n'était pas une tâche aisée, loin de là. William Clay avait laissé derrière lui une véritable légende. Durant vingt-cinq ans, il avait exercé ses fonctions de shérif dans ce comté. Vingt-cinq ans et une seule affaire irrésolue…

Lukas jeta un coup d'œil par-dessus son épaule et une poussée d'adrénaline lui fit momentanément oublier sa fatigue. Cinquante mètres plus loin, la maison des DeLaune se dressait derrière lui, imposante, spectrale, avec ses murs clairs et les carreaux luisants de ses fenêtres.

Exactement comme le jour où la jeune Rachel DeLaune

avait été assassinée. Comme le jour où l'on avait découvert son corps mutilé au milieu d'une scène de crime profanée par des symboles sataniques.

Le meurtrier n'avait pas été retrouvé.

Du moins pour le moment.

Un frisson de peur et d'excitation secoua Lukas. Bon sang, quelque chose dans cette maison lui donnait depuis toujours la chair de poule. Difficile de savoir pourquoi… C'était pourtant une charmante vieille demeure, magnifique au printemps, quand les roses et le lilas des Indes étaient en fleurs. Mais au cœur de l'hiver, entourée d'une armée d'arbres nus dont les branches s'agitaient dans le vent, elle paraissait glaciale, sinistre, abandonnée.

On la disait hantée et certains assuraient avoir aperçu le fantôme de Rachel qui surveillait la rue depuis une des fenêtres du premier étage.

Mais Lukas ne croyait pas aux fantômes. Du moins pas à ceux qui sortaient de la tombe. Les seuls fantômes qu'il eût jamais rencontrés étaient ceux de son passé.

C'était bien pour ça qu'il l'avait soigneusement mis de côté.

Il se remit à avancer vers le cottage d'Esme, grimpa les marches menant au porche et frappa à la porte. Tout en attendant qu'on vienne lui ouvrir, il suivit du regard la buse qui décrivait des cercles de plus en plus petits. Elle s'apprêtait probablement à fondre sur un pauvre écureuil mort.

Au bout de quelques minutes, Esme Floyd tira la porte intérieure de bois et le dévisagea à travers la porte vitrée. Elle était mince, petite, avec des yeux pétillants d'intelligence. Elle se tenait droite comme un i dans sa robe de coton impeccablement repassée et sans une tache. Il contempla avec fascination ses cheveux d'une invraisemblable nuance bleu argenté.

— Madame, je suis Lukas Clay. Vous avez appelé ce matin pour signaler un problème du côté de la maison des DeLaune.

— Lukas Clay ? Que Dieu me pardonne… Je ne t'avais pas reconnu.

Elle mit ses lunettes pour mieux voir, toujours à travers la porte.

— Autrefois tu ressemblais à ton père, mais aujourd'hui, c'est pas croyable, tu es le portrait craché de ta mère. Sauf les yeux. Aussi noirs que des grains de raisin. Tu as les yeux de ton père, pas de doute.

Elle se débattit avec le loquet, puis ouvrit la porte en grand pour le laisser entrer. Sa petite maison était une véritable fournaise. Quand on passait le seuil, la chaleur offrait un répit salutaire après le froid et le vent, mais au bout de quelques secondes elle devenait étouffante. Lukas ôta précipitamment ses gants et déboutonna sa veste.

— Tu devrais enlever ce manteau, prévint Esme. Sinon tu vas geler en sortant.

Lukas ne se fit pas prier et lui tendit le vêtement qu'elle suspendit à une patère près de la porte d'entrée.

— Vous avez connu ma mère ? demanda-t-il.

— Je la connaissais bien, assura Esme. C'était une très charmante femme.

Lukas avait perdu sa mère à l'âge de sept ans et il aimait qu'on lui parle d'elle. Il s'en souvenait à peine. La boîte dans laquelle il stockait les images qui lui étaient associées se trouvait sûrement quelque part dans un coin reculé de son cerveau, mais il ne la retrouvait plus.

— Ton père et M. James pêchaient régulièrement ensemble, poursuivit Esme. Il leur arrivait de partir en excursion en montagne pendant une semaine, ou plus. Quand ils revenaient, ta mère venait chercher ton père ici. Tu ne sortais pas de la voiture, mais je t'ai aperçu une ou deux fois, quand tu passais ta tête à la vitre de la portière.

Lukas sourit.

— Je m'en souviens à peine.

— Tu étais un petit garçon discret, silencieux et timide. Après la mort de ta mère, que Dieu ait son âme, ton père n'est plus venu aussi souvent. Je suppose qu'il n'avait plus le temps, en t'élevant seul.

Lukas songea qu'il avait sans doute trouvé un passe-temps plus excitant que la pêche, mais il se garda bien de détromper la brave femme.

Elle n'avait pas besoin de savoir que William Clay avait toujours été un fieffé égoïste. Le fait d'être veuf et père n'y avait rien changé. Il avait toujours fait passer son bien-être avant tout le reste.

Lukas entra à la suite d'Esme dans le petit salon où elle avait installé sa planche à repasser devant la télévision. Elle suivait visiblement le feuilleton et Lukas attendit patiemment que l'épisode se termine.

— Expliquez-moi ce qui s'est passé cette nuit, demanda-t-il quand elle eut éteint.

— Je l'ai déjà expliqué à la femme qui a pris mon appel. J'ai vu quelqu'un dehors depuis la fenêtre de ma chambre.

Esme prit le fer et se mit à repasser une chemise. Un nuage de vapeur s'éleva et l'appareil chuinta quand le sabot entra en contact avec le tissu humecté d'amidon.

Lukas revit soudain sa mère en pleurs, debout derrière

sa planche, en train de repasser l'une des chemises kaki de l'uniforme de son père.

« Pourquoi tu pleures, maman ?

— Ce n'est rien, mon chéri. Je suis fatiguée, c'est tout. Ne t'occupe pas de moi, continue à jouer. Je dois absolument finir ce tas de chemises et m'occuper du souper avant le retour de ton père. »

Il devait avoir quatre ou cinq ans à l'époque.

Il prit un fauteuil près de la table à repasser tout en songeant que la mémoire empruntait d'étranges chemins. Dire que cette vieille femme et l'odeur du coton chauffé par le fer lui avaient permis de se souvenir d'un épisode de sa vie…

— Qu'avez-vous vu exactement, Esme ? demanda-t-il.

Elle leva le regard et Lukas vit briller dans ses yeux une étrange lueur qu'il ne sut pas à quoi attribuer.

— J'ai vu un homme sur le toit de la maison des DeLaune, voilà ce que j'ai vu.

Il la dévisagea d'un air étonné.

— Sur le toit de la maison ? Alors que la tempête de neige faisait rage ?

— Il ne neigeait plus, corrigea Esme. Et c'était la pleine lune. Je l'ai vu aussi nettement qu'en plein jour.

— Comment pouvez-vous affirmer qu'il s'agissait d'un homme ?

Elle fit glisser avec dextérité la pointe du sabot le long du col.

— Ce que je peux te dire sans le moindre doute, c'est qu'il ne mijotait rien de bon. Quelqu'un qui se promène sur un toit en plein milieu de la nuit, c'est quelqu'un qui a un mauvais coup à faire.

— Quelle heure était-il ?

— Minuit passé. Presque 1 heure du matin.

— Vous vous couchez toujours aussi tard ?

— La nuit, mon arthrite me fait souffrir. Je me lève et je marche, ça me soulage un peu.

— Vous marchiez pour soulager votre arthrite, vous vous êtes approchée de la fenêtre et c'est là que vous avez vu quelqu'un sur le toit des DeLaune. Pourquoi n'avez-vous pas appelé tout de suite le commissariat ?

— Je ne voulais pas faire déplacer une voiture sur les routes glissantes et avoir ensuite un mort sur la conscience s'il arrivait quelque chose.

— Ouais... Mais en venant tout de suite nous avions une chance de le coincer. Il s'agissait probablement d'un original, mais si ça se reproduit il faudra nous prévenir sur-le-champ, d'accord ?

Elle reprit son fer à repasser et Lukas contempla, fasciné, ses gestes vigoureux.

— Aviez-vous déjà vu des gens rôder autour de cette maison ? Une voiture garée devant ?

— Non, pas récemment.

— Pas récemment, mais vous en avez vu. Quand était-ce, Esme ?

Elle reposa le fer pour réfléchir et un nuage de vapeur s'éleva de nouveau.

— Oh, il y a bien longtemps. Avant qu'on l'envoie au pénitencier.

— De qui parlez-vous ?

— Du fils Fears, fit-elle avec une moue de dégoût.

— Derrick Fears ?

Elle acquiesça, avec une lueur de dédain dans les yeux.

— Il arpentait le trottoir en regardant la maison. Je suis intervenue pour qu'il s'en aille avant que M. James s'en aperçoive, mais il a refusé de bouger et il a mis ses mains en porte-voix en poussant des cris terribles, comme s'il souffrait. Franchement, c'était vraiment dégoûtant de faire ça à cette famille, après ce qu'elle venait de traverser. Ce gosse… On avait l'impression qu'il n'avait plus d'âme.

— Avez-vous prévenu la police à l'époque ?

— Non. Pour quoi faire ? La police n'y pouvait rien. Aucune loi n'interdit de se promener sur un trottoir en faisant des pitreries, il me semble.

— Vous croyez que l'homme que vous avez vu sur le toit l'autre nuit pourrait être Derrick Fears ?

— Ça m'étonnerait. La dernière fois que j'ai eu de ses nouvelles, il était encore sous les verrous.

— Il est sorti, maintenant.

— Sorti ? répéta-t-elle comme si elle ne comprenait pas la signification du mot.

Lukas acquiesça.

— Il a payé sa dette à la société et on l'a libéré.

Elle reposa si violemment le fer sur la planche que Lukas crut que les frêles pieds d'acier allaient se replier.

— Tu ne trouves pas ça scandaleux ? s'écria-t-elle. Il tranche la gorge d'un type au cours d'une bagarre au couteau et il fait moins de prison que mon fils Robert qui avait volé une vieille voiture bonne pour la casse. C'est vraiment injuste.

— Ça me paraît injuste aussi, mais je ne suis pas là pour discuter des failles de notre système judiciaire, répondit calmement Lukas. Je suis venu ici pour essayer de comprendre ce qui s'est passé l'autre nuit chez les DeLaune.

Il se leva et marcha jusqu'à la fenêtre pour regarder au-dehors.

Un chemin reliait le cottage d'Esme à la propriété des DeLaune, mais les arbres dissimulaient en partie leur maison. Lukas jugea très improbable qu'une vieille femme ait pu distinguer une silhouette sur le toit — même par une nuit de pleine lune.

Tandis qu'il étudiait la façade DeLaune, un léger mouvement derrière une fenêtre du premier attira son attention. Il observa le point un moment, mais le phénomène ne se reproduisit pas et il songea qu'il avait dû voir le reflet d'un oiseau ou le jeu d'un rayon de soleil dans la vitre.

Il jeta un coup d'œil par-dessus son épaule. Esme repliait bruyamment la planche à repasser.

— Personne n'habite cette maison en ce moment, n'est-ce pas ? demanda-t-il.

— Il ne restait plus que M. James, mais je crois bien qu'il ne reviendra jamais chez lui, le brave homme...

— Et sa fille Sarah ?

— Elle vit à La Nouvelle-Orléans. Elle ne s'entend pas très bien avec son père, mais elle lui rend visite assez régulièrement depuis qu'il est tombé malade.

En dépit de la chaleur qui régnait dans la maison, Esme s'empara d'un gilet suspendu à un crochet pour le poser sur ses épaules décharnées.

— Vous étiez là, la nuit où Rachel DeLaune a été assassinée ?

La main noueuse d'Esme resserra les pans du gilet sur sa poitrine osseuse.

— Pourquoi me poses-tu cette question ? Ce n'est pas ma

faute si quelqu'un se promenait sur le toit des DeLaune, pas vrai ? Et puis je n'aime pas repenser à cette horrible nuit.

— Mais vous y pensez tout de même, j'en suis sûr. Personne dans cette ville ne l'a oubliée. Parce que le coupable court toujours.

— Ton père a fait tout ce qui était en son pouvoir pour démasquer le meurtrier. Il le cherchait encore quand on l'a porté dans sa tombe.

— Mais il ne l'a pas trouvé.

Esme posa sur Lukas son regard pénétrant.

— Et tu voudrais réussir là où ton père a échoué.

Lukas fut surpris et un peu agacé qu'elle l'ait si bien deviné.

— Je veux juste faire mon devoir, se défendit-il.

— Ouais…

Il ignora cette réponse dédaigneuse.

— J'aimerais parler du soir où on a trouvé le corps, insista-t-il. Où étiez-vous ?

— J'étais ici, chez moi, voilà où j'étais.

— Comment avez-vous appris la nouvelle ?

Comme elle ne répondait pas, il poursuivit d'une voix adoucie :

— Ecoutez… Je sais que c'est pénible pour vous d'évoquer ce souvenir. Vous avez travaillé pour cette famille pendant des années. Vous avez aidé à élever ces deux petites filles. Ce qui est arrivé était tellement atroce… Personne n'a oublié. Depuis, un nuage sombre plane au-dessus de notre ville. Vous ne trouvez pas que ce serait bien de dissiper ce nuage ?

Il soupira.

— J'ai lu et relu un nombre incalculable de fois les

rapports de police sur cette affaire. Mais j'aurais vraiment besoin d'entendre votre témoignage.

Elle pinça les lèvres.

— Je n'ai pas l'intention de t'aider. Ça ferait sûrement plus de mal que de bien de remuer tout ça. Tu y as déjà pensé ?

— Ce que je pense, c'est que Rachel DeLaune mérite justice. Peu m'importe qu'il s'agisse d'une vieille affaire. Vous étiez là, Esme. Vous êtes peut-être la seule personne d'Adamant qui puisse m'aider à comprendre. Vous acceptez ?

Elle se tut un long moment.

— Je persiste à dire que fouiller dans le passé n'apportera rien de bon. Il est parfois préférable de laisser les morts reposer en paix. Mais je crois comprendre que tu ne me laisseras pas tranquille tant que je ne t'aurai pas dit ce que je sais.

Lukas sourit.

— J'ai la réputation d'être plutôt têtu, en effet.

— Oh, tu n'avais pas besoin de le préciser, ça se voit dans tes yeux. Ton père aussi avait ce regard.

Elle soupira d'un air las.

— Si j'accepte de raconter ce dont je me souviens, tu n'aborderas plus jamais le sujet avec moi ?

Lukas acquiesça.

Le regard d'Esme se détourna vers la fenêtre.

— Je me préparais à aller me coucher quand Mme Anna m'a appelée en disant qu'il venait d'arriver une chose terrible à Sarah.

— A Sarah ?

— C'est ce qu'elle a dit, oui. Des voisins l'avaient trouvée qui errait dans la rue, couverte de sang. Ils ne savaient pas si elle était blessée ou non parce qu'elle ne voulait pas parler. Elle refusait de sortir un son. En désespoir de cause, ils l'ont ramenée chez elle. M. James a finalement réussi à lui faire dire qu'il s'était passé quelque chose de grave à la vieille ferme des Duncan. Il a pris son fusil et il est sorti. Mme Anna a appelé d'abord le médecin, et ensuite moi.

— Votre petit-fils vivait toujours chez vous à ce moment-là, je crois. Où était-il ?

Elle marqua une imperceptible pause avant de relever le menton et de répondre avec hauteur :

— Mon garçon se trouvait dans son lit. Je n'ai pas jugé utile de le réveiller. Il ne pouvait rien faire.

— Que s'est-il passé quand vous êtes arrivée chez les DeLaune ?

— Mme Anna avait mis Sarah dans la baignoire et elle lavait ses cheveux couverts de sang.

— Mais pourquoi ? Elle n'a pas pensé qu'elle risquait de détruire des preuves qui auraient pu permettre d'arrêter l'assassin de sa fille ?

— Elle n'a pensé à rien. Tout ce qu'elle voulait, c'était débarrasser au plus vite sa petite de tout ce sang.

— Elle avait une idée de ce qui s'était passé ?

Esme fit la moue.

— Je l'ignore. Ce n'était pas mon rôle de poser des questions. J'ai simplement essayé de l'aider de mon mieux.

— Qu'avez-vous fait ?

— J'ai ramassé les vêtements de Sarah pour aller les brûler au rez-de-chaussée, comme me le demandait Madame. C'est à ce moment-là que j'ai entendu rentrer M. James. Il avait trouvé Rachel chez les Duncan et il l'avait ramenée dans ses bras. Il avait probablement coupé à travers le verger et les champs, mais ça faisait tout de même plus d'un kilomètre et demi.

Ainsi, pendant que la mère lavait la plus petite du sang de sa sœur et faisait brûler ses vêtements, le père emportait le corps au lieu de le laisser sur la scène du crime. Décidément, dans cette affaire, on n'avait pas seulement altéré les preuves, on les avait détruites, saccagées.

— Le juge DeLaune connaissait la loi mieux que personne. Pourquoi n'a-t-il pas laissé le corps de sa fille sur place ?

— Il savait que le médecin allait venir pour Sarah. Son premier réflexe a été d'emmener Rachel là où se trouvait le médecin. Ça me paraît logique. Malheureusement, il était trop tard. Il suffisait d'un coup d'œil pour se rendre compte de ce qu'ils avaient fait à ce pauvre bébé. Elle était morte. Personne n'aurait pu survivre à un traitement pareil. M. James l'a compris après avoir déposé Rachel sur le divan. Il m'a demandé d'appeler le shérif Clay. Quand le shérif est arrivé, ils se sont enfermés tous les deux dans le bureau un long moment et ensuite j'ai entendu le shérif dire en sortant qu'il allait de ce pas arrêter Derrick Fears.

— Sauf que Fears avait un alibi en béton pour cette nuit-là, rétorqua Lukas.

Esme lui jeta un regard en coin.

— Tu ne crois pas qu'une mère mentirait sans scrupule pour sauver son fils qu'on veut inculper de meurtre ?

— Vous pensez que c'est ce qui s'est passé ?

— C'est ce que pensait ton père.

— Ce que pensait mon père n'engageait que lui, rétorqua Lukas. Il se débattait avec une scène du crime contaminée et un témoin incapable d'expliquer comment il s'était retrouvé couvert de sang... Je reconnais que ce n'était pas facile, mais en se polarisant sur Fears il a négligé de chercher d'autres suspects.

Esme l'étudia attentivement pendant quelques secondes.

— Et toi, tu aurais agi autrement, je suppose, fit-elle enfin.

Il sourit.

— On peut le dire comme ça, oui. Je ne suis pas mon père.

— Sans doute, murmura Esme.

Elle tira sur un bouton de son gilet tout en se retournant pour regarder la maison des DeLaune.

— Mais tu as les mêmes yeux que lui, c'est indéniable.

8.

Lukas ne s'attendait pas à trouver des indices dans la propriété des DeLaune, mais il s'y rendit tout de même. Si le visiteur de la veille avait laissé des empreintes, elles avaient disparu quand la neige avait commencé à fondre. De plus, il ne pouvait s'empêcher de se demander si Esme n'avait pas tout imaginé. Elle vivait seule et elle se faisait vieille : sa vue avait probablement baissé. Les grands arbres plantés entre sa maison et celle des DeLaune gênaient la visibilité. De nuit on pouvait prendre les branches nues qui s'agitaient au-dessus du toit pour une silhouette.

Il se retourna pour regarder le cottage et agita la main en direction d'Esme qui le surveillait depuis sa fenêtre. Puis il contourna la maison pour rejoindre la porte principale et ouvrit avec la clé que la vieille femme venait de lui confier.

Il trouva l'ancienne demeure glaciale et silencieuse comme un tombeau — une comparaison de circonstance quand on songeait à la tragédie qui s'y était déroulée. Et aussi quand on savait que le propriétaire, l'unique membre de la famille encore vivant — avec la plus jeune des filles qui n'habitait plus là depuis longtemps —, était à l'hôpital en train de mourir.

Lukas s'attarda dans l'entrée tout en jetant un coup d'œil

circulaire aux pièces silencieuses. Les meubles étaient recouverts de housses, les rideaux soigneusement tirés, les volets fermés. Aucune lumière ne filtrait à l'intérieur. Esme lui avait dit qu'elle venait de temps en temps pour dépoussiérer et aérer les pièces, mais la maison sentait déjà l'abandon, même si Lukas était certain que pas un grain de poussière ne traînait dans les coins.

Le salon se trouvait sur sa gauche, la salle à manger et la cuisine sur sa droite. En face de lui, un grand escalier en chêne à la rambarde rutilante de cire et de propreté menait au grand couloir de l'étage autour duquel étaient réparties les chambres.

Lukas commença par s'assurer que les fenêtres du salon étaient bien fermées, puis il fit coulisser le panneau donnant sur le bureau attenant. Il huma l'air en entrant. Une forte odeur de cuir mêlée à celle du tabac de pipe flottait encore dans la pièce.

Le lugubre silence de l'endroit commençait à lui taper sur les nerfs, aussi alla-t-il ouvrir les rideaux. Le soleil inonda la pièce et il se retourna pour la saisir d'un coup d'œil. Une bibliothèque vitrée recouvrait entièrement le mur derrière le bureau en acajou, un canapé et deux fauteuils en cuir étaient disposés autour de la cheminée de brique.

Lukas jugea le mobilier élégant, mais l'atmosphère sans âme. Ce bureau semblait tout droit sorti d'un magazine, il était sobre et respirait la dignité et pourtant quelque chose de déplaisant s'en dégageait. Pas étonnant quand on songeait que James DeLaune avait déposé le cadavre mutilé de sa fille sur le canapé de ce même bureau.

Lukas contournait le canapé en caressant du plat de la main le cuir craquelé quand son regard se posa sur le manteau en chêne sculpté de la cheminée. Il était encombré de photographies de Rachel DeLaune.

Il les contempla longuement. Elle avait un sourire charmant. Plus que charmant… Envoûtant. Un sourire envoûtant, mais des yeux tourmentés.

Si elle avait vécu, elle serait probablement devenue une beauté. Déjà à seize ans, l'ardeur qu'on devinait sous son innocence avait dû rendre fou plus d'un homme. Cette ardeur avait peut-être même poussé l'un d'entre eux à l'assassiner…

Rachel DeLaune était morte dans des circonstances particulièrement atroces. Avait-elle eu affaire à un petit ami éconduit et jaloux, ou tout simplement à un fou qui avait projeté ses fantasmes sur elle ?

Lukas s'étonna de ne pas voir de photographies de Sarah, la cadette. Quand Esme lui avait dit que Sarah ne s'entendait pas avec son père, il n'y avait pas prêté attention, mais en contemplant l'autel que James consacrait à l'aînée il comprenait que la petite avait dû s'effacer. Ici, dans cette pièce, la présence de Rachel était presque tangible. Le vieil homme n'avait pas accepté sa mort et il s'était probablement retranché dans le passé en se coupant des vivants. Des vivants et donc de Sarah.

Lukas tendait le bras pour prendre une des photographies, quand il entendit un bruit derrière son épaule gauche.

Il se retourna brusquement en s'attendant presque à voir le fantôme de Rachel DeLaune. Mais la pièce était vide. Il poussa un soupir de soulagement.

Il quitta le bureau et retraversa le salon pour rejoindre l'entrée où il s'arrêta pour tendre l'oreille. Le bruit provenait de l'étage. Quelqu'un marchait là-haut.

Tout en grimpant l'escalier et en fixant les ombres devant lui, il défit les boutons de sa veste pour avoir son arme à portée de main.

En arrivant sur le palier, ses yeux tombèrent sur la première porte à droite. Elle était légèrement entrouverte. Il entendait encore le bruit qui l'avait effrayé dans le bureau. Il venait de là.

Il colla son épaule au mur et se mit à avancer très lentement en prenant son arme à deux mains et en pointant le canon vers le sol pour que celui ou celle qui se cachait dans la pièce ne puisse pas le désarmer quand il passerait le seuil.

Il poussa la porte avec la pointe de sa botte, s'aplatit contre le mur, et attendit un dixième de seconde avant de se jeter à l'intérieur en position accroupie, tout en enregistrant d'un seul coup d'œil la place du lit, celle de la table de nuit, de la commode, du bureau.

Il n'y avait personne.

Il fut frappé par le froid glacial qui régnait dans la chambre et se rendit compte que l'une des fenêtres était entrouverte. Quand le vent soufflait dans une certaine direction, les branches nues d'un arbre venaient gratter un carreau, comme un squelette de main cherchant à entrer. Voilà qui expliquait le bruit qu'il avait entendu depuis le rez-de-chaussée.

Lukas se demanda si Esme avait oublié de fermer la dernière fois qu'elle était venue aérer la maison.

Il rangea son arme dans son étui et alla se pencher à la fenêtre. Un arbre était planté tout contre le mur et un homme agile aurait aisément pu escalader les branches pour accéder au toit. Et il n'était pas impensable que ce même homme soit entré par la fenêtre pour venir se réfugier à l'intérieur.

Lukas décida de faire de nouveau le tour du jardin pour chercher des empreintes, même à demi effacées.

Au moment où il allait se détourner de la fenêtre, il vit quelque chose bouger derrière lui dans les carreaux. Son cœur bondit dans sa poitrine et il fit volte-face. Il leva instinctivement le bras, mais l'effet de surprise et la fatigue ralentirent son réflexe. Il n'eut pas le temps d'éviter la lampe qui s'abattait sur son crâne et ses genoux plièrent aussi aisément que les minces tiges de fer qui soutenaient tout à l'heure la table à repasser d'Esme.

Ses oreilles tintèrent quand il bascula en avant. Il eut vaguement conscience d'un mouvement du côté de la porte, entendit un pas qui descendait l'escalier en courant. Il fit un effort pour se ressaisir, mais sa vue se brouillait déjà et il s'affaissa contre le mur avant de glisser lentement au sol.

En revenant à lui, Lukas eut d'abord conscience de l'air froid sur son visage. Puis il sentit une odeur de terre mouillée, et aussi de brûlé, plus faible.

Quelqu'un se pencha au-dessus de lui en murmurant quelque chose et Lukas fut aussitôt en alerte. Il leva un bras pour se protéger et tâcha d'attraper son revolver de l'autre main.

— Hé, du calme!... J'essaye simplement de vous aider.

Le visage flou qui flottait au-dessus de lui se précisa lentement. Lukas reconnut Curtis, le petit-fils d'Esme. Il le connaissait à peine, mais il l'avait croisé récemment en ville et il l'identifia sans le moindre doute. On le remarquait de loin, pas seulement parce qu'il était noir, mais à cause de son allure. Il était grand et séduisant, avec la peau claire et les yeux verts d'un métis, et des traits qui lui venaient de sa grand-mère : un nez large et épaté, de hautes pommettes. Il avait également hérité de la calme dignité de la vieille femme. Et de cette étrange faculté de sonder les gens d'un seul regard…

— Que s'est-il passé ? demanda Curtis. Vous vous souvenez de ce qui vous est arrivé ?

Lukas passa sa main derrière sa tête pour tâter précautionneusement la bosse de la taille d'un œuf qui y avait poussé.

— Quelqu'un s'est glissé derrière moi et m'a assommé, maugréa Lukas. Je ne l'ai pas entendu venir. Merde… Je me suis fait avoir comme un bleu.

— A votre place, je m'inquiéterais plus de mon crâne que de mon ego. Vous avez pris un sacré coup sur la tête.

— J'ai eu pire. Dans ces cas-là, rien ne vaut l'aspirine. Deux cachets et ça ira…

Lukas se releva en tentant d'ignorer la douleur qui lui martelait la base du crâne.

Mais sa grimace n'avait pas échappé à Curtis.

— Vous devez aller à l'hôpital, fit celui-ci d'un ton grave. Vous souffrez probablement d'une commotion cérébrale.

— Je respecte votre opinion de professionnel, docteur Floyd, mais, comme je viens de vous le dire, j'ai surmonté bien pire, répondit Lukas.

Son regard se posa sur la lampe brisée qui gisait sur le sol, puis il leva lentement des yeux inquisiteurs sur Curtis.

— Qu'étiez-vous venu faire dans cette maison ? s'étonna-t-il.

Curtis, qui s'était agenouillé près de lui, se remit d'aplomb sur ses talons, puis il le dévisagea un instant avant de se redresser. Une fugace expression de mépris glacé s'afficha sur son visage et Lukas comprit qu'il s'agissait d'une réponse au sous-entendu que comportait sa question.

— Nous y voilà, fit Curtis. Vous voyez un homme de couleur se pencher sur vous et votre premier réflexe est de supposer que c'est lui qui vous a agressé.

— Je n'ai jamais dit que vous m'aviez agressé.

— Mais c'était bien là que vous vouliez en venir, n'est-ce pas ?

— Je vous ai simplement posé une question, docteur Floyd. Mon intention n'était pas de vous froisser.

Curtis haussa les épaules.

— Je n'ai aucune raison de me justifier, mais je vous réponds quand même : c'est ma grand-mère qui m'envoie. Je suis passé la chercher pour l'emmener déjeuner en ville et elle voulait savoir si vous aviez trouvé quelque chose.

Lukas huma l'air.

— Vous ne trouvez pas que ça sent le brûlé ? demanda-t-il.

— Non. Mais si vous le dites… C'est sûrement un voisin qui brûle des feuilles mortes dans son jardin.

— Il fait bien trop humide pour brûler des feuilles mortes, rétorqua Lukas.

Il s'était assis et son regard se tourna vers la fenêtre ouverte quand une rafale de vent balaya l'odeur en faisant entrer une bouffée d'air frais dans la pièce.

— Bon sang, ce qu'il fait froid ! se plaignit-il.

Curtis avait reculé jusqu'à la porte et se tenait appuyé au chambranle. Il ne paraissait plus du tout inquiet de l'état de santé de Lukas. Il n'alla pas rabattre le battant. Il ne fit pas un geste pour l'aider à se relever.

Lukas alla se pencher à la fenêtre pour regarder au-dehors. Une branche d'arbre gratta le carreau et cela lui rappela le moment où son assaillant l'avait attaqué par surprise.

Cette fois, quand il repoussa le battant, la fenêtre ne refléta que son visage. Pourtant, il avait l'impression que quelque chose lui échappait. Il avait vu une ombre, tout à l'heure. Et entendu un bruit. Mais il n'arrivait plus à se souvenir précisément de ce qui s'était passé.

Il se tourna vers Curtis qui se tenait toujours sur le seuil de la chambre et l'observait les yeux plissés. Sous son blouson de cuir, il portait une chemise blanche impeccable et Lukas pensa en la voyant à la planche à repasser d'Esme.

Brusquement, un fragment de sa conversation avec la vieille femme lui revint à l'esprit.

Tu ne crois pas qu'une mère mentirait sans scrupule pour sauver son fils qu'on veut inculper de meurtre ?

— Avez-vous vu quelqu'un sortir de la maison en venant ici ? demanda-t-il à Curtis.

— Je n'ai rien remarqué, répondit sèchement Curtis. Mais bien entendu vous n'êtes pas obligé de me croire, ajouta-t-il avec une expression insondable.

Et aussi une lueur moqueuse dans le regard, qu'il ne chercha pas à dissimuler.

Il se repoussa nonchalamment du chambranle de la porte. Son geste élégant et lent ne trahissait pas sa hâte de partir et Lukas jugea qu'il avait l'air d'un homme qui sait exactement où il va et comment y aller. Il eut également l'impression qu'il était de ceux qui ne laissent personne se mettre en travers de leur route.

— Je dois rentrer avant que ma grand-mère s'inquiète, dit Curtis. Vous êtes sûr que vous ne voulez pas que je vous conduise à l'hôpital ? Si vous étiez mon patient, je demanderais un scanner et ensuite une IRM selon les résultats du scanner. Et j'exigerais que vous passiez une nuit en observation.

— Tout ça pour un petit coup sur le crâne ?

— Il est plus prudent d'éliminer certaines hypothèses.

— Sur ce point, nous sommes d'accord, répondit Lukas. Et c'est la raison pour laquelle j'ai l'intention d'aller chercher dans ma voiture un kit pour relever les empreintes.

Il s'accroupit près de la lampe.

— Vous n'avez rien touché, n'est-ce pas ?

— A part votre pouls, vous voulez dire ? Hélas, j'ai bien peur que si.

Il croisa les bras d'un air de défi.

— J'ai dû éloigner cette lampe pour vous examiner plus commodément.

— Dans ce cas, je vais devoir relever vos empreintes et les comparer à celles que je trouverai sans doute sur la lampe. A moins que vous ne soyez déjà répertorié dans le fichier de la police...

Il avait voulu plaisanter, mais quand il se tourna vers Curtis il vit frémir ses narines.

— Désolé, dit-il. Ce n'était pas très fin, comme boutade.

La peau de Curtis était devenue grise comme le ciel d'hiver. Sa façade nonchalante et pleine d'élégance s'était effondrée. Dans les beaux yeux verts du métis, une lueur inquiète s'était superposée au mépris qu'il s'efforçait d'afficher.

— Auriez-vous quelque chose à me dire ? demanda doucement Lukas que ce changement d'état avait surpris.

Curtis leva une main pour se frotter le visage, comme s'il voulait restaurer l'image imperturbable qu'il présentait tout à l'heure.

— J'ai eu quelques problèmes à l'université, avoua-t-il enfin. J'ai finalement été innocenté et on a abandonné les charges contre moi, mais on m'a classé dans vos dossiers, archivé, gardé, appelez ça comme vous voulez. Je ne sais pas si mes empreintes sont répertoriées, mais c'est fort possible.

— Vous voulez bien me dire dans quelles circonstances la police vous a inquiété ?

— Non. Tout ça c'est du passé.

Sa main droite se mit à triturer l'anneau en or qu'il portait au petit doigt de la main gauche.

— Ma grand-mère n'est pas au courant et j'aimerais bien qu'elle reste dans l'ignorance. Mon père lui en a fait baver, je ne veux pas qu'elle se fasse du souci pour moi.

— Je le comprends. Mais vous savez ce qu'on dit des secrets honteux… Ils ont la fâcheuse manie de resurgir au moment où on s'y attend le moins.

— On dirait que vous savez de quoi vous parlez.

Lukas haussa les épaules.

— Nous avons tous nos secrets. Il suffit de jeter un coup d'œil à cette pièce pour s'en convaincre.

Le regard de Curtis erra dans la pièce.

— Que voulez-vous dire ? demanda-t-il.

Lukas désigna d'un geste vague les murs bleus et les rideaux de lin blanc, les posters de rock stars et d'acteurs, la coiffeuse encombrée de maquillage, de flacons de parfum et de rubans.

— Nous nous trouvons bien dans la chambre de Rachel DeLaune, non ? fit-il.

Curtis serra les lèvres.

— Vous me posez cette question comme si j'étais censé connaître la réponse, mais quand j'entrais dans cette maison je restais cantonné dans la cuisine. Je n'avais pas le droit de circuler librement.

— Mais vous savez tout de même qu'il s'agit de la chambre de Rachel. Comment pourriez-vous l'ignorer ? Même moi, j'ai pu m'en rendre compte. Il suffit de regarder. Je pense que rien n'a changé depuis le soir où elle est morte.

Lukas se tut et le silence s'installa entre eux.

— On sent toujours sa présence, vous ne trouvez pas ? reprit-il. Dites-moi à quoi elle ressemblait.

Les yeux verts parurent s'enfoncer dans leurs orbites.

— J'ignore où vous voulez en venir, mais je suis sûr que vous avez une idée derrière la tête. Je ne crois pas une seconde que vous ayez envie de savoir à quoi ressemblait Rachel.

Lukas songea qu'il ne s'était pas trompé, Curtis n'avait pas seulement hérité du nez et des pommettes de sa grand-mère, mais aussi de son intuition.

— Vous avez raison, avoua-t-il. Ce que j'ai envie de savoir, c'est si elle avait un petit ami. On n'en mentionne pas dans les rapports de police, mais une belle fille comme elle… Les garçons tournaient autour d'elle, je n'en doute pas.

Il avança jusqu'à la coiffeuse. Il aurait pu jurer que le parfum de la jeune fille flottait encore dans l'air.

— Elle papillonnait pas mal, fit Curtis. Mais pas de petit ami attitré. Du moins, pas à ma connaissance.

— Il lui est arrivé de sortir avec vous ?

Une expression de surprise s'afficha sur le beau visage de

Curtis, puis il éclata d'un rire mauvais qui tranchait avec son ton suave.

— Vous plaisantez, n'est-ce pas ? Vous croyez que James DeLaune aurait autorisé sa précieuse fille, sa princesse, comme il l'appelait, à sortir avec quelqu'un comme moi ?

— Pourquoi pas ? Quand on voit ce que vous êtes devenu… Je parie que l'on vous considérait déjà comme un jeune homme intelligent et ambitieux.

— Ça n'aurait pas pesé lourd dans la balance pour le vieux James. Pour lui, je n'étais que le petit-fils de la femme de ménage. Et un mulâtre, de surcroît.

Lukas le regarda fixement.

— On n'emploie plus vraiment ce mot de nos jours. Pas même dans notre région.

— Vous n'écoutez pas attentivement les conversations de vos concitoyens, rétorqua amèrement Curtis. Cette ville n'a pas changé autant que vous semblez le croire.

Lukas jugea qu'ils s'aventuraient sur un terrain glissant. Voire dangereux.

— Des hommes comme DeLaune ou mon père étaient d'une autre génération, murmura-t-il doucement. Et certains ont mis du temps à surmonter leurs préjugés.

Curtis lui jeta un regard cynique.

— Seriez-vous en train de justifier des comportements racistes ?

— Pas du tout. Je me contente de constater un fait qu'on ne peut pas nier, si désolant soit-il. Les temps changent. Et même si une petite ville comme la nôtre peut être jugée rétrograde, vous ne risquez plus d'être lynché sous prétexte que vous sortez avec une femme blanche.

— Et vous trouvez ce progrès suffisant ? demanda Curtis

avec un sourire méprisant. Vous savez aussi bien que moi qu'il n'y a pas forcément besoin d'une corde pour lyncher un homme. Il suffit de l'accuser d'un forfait qu'il n'a pas commis pour ruiner sa réputation, risquer de lui faire perdre sa bourse d'études, menacer son avenir, l'obliger à rester à sa place.

Lukas inclina la tête de côté.

— C'est ce qui vous est arrivé, n'est-ce pas ? C'est pour ça que je trouverai peut-être vos empreintes dans notre fichier ?

— Je refuse d'en parler. Et je souhaite mettre fin à notre conversation. Nous n'avons plus rien à nous dire.

Il se détourna et fit mine de partir.

— Docteur Floyd ?

Il s'arrêta.

— Etiez-vous amoureux de Rachel DeLaune ?

Le visage de Curtis exprimait maintenant un mélange de colère, de détermination et de désespoir. Il fixa un point dans le vide, puis il ferma les yeux.

— Pourquoi remuer tout ça aujourd'hui ? dit-il. Vous ne pouvez pas la laisser reposer en paix ?

Lukas haussa les épaules.

— Je n'aime pas les mystères. Ils me dévorent, ils m'obsèdent. Ils m'empêchent de dormir la nuit.

Il inspira profondément et il eut l'impression que les effluves du parfum de Rachel DeLaune affermissaient sa résolution.

— Vous allez sans doute penser que je suis dingue, mais je voudrais bien résoudre cette affaire, avoua-t-il. Sans compter que je n'aime pas l'idée qu'un meurtrier se promène en liberté dans les rues de notre ville.

9.

Quand elle travaillait à un tatouage, Sarah oubliait tout. Elle avait toujours aimé peindre et dessiner, mais exercer ses talents sur une toile vivante lui procurait un plaisir inégalable. Elle posait d'abord les fondations à l'encre noire, puis la couleur qui donnait vie à l'image.

— Il faudra éviter de toucher, ne pas vous gratter et ne surtout pas enlever la croûte, prévint-elle en posant un pansement sur le tatouage qu'elle venait de finir. Gardez cette gaze au moins quatre heures et ensuite lavez avec du savon et de l'eau, sans utiliser de gant.

— Dois-je mettre de la vaseline pour hydrater ? demanda la cliente.

C'était la première fois qu'elle se faisait tatouer et elle était légèrement angoissée.

— Pas de vaseline. Vous pouvez appliquer une pommade désinfectante pendant quelques jours et ensuite une bonne crème hydratante. Il faut absolument éviter le dessèchement de la zone. Mais ne vous en faites pas, je vais vous donner un papier récapitulant la marche à suivre.

Après avoir raccompagné sa cliente jusqu'à la porte, Sarah revint nettoyer son poste de travail isolé derrière un paravent. Au bout de quelques minutes, elle entendit tinter la sonnette de la porte d'entrée et se pencha pour voir qui entrait. Sean… Elle reçut un coup au cœur, exactement comme quand il l'avait appelée la nuit précédente. Il l'avait tenue à distance pendant des mois et, maintenant que ça l'arrangeait, il se manifestait à tout bout de champ.

C'était bien Sean… Il se croyait tout permis et n'hésitait pas à aller et venir dans la vie des gens, selon son bon vouloir, sans se préoccuper de leurs sentiments.

Mais cette pseudo-assurance cachait une grande fragilité. Elle lui servait d'armure. Sarah le comprenait d'autant mieux qu'elle aussi avait dû se retrancher derrière une armure pour grandir dans l'ombre d'une sœur vénérée par leur père.

Elle se souvenait encore du jour où elle avait brutalement pris conscience que son père préférait Rachel. Et ce n'étaient pas les cadeaux de prix réservés à son aînée qui lui avaient ouvert les yeux, mais le temps que James passait avec elle, la façon dont il la regardait, la manière dont sa voix s'adoucissait quand il s'adressait à elle. Sarah avait vite compris qu'elle n'avait pas les moyens de rivaliser avec Rachel.

Elle avait donc passé son enfance et son adolescence à ériger un système de défense pour mettre ses émotions à distance et pour se persuader — et persuader son entourage — qu'elle n'avait besoin de rien ni de personne, qu'elle était une solitaire, une marginale, qu'elle pouvait vivre retranchée dans ses rêveries.

Puis Sean était arrivé et elle l'avait laissé approcher de la vraie Sarah. Il la connaissait mieux que personne, mais elle avait tout de même conservé pour lui des zones d'ombre. Il existait une partie d'elle-même qui devait rester cachée. Absolument. Y compris pour elle.

Sean l'avait quittée à cause de ce fardeau qu'elle lui avait imposé. Elle faisait des efforts pour accepter leur séparation et en voir les côtés positifs, mais, des mois après, elle se sentait encore blessée et perdue, comme la petite fille qui avait autrefois rêvé de rentrer dans les bonnes grâces de son père.

Elle essuya le fauteuil de barbier dans lequel elle installait ses clients et nettoya son poste de travail. Elle mit les gants usagés, les aiguilles et les résidus d'encre dans leurs poubelles respectives, puis plaça ce qui devait être stérilisé dans l'autoclave.

Quand elle eut fini, elle alla rejoindre Sean de l'autre côté du paravent. Il feuilletait un magazine sur les tatouages. Quand il la vit approcher, il revint à la page qu'il avait sélectionnée.

Il s'agissait d'une photo d'elle, centrée sur le tatouage qu'elle portait sur l'omoplate, mais qui montrait aussi son visage de profil. Un visage pensif et mystérieux qui avait quelque chose de sinistre. Elle se souvint que le photographe lui avait demandé de se mettre dans la peau d'un ange déchu.

— On dirait que tu es célèbre, fit remarquer Sean.

— Célèbre, c'est beaucoup dire…

Le magazine mentionnait dans ce numéro une douzaine de femmes plus connues qu'elle dans le milieu du tatouage. Mais cela prenait du temps de se faire une réputation. Sarah aimait passionnément son art et cela la rendait patiente. La célébrité viendrait en son temps.

Par contre, elle n'était pas patiente quand il s'agissait de Sean et de ses petits jeux.

— Que fais-tu ici ? demanda-t-elle sèchement. Je suppose que tu ne viens pas pour un tatouage.

— Je me laisserais bien tenter, mais non, je ne viens pas pour choisir un tatouage, répondit-il.

Il reposa le magazine et se leva.

— Je voudrais que tu m'accordes quelques minutes de ton temps. J'ai besoin de parler avec toi de ma nouvelle affaire. Et plus précisément de certains éléments de la scène du crime qui me posent problème.

— Pourquoi t'adresser à moi ? Je t'ai déjà dit tout ce que je savais au sujet des tatouages.

— Il ne s'agit pas des tatouages. Cette chambre était couverte de symboles, tu t'en souviens ?

Sarah haussa les épaules.

— Pourquoi ne cherches-tu pas sur internet ? Je ne suis pas une spécialiste.

— Peut-être… Mais je voudrais que tu acceptes de m'écouter. Le simple fait de formuler tout haut des hypothèses devant une oreille attentive est parfois d'une aide précieuse.

— Pourquoi moi ? insista-t-elle.

Mais la question qui lui brûlait les lèvres était : *Pourquoi pas ta femme ?*

Il sourit.

— Parce que c'est ce que nous avons toujours fait, Sarah, et que tu sais écouter.

Il posa sur elle un regard si pénétrant qu'elle se sentit glisser dans une sorte de léthargie et, pendant quelques secondes, elle eut la sensation que tous les nerfs de son corps étaient devenus fous.

Elle en conclut qu'il produisait sur elle un effet néfaste. Et aussi que c'était injuste que Sean Kelton — cet être qui n'hésitait pas à faire souffrir les autres — soit aussi attirant et charismatique.

Il n'était pas le seul, bien sûr, et Sarah avait connu bien

d'autres hommes comme lui. Sombres, intenses, insouciants… Mais Sean… Sean vous marquait à jamais.

— Je ne pense pas que ce soit une bonne idée, objecta-t-elle.

Une lueur brilla dans les yeux de Sean et elle put voir à quel point il lui coûtait de maîtriser son impatience.

— Tout ce qui est susceptible de m'aider à trouver le dingue qui a massacré cette pauvre femme me paraît une très bonne idée, au contraire. Rien d'autre n'a d'importance à mes yeux.

— C'est bien ce que je pense. Rien d'autre n'a d'importance à tes yeux. Parce que tu ne vis que pour ton boulot, pour coincer des meurtriers. C'est bien ça, Sean ?

— Oui. Tu me juges mal ?

— Non. C'est tout à fait admirable. Mais ce que je ne comprends toujours pas, c'est pourquoi tu veux absolument m'entraîner là-dedans. Surtout que je ne peux pas grand-chose pour toi.

— Sarah…

Il lui prit le bras pour l'empêcher de se détourner de lui.

— N'en fais pas une affaire personnelle. Ça n'a rien à voir avec notre relation.

Elle dégagea son bras.

— Tu te mens à toi-même. Tout ce qui est entre nous devient une affaire personnelle.

Il poussa un profond soupir.

— Je sais que nous n'avons pas réglé nos comptes, mais je te demande de l'oublier pour le moment. Celui qui a fait ce que tu as vu cette nuit se promène impunément dans les rues de la ville et je serais prêt à parier qu'il a déjà choisi sa prochaine victime. Tu connais le symbole qu'il a utilisé. Tu connais les tatouages. Tu connais aussi les planches de Rorschach. Il est naturel que je songe à m'adresser à toi et que j'éprouve le besoin de te parler de l'affaire.

Il se pencha vers elle et la transperça d'un regard inquisiteur.

— Tu peux m'aider à découvrir l'assassin. J'en suis certain.

Elle avait vécu deux ans avec Sean, mais elle constata avec surprise qu'il avait encore le pouvoir de la déstabiliser. Elle fit de son mieux pour se débarrasser de la sensation qu'elle se trouvait à sa merci et qu'elle ne pouvait rien lui refuser.

— Viens, fit-il d'un ton enjôleur. Allons prendre un café dehors. Au bout de la rue si tu veux. C'est tout ce que je te demande.

Elle contempla pendant un instant les modèles de tatouages exposés sur le mur. Puis elle poussa un petit soupir.

— Très bien… Mais je ne peux pas rester longtemps. J'ai un client à 17 heures.

— Ça suffira amplement, dit-il en souriant. Prends un manteau. Il fait un peu moins froid dehors, mais le vent vient du fleuve et il est glacial.

Le salon que Sarah partageait avec son associé était situé dans Decatur Street, tout près du marché français, mais ils passèrent devant le Café du Monde sans s'y arrêter et décidèrent de pousser jusqu'à un petit établissement plus discret et plus calme, quelques pâtés de maisons plus loin. Sarah boutonna son manteau tout en marchant. Le ciel était bleu et sans nuages, et le faible rayon de soleil qui la réchauffait lui rappela à quel point l'été lui manquait.

Les piétons n'étaient pas nombreux. La tempête de

neige avait empêché les touristes d'entrer en ville, mais si la température continuait à monter les rues s'animeraient de nouveau pendant le week-end.

Ils marchaient côte à côte, les mains dans les poches, et Sarah ne put s'empêcher de remarquer que Sean prenait soin de ne pas l'effleurer. Elle comprenait aisément pourquoi. Il était remarié et se montrer trop intime en public avec son ex-femme aurait pu nuire à sa carrière ou à son mariage.

Elle n'aurait pas dû se formaliser de cette attitude, mais quand ils entrèrent dans le café et qu'elle le surprit à survoler les tables d'un regard inquiet, comme pour s'assurer que personne ne les connaissait, elle sentit peser au plus profond de son cœur le poids du regret. Et aussi celui d'un ressentiment justifié.

Elle avait passé deux ans de sa vie avec un homme qui l'avait abandonnée sans le moindre scrupule. Il revenait vers elle aujourd'hui parce qu'il avait besoin d'elle, besoin de quelque chose qu'elle seule pouvait lui apporter — du moins en était-il persuadé.

Après son départ, Sarah avait vécu un certain temps dans le déni, en nourrissant l'espoir secret qu'il se réveillerait un beau jour en s'apercevant qu'ils étaient faits l'un pour l'autre. Leur mariage avait été bref, il n'avait pas eu le temps de s'en rendre compte.

Mais à présent elle n'attendait plus rien de Sean, et, en s'installant dans le box en face de lui, elle se sentit glisser insensiblement du déni à la colère. Elle s'en voulait. Elle s'en voulait de s'être montrée aussi naïve, stupide, vulnérable.

— Ça va ? demanda Sean.

Elle lui lança un regard mauvais qui parut le déconcerter.

— Pourquoi ça n'irait pas ? rétorqua-t-elle.

— Je ne sais pas. Tu as l'air…

— J'ai l'air quoi ?

Il haussa les épaules.

— Fatiguée, je suppose.

— Et moi je suppose qu'il s'agit encore d'une manière délicate de me dire que j'ai une mine de chien.

— Je n'ai pas dit ça, non, répondit-il en levant vers son visage un regard qui paraissait chercher quelque chose qu'il ne trouva pas.

Sarah constata avec plaisir qu'il était déstabilisé quand elle refusait de jouer le rôle qu'il entendait lui attribuer.

— Tu n'as pas beaucoup dormi la nuit dernière et c'est ma faute, poursuivit-il. Je me sens un peu coupable.

— Ne t'en fais pas pour ça, j'ai l'habitude de très peu dormir. Toi non plus, tu n'as pas dormi.

— Bah ! tu sais bien que je carbure à la caféine et à l'adrénaline. C'est un point commun entre nous.

Il avait raison et ça expliquait que leur mariage ait été tellement explosif. Ils étaient toujours survoltés et incapables l'un comme l'autre de se détendre devant la télévision avec un verre de vin. Les gens comme eux refusaient de lâcher prise parce que le prix à payer était trop élevé. Parce qu'il fallait pour cela accepter de laisser tomber ses défenses.

La serveuse vint prendre la commande. Sean voulut un café et Sarah un thé. Quand on lui apporta sa tasse, elle se concentra sur le sachet à infuser. Tout ça pour éviter le regard de Sean.

— J'aimerais te demander quelque chose, dit-elle enfin.

— Je t'écoute.

Elle leva les yeux vers lui, mais il avait détourné le visage du côté de la fenêtre. Il paraissait ailleurs.

Sarah songea avec amertume qu'il était à peine conscient de sa présence. Qui aurait pu croire en les voyant assis l'un en face de l'autre comme deux étrangers qu'ils avaient vécu deux ans ensemble ?

— Qu'est-ce que Catherine pense de ton tatouage ?

La question attira l'attention de Sean et une expression méfiante et inquiète se peignit sur ses traits, celle d'un soldat qui s'apprête à traverser un champ de mines.

— Elle n'est pas ravie, murmura-t-il.

— Elle sait ce qu'il signifie ?

— Elle sait qu'il signifie beaucoup pour moi. Donc, elle a probablement plus ou moins compris de quoi il retournait. Mais si tu me demandes si elle sait exactement ce qu'il signifie pour nous, non, je ne lui en ai jamais parlé. C'est entre toi et moi.

Il l'enveloppa d'un regard ardent et elle se détourna.

— Je suppose que ça n'a plus vraiment d'importance, maintenant, dit-elle enfin.

— Si, ça en a, répondit-il tout bas.

Sarah évita de le regarder. Il lui semblait qu'elle avait enfin accepté leur séparation et elle se sentait mieux depuis. Mais, s'il se mettait à lui faire les yeux doux et à la dévisager comme si elle était la seule femme au monde, ça n'allait pas être facile de passer à autre chose.

Un homme entra et le courant d'air qui s'engouffra avec lui fit frissonner Sarah. Elle fut tentée de remettre son manteau. Autant pour se protéger du froid que pour mettre une couche supplémentaire entre elle et Sean.

— Je ne sais pas pourquoi je t'ai posé cette stupide

question, fit-elle. Nous ne sommes pas là pour ça. Tu m'as offert un thé pour que je t'aide à démasquer un assassin. Ça signifie que tu me crois capable de comprendre le fonctionnement d'un psychopathe. Je me demande si je dois en être flattée ou blessée…

Il sourit.

— Nous avons tous des talents cachés.

Il essayait l'humour pour détendre l'atmosphère, mais cette manœuvre particulièrement malhabile agaça encore plus Sarah.

— Nous savons tous les deux quel est ton talent caché, n'est-ce pas, Sean ?

— Vraiment ? fit-il d'un ton amusé.

— Oui. Tu es passé maître dans l'art d'éviter les confrontations. Tu m'as quittée en me laissant un mot. Tu as chargé Danny de m'annoncer que tu étais marié. Je crois que ça s'appelle de la lâcheté.

Son sourire s'évanouit et il lui jeta un regard cynique.

— Venant de la reine du déni, la critique a de quoi faire sourire.

— Va au diable.

La réplique fut ponctuée d'un long silence.

— Tu te sens mieux ? dit-il enfin.

— Non, répondit-elle d'un ton amer. Pas le moins du monde.

— Bon… Si tu n'en as pas fini, continue. Qu'on en finisse.

— C'est tout ce que tu trouves à dire ? C'est tout l'effet que ça te fait ? Je voudrais une explication alors je t'ennuie. Je t'agace. Tu es pressé qu'on en finisse pour pouvoir passer à autre chose. Je me demande pourquoi je ne l'ai pas remarqué plus tôt.

— Remarqué quoi ?

— Que tu changeais si aisément de registre. Tes regards attendris, tes sourires enjôleurs, ta touchante révélation au sujet du tatouage.

Elle rit.

— Ça compte… Tout ça, c'était calculé. Pour me mettre dans ta poche. Mais de temps en temps, c'est plus fort que toi, le vrai Sean refait surface. Comme en ce moment.

Il secoua la tête.

— Tu m'as perdu, c'est vrai. Et si tu veux que je reconnaisse que je me suis mal conduit quand je t'ai quittée, eh bien oui, d'accord, je me suis mal conduit. J'ai atrocement mal géré la situation et je suis prêt à admettre que je ne pouvais pas faire pire. T'envoyer Danny pour te prévenir de mon mariage, oui, c'était nul, et je le regrette encore. Mais que tu le croies ou non, à ce moment-là, je ne voyais pas d'autre solution. Il me semblait qu'apprendre la nouvelle de la bouche de Danny te faciliterait la tâche.

— C'était surtout plus facile pour toi, rétorqua-t-elle en croisant ses bras sur la table.

— Sans doute, mais j'ai aussi pensé à toi, je te le jure. Tu ne t'en souviens peut-être pas, mais à l'époque nous ne pouvions pas rester quelques minutes dans la même pièce sans nous chamailler.

— Heureusement, nous n'avons plus à nous soucier de ce problème. Ou plutôt nous ne devrions plus avoir à nous en soucier si tu me fichais enfin la paix.

— Il me semble que tu es venue de ton plein gré, je ne

t'ai obligée à rien, fit-il avec une pointe de suffisance qui donna à Sarah envie de le gifler.

— Il s'agit d'une erreur de jugement que je peux aisément réparer, persifla-t-elle en prenant son manteau.

— Sarah, attends !

Il posa une main sur elle et ses doigts étaient tièdes, forts, rassurants. Ils dégageaient une douceur inattendue qui fit tressaillir Sarah au plus profond d'elle-même. Elle eut envie de prendre cette main et de la porter jusqu'à sa bouche. De garder contre elle cette chaleur le plus longtemps possible. L'intensité de ce désir avait quelque chose de honteux et d'écœurant et elle repoussa vivement la main de Sean.

— Je suis désolé, dit-il. Ne t'en va pas. Je t'en prie.

Elle poussa un soupir.

— Ecoute, poursuivit-il. Je sais que je t'en demande beaucoup et que je n'ai aucun droit de réclamer ton aide.

Il baissa les yeux vers son café en fronçant les sourcils, comme s'il se demandait comment ils avaient pu en arriver là.

— Mais, comme je te l'ai dit tout à l'heure, il ne s'agit pas de nous. Il s'agit de coincer un dangereux assassin qui risque de récidiver.

— Qu'en sais-tu ? Pour l'instant, il n'a tué qu'une femme.

— Question d'instinct. Tu vas peut-être me prendre pour un flic complètement parano, mais je suis persuadé que le type qui a fait ça a agi sous le coup de la rage et de la passion. D'une impulsion irrésistible. C'est un fou. Il va recommencer.

— Et tu t'imagines que je suis capable de t'aider à

comprendre ses motivations ? Je dessine des tatouages, Sean. Je ne suis pas voyante.

— Mais tu en connais un rayon sur l'occultisme. Je me souviens que tu lisais pas mal de bouquins sur le sujet. Ils traînaient partout dans la maison et ça m'agaçait au plus haut point.

Elle leva les yeux vers lui.

— Ah bon ? Tu n'as jamais rien dit.

— Et que voulais-tu que je dise ?

Ses doigts jouèrent un rythme sec et impatient sur le plateau de la table.

— Ce type aussi s'intéresse à l'occultisme, mais lui, c'est un tordu. Je ne peux pas t'expliquer pourquoi, mon instinct me dit qu'il est complètement dingue. Et je sais aussi que ce n'est pas terminé.

Ces mots remplirent Sarah d'une terreur qui lui rappela celle de ses cauchemars. Elle se souvint brusquement de cet instant où elle avait regardé tomber la neige depuis le porche glacial de la maison où l'on avait trouvé le cadavre. Elle avait eu la sensation que ses rêves avaient réveillé le maléfique pouvoir d'Ashe Cain et qu'il ne tarderait pas à revenir pour elle.

Elle se tourna vers Sean, l'estomac noué, soudain agitée.

— Qu'attends-tu de moi ? demanda-t-elle.

— Dis-moi simplement ce que tu as ressenti l'autre soir en découvrant la scène du crime. Ce qui m'intéresse, ce sont tes premières impressions. Essaye de t'en souvenir.

— Je croyais que tu voulais simplement que je t'écoute, protesta-t-elle.

— Ce que je veux, c'est que tu m'aides à comprendre ce qui se passe dans la tête de ce cinglé.

Sarah n'avait aucune envie de se mettre à la place d'un psychopathe quand elle avait du mal à combattre ses propres démons. Elle n'avait pas besoin de se sentir concernée par les agissements d'un tueur.

Une fois de plus.

Pourtant, elle avait beau tenter de résister, son esprit passait déjà en revue les impressions de la nuit précédente. Elle revit la maison, le porche, les chiffres en cuivre cloués sur le cadre de la porte. Un peu comme si elle s'était transportée sur place par la pensée et qu'elle s'apprêtait à visiter de nouveau les pièces.

— Je me souviens que quelque chose m'a frappée quand je suis arrivée, murmura-t-elle d'un ton hésitant.

— Oui ? De quoi s'agissait-il ?

— Je peux me tromper, il s'agit peut-être d'une coïncidence.

— Ça ne fait rien. Dis quand même.

— Bien sûr, ça n'a vraiment de sens que si on le replace dans le contexte, si on le met en rapport avec ce que nous avons vu ce soir-là. Pris isolément, il ne s'agit pas d'un détail significatif.

Il acquiesça.

— Vas-y.

— Quand nous sommes entrés dans la maison, j'ai remarqué que le numéro sur la porte commençait par les chiffres un et huit. Dix-huit, ça fait trois fois six. Six cent soixante-six : le nombre qui désigne Satan dans l'Apocalypse.

Elle s'attendait à ce que Sean accueille cette révélation avec un haussement d'épaules et qu'il passe à autre chose. Elle en aurait même été soulagée. Elle n'aimait pas se l'avouer, mais parler de l'occultisme la perturbait.

Mais Sean paraissait intéressé, aussi elle poursuivit :

— Rien n'a été laissé au hasard dans cette scène du crime. Le tueur s'intéresse de très près au symbolisme et au sens caché derrière les apparences. Il choisit peut-être le lieu de ses forfaits à l'avance, en fonction du numéro, en se servant par exemple d'un annuaire. Ensuite il ne lui reste plus qu'à trouver une maison vide. Il n'est pas obligatoirement du quartier, il sait simplement comment se procurer ce dont il a besoin.

Sean contempla Sarah en hochant la tête.

— Très bien, fit-il. Quoi d'autre ?

On leur avait apporté de l'eau avec des glaçons en même temps que le thé et le café. Sarah dessina rêveusement dans la buée de son verre.

— Il m'a semblé que ça sentait le soufre quand je suis entrée dans la maison.

— Le soufre ? Je ne m'en suis pas aperçu et aucun de mes hommes non plus. Pourtant, c'est une odeur forte et dérangeante.

Sarah haussa les épaules.

— J'ai pu me tromper. Je rêvais de soufre avant que tu me réveilles.

— Tu rêvais de soufre ? Seigneur, Sarah, gémit-il d'un ton alarmé, tu fais toujours des cauchemars.

— Oui. Quand j'arrive à dormir…

— Tu es toujours suivie par ton fameux psychiatre ?

Elle baissa les yeux.

— Je n'ai pas vraiment envie de parler de ça maintenant. Et, de toute façon, il est temps que je retourne au salon.

— Attends un peu. Ce n'est pas encore tout à fait l'heure et je trouve que nous avançons. Jamais je n'aurais pensé à cette histoire de numéro.

Il marqua une pause.

— Que peux-tu me dire au sujet du symbole qu'il a tracé partout dans la chambre ? Comment appelais-tu ça, déjà ? Un *udjat*, c'est ça ?

— Tu pourrais trouver tous les renseignements que tu veux sur internet. Et certainement plus que je ne suis capable de t'en dire. Ce dont je me souviens, c'est qu'on prétend qu'il représente l'œil droit, symbole du soleil. L'œil gauche, ou l'image en miroir de l'œil droit, symboliserait la lune. L'assassin a dessiné les deux dans la pièce.

— Pourquoi, d'après toi ?

Elle ne répondit pas tout de suite. Elle lisait avec effroi la phrase qu'elle venait de tracer dans la buée de son verre.

Je suis toi

Le message de l'assassin.

— Sarah ?

Elle essuya le verre du bout du doigt en espérant que Sean n'avait rien remarqué.

— Désolée, je réfléchissais et je me disais que le tueur est confronté à un violent conflit intérieur.

— Comme tous les grands psychopathes, approuva Sean. Ça pourrait expliquer qu'il connaisse les planches de Rorschach : il a probablement été suivi par un psychiatre à un moment de sa vie. Si l'on pouvait savoir ce que signifie pour lui celle qu'il a tatouée sur le dos de la victime, ça nous ferait faire un grand bond en avant.

— Inutile de rêver, on ne peut pas deviner, rétorqua

Sarah. Mais le simple fait qu'il tatoue ses victimes nous renseigne. Tu connais le Lévitique ?

Il lui jeta un regard perplexe.

— Je sais que ça vient de la Bible.

— *Ils ne feront point d'incisions dans leur chair*, cita-t-elle. Certains se fondent sur ce passage pour décréter que les tatouages ou les piercings sont la marque du démon. Régulièrement, des prêcheurs poussent la porte de ma boutique pour tenter de sauver mon âme.

La décadence moderne avait atteint La Nouvelle-Orléans, mais la ville avait conservé un tant soit peu de spiritualité.

— Tu crois que le tueur a voulu graver la marque du diable sur sa victime ?

— Je n'en sais rien. C'est une possibilité.

— Mais cette femme était déjà couverte de tatouages, fit remarquer Sean.

— Oui, de vieux tatouages aux couleurs flétries. Elle n'en prenait pas soin. Le tueur en a peut-être conclu qu'elle s'était repentie.

Sean se gratta la lèvre inférieure avec le pouce.

— Et il aurait donc décidé de la marquer de nouveau. D'abord dans le dos, avec une tache symétrique qui ressemble à un Rorschach, et ensuite sur la paume, avec un pentagramme.

— Il ne s'agit pas d'un pentagramme, corrigea Sarah. J'allais te le dire hier, mais j'ai oublié. Ce qu'elle a sur la paume, c'est un triangle entouré d'un cercle.

— Et alors ? Un triangle entouré d'un cercle n'est pas un pentagramme ?

Elle hésita. Elle n'était pas certaine d'avoir envie de se lancer dans une explication détaillée.

— Dans certaines pratiques de sorcellerie, le triangle est utilisé pour jeter des sorts ou convoquer les démons, il sert de porte. Le cercle, lui, est là pour protéger le sorcier.

Sean poussa un long sifflement.

— Donc il dessine un tatouage sur son dos, il la tue, et ensuite il trace un triangle sur sa paume pour convoquer un démon. Bon sang… On a affaire à un drôle d'oiseau.

— J'ai remarqué autre chose à propos de ce triangle, reprit Sarah. C'est du sale boulot. Les lignes sont rêches et pâles, ce qui signifie que l'aiguille n'a pas pénétré assez profondément. Un travail d'amateur… Rien à voir avec le tatouage du dos.

Sean parut songeur.

— Il venait de commettre un meurtre. Il était sans doute bourré d'adrénaline et il tremblait.

— Non, je ne pense pas. Le style aussi est différent. Songe aux *udjats*… Gauche et droite… La tache constituée de deux moitiés symétriques.

— Identiques ?

— Identiques et en miroir. Comme deux personnes qui seraient le reflet l'une de l'autre.

Sean se renversa contre le dossier de la banquette.

— J'ai l'impression que tu as mis le doigt sur quelque chose de très important, Sarah.

Elle vit briller une lueur dans ses yeux et l'air autour d'eux parut brusquement chargé d'électricité. Comme chaque fois qu'il avait la sensation d'avancer dans une enquête.

— Donc, tu ne me dis pas que j'ai perdu la tête ? fit-elle d'un ton léger.

Mais elle ne plaisantait qu'à moitié.

— Tu veux vraiment que je réponde à cette question ?

— Bien entendu.

Il se plongea un instant dans la contemplation de son café, puis il leva les yeux. Le cœur de Sarah cogna violemment dans sa poitrine. Il y avait dans son regard quelque chose de nouveau, quelque chose qu'elle n'avait pas vu tout à l'heure.

— Je vais te dire ce que je pense vraiment, murmura-t-il en se penchant vers elle par-dessus la table. Je me demande comment j'ai fait pour résoudre des affaires sans toi. Tu m'as manqué, Sarah.

Elle eut un mouvement de recul, comme si elle venait de recevoir une gifle.

— Pourquoi me dire ça maintenant ? protesta-t-elle.

— Parce que c'est vrai, répondit-il avec des yeux étincelants. Et ce n'était pas calculé, je te le jure. Je te le dis uniquement parce que je le pense. Et il y a autre chose que tu dois savoir. Ou plutôt, que je veux que tu saches.

Il la dévisagea avec une telle intensité qu'elle détourna le regard.

— En te quittant, j'ai commis la plus grosse erreur de ma vie.

Sarah était tellement furieuse qu'elle en eut le souffle coupé. Il n'avait pas le droit de lui parler comme ça. Il se croyait vraiment tout permis.

— Tu es incroyable, marmonna-t-elle.

Il passa une main sur son visage.

— Je comprends que tu sois en colère. Et je comprends aussi que je me suis conduit avec toi comme un crétin et un salaud.

— Ça ne t'a pas dérangé jusque-là, je ne vois pas ce qui t'empêche de continuer.

Il laissa retomber sa main sur la table.

— Tu ne vas pas m'accorder le bénéfice du doute, n'est-ce pas ?

— Pourquoi devrais-je te l'accorder ?

— Seigneur… C'est vrai que je mériterais vraiment que tu te comportes avec moi comme…

Il laissa la phrase en suspens.

— Comme une mégère, c'est ça ?

— Une mégère, non, ça ne te ressemblerait pas. Mais c'est difficile de vivre avec quelqu'un comme toi, Sarah. Il faut que tu t'en rendes compte. Les insomnies… Les terreurs nocturnes… Ces fichus cachets dont tu te bourres… Tu laisses ton passé te dévorer de l'intérieur et tes angoisses pèsent lourd sur ton entourage. Tout le monde a des fardeaux. Moi aussi, j'ai les miens… Les horreurs de l'ouragan Katrina…

Sa voix se brisa et il eut un regard hanté.

— Mais avec toi c'était en permanence. C'était dur, crois-moi. J'ai eu besoin de souffler, de m'évader, de me rapprocher de quelqu'un de plus léger. Je n'en pouvais plus de me faire du souci pour toi vingt-quatre heures sur vingt-quatre.

— Tu voulais quelqu'un de sain, dit-elle.

— Peut-être qu'on peut le dire comme ça, oui, avoua-t-il.

— Et ce quelqu'un, ça a été Catherine.

Il parcourut la salle du regard, sans répondre.

— Merde, fit-il. J'ai besoin d'une cigarette.

— Dois-je te rappeler que tu as cessé de fumer depuis longtemps ?

— Les vieilles addictions sont tenaces, murmura-t-il. Parfois, le besoin revient au moment où on s'y attend le moins.

Sarah l'entendit à peine. Elle se sentait submergée par l'émotion et la colère, comme un oiseau qui s'aperçoit qu'il est enfermé dans une cage.

— Parle-moi d'elle, dit-elle.

Il posa sur elle un regard méfiant.

— Je ne pense pas que ce soit une bonne idée, fit-il remarquer.

— Pourquoi ? Comme tu l'as si bien dit tout à l'heure, vidons notre sac et finissons-en une fois pour toutes.

Il demeura silencieux, comme s'il flairait un piège. Puis, comme elle attendait calmement sa réponse, il haussa les épaules.

— Très bien. Catherine et moi, nous avons grandi ensemble. Nous sommes sortis ensemble pendant toutes nos années de lycée et nous parlions déjà de nous marier à la fin de nos études.

Merde.

Ça commençait mal. Elle n'avait plus très envie d'entendre les détails de la relation de Sean avec Catherine. Chaque mot qui sortait de sa bouche lui remuait un peu plus profondément le couteau dans la plaie.

— Pourquoi ne vous êtes-vous pas mariés ? demanda-t-elle tout de même.

— Nous sommes allés dans des universités différentes, dans des villes différentes. Nous ne poursuivions plus les mêmes buts.

Il haussa les épaules.

— Nous avons suivi chacun notre chemin et la séparation

s'est faite insensiblement. Nous sommes restés vaguement en contact pendant un certain temps. Ensuite je l'ai perdue de vue pendant des années. Et puis, un jour, nous nous sommes retrouvés dans le même restaurant, à quelques tables de distance. Nous avons parlé du bon vieux temps et je me suis souvenu à quel point la vie me paraissait agréable et facile à ce moment-là.

— Avec elle.

— Je suppose que c'est ce que j'en ai conclu, oui.

— Et la vieille flamme s'est ranimée, fit Sarah d'un ton cinglant. Cette rencontre, c'était avant ou après que tu me quittes sans crier gare ?

Il se tut.

— Ne te fatigue pas, j'ai compris, murmura-t-elle en baissant les yeux vers ses mains. Et tu couchais déjà avec elle quand tu es parti ?

— Non. Mais c'est vrai que je suis parti parce que je sentais que ça n'allait pas tarder et que je ne voulais pas te tromper.

— Mais tu es un héros, ma parole ! Donc, tu es parti et tu t'es marié avec elle quelques mois plus tard.

— Oui. Et ça, c'est la deuxième erreur de ma vie.

Ces mots firent à Sarah l'effet d'une bombe. Il la contemplait fixement et elle comprit qu'il attendait qu'elle dise quelque chose. Mais elle ne trouva rien à dire.

— Eh bien ? pressa-t-il.

— Tu es marié depuis seulement quelques mois, comment peux-tu affirmer que c'est l'erreur de ta vie ?

— Je m'en suis rendu compte dès la première semaine.

— Tu l'as regretté tout de suite ? s'étonna-t-elle en secouant la tête d'un air incrédule. Je me serais attendue à un peu plus de maturité de la part d'un homme de ton âge. Tu pourrais au moins donner une chance à ton mariage.

Il fronça les sourcils.

— J'avais espéré de ta part une autre réaction.

— Ah oui ? Et quelle réaction ?

— Ne parle pas si fort, protesta-t-il en jetant un regard autour d'eux.

Elle ignora la remarque.

— Si tu t'imagines qu'on va reprendre exactement là où on s'est arrêtés, tu te fais des illusions. J'ai fait du chemin, depuis.

— Tu as rencontré quelqu'un ?

— Ça ne te regarde pas.

— Voilà une réponse qui dénote une grande maturité, railla-t-il.

Il s'apprêtait à dire autre chose, mais son téléphone sonna et il le tira de sa poche pour vérifier l'identité de l'appelant.

— Merde, fit-il.

— Réponds, dit Sarah en attrapant son manteau. De toute façon, nous avions terminé cette conversation.

— Je voudrais te raccompagner jusqu'au salon, protesta-t-il. Tu ne veux pas attendre une minute ?

— Attendre, Sean ?

Elle eut un rire amer.

— Je ne pense pas, non. Pour toi, je n'attendrais même pas une minute.

10.

Assister à une autopsie avec la gueule de bois était probablement la pire manière de débuter une journée. Sean se changea dans le vestiaire de la morgue et avala deux cachets d'aspirine avec le reste tiède de son café.

Il supportait assez bien la vue des scènes de crime, mais les cadavres réfrigérés le rendaient malade. Déjà, son café commençait à lui donner des brûlures d'estomac.

Sans doute avait-il du mal à accepter qu'on manipule un corps comme un tas de viande et qu'on le découpe comme un boucher taille un steak.

Le moment était mal choisi pour se pencher sur la question. Il devait impérativement assister à cette autopsie. Même avec un médecin légiste sérieux et efficace, certains détails n'apparaissaient pas sur le rapport. La présence de l'inspecteur chargé de l'enquête était donc indispensable.

De plus, si étrange que cela puisse paraître, Sean avait constaté que cet ultime contact avec le cadavre créait une sorte de lien entre lui et la victime. Il s'avérait même nécessaire pour que l'affaire ne se perde pas dans le bourbier des homicides qui s'accumulaient sur son bureau au fil des semaines.

Sean n'était pas de ces flics qui cultivent la capacité d'aborder avec humour ou indifférence le côté macabre de leur boulot. Il éprouvait de la compassion pour les victimes. Leurs visages venaient le hanter dans son sommeil.

Il poussa la porte de la salle d'un coup d'épaule et entra. La pièce était d'une propreté immaculée, mais ça n'allait pas durer. Le sang allait gicler sur le sol et le matériel, dégouliner des mains du légiste et de la balance qui servait à peser les organes. Dans deux heures l'endroit serait complètement transformé, prêt à servir de décor à un film d'horreur.

Le Dr Frank Canard, coroner du comté, étudiait une radio posée sur une table lumineuse. Il jeta un coup d'œil par-dessus son épaule en entendant la porte se fermer et salua Sean d'un bref hochement de menton.

— Je vous attendais, dit-il. On va pouvoir commencer.

Comme tous les légistes de Louisiane, le Dr Canard était expert en médecine légale. Il travaillait depuis plus de vingt ans pour la police de La Nouvelle-Orléans — une ville qui détenait le triste record du taux de meurtres le plus élevé du pays. Il avait vu de tout.

Il avait pratiqué l'autopsie du prêtre éventré dans les années 1980 et aussi celle des prostituées éliminées par un tueur en série dans les années 1990. Pourtant, il avait déclaré une fois à Sean que rien dans sa carrière ne l'avait préparé à affronter l'ouragan Katrina et qu'il n'était pas près d'oublier les centaines de corps qui avaient défilé dans sa morgue de fortune après la catastrophe.

Il était grand, maigre et grisonnant, mais on devinait qu'il avait dû être autrefois un bel homme. Son visage aux traits rudes et son nez de boxeur contrastaient avec son allure digne de gentleman du vieux Sud. Même quand il plongeait les mains dans le ventre d'un cadavre, il conservait l'élégance et le raffinement qui lui permettaient d'évoluer avec aisance dans les salons chic.

— L'inspecteur LeJeune sera là d'une minute à l'autre, mais on peut commencer sans lui, fit Sean.

Il alla se placer au pied de la table en se concentrant sur la radio que le Dr Canard examinait à son arrivée — pour ne pas avoir à poser les yeux sur le cadavre.

— Vous avez trouvé quelque chose d'intéressant ?

— Sur la radio ? Non. Rien du tout.

Il allait préciser, mais la porte s'ouvrit et Danny fit irruption dans la pièce. Il avait enfilé sa blouse et ses gants, mais il portait son masque autour du cou.

— Désolé, s'excusa-t-il. Je suis en retard, je sais… La voiture de Kayla refusait de démarrer, pour changer. J'ai dû la déposer à la gare routière avant de venir ici.

Il ajusta fébrilement son masque et vint se placer près de Sean.

— J'ai raté quelque chose ? demanda-t-il.

Danny n'avait pas l'air de souffrir pendant les autopsies. Il les abordait avec calme, et même avec une certaine décontraction.

— Merde ! s'exclama-t-il en secouant la tête. Je ne la trouvais pas terrible l'autre nuit, mais là… Merde… Elle est vraiment moche…

— Ce que vous voyez aujourd'hui ne vous permet pas de juger de ce qu'elle était de son vivant, plaisanta gentiment le Dr Canard.

— Je le sais, doc, et je ne voulais pas me montrer irrespectueux. Mais les trente-six heures qu'elle vient de passer dans votre réfrigérateur ne lui ont pas fait de bien.

Sean se risqua à baisser les yeux vers la table et son estomac se souleva. Il dut avaler sa salive à plusieurs reprises pour empêcher son deuxième café de remonter.

Seigneur…

Il détourna le regard et aspira une grande goulée d'air à travers son masque avant de se concentrer de nouveau sur le cadavre. Danny avait raison. Même après la mort, le temps jouait contre la victime et les compartiments réfrigérés ne suffisaient pas à stopper l'inévitable processus de décomposition. Les lumières crues braquées sur le visage de la morte faisaient ressortir les entailles de son visage et de son cou, qui tranchaient avec la pâleur mortelle de son visage.

Mais ce n'était pas le pire.

Le tueur avait tailladé les coins de la bouche pour créer une macabre imitation de sourire. Les paupières avaient été découpées, laissant des yeux grands ouverts sur un épouvantable regard fixe.

Il ne restait rien de la beauté qui avait peut-être animé ce visage transformé en masque mortuaire.

Sean songea qu'il en avait pour des semaines à faire des cauchemars.

— C'est la blessure à la gorge qui a provoqué la mort, expliqua le Dr Canard tout en prenant une loupe pour se pencher sur le cadavre. L'entaille va de la carotide gauche à la droite. L'artère gauche, la jugulaire gauche et le muscle antérolatéral du cou sont touchés.

Il leva les yeux.

— La seule chose intacte est la colonne vertébrale.

— En d'autres termes, il l'a pratiquement décapitée, commenta Danny. Vous pensez qu'il l'a mutilée quand elle était encore en vie ?

— J'ai bien peur que oui. Mais elle avait reçu un coup sur la tête et on peut espérer qu'elle était inconsciente.

Le Dr Canard prit un marqueur pour pointer sur la radio du crâne une zone ressemblant à une minuscule toile d'araignée.

— On distingue nettement la fracture, expliqua-t-il. Vous voyez, c'est cette dépression osseuse plus petite qu'une pièce de vingt-cinq cents. L'os est enfoncé au niveau du point d'impact et ça nous donne l'empreinte de l'outil. Notre homme s'est probablement servi d'un marteau.

Il mima un marteau s'abattant sur un crâne.

— Et vous pensez que le coup a été suffisamment violent pour l'assommer ?

— J'ai toutes les raisons de le supposer, mais je ne pourrai vous donner de précisions sur les dommages cérébraux que lorsque j'aurai ouvert la boîte crânienne.

— Vous pensez qu'il y avait un ou deux agresseurs ?

Danny se tourna vers Sean d'un air surpris comme s'il ne comprenait pas où il voulait en venir. Pour toute réponse, Sean haussa les épaules.

— Doc ?

Le médecin s'était de nouveau penché sur sa loupe.

— Les entailles sont faites par le même couteau. Je ne vois pas de stries ou de marques inhabituelles, donc je pense qu'il s'agissait d'une lame lisse, très coupante.

Il leva les yeux.

— Vous avez une bonne raison de croire qu'il y avait plusieurs agresseurs ?

— Les tatouages du dos et de la main sont frais, mais ils ont vraisemblablement été dessinés par deux personnes différentes. Celui de la main est un travail d'amateur. L'aiguille n'a pas pénétré profondément, ce qui donne ces lignes floues et baveuses. Celui du dos est parfait, impeccable.

Sean sentit peser sur lui le regard de Danny, mais il ne se retourna pas.

— Je ne vois rien pour étayer la théorie de deux agresseurs, mais j'ai remarqué quelque chose sur le buste qui m'a laissé perplexe.

Le Dr Canard éclaira le torse.

— Le cadavre était sur le ventre. Vous voyez la couleur violacée du bas-ventre ? Elle est due au fait que le sang s'est accumulé à cet endroit. Il aurait dû s'accumuler aussi au niveau de l'estomac et de la poitrine, mais ça n'a pas été le cas. Regardez…

Il reprit son marqueur pour délimiter deux zones, l'une sous le sein droit et l'autre sous le gauche, tout près d'une des plaies.

— A quoi faut-il attribuer cette teinte gris verdâtre ? demanda Sean.

— A des ecchymoses, répondit le Dr Canard. La taille, le changement de couleur, l'aspect enflé, la présence de sang coagulé nous permettent de dire ici qu'elles ont été faites avant la mort.

— Vous savez ce qui les a causées ?

— On peut faire des suppositions. Une ecchymose est due à un choc qui endommage les vaisseaux sanguins superficiels. Chez un sujet vivant, il est difficile de déterminer la nature de l'objet qui a frappé parce que le sang s'étend de façon parfois anarchique à partir du point d'impact. Un coup sur le crâne, par exemple, peut donner des cernes bleutés. Mais quand le coup est porté juste avant la mort, la baisse de la pression sanguine limite la diffusion du sang et on arrive à se faire une idée de la forme de l'objet utilisé pour frapper. Un violent coup de pied laissera une trace en forme de semelle.

— C'est ce que nous voyons, là ? demanda Danny. La forme d'une semelle ?

— Pas exactement. On distingue mieux de quoi il s'agit sur les photographies prises sur la scène du crime, mais je vais tout de même essayer de vous montrer.

Il se pencha sur le corps et suivit avec son marqueur le pourtour de la forme, puis il braqua une lumière sur la zone et leva les yeux.

— Vous voyez ?

Danny avança sur le côté de la table pour se placer plus près du point à observer. Sean resta où il était, le regard rivé aux formes arrondies tracées par le Dr Canard. Elles mesuraient environ huit centimètres de diamètre, avec une zone plate.

Danny eut un mouvement de recul.

— Mais qu'est-ce que c'est que ça ? murmura-t-il.

Sean venait de comprendre en même temps que lui. Son sang se glaça dans ses veines.

— On dirait des empreintes de sabots, énonça posément le Dr Canard.

Danny alla se placer à un autre endroit de la table, pour observer les marques sous un autre angle.

— Mais où voulez-vous en venir… ? grommela-t-il. Vous n'allez tout de même pas nous dire que la victime a été piétinée par un animal ?

Sean songea aussitôt à Sarah. Elle lui avait demandé s'ils n'avaient pas remarqué des empreintes inhabituelles dans le jardin. Comment avait-elle su ? Merde…

Il se sentit soudain étouffer et fut saisi du désir violent d'arracher son masque et de se précipiter vers la sortie la plus proche. Mais fuir les questions qui se bousculaient dans son crâne n'était pas une solution acceptable. De plus, le Dr Canard aurait trouvé son comportement étrange. En Louisiane, les coroners étaient habilités à déclarer un policier inapte au service pour problèmes mentaux. Mieux valait ne pas se faire remarquer en sortant de là comme un dingue.

Danny le regardait déjà bizarrement.

— Ça va bien ? demanda-t-il.

— Oui, répondit Sean en soufflant discrètement. Oui. C'est juste que… je ne m'attendais pas à un truc pareil.

— Moi non plus, grommela Danny. Nous avons affaire à un drôle de taré…

Il paraissait aussi perturbé que Sean et, quand son téléphone sonna, ils sursautèrent tous les deux.

Danny tira vivement l'appareil de sa poche et s'éloigna de la table pour répondre, pendant que Sean se tournait vers le Dr Canard.

— Avez-vous trouvé des fibres ou des poils autour des blessures ou du corps ?

— Vous voulez dire des poils de bête ?

— J'ai lu quelque part que certains utilisaient des boucs dans des cérémonies rituelles. Ça pourrait expliquer les empreintes.

— Ça pourrait, oui. Mais je n'ai pas trouvé de poils de bête. Le tueur connaît peut-être suffisamment les techniques d'investigation des experts de la police pour avoir fait le ménage.

— Possible. Il en savait assez pour ne pas laisser ses empreintes, marmonna Sean. Ça, on a pu le constater.

Danny vint les rejoindre. Il glissa le téléphone dans sa poche, mais ne prit pas la peine de remettre son masque en place.

— C'était Lapierre, dit-il. Elle veut que nous nous rendions d'urgence sur une autre scène de crime. Il paraît qu'il y a quelque chose que nous devons absolument voir.

— Elle n'a pas précisé de quoi il s'agissait ?

Le regard de Danny glissa de nouveau vers le cadavre allongé sur la table et Sean eut l'impression qu'il frissonnait.

— Tout ce que je sais, c'est qu'on a trouvé un autre corps, murmura-t-il.

— Tu as dit à Lapierre qu'on était en pleine autopsie ? demanda Sean d'un ton agacé tandis qu'ils ôtaient tous deux leurs gants et leur blouse dans le vestiaire de la morgue.

— Bien sûr que je le lui ai dit, mais tu la connais… Quand elle t'ordonne de sauter, la seule chose que tu aies le droit de lui demander, c'est à quelle hauteur. Le reste, elle ne veut pas l'entendre.

— Elle ne t'a même pas mis au courant de ce qui nous attendait ?

— Elle m'a simplement dit que Mosley et Grimes étaient de service tôt ce matin et que ce sont eux qui ont pris l'appel. Une fois sur place, quelque chose a dû les inquiéter parce qu'ils ont demandé à ce qu'on vienne jeter un coup d'œil. C'est tout.

Il chancela en ôtant les protections de ses chaussures.

— Mais elle m'a paru bizarre, ajouta-t-il.

— C'est-à-dire ?

— Tu sais bien qu'elle est toujours décontractée et maîtresse d'elle-même. Elle a des nerfs d'acier, cette femme. Pourtant, aujourd'hui, il y avait quelque chose dans sa voix… Une sorte de… C'est difficile à définir… Une sorte d'excitation contenue.

— Une sorte d'excitation contenue ? Tu ne pourrais pas être plus précis ?

— J'ignore ce que Mosley et Grimes ont pu lui dire, mais j'ai bien l'impression qu'elle était remontée à bloc et qu'elle prenait grand soin de le dissimuler. Si j'étais joueur, je parierais qu'ils ont trouvé une copine à notre inconnue.

Il désigna du menton la direction de la salle d'autopsie.

— Tu avais raison, Sean, conclut-il. Notre type a remis ça.

— Tu t'avances un peu. Pour l'instant, nous ne sommes sûrs de rien.

Danny sortit ses clés de voiture d'une des poches de sa veste. Il possédait deux vestes sport bleu marine et portait toujours l'une des deux, quels que soient le temps ou la saison. Le tissu était usé aux coudes et la doublure dépassait un peu de l'ourlet, mais il ne paraissait pas s'en apercevoir ou du moins ne s'en formalisait pas. Sans Kayla, il aurait probablement fait partie de ces hommes qui partent de chez eux le matin avec des chaussettes dépareillées — voire pire.

Il attendit Sean près de la porte.

— Tu devrais monter avec moi, fit-il. Pas la peine de prendre deux voitures. Nous repasserons probablement par ici quand nous en aurons terminé là-bas.

— Tu as l'adresse ?

— Oui. C'est tout près du quartier français. A l'intersection de North Rampart et de Governor Nicholls.

Sean attrapa sa veste et le suivit dehors. Le soleil brillait et la température devait avoisiner les dix degrés. C'était l'une de ces étranges journées où l'air sentait presque l'été. La tempête de neige qui avait traumatisé la ville deux jours plus tôt n'était plus qu'un lointain souvenir et le vert lumineux des chênes à feuilles persistantes semblait porter la promesse d'un printemps précoce.

Sean offrit son visage à la caresse des chauds rayons du soleil. Il n'avait pas envie de se rendre sur une scène de crime, et encore moins de retourner ensuite à la morgue pour assister à la fin de l'autopsie. Il ne voulait pas réfléchir à la provenance des marques en forme de sabot sur le corps de la victime, ni se demander pourquoi Sarah l'avait interrogé sur la présence d'empreintes inhabituelles. Il aurait simplement eu besoin de rentrer chez lui, de se glisser dans son lit en rabattant les couvertures sur sa tête, sans plus penser à rien.

L'idée de ce qu'il allait devoir affronter lui faisait horreur, pourtant il sentait monter en lui ce curieux mélange de peur, de fascination et de curiosité morbide qui accompagnait en général chez lui le début d'une obsession. La psychologie des assassins le fascinait. Il se demandait parfois si les comprendre ne figurait pas en tête de liste de ses raisons de vivre.

Il monta dans la voiture de Danny et fronça le nez. Une odeur rance d'origine indéterminée flottait dans l'habitacle.

— Tu ne nettoies donc jamais ? se plaignit-il.

Danny sourit tout en mettant de grandes lunettes de soleil.

— Je suppose qu'il s'agit d'une question purement rhétorique, non ?

— Ça pue le chien mouillé, protesta Sean.

Danny renifla.

— Non, pas le chien mouillé. Regarde autour de ton siège, tu trouveras probablement un reste de *mufuletta*.

Sean entrouvrit une vitre pour aérer.

— L'odeur ne t'a pas gêné tout à l'heure ? insista-t-il.

— Un peu. Mais je me suis dit que c'était un bon moyen de désensibiliser mes nerfs avant l'autopsie.

— Si j'avais su, j'aurais pris ma voiture. Tu aurais pu me prévenir.

— Je pourrais te dire la même chose.

Sean se tourna vers lui.

— De quoi parles-tu ?

Danny haussa les épaules tout en observant un groupe d'adolescents en vestes de survêtements bleues qui traînaient au coin d'une rue. Il passa devant eux au ralenti en leur jetant un regard insistant.

— Ils portent la capuche à gauche, commenta-t-il d'un air écœuré en faisant allusion au signe distinctif d'un gang. Tu paries que le plus vieux n'a pas plus de quatorze ans ? Et ils sont là, à errer dans la rue, alors que leur place serait sur un banc d'école. On devrait les coffrer, moi je te le dis.

— Ils seraient dehors au bout d'une heure, rétorqua Sean.

— Oui. Et ça prouve que quelque chose ne tourne pas rond dans cette ville. Ces gosses auraient besoin d'autorité et de discipline. Et ils ne sont pas les seuls. Nous aussi, on traînasse. On est là à attendre le prochain ouragan, sans rien faire, parce qu'on sait que c'est déjà foutu. Vingt et un mètres en dessous du niveau de la mer à certains endroits et plus on s'enfonce, plus l'eau monte dans le golfe. Et pas la peine de se faire croire que les marais et les barrières de récifs nous protégeront, parce qu'ils ont pratiquement disparu. Donc, que fait-on ? On rajoute quelques centimètres aux digues en espérant que le prochain ouragan frappera ailleurs.

— C'est ça, Big Easy, rétorqua posément Sean. Rien de nouveau sous le soleil.

— Justement, rien de nouveau, c'est bien là que je veux en venir. On a failli être balayés de la surface de la Terre et rien n'a changé. Il y a vraiment quelque chose de pourri dans cette ville, Sean. Parfois, je me demande pourquoi on se donne tant de mal. Qu'est-ce qu'on fout encore ici ?

Sean avait souvent entendu ce discours depuis le passage de Katrina. Lui aussi avait parfois l'impression qu'ils menaient une bataille perdue d'avance. Le taux de criminalité avait explosé. Plus de cent cinquante meurtres l'année précédente et le bureau du coroner n'avait pu obtenir que trois inculpations pour homicide. Le système policier et judiciaire s'effondrait, tout simplement, et la police n'osait plus s'aventurer dans certains quartiers de la ville. Le non-respect des lois gagnait du terrain en même temps qu'une violence sauvage et sans limites. Les citoyens ne se sentaient plus protégés, ils avaient peur de leur ombre.

Pourtant il n'avait jamais envisagé de partir. Il était né à La Nouvelle-Orléans, il y avait grandi, il avait cette ville dans le sang. Pour le meilleur et pour le pire.

Pour le meilleur et pour le pire... Amusante formule, quand on songeait à ce qu'il avait fait de son mariage.

— Qu'en penses-tu ? insista Danny.

Sean se demanda s'il parlait des digues ou de l'élévation

du niveau de la mer dans le golfe. Il avait perdu le fil de la conversation depuis quelques minutes.

Danny s'en aperçut et se fâcha.

— Tu n'as pas écouté un traître mot de ce que je te disais, n'est-ce pas ? Mais qu'est-ce que tu as ce matin ?

— Je crois que mon esprit est toujours à la morgue.

— Je te comprends… C'était vraiment un truc à vous donner la chair de poule. Tu as déjà vu des ecchymoses pareilles ?

— Non.

Sean se détourna vers le spectacle de la rue et se concentra pendant quelques secondes sur une vieille femme qui attendait pour traverser. Leurs yeux se rencontrèrent, puis elle fit mine de regarder ailleurs, comme si elle craignait que ce contact lointain avec un étranger ne révèle ses faiblesses.

— Comment tu as su pour les tatouages ? demanda Danny.

Sean surveillait toujours la vieille femme dans le rétroviseur et constata qu'elle suivait leur véhicule du regard.

— C'est Sarah qui m'a renseigné.

— Pourquoi ne m'en as-tu pas informé ?

— Parce que je ne l'ai appris qu'hier et que je n'ai pas eu l'occasion de te parler depuis.

— Tu as vu Sarah hier ?

Sean se tourna vers Danny.

— Oui. Pourquoi ?

— Pour rien. Tu aurais pu m'appeler chez moi pour me raconter ce qu'elle t'avait dit au sujet des tatouages de la victime.

— Ça ne m'a pas paru nécessaire. Et puis je voulais

l'avis de Canard avant de mettre ça sur le tapis. Tu n'es pas froissé ?

— Non. Oublie ça, fit Danny d'un ton qui contredisait ses paroles.

— Si tu as quelque chose à me reprocher, dis-le carrément au lieu de bouder.

Danny fronça les sourcils tout en regardant droit devant lui.

— Je ne boude pas.

— Tu parles…

— Oh, et puis merde !… C'est d'accord. Je boude. Depuis combien de temps faisons-nous équipe, Sean ? Quelques années, c'est bien ça ?

— Oui.

— Pourquoi ne m'as-tu pas dit que tu te séparais de Catherine ?

— Parce que je ne voulais pas que tu te sentes obligé de me tenir la main. C'était fait. Je n'avais pas envie d'épiloguer.

— C'était fait ? Aussi aisément que ça ?

Sean se détourna de nouveau vers la vitre de sa portière.

— Comment l'as-tu appris ? demanda-t-il.

— Cat est passée chez nous hier soir. Elle te cherchait. Elle nous a expliqué que tu avais filé avec un sac, que tu ne répondais pas à ses appels. Elle croyait que tu t'étais réfugié chez moi ou qu'au moins je savais où te joindre.

— Qu'est-ce que tu lui as dit ?

La main droite de Danny quitta le volant pour masser sa nuque.

— Que je n'en savais pas plus qu'elle et que je n'avais pas la moindre idée de l'endroit où tu te trouvais.

— Elle n'aurait pas dû débarquer chez toi sans crier gare, fit Sean d'un ton agacé. Je ne vois pas l'intérêt d'impliquer tout le monde dans nos problèmes.

— Sarah a quelque chose à voir là-dedans ?

— Non. Sarah n'a rien à voir là-dedans.

Danny tourna lentement la tête pour dévisager Sean par-dessus ses lunettes de soleil.

Sean fronça les sourcils.

— Quoi ? fit-il.

— Ce n'est pas parce que tu t'es rabiboché avec Sarah que tu ne veux pas que ta femme sache où tu es ?

— Qui t'a mis cette idée en tête ?

— C'est Cat.

Sean le contempla d'un air abasourdi.

— Cat ?

— Comme tu n'étais pas chez moi, elle s'est persuadée que tu ne pouvais être que chez Sarah. J'ai même eu l'impression qu'elle avait l'intention de passer la voir hier soir.

Merde.

— Tu n'as pas parlé avec Sarah ce matin ?

Sean avait de nouveau des élancements douloureux dans la tête. Il reprit deux aspirines et les avala à sec avant de répondre.

— Non, je ne lui ai pas parlé. Pourquoi l'aurais-je fait ?

— Donc tu ne te sépares pas de Catherine pour retourner avec Sarah ?

— C'est ce que je ne cesse de te répéter, s'énerva Sean. Et de toute façon ça ne te regarde pas.

— Ça me regarde si ça rejaillit sur ta façon de travailler.

— Ne t'inquiète pas pour ça.

— N'essaye pas de te faire passer pour un insensible, ironisa Danny tout en se rangeant sur la droite avant de bifurquer.

— C'est l'hôpital qui se moque de la charité, rétorqua Sean.

— Ben voyons… N'empêche que tu as de sérieux problèmes, mon pote.

— Nous y voilà, murmura Sean en renversant la tête sur son siège et en fermant les yeux.

— Ça remonte probablement à ton enfance. Ta mère est partie avec un type. Quelques années plus tard ton père a percuté un semi-remorque en rentrant du boulot. Bam ! Encore une énorme gifle pour toi. Tu comprends ce qui t'arrive, n'est-ce pas ? Tu reproduis ce que les psys appellent un schéma de comportement. Tu quittes les gens avant qu'ils aient l'occasion de te quitter.

— C'est profond ce que tu dis là, mon gars. Je suis impressionné. J'espère que tu ne t'es pas trop trituré les méninges pour pondre cette belle théorie.

— J'ai toujours eu un don pour comprendre les gens, fit Danny d'un ton léger. Je pourrais probablement devenir le prochain Dr Phil si je m'en donnais la peine.

— Tu devrais l'envisager sérieusement, je vois déjà une ressemblance physique entre vous deux, railla Sean en étudiant le profil de Danny. Ouais, sans blague, tu es son sosie. Surtout du côté de la tonsure.

Danny n'accordait pas beaucoup d'importance à son apparence, mais il était récemment devenu susceptible quand on faisait allusion à son crâne de plus en plus dégarni. Il se jeta un coup d'œil dans le rétroviseur, puis gratifia Sean d'un regard mauvais.

— Il y a aussi autre chose qui est facile à deviner en ce qui te concerne, fit-il. Tu es un con. C'est pas profond, ça ?

11.

Ombragé par des chênes verts et par des saules pleureurs, le parc Louis Armstrong de North Rampart avait servi autrefois de halte aux touristes qui venaient y chercher calme et repos après l'agitation des rues et la foule du quartier français. Cette enclave de verdure dont le nom rendait hommage au grand musicien de jazz était également célèbre pour Congo Square, un lieu de rassemblement réservé autrefois aux esclaves, le dimanche après-midi.

Mais, pour Sean, le parc Louis Armstrong resterait à jamais l'endroit maudit où il avait surpris sa mère avec son amant.

Des années après, il se demandait encore s'il devait cette découverte à un pur hasard ou si une sorte de sixième sens l'avait guidé à l'endroit précis où s'était joué son malheur.

Il lui arrivait aussi de rendre Donnie Saint-Germain responsable du premier traumatisme de sa jeune vie. C'était Donnie qui avait insisté pour qu'ils fassent l'école buissonnière. C'était le lendemain de la rentrée, les classes et les emplois du temps n'étaient pas encore bien organisés et Donnie avait assuré que personne ne s'apercevrait de leur absence. Sean n'avait pas été difficile à convaincre, il avait même jugé l'idée excellente. Ils avaient donc prévu de se planquer en attendant la sonnerie et de s'enfuir sur leurs bicyclettes pour une folle journée d'aventure dans le quartier français.

Ils avaient passé le plus clair de leur temps dans Jackson Square, à manger des cornets de glace pilée au sirop en regardant les musiciens de rue jouer pour les touristes. Au bout d'un moment, lassés de cette atmosphère de foire, ils étaient partis flâner dans les petites rues du quartier où les sans-abri et les ivrognes dormaient sur les trottoirs écrasés de chaleur, allongés sur des cartons.

A un moment de leur périple, ils avaient trouvé par terre un paquet de Marlboro à moitié plein et, la cigarette au bec, ils avaient poussé leurs bicyclettes le long des trottoirs à colonnade de Bourbon Street, en reluquant d'un air niais les travestis et en passant un œil curieux dans les entrées des clubs de strip-tease, tout en souriant d'aise, fiers de leur exploit.

Ils avaient fini par déboucher sur North Rampart où ils s'étaient arrêtés devant la vitrine d'un tatoueur pour le regarder travailler. Sean s'était retourné — allez savoir pourquoi — juste au moment où sa mère entrait dans le parc, de l'autre côté de la rue. Il avait à peine eu le temps d'entrevoir sa silhouette, mais il n'avait pas douté une seconde. Il l'avait aussitôt reconnue.

Son premier réflexe avait été de s'engouffrer dans le salon du tatoueur pour qu'elle ne le voie pas. Mais il s'était vite rendu compte qu'il n'avait pas à s'inquiéter de ça. Elle n'avait d'yeux que pour l'homme qui l'attendait de l'autre côté des grilles. Il était grand, séduisant, bien habillé. Pas le genre à travailler dans une raffinerie, comme le père de Sean, mais le genre à avoir un boulot peinard dans un bureau.

Sean avait suivi des yeux sa mère quand elle avait rejoint

l'homme. Il l'avait prise dans ses bras et l'avait serrée contre lui. Ensuite ils s'étaient éloignés ensemble à l'intérieur du parc et Sean les avait perdus de vue.

Le cœur battant, il avait attendu que Donnie entre dans un magasin pour le planter là. Il avait traversé la rue en courant, dissimulé sa bicyclette dans un buisson, et il était entré dans le parc.

Il connaissait bien l'endroit pour l'avoir visité avec sa classe l'année précédente. Il avait à l'époque le béguin pour son institutrice, Mme Chauvin, et il avait écouté avec une attention très inhabituelle chez lui ses commentaires et ses explications. Il s'était souvenu de tout en passant devant la statue et en traversant la place. Et là, il avait trouvé sa mère, dans les bras de l'étranger qu'elle embrassait fougueusement. Sean ne l'avait jamais vue embrasser son père de cette manière.

Il les avait longuement regardés, avec une fureur grandissante et dévastatrice, jusqu'à en trembler de rage, les poings serrés. Il avait eu envie de sortir de l'ombre, de marcher vers eux, de leur crier qu'il était là, qu'il savait.

Mais il n'avait pas bougé. Il avait continué à les observer avant de se détourner et de partir en courant, tout en luttant contre le désir violent et presque douloureux de frapper quelqu'un, n'importe qui. En arrivant chez lui, il avait trouvé la voiture de sa mère garée dans l'allée, mais comme il n'avait pas envie de la rejoindre — il lui semblait qu'il ne pourrait plus jamais la regarder en face — il était reparti sur sa bicyclette, il était entré dans la cour déserte de l'école, il s'était installé sur le manège et il avait fumé une autre cigarette sans s'inquiéter d'être vu. Quand il était rentré, beaucoup plus tard, à la nuit tombée, son père lui avait filé une bonne raclée pour avoir causé du souci à sa mère — une ironie du sort qui avait bien failli le pousser à dénoncer la traîtresse. Il ne savait toujours pas pourquoi il avait gardé le silence. Sans doute pour ménager son père. Sans doute aussi parce qu'il avait décidé de considérer que la scène de l'après-midi n'avait jamais existé.

Mai, deux semaines plus tard, elle les avait quittés sans crier gare.

Il avait fallu du temps à Sean pour accepter cette trahison. Il avait aimé sa mère plus que tout et pourtant elle était devenue pour lui un lointain souvenir.

Et aujourd'hui, quand il franchissait les portes du parc Louis Armstrong, il ne le voyait plus avec le regard déçu de l'enfant d'autrefois, mais avec ses yeux de flic blasé. Il avait changé. L'endroit aussi avait changé. Il n'était plus le symbole de l'opulence de La Nouvelle-Orléans, mais un coin dangereux où l'on ne traînait pas seul et sans arme la nuit.

Dans les rares occasions où Sean se penchait sur son enfance, il ne pensait pas au sourire de sa mère ni à ses yeux brillants, ni aux histoires qu'elle lui lisait, ni aux nuits qu'elle passait à son chevet quand il était malade. Il pensait à la manière dont elle avait couru vers l'homme qu'elle aimait et à la désinvolture avec laquelle elle avait abandonné son mari et son fils pour cet inconnu si beau et si bien habillé.

Avec le recul, il voyait aussi le tragique et progressif déclin de son père, un être au cœur brisé dont l'unique erreur avait été de n'avoir pas su rendre heureuse une épouse instable. Il lui arrivait même de se demander si ce n'était pas le désespoir qui avait poussé son père à se jeter contre le semi-remorque qui arrivait en face de lui. Il ne buvait pas, il ne se droguait pas, et l'accident s'était produit en plein jour. La plupart de ceux qui le connaissaient avaient supposé qu'il s'était endormi au volant. Il n'y avait pas d'autre explication. Et, s'il y en avait une autre, personne n'avait osé l'évoquer tout haut.

Sean ne saurait jamais ce qui s'était passé dans la tête de son père le jour de sa mort, pas plus qu'il ne saurait pourquoi sa mère était partie. Il ignorait où elle se trouvait, si elle était toujours en vie. Il n'avait jamais tenté de la retrouver. A quoi bon ?… Il savait déjà sur elle tout ce qu'il y avait à savoir. Depuis ce jour où il l'avait surprise dans les bras d'un autre.

Mais les élucubrations de Danny sur les prétendues conséquences de ce traumatisme enfantin étaient à côté de la plaque et Sean n'avait pas l'intention de s'en servir comme excuse pour justifier ses problèmes avec les femmes. Il était seul responsable du chagrin qu'il avait autrefois causé à Sarah — et de celui qu'il causait aujourd'hui à Catherine. Il n'avait peut-être pas appris grand-chose de l'existence, mais il était au moins capable de reconnaître et d'assumer ses erreurs.

Tout cela traversa l'esprit de Sean en un éclair, au moment où ils entraient dans le parc. Puis il se dépêcha de repousser au loin ces pensées, de les oublier, de se concentrer sur la file de voitures de patrouille et d'ambulances qu'il voyait déjà se profiler devant eux.

— Merde ! s'exclama Danny. Je viens de me souvenir que l'appartement de la victime se trouve derrière une vieille boutique d'articles vaudous. Comme celui du type qui avait étranglé sa petite amie et l'avait découpée en morceaux dans la baignoire. Ce fils de pute avait mis sa tête dans une marmite pleine d'eau, sur la cuisinière. Lui aussi habitait près d'une boutique vaudoue, sur North Rampart.

— Je vois où tu veux en venir, interrompit Sean. Ce n'était pas dans le même immeuble.

— Tu en es sûr ?

— Certain.

Danny lui jeta un regard en coin.

— Oh, Seigneur… Mais tu étais sur l'affaire ? Tu as vu la scène du crime, c'est ça ?

Sean ne répondit pas. L'affaire que venait d'évoquer Danny l'empêchait encore de dormir certaines nuits.

— Putain, ça devait être atroce… Si je me souviens bien, ce malade avait éparpillé le corps de sa copine un peu partout dans l'appartement. Dans le frigo et sur la cuisinière, tu te rends compte…

Il jeta de nouveau un regard en coin du côté de Sean.

— Tu sais que j'ai l'estomac bien accroché, poursuivit-il. Tu as vu comment je me comporte pendant une autopsie. Froid comme un concombre. Mais un truc pareil… Je ne sais pas… Je crois qu'on met du temps à s'en remettre. Il y a de quoi perdre les pédales pour de bon. Attention… Je ne suis pas en train d'insinuer que tu ne tournes pas rond.

— Non. Bien sûr que non.

— C'est vrai que vous avez aussi trouvé des pommes de terre et des carottes coupées en morceaux près de la cuisinière, comme s'il s'apprêtait à faire un pot-au-feu ?

— Pour l'amour du ciel, Danny, tu veux vraiment tous les détails ? On devrait plutôt se concentrer sur ce qui nous attend dans les minutes qui viennent. Un cauchemar à la fois, je t'en prie…

— Oui, tu as raison. Mais je ne peux pas m'empêcher de

me demander ce qui peut faire craquer un type à ce point-là. Tuer quelqu'un, O.K., on comprend. Mais découper le corps d'une femme qu'on a aimée…

Il secoua la tête.

— Parfois je me dis que l'homme est capable de n'importe quoi. Que tout dépend des circonstances. Regarde ce qui s'est passé pendant l'ouragan Katrina.

— Tu as décidé de me saper le moral, ce matin…

Danny sourit.

— Je fais de mon mieux.

Il se rangea derrière une voiture de patrouille et arrêta le moteur.

La zone interdite à la circulation était déjà entourée du cordon jaune, mais, comme d'habitude, une foule de curieux s'agglutinaient dans la rue. Certains d'entre eux se montraient particulièrement inquisiteurs. On était en plein jour cette fois, et les badauds ne se tenaient pas à l'écart comme ceux de la rue Marigny. Ils se collaient au cordon et allongeaient le cou pour scruter l'étroite rue, là où il se passait des choses intéressantes.

Quand Sean et Danny approchèrent, les bavardages se firent plus discrets. Durant quelques secondes il y eut même le silence. Sean n'entendit plus que le tintement du carillon éolien qui se balançait devant la porte d'un magasin, comme si le temps s'était arrêté pour leur permettre de souffler, de se ressourcer, d'affronter avec un esprit neuf la scène atroce qui les attendait.

Mais le grésillement d'une radio et le rire d'un sans-abri qui passait par là mirent fin à ce moment de grâce. Le temps avait repris son cours.

Tout en se baissant pour passer sous le cordon, Sean et

Danny exhibèrent leur insigne devant l'un des jeunes officiers de patrouille qui montaient la garde autour du périmètre protégé. Puis ils se dirigèrent vers l'arrière du bâtiment.

La petite ruelle ressemblait à toutes les ruelles du quartier français. Elle était sombre, froide, humide, et elle puait la saleté. Les murs de brique qui la bordaient étaient recouverts de graffitis et, au milieu des débris de bouteilles de bière qui jonchaient le sol pavé, Sean repéra ici et là quelques seringues usagées.

L'appartement se trouvait au rez-de-chaussée et l'entrée donnait directement dans l'allée. Il n'y avait ni perron ni porche. On avait disposé autour du seuil des bégonias plantés dans des boîtes de café — sans doute dans l'intention de dissimuler l'odeur d'urine émanant du caniveau. Mais les fleurs n'avaient pas survécu, probablement faute de lumière et de soins.

Deux policiers fouillaient les poubelles de l'immeuble et un troisième parlait avec Tony Vincent, l'enquêteur du coroner. Sean échangea quelques mots avec eux tout en ouvrant la porte.

La puanteur le heurta comme une gifle.

— Merde ! s'exclama Danny en reculant d'un pas.

Il plongea la main dans sa poche pour en sortir son flacon de Vicks et en appliqua une dose conséquente sous son nez.

— J'apprécie beaucoup l'odeur du menthol de bon matin, commenta-t-il avec une grimace.

Il n'en proposa pas à Sean qui n'en utilisait jamais sous prétexte que le procédé ne lui paraissait pas très efficace. De plus, il considérait que l'on pouvait tirer de précieux renseignements des odeurs d'une scène de crime — à condition d'être capable de les détecter en dépit de la puanteur envahissante des chairs en putréfaction.

Sean s'arrêta près de la porte pour embrasser la pièce d'un coup d'œil, tout en luttant contre l'envie de vomir. Le studio comportait une petite cuisine et une petite salle de bains attenante à la pièce principale qui tenait lieu de salon et de chambre. Comme dans la plupart des vieux immeubles de ce quartier, le plâtre et la brique étaient vaguement rafistolés par endroits, là où l'on avait effectué des réfections de plomberie ou d'électricité. L'ensemble avait un aspect minable et défraîchi, l'isolation laissait à désirer et on devait y geler l'hiver.

Sean aperçut Lance Mosley et Charlie Grimes qui lui tournaient le dos, tandis que Patrice Petty, la technicienne du labo, recueillait des indices sur le corps et autour. Un deuxième technicien filmait minutieusement les détails.

A l'intérieur, il faisait quelques degrés de moins que dehors et Sean se surprit à frissonner en enfilant ses protège-chaussures en plastique.

Charlie Grimes se tourna vers lui et le salua de la tête.

— Content que vous ayez pu venir, dit-il. Venez jeter un œil sur ce qu'on a là.

Charlie avait dépassé la cinquantaine. C'était un grand gaillard légèrement bedonnant, avec des cheveux grisonnants aux tempes. C'était aussi un bon inspecteur, sympathique et fiable, quoique manquant un peu d'imagination quand il menait une enquête. Mosley, son partenaire, plus jeune et plus ambitieux, était prétentieux et arriviste. Il n'avait pas très bonne réputation parmi ses collègues, mais Sean n'avait jamais eu à s'en plaindre personnellement.

Sean rejoignit le demi-cercle que les hommes formaient

autour du corps et baissa les yeux vers la victime, une jeune femme de race caucasienne, mince, aux cheveux noirs. Elle gisait sur le ventre, la tête sur le côté, et les mèches qui lui retombaient sur le visage dissimulaient ses traits. Elle était nue à partir de la taille et Sean remarqua tout de suite le tatouage sur son dos. Il paraissait identique à celui de l'inconnue de la rue Marigny.

Mais la scène du crime, elle, ne présentait pas les mêmes caractéristiques. Pas de sang sur le sol, pas de symboles sur les murs, pas d'attirail permettant de supposer qu'on l'avait tatouée sur place. La femme n'était pas morte dans cette pièce et son corps avait été transporté jusqu'ici pour une raison qui restait à déterminer. L'immeuble portait le numéro 1204. Pas moyen d'additionner les chiffres pour obtenir six cent soixante-six.

— On dirait qu'elle est là depuis quatre ou cinq jours, commenta Mosley quand les techniciens délaissèrent le corps pour travailler un peu plus loin.

Sean leva les yeux vers lui.

— Vous l'avez identifiée ?

— Non. Mais on sait déjà qu'elle n'habitait pas ici. Le studio est libre depuis plusieurs semaines.

— Qui l'a découverte ?

— Celle qui tient la boutique voisine, une certaine Alexandra Lacroix, répondit Charlie. Elle se fait appeler « Mme Lacroix » et prétend être une prêtresse vaudoue et une descendante directe de Marie Laveau.

— Parce qu'elles ne descendent pas toutes de Marie Laveau ? ironisa Danny.

— Elle dit qu'elle n'a remarqué l'odeur qu'hier soir, en fermant sa boutique. Elle aurait dû la sentir plus tôt, il faut croire qu'elle vend des trucs qui puent… Elle a pensé que c'était un rat mort et elle a appelé le propriétaire en rentrant chez elle. Il est venu vers 8 heures ce matin pour ouvrir aux types de la dératisation, c'est là qu'ils ont découvert le corps.

— Qui est le propriétaire ?

— Un certain Leslie Finch.

— Qui possédait une clé à part Finch ? demanda Sean.

— Le locataire précédent est parti avant la fin de son bail il y a quelques semaines, et Finch prétend qu'il n'a pas eu le temps de changer les serrures.

Sean songea qu'il n'avait probablement jamais eu l'intention de les changer.

— Qui est entré ici pour la dernière fois ?

— Finch a fait visiter le studio à un couple samedi après-midi, fit Mosley. Il va nous communiquer ses coordonnées, ainsi que le dossier du précédent locataire.

Il regarda fixement Sean.

— Tu crois que nous avons affaire au même assassin que pour la rue Marigny ? demanda-t-il.

— Je n'en sais rien encore, répondit Sean.

— Mais c'est possible, n'est-ce pas ? insista Mosley que l'idée paraissait exciter. Tu as vu ce tatouage ? Une tache d'encre semblable à une planche de Rorschach, comme celle de votre victime.

— Dis donc, ironisa Danny, on dirait que notre gamin a bien appris sa leçon.

Sean enfila une paire de gants en latex et alla se placer de l'autre côté du corps. Là, il s'agenouilla et écarta délicatement la mèche de cheveux qui dissimulait la joue de la victime pour observer son visage. Ou plutôt ce qu'il en restait. L'assassin avait entaillé les commissures des lèvres pour tracer le même étrange sourire qu'ils avaient déjà vu chez l'inconnue de la rue Marigny. Il avait aussi découpé les paupières, laissant les globes oculaires à nu. Sean remit vivement la mèche en place.

Danny l'avait suivi et regardait par-dessus son épaule.

— Merde et merde, fit-il.

— Donc, c'est bien le même salaud, commenta Charlie d'un ton grave.

La perspective de devoir traquer un tueur en série ne l'enthousiasmait pas autant que son partenaire.

— Comme si Katrina ne nous avait pas suffi ! bougonna-t-il. Merde. J'ai l'impression que cette ville est au bord du gouffre. On avait bien besoin de ça…

Les bras de la victime étaient serrés contre son corps, les paumes tournées vers le ciel. Sean remarqua qu'elles n'étaient pas tatouées, mais que les poignets portaient des traces de liens.

— Il l'a attachée, commenta-t-il.

Danny se pencha pour mieux voir.

— Il n'avait pas attaché l'autre, fit-il remarquer.

— Les entailles commençaient à cicatriser par endroits, on dirait. Il a dû la garder un bon bout de temps.

— Petty a trouvé des fibres de tapis sur le corps, intervint Mosley. Je parie cent dollars qu'il a transporté la victime dans le coffre de sa voiture.

Danny leva les yeux au ciel.

— Ça lui a pris combien de temps, d'après toi, pour retenir tout ce baratin ? grommela-t-il tout bas à l'intention de Sean.

— Vous avez vérifié la liste des personnes disparues ? demanda Sean.

— Oui. Et nous avons trouvé quelqu'un qui pourrait correspondre à la description de la victime. Une femme de Shreveport qui n'est pas rentrée chez elle depuis plusieurs semaines. Elle s'appelle Jessup. Holly Jessup.

— Son mari étant une sorte de grosse légume ici, les journaux se sont emparés de l'affaire, ajouta Mosley. Nous avons faxé une photographie du corps et les signes particuliers à la police de Shreveport. Ils se chargent de prendre contact avec la famille. Avec un peu de chance, nous pourrons identifier notre victime d'ici la fin de la journée.

— Vous avez plus d'éléments que nous, fit Sean en se levant.

Il jeta de nouveau un coup d'œil à la pièce. Quelque chose le dérangeait. Rue Marigny, le tueur avait soigné la mise en scène. Il s'était même donné la peine de choisir le numéro de la maison et de tatouer un triangle rituel sur le cadavre. Ici, il n'y avait rien de tout ça. Les seuls points communs entre les deux affaires étaient le tatouage sur le dos et la mutilation du visage.

— J'ai hâte de savoir si l'autopsie mettra en évidence des ecchymoses, commenta Danny.

— Moi aussi, grommela Sean.

Patrice sortait de la salle de bains et Sean alla à sa rencontre.

— Pas de sang sur le lavabo ni sur les toilettes ou dans les canalisations, annonça-t-elle sans attendre ses questions.

— Et les empreintes ?

— J'en ai trouvé quelques-unes, mais le propriétaire a fait venir une société de nettoyage après le départ du dernier locataire, donc c'est très propre.

Sean jeta un regard du côté de la salle de bains par-dessus l'épaule de Patrice. L'armoire à pharmacie était légèrement entrouverte.

— C'était comme ça ? demanda-t-il.

— Oui.

— Pas d'empreintes sur les bords du miroir ?

Elle haussa les épaules.

— Non, désolée.

— Ma question va te paraître bizarre, mais… aurais-tu trouvé des poils de bête sur le corps ?

— Tu veux dire des poils de chien ou de chat ?

— Non, je pense à quelque chose de plus inhabituel. A un bouc, par exemple.

Elle haussa un sourcil.

— Je ne manquerai pas de te les signaler si on en découvre au moment des analyses, au labo.

— Merci, fit Sean en se dirigeant vers la salle de bains. Ça ne te pose pas de problèmes si je fais un tour à l'intérieur ? demanda-t-il.

— J'ai fini, tu peux y aller.

En entrant, il se tourna instinctivement vers le miroir de la boîte à pharmacie. La porte n'avait pas été entrouverte n'importe comment, mais de manière à ce qu'on puisse voir le corps se refléter dans le miroir depuis l'entrée de la salle de bains.

Une vague trace sur le miroir l'intrigua et il s'approcha

pour souffler son haleine tiède sur la surface lisse. Un petit nuage de buée se forma peu à peu en révélant trois mots que Sean avait déjà vus.

Je suis toi.

12.

Michael Garrett jeta un coup d'œil à sa montre. Comme toujours, sa patiente se présentait à l'heure. Pile à l'heure. Pas une minute d'avance ou de retard. Quand Sarah DeLaune avait rendez-vous à 14 heures, elle arrivait à 14 heures.

Lui, par contre, n'avait pas aussi bien préparé leur séance qu'il l'aurait voulu. Depuis qu'il ne recevait plus dans son cabinet de Poydras, mais chez lui, dans sa maison de Garden District, il se laissait un peu trop aisément distraire pendant ses heures de travail.

Le semestre précédent, il avait accepté un poste d'enseignant à plein temps à l'université de La Nouvelle-Orléans, ce qui l'avait amené à réduire son activité de thérapeute à quelques heures par semaine. Il avait donc jugé inutile de conserver son cabinet en ville, d'autant plus qu'il n'avait gardé que d'anciens patients que le changement ne risquait pas de perturber. Ils entraient par une porte dérobée, à l'arrière de la maison, en utilisant un escalier extérieur qui donnait directement dans la salle d'attente. C'était parfait.

Michael alla jusqu'à la fenêtre et observa Sarah qui s'apprêtait à franchir la porte du jardin. Elle marqua quelques secondes d'hésitation, comme toujours. Michael se demandait souvent ce qui lui traversait l'esprit à cet instant précis, quelle bataille intérieure elle devait affronter avant de faire le pas décisif.

Sarah était une belle jeune femme, intelligente et structurée, mais qui portait ses défenses comme une armure. Elle était pétrie de contradictions. Une artiste tatoueuse qui n'exhibait pas le moindre tatouage. Une non-conformiste qui trimballait son passé autour du cou, comme un boulet.

Aujourd'hui elle portait une veste légère avec un pantalon noir et des bottes, un sac de cuir en bandoulière et, comme toujours, son visage était très maquillé, avec un trait de khôl qui soulignait ses yeux et un rouge à lèvres vif. Elle avait tressé ses épais cheveux noirs, mais le vent les avait dérangés et elle écarta d'une main distraite une mèche égarée.

Le geste était plein d'une inconsciente élégance qui surprit Michael. La grâce cachée de Sarah faisait partie des incongruités de sa personne. Il avait déjà eu l'occasion de le remarquer.

Il lui trouvait parfois une vague ressemblance avec Elise et cela aurait sans doute suffi à justifier qu'il lui conseille de s'adresser à un autre thérapeute. La dernière chose dont Sarah avait besoin, c'était d'un médecin inattentif et il devait reconnaître que ses yeux charbonneux et ses lèvres pleines le distrayaient un peu trop souvent. En ce moment, surtout, avec l'anniversaire de la mort d'Elise qui approchait. Certains jours, il ruminait tant de sombres pensées qu'il avait du mal à se concentrer.

Mais il y avait encore plus grave... La thérapie de Sarah n'avançait pas. Son médecin traitant la lui avait adressée parce qu'elle souffrait d'une insomnie chronique dont les cachets ne venaient plus à bout. Elle avait parlé un peu de son enfance et de Rachel, mais sans jamais se livrer vraiment. Elle n'abandonnait pas ses défenses.

Elle avait une fois demandé à avoir recours à l'hypnose pour renouer avec ses souvenirs, mais, pour Michael, l'hypnose ne devait intervenir qu'en dernier recours. Il n'était pas comme certains médecins qui la considéraient comme la panacée… L'hypnose était souvent inefficace. Elle pouvait de surcroît se révéler dangereuse et provoquer des réactions inattendues. Sans compter qu'au cours d'une séance d'hypnose un thérapeute posait souvent des questions trop orientées pour confirmer des hypothèses préétablies.

Il ne rejetait pas en bloc la théorie des souvenirs refoulés, mais il considérait que la véritable amnésie dissociative était rarissime et que, dans la plupart des cas — et probablement dans celui de Sarah —, l'incapacité à se souvenir de certains événements était due à une impossibilité d'établir les connexions neuronales nécessaires à les convoquer. En d'autres termes, il existait peut-être une raison neurologique au fait que Sarah ne se souvienne pas du meurtre de sa sœur et elle ne pourrait peut-être jamais s'en souvenir.

Michael suivit des yeux Sarah qui traversait maintenant le jardin. Quelques secondes plus tard, la porte de la maison donnant accès à la salle d'attente s'ouvrit. Il se détourna de la fenêtre juste avant qu'elle frappe.

— Entrez, Sarah.

Elle poussa le battant et hésita quelques secondes sur le seuil avant d'entrer.

— Comment saviez-vous que c'était moi ? demanda-t-elle.

Il sourit.

— Nous sommes vendredi et il est 14 heures. C'est vous que j'attendais. Et puis je vous ai vue traverser le jardin.

— Les bananiers ont souffert du froid, dit-elle en enlevant sa veste qu'elle laissa tomber à terre en même temps que son sac. Vous allez avoir du travail pour remettre votre jardin en état.

— Je ne m'inquiète pas vraiment pour les bananiers, ils s'en remettront. Mais j'ai bien peur d'avoir perdu la plupart de mes frangipaniers.

— On ne peut pas sauver tout et tout le monde, je suppose, soupira Sarah.

Elle s'installa et croisa les mains sur les genoux en attendant que Michael vienne s'asseoir aussi.

— Nous y voilà de nouveau, fit-elle.

— Oui, nous y voilà. Comment dormez-vous en ce moment ?

Elle haussa les épaules.

— J'arrive à voler quelques heures de sommeil de-ci de-là.

— Vous prenez toujours du Xanax ?

— Seulement quand j'en ai besoin, répondit-elle avec un petit rire.

— Vous n'avez pas remarqué d'effets secondaires néfastes ? Perte de mémoire ? Etourdissements ?

— J'ai eu un épisode de somnambulisme hier soir. Je me suis réveillée dans la douche. Heureusement, je n'avais pas ouvert le robinet.

Elle rit.

— Vous pourriez prendre quelque chose de plus efficace pour dormir, proposa Michael. J'en parlerai au Dr Bayden si vous le souhaitez.

— Je vais y réfléchir.

Elle ne souriait plus.

— Je n'ai pas envie d'aborder la question de mes insomnies aujourd'hui, dit-elle.

— Très bien.

Elle se mordit la lèvre.

— Je voudrais parler de Sean.

Michael acquiesça.

— Je l'ai vu récemment, poursuivit-elle. Il m'a appelée pour me demander de le rejoindre sur une scène de crime. La victime était tatouée et il attendait de moi que je l'aide à identifier le tatoueur.

— Et vous avez accepté ?

Elle détourna le regard vers la fenêtre.

— Oui. Le corps avait été retrouvé dans un quartier proche du mien et je suppose que c'est aussi pour ça qu'il a songé à s'adresser à moi.

— Qu'est-ce que ça vous a fait de le revoir ?

Elle prit son temps pour répondre.

— J'ai été étonnée de me rendre compte que je lui en voulais encore.

— Pourquoi étonnée ?

— Parce que nous sommes séparés depuis des mois. J'aurais dû passer à autre chose.

— Selon un délai légal fixé par qui ou par quoi ?

— Oui, je sais, c'est un peu ridicule…

Elle ébouriffa les mèches de sa frange au-dessus de ses sourcils épilés en forme d'aile d'oiseau.

— Je l'ai vu ce soir-là et je l'ai revu le lendemain. Et là, ça a dégénéré.

— Vous avez envie d'en parler ?

— Non, pas vraiment.

Elle enroula une mèche de cheveux autour de son doigt, un geste qui rappela terriblement Elise à Michael. Elise aussi triturait ses mèches quand elle était nerveuse ou angoissée. Quand elle s'apprêtait à rentrer chez elle et à rejoindre son mari.

Un froncement déforma brièvement les sourcils de Sarah.

— J'ai envie de parler de ce que Sean m'a dit avant que je quitte la scène du crime. Ça ne cesse de me tracasser depuis.

— Que vous a-t-il dit ?

Son regard devint pensif, comme si elle éprouvait le besoin de rassembler d'abord ses idées.

— Il a sous-entendu que je ne me souvenais pas de ce qui s'était passé le soir de la mort de Rachel, parce que… Parce que j'essayais de protéger quelqu'un.

— Et ça vous perturbe ?

De nouveau, elle détourna le regard vers la fenêtre. De là où elle se trouvait, elle ne voyait rien d'autre qu'un bout de ciel et la cime des arbres, mais le spectacle paraissait la fasciner.

— Je crois que sa remarque m'a fait envisager cette nuit-là d'une manière différente. J'ai toujours pensé que j'avais occulté ce qui s'était passé parce que j'étais traumatisée d'avoir assisté au meurtre de ma sœur. Mais admettons que Sean ait raison et que j'aie évacué ces souvenirs non pas à cause de *ce que* j'ai vu, mais de *qui* j'ai vu.

— Vous voulez dire à cause de l'identité du meurtrier ?

Elle se redressa.

— Oui. Il s'agissait peut-être d'un proche. Ou bien…

Elle s'interrompit et se mordit la lèvre, comme si elle craignait d'en dire trop.

— Je croyais que vous soupçonniez un certain Ashe Cain d'avoir tué votre sœur.

— Oui.

— Et ce serait lui que vous voudriez protéger ?

Elle détourna le regard et ferma les yeux.

— Ce n'est malheureusement pas impossible, murmura-t-elle d'une voix éteinte.

Il attendit qu'elle poursuive, mais elle se leva pour admirer le jardin depuis la fenêtre.

— Les camélias sont toujours en fleur, remarqua-t-elle. C'est étonnant de voir à quel point ils sont résistants. Ils paraissent pourtant si fragiles. J'adore leur délicate nuance de rose.

Elle se retourna et sourit.

— Mais je suis en train de faire diversion, n'est-ce pas ?

— Oui. Ce sont des choses qui arrivent.

Elle s'adossa au cadre de la fenêtre.

— Vous ai-je déjà raconté que j'avais une amie imaginaire quand j'étais petite ? Elle s'appelait Fay.

— Elle avait un nom de famille, cette Fay ?

— Non. Juste Fay. Je devais avoir quatre ou cinq ans. Rachel allait à l'école. Pas moi. Je me sentais seule dans la journée… Oh, de toute façon, même quand elle n'était pas à l'école, Rachel m'ignorait. Et ce n'était pas uniquement en raison de nos trois ans de différence. Il n'y a jamais vraiment eu d'affection entre nous. Mais au moins elle me tolérait… On ne peut pas en dire autant de mon père. Lui, il me méprisait. Peut-être aussi qu'il se méprisait lui-même pour avoir mis au monde une enfant aussi médiocre.

— Et votre mère ?

Sarah mit du temps à répondre.

— Ma mère m'aimait, mais elle s'est toujours montrée distante. Elle avait l'esprit ailleurs. Et moi, du coup, j'avais la sensation de ne pas vraiment faire partie de cette maison, de cette famille. Je vivais à la lisière de leur vie. Ils étaient des étrangers. C'est sans doute pour cela que je m'étais inventé Fay.

— Vous avez souffert de la solitude.

— Terriblement, oui.

Elle revint prendre sa place dans son fauteuil.

— Je vous ennuie déjà ? demanda-t-elle.

— Ai-je l'air de m'ennuyer ? répondit-il.

— Vous n'en avez pas l'air, non, mais vous êtes le champion du bluff.

Elle inclina la tête et le dévisagea attentivement.

— Vous avez un visage de joueur de poker… Un assez beau visage, au demeurant.

Michael était toujours pris au dépourvu quand elle se mettait à flirter. Ce n'était pas la première fois qu'une patiente jouait ce jeu avec lui, mais, avec Sarah, il ne savait jamais s'il se faisait des idées.

— Où en étions-nous ? demanda-t-elle.

— Vous parliez de votre solitude quand vous étiez enfant.

— Je pense que cette solitude m'a poussée aux passages à l'acte. J'avais besoin d'attention.

— De quelle manière passiez-vous à l'acte ?

Elle posa les pieds sur le rebord du fauteuil et entoura ses genoux de ses bras.

— Je cassais des objets. Un très beau vase ancien auquel ma mère tenait beaucoup, la canne à pêche neuve de mon père, la poupée préférée de Rachel… Et quand on me grondait j'accusais Fay. Commode, n'est-ce pas ? Le plus étrange, c'est qu'au bout d'un certain temps j'ai commencé à croire à son existence.

— Et qu'est-il arrivé à Fay ?

— Elle a disparu quand je suis entrée à l'école. Je suppose que je n'avais plus besoin d'elle. Pourtant l'école a été un enfer pour moi. Pire que la maison. Je souffrais d'une légère dyslexie qui n'a été détectée qu'au bout de trois ans d'école primaire. J'écrivais les chiffres et les lettres en miroir, parfois même certains mots. Quand j'ai réussi à redresser la barre, c'était trop tard, je me sentais déjà marquée au fer rouge.

— Les autres enfants vous maltraitaient ?

Elle posa son menton sur ses genoux.

— J'étais en butte aux taquineries de mes camarades, mais je ne me considérais pas pour autant comme une victime. J'étais solide, ajouta-t-elle avec un léger sourire. Je me défendais.

— C'est une bonne chose.

— Mais quand je suis arrivée au collège, j'avais définitivement rejeté le système scolaire et je me comportais en rebelle.

— Et ça se manifestait comment ?

— Disons que je ne cherchais pas à cacher ma différence et que je cultivais ma bizarrerie.

Il sourit.

— Mais encore ?

— J'appréciais l'idée de ne pas être comme les autres. Il y avait un groupe de gothiques… Des fantômes maquillés de blanc, habillés en noir, et portant des bijoux sataniques. La panoplie complète, quoi… Le genre était probablement passé de mode, mais, chez nous, tout arrive toujours en retard. Je les ai trouvés sympas et j'ai pris l'habitude de traîner avec eux, en espérant qu'ils s'intéresseraient à moi. Mais le plus drôle, c'est que non, même les marginaux ne voulaient pas de moi. Et là, j'ai rencontré Ashe.

Michael remarqua qu'elle frissonnait. Elle se baissa pour ramasser sa veste, puis la laissa retomber comme si elle se rendait compte que ça ne suffirait pas à la réchauffer, que le froid venait de l'intérieur.

— Ashe aussi était un gothique. Mais il n'avait pas choisi de s'habiller en noir pour choquer ou attirer l'attention, comme les autres. Ce costume et ce maquillage blanc illustraient parfaitement ce qu'il ressentait au plus profond de lui-même. Il était sombre et troublé, comme moi. Les vêtements et le maquillage lui servaient à se présenter tel qu'il était, à être Ashe Cain. Vous voyez ce que je veux dire ?

— Nous portons tous des masques, fit-il remarquer.

Elle secoua la tête, comme si cela l'agaçait qu'il ne comprenne pas.

— Il ne s'agissait pas d'un masque, insista-t-elle. Mais au contraire d'une manière de révéler sa personnalité.

— Vous ne l'avez jamais rencontré sans ses vêtements et son maquillage ?

— Si je l'avais rencontré, je ne l'aurais pas reconnu. Il était plus âgé que moi et il n'était pas originaire d'Adamant. Du moins c'est ce qu'il m'a dit. Tout ce que je sais, au fond, c'est qu'il était mon ami. Il me comprenait mieux que personne. Et moi aussi je le comprenais. Il disait que nos âmes étaient le miroir l'une de l'autre.

Elle se pencha en avant et contempla fixement Michael.

— Peut-être avait-il raison… Je me demande parfois si nous nous comprenions si bien parce que… Parce que je l'avais inventé… Parce qu'il sortait tout droit de mon imagination.

— Comme Fay, vous voulez dire.

— Cela vous choque ?

Elle s'adossa de nouveau à son fauteuil en arborant un sourire satisfait, mais son regard était triste et tourmenté.

— Vous avez vu le film *The Crow* ?

— Le film avec Brandon Lee ? J'en ai vu des passages à la télévision, oui.

— Vous connaissez donc l'essentiel du scénario. Il s'agit d'une âme tourmentée qui quitte sa tombe pour venger le viol et le meurtre de sa petite amie. Quand j'avais treize ans, ce film m'obsédait. Je ne saurais pas vous dire combien de fois je l'ai regardé. J'avais aussi la bande-son, l'affiche, tous les produits qui accompagnent la promotion d'un film. J'étais littéralement fascinée par ce personnage de vengeur que rien ne peut arrêter, pas même la mort.

Elle se tut et chercha son regard.

— Vous voyez où je veux en venir, n'est-ce pas ?

— Je préfère tout de même que vous me le disiez.

— A partir de ma rencontre avec Ashe Cain, de drôles de choses ont commencé à arriver à ceux qui me taquinaient.

— Quel genre de choses ?

— Rien de vraiment grave. Jusqu'à…

Elle détourna les yeux.

— Des pneus crevés, des clés et des portefeuilles volés, des trucs comme ça…

— Et vous pensez qu'Ashe en était responsable ?

— Je ne le pense pas, je le sais. Parce qu'il m'a montré les objets.

— Et comment avez-vous réagi ?

— Je n'ai pas réagi parce qu'il me semblait que ces salauds avaient eu ce qu'ils méritaient. Et c'est là que je veux en venir aujourd'hui… On aurait dit que mon ami Ashe se chargeait de faire ce dont je rêvais en secret.

Elle le défia du regard.

— Vous me comprenez, maintenant ? Si j'avais voulu créer un vengeur, je l'aurais fait à l'image d'Ashe Cain. On ne pouvait pas imaginer plus parfait.

— Ça ne suffit pas à affirmer qu'Ashe Cain était un être sorti de votre imagination, contra Michael.

— Dans ce cas, comment expliquez-vous que personne ne l'ait jamais vu à part moi ?

— Il tenait sans doute à se montrer discret.

— C'est une hypothèse, murmura Sarah en entortillant de nouveau une mèche de cheveux autour de son doigt.

Michael la trouva distraite et agitée.

— Vous croyez que nous avons tous une face sombre ? demanda-t-elle.

Michael évitait de livrer à ses patients ses opinions personnelles, mais la question de Sarah le hantait depuis des années et il ne put s'empêcher de répondre.

— Oui, dit-il enfin. Je le crois. Mais je crois aussi que la plupart d'entre nous possèdent la capacité et le désir de vaincre cette face obscure de notre nature humaine.

— Et si j'occultais les circonstances de la mort de Rachel pour étouffer la face obscure de mon être ? J'ai peur… En remontant à la surface, mes souvenirs pourraient réveiller des pulsions que je ne peux pas contrôler…

Michael mit du temps à répondre.

— Ce n'est pas dans le noir que l'on combat le mal, Sarah. L'unique moyen d'en venir à bout est de l'affronter en pleine lumière.

— Vous voulez dire en affrontant mes souvenirs ?

— Oui, si c'est possible. Mais aussi en faisant la paix avec votre passé. C'est la seule manière pour vous de continuer à avancer.

Elle prit son sac et sa veste et se leva.

— Voilà une question qui mérite réflexion, fit-elle d'un ton désinvolte.

Michael fut déçu qu'elle prenne sa remarque à la légère.

— Il nous reste encore du temps, protesta-t-il. Pourquoi ne pas aller jusqu'au bout de la séance ?

— Je dois partir. J'ai donné rendez-vous à un client. Il m'a commandé un dessin personnalisé et très complexe. Un dragon que je dois tatouer sur son dos. Je vous ai déjà dit à quel point c'était gratifiant de tatouer un dos ? C'est là qu'il y a le plus de place et qu'on peut véritablement exprimer son talent.

Michael se leva pour la raccompagner.

— Vous ne m'avez pas demandé de nouvelles de mon père, s'étonna-t-elle.

— Je suis désolé. Comment va-t-il ?

— Pas très bien. Les médecins pensent qu'il n'en a plus pour longtemps. Quelques semaines tout au plus.

Dans le vestibule, elle tira sur sa veste avant de sortir.

— Reconnaissez que vous considérez que mon père est une des clés de mon problème, dit-elle. Et moi qui croyais que les psys rendaient toujours les mères responsables de tout…

Michael ouvrit la porte et descendit les marches avec elle, puis il attendit qu'elle sorte du jardin, qu'elle monte dans sa voiture et qu'elle démarre.

Après son départ, il resta là, à contempler son jardin ravagé par le froid. Dans un mois ou deux, quand il ferait chaud, il reprendrait ses couleurs. Les bananiers perdraient leurs feuilles brûlées, comme un serpent qui mue, la glycine pendrait de nouveau comme un lourd rideau des murs du jardin pour embaumer l'air des senteurs fleuries qui lui rappelaient avec nostalgie le temps du séminaire.

Le séminaire… C'était si loin. Bien avant Elise. Bien avant qu'il ait perdu la grâce.

13.

En entrant chez elle ce soir-là, Sarah eut la sensation qu'il se passait quelque chose d'anormal. Elle tenait son sac d'une main et son panier de courses de l'autre, aussi actionna-t-elle l'interrupteur avec son épaule, tout en jetant un coup d'œil inquiet autour d'elle.

La maison était immobile… Tellement silencieuse que Sarah avait l'impression que le ronron de la chaudière, le tic-tac du réveil et le souffle de sa propre respiration l'occupaient entièrement.

Sarah était sensible à l'atmosphère de son petit territoire et, si quelqu'un s'était introduit chez elle pendant son absence, elle aurait aussitôt perçu les relents de cette présence étrangère. Personne n'était venu, elle l'aurait juré. Pourtant, elle ne pouvait se défaire d'un inexplicable malaise. Elle décida donc de faire le tour de la maison. Elle redoutait d'avance ces lentes et méthodiques investigations où elle tressaillait à chaque pas, mais puisqu'il fallait ça pour la tranquilliser…

Elle posa son sac à main et ses courses sur un des comptoirs de la cuisine et entreprit de passer chaque pièce en revue, en vérifiant portes et fenêtres. Elle regarda même dans les toilettes et dans la douche, sous les lits, sous les fauteuils. Elle avait longtemps vécu seule et ce n'était pas la première fois qu'elle fouillait les recoins sombres de sa maison pour être sûre de s'endormir en paix.

Comme elle s'y attendait, tout était exactement comme elle l'avait laissé le matin. Personne n'était entré chez elle par effraction. Mais son malaise persista et un moteur de voiture un peu plus bruyant que les autres la fit sursauter. Elle se précipita vers la fenêtre pour jeter un coup d'œil dans la rue. Des phares balayèrent son petit jardin quand la voiture manœuvra avant de filer.

Juste quelqu'un qui faisait demi-tour. Pas de quoi s'inquiéter.

Elle retourna dans la cuisine pour déballer ses courses, mais elle n'était pas tranquille. Pour la première fois depuis longtemps, elle eut envie d'appeler Sean.

Une avalanche d'émotions déferla en elle avec une violence qui la prit par surprise. Même après tous ces mois, après tout ce qu'il lui avait fait, il lui manquait encore ! Elle ne redoutait pas la solitude, mais ce soir elle avait les nerfs à fleur de peau. Elle aurait tant voulu le trouver en arrivant, comme autrefois, installé à la table de la cuisine, en train d'étudier une pile de dossiers.

Il aurait levé les yeux vers elle, puis il se serait levé pour venir à sa rencontre et la serrer dans ses bras.

« Dure journée ? » aurait-il demandé.

Elle aurait enfoui son visage contre son épaule et ses doigts dans sa chemise, tout en respirant avec bonheur la fragrance subtile et épicée de son eau de toilette. C'était étrange… Sean passait une bonne partie de sa journée à côtoyer des cadavres, mais il sentait toujours bon. Sarah n'avait pas oublié les effluves de son après-rasage. Il en laissait partout… Dans la salle de bains, sur ses oreillers, sur ses mains à elle…

Elle dut s'avouer qu'il lui manquait terriblement.

Elle demeura un bon moment plantée au milieu de la cuisine, à penser à ses mains dans les cheveux de Sean, à sa voix murmurant à son oreille, à son corps chaud et réconfortant contre le sien.

« Ça va mieux ? » aurait-il dit.

« Hmm… Oui… »

Sarah ouvrit les yeux et le fantôme se tut.

Sean était parti et ça ne servait à rien de regarder en arrière. Et puis elle était une adulte responsable. Elle n'avait pas besoin d'un homme pour se sentir en sécurité chez elle.

Sa petite maison de North Rampart avait toujours été pour elle un refuge agréable et salutaire. Grâce à Esme qui était intervenue pour l'empêcher de dilapider l'héritage de sa mère et lui mettre un peu de plomb dans la cervelle.

« Que dirait ta maman si elle voyait ce que tu es en train de devenir ? avait-elle dit. Tu ne penses qu'à sortir et à t'amuser, comme si tu n'avais pas deux sous de sens commun. Tu dépenses tout ton argent pour un bellâtre… Tu auras l'air fin quand il partira et qu'il ne te restera plus rien. Et maintenant, Sarah June, tu vas m'écouter… »

Elle avait agité son doigt noueux devant le visage de Sarah.

« Tu vas t'acheter une petite maison. Comme ça, quand les garçons partiront — et, crois-moi, ils finissent toujours par partir —, tu auras au moins un endroit où dormir. »

Pour une fois, Sarah avait eu assez de jugeote pour suivre un conseil — le meilleur qu'on lui ait jamais donné. Sans doute était-ce aussi parce qu'il lui venait d'Esme. Esme ne lui avait jamais donné que de bons conseils. Sarah songeait parfois qu'elle était peut-être la seule personne qui s'était réellement souciée de son bien-être.

Elle fit une nouvelle fois le tour de la maison, ce qui acheva de la convaincre que son angoisse n'était que la conséquence des tensions de la journée, et surtout de sa séance avec Michael. Elle avait évoqué avec lui une très vieille peur et cela l'avait épuisée nerveusement. Cette peur, elle n'en avait jamais parlé à personne avant aujourd'hui. La remarque de Sean avait ouvert dans ses défenses une faille qui donnait sur un territoire qu'elle ne pouvait plus ignorer.

Et si Ashe Cain n'avait jamais existé ? S'il n'était rien d'autre qu'un personnage imaginaire qui lui avait servi d'ami et de vengeur ?...

Et cette question en appelait une autre. Si Ashe Cain n'existait pas, *qui* avait tué Rachel ?

Qui essayait-elle de protéger ?

Elle jeta un coup d'œil au-dehors par-dessus l'évier de la cuisine en songeant qu'elle ne distinguait pas plus les ombres dans la nuit noire que le vrai du faux dans son passé de solitaire. Il lui arrivait même de se demander si toute son enfance n'était pas une reconstruction, si elle ne s'était pas inventé un père hostile, une sœur indifférente et une mère absente, pour justifier ses débordements.

Dans ces moments-là, elle se sentait comme une étrangère dans sa propre vie. Après des années d'introspection, elle ignorait toujours qui elle était vraiment et elle ne le saurait sans doute jamais.

Elle sortit une bouteille de vin du placard et se servit un verre.

Bon sang, mais pourquoi éprouvait-elle toujours le

besoin de se torturer avec des questions qui n'avaient pas de réponses ?

Elle avait pourtant appris au fil des ans que le doute menait à l'autodestruction.

Elle se sentait déjà entraînée dans une spirale infernale et elle se dépêcha de porter le verre à ses lèvres et de le vider d'un trait.

Ashe Cain avait existé. Elle devait le croire. Elle avait besoin de le croire.

Ashe Cain avait été un garçon perturbé et probablement un psychotique. Ce qu'il avait fait était atroce. Il avait tué Rachel de sang-froid, pour la venger elle, Sarah, et sans doute aussi pour assouvir une pulsion. Mais à présent ses motivations profondes et son mobile importaient peu. Cela faisait quatorze ans déjà… Si Ashe avait eu l'intention de revenir, il se serait montré depuis longtemps. Réel ou pas, il ne faisait plus partie de sa vie, il avait disparu pour toujours. Cela aussi, elle avait besoin de le croire.

Elle se servit encore du vin, avala un Xanax et alla dans le salon écouter son répondeur. Comme souvent ces derniers temps, elle trouva un certain nombre d'appels sans messages. Cela l'agaçait et l'inquiétait. Elle avait tenté de vérifier l'identité du ou des appelants, mais les numéros étaient masqués. Bah !… Il s'agissait probablement de télévendeurs.

Ou de quelqu'un qui veut savoir si tu es chez toi…

Le silence lui parut de nouveau terriblement pesant et elle alluma la télévision avant de se recroqueviller sur le canapé en attendant que le cachet fasse son effet. Ses muscles se détendirent peu à peu et elle commençait tout juste à sentir ce doux flottement provoqué par les sédatifs quand le téléphone sonna. Elle répondit sans même réfléchir.

— Allô !

— Il faut que nous parlions.

Elle chercha du regard le réveil posé sur les étagères de la bibliothèque. Il était 22 h 15.

— Sarah ? Tu es là ?

— Je suis là, répondit-elle en poussant un long soupir. Mais je n'ai aucune envie de parler.

— Je m'en suis aperçu, rétorqua Sean d'un ton agacé. Et c'est bien dommage parce que j'ai justement quelque chose de très important à te demander. C'est au sujet de la scène du crime de l'autre nuit.

Sarah se laissa retomber sur le dos et posa une main sur ses yeux.

— Tu me fais penser à un disque rayé, se plaignit-elle.

— Je suis sérieux, protesta-t-il.

— Moi aussi, je suis sérieuse. J'ai pris un cachet qui commençait à m'endormir et tu me gâches tout. Crois-moi, c'est très sérieux pour moi. De toute façon, je t'ai déjà dit tout ce que je savais.

— Je voulais parler des empreintes.

Elle battit des paupières.

— Les empreintes ? fit-elle d'un ton stupéfait. Quelles empreintes ?

— Tu m'as demandé si on avait trouvé de drôles d'empreintes, tu te souviens ?

Sarah sentit venir le mal de tête. *Merde…* Quelques secondes plus tôt, elle s'enfonçait lentement dans une délicieuse torpeur et voilà que Sean l'en tirait brusquement pour l'entraîner vers le territoire qu'elle redoutait plus que tout. Elle tenta de résister. Elle n'avait pas du tout, mais pas du tout envie d'y aller. Elle avait déjà fait le voyage une fois et ça lui suffisait.

— A quelles empreintes pensais-tu, Sarah ?

Elle appuya ses doigts sur sa tempe.

— Qu'est-ce que ça peut te faire, puisque vous n'en avez pas trouvé ?

— Nous n'en avons pas trouvé autour de la maison, c'est effectivement ce que je t'ai répondu.

— Donc, quelle importance ?

— Ça a de l'importance parce qu'il n'y en avait pas à l'extérieur, mais à l'intérieur, oui.

Sarah eut soudain la bouche sèche. Elle allongea mollement un bras pour s'emparer de son verre, mais elle le renversa. Le liquide rouge se répandit sur le plateau de la table. Elle le contempla avec fascination.

— Le médecin légiste s'est aperçu que le corps présentait des ecchymoses d'une forme très particulière…

Il marqua une pause.

— Une forme de sabot, d'après lui.

Seigneur, non, pas ça…

— C'est bien à ça que tu faisais allusion, n'est-ce pas ? Comment savais-tu, Sarah ? insista-t-il d'une voix basse et pressante.

Une voix exprimant un sentiment que Sarah n'avait pas envie de nommer.

Son cœur se mit à battre la chamade. Comment avait-elle su au sujet des empreintes… ? Oui, c'était une bonne question…

— Je ne savais pas, protesta-t-elle.

— Dans ce cas, pourquoi avoir demandé si nous avions trouvé des empreintes inhabituelles ?

Elle inspira profondément et tâcha de répondre d'un ton calme et ferme.

— C'est sans doute à cause des *udjats*. Ils m'ont rappelé quelque chose.

— Quoi ?

Elle inspira encore. Elle avait l'impression de se noyer.

— Sean, il est tard et je suis fatiguée. On ne pourrait pas en parler demain ? Je voudrais rester allongée et me détendre avant…

— Avant quoi ? coupa-t-il sèchement. Tu as l'intention de sortir ?

— Non.

— Dans ce cas, j'aimerais passer te voir.

— Non. Ce n'est pas une bonne idée.

— Nous devons parler de ça, Sarah. Entre autres.

Aborder cette question lui paraissait au-dessus de ses forces. Elle avait besoin qu'on lui fiche la paix. Appuyer sur ce bouton et ne plus entendre la voix de Sean. Prendre une serviette pour éponger cette tache rouge qui ne cessait de s'étendre sur la table.

Elle prit donc le parti de mentir, le parti d'ignorer son cœur qui battait et les questions qui se bousculaient dans sa tête. Le corps présentait des ecchymoses faites par des coups de sabots ? Comment était-ce possible ? La Nouvelle-Orléans était pourtant loin d'Adamant.

— Les *udjats* m'ont rappelé les symboles sataniques tracés près du corps de Rachel. Ça m'a perturbée, tu le sais, nous en avons parlé l'autre soir.

— Je comprends, mais des *udjats*, ce ne sont pas des empreintes.

Elle soupira.

— Après le meurtre de Rachel, des rumeurs ont circulé en ville. On prétendait qu'on avait trouvé de drôles de traces et tout le monde pensait que ça avait un rapport avec les empreintes.

— Quelles empreintes ? Je ne te suis pas.

— C'est une vieille légende. L'homme qui vivait dans cette ferme aurait été réveillé en pleine nuit par des bruits étranges. Il serait sorti dehors et aurait trouvé des empreintes en forme de sabot dans sa propriété. Jusque sur le toit, paraît-il. Le bruit a couru que les forages avaient ouvert les portes de l'enfer et que le diable lui-même se promenait dans la campagne. Depuis, de temps à autre, et surtout quand il y a une mort violente, il se trouve quelqu'un en ville pour prétendre avoir vu des traces de sabots.

Elle marqua une pause.

— C'est pour ça que j'ai demandé si tu avais trouvé des empreintes inhabituelles. Il s'agissait d'une sorte de réflexe. Ce que j'ai vu ce soir-là a réveillé de vieux souvenirs, dont cette vieille légende.

— Donc, il s'agirait simplement d'une coïncidence ?

— Est-ce donc si surprenant de trouver des empreintes de bouc sur une scène de crime barbouillée de symboles sataniques ?

— Non, admit Sean après quelques secondes de réflexion. Mais je ne t'appelais pas que pour ça. Il y a du nouveau dans l'affaire, tu l'as sans doute déjà appris par le journal télévisé.

Sarah ne l'avait pas appris, non, mais elle comprit au ton de la voix qu'il s'agissait d'une mauvaise nouvelle.

— J'évite les journaux télévisés, tu le sais bien. Mais tu vas m'expliquer de quoi il retourne, je suppose.

— Nous avons une autre victime.

Elle contempla le vin qui gouttait maintenant sur le sol, comme s'il illustrait en direct sa conversation avec Sean. Elle eut presque envie d'en rire.

— Une autre victime ? Où ?

— Dans un appartement à louer de North Rampart. A quelques rues de chez toi.

Non !

Sarah se leva d'un bond, le téléphone toujours collé à l'oreille.

— Attends une minute, Sean.

Son cœur s'était de nouveau emballé et elle ressentit le besoin impérieux de fouiller une fois de plus la maison. Elle vérifia que les portes et les fenêtres étaient bien fermées, tandis que cette inexplicable inquiétude continuait de grandir.

— Sarah ?

Elle sursauta en entendant son nom. Elle avait oublié Sean et le téléphone.

— Une seconde, fit-elle.

Elle traversa la pièce pour marcher jusqu'à la fenêtre et scruter la rue. Quand elle était arrivée tout à l'heure, elle avait remarqué une voiture inconnue garée tout près de chez elle. La voiture n'avait pas bougé et Sarah avait maintenant l'impression de voir une silhouette derrière le volant. Et cette silhouette surveillait sa maison.

Elle recula précipitamment.

La voix de Sean rompit le silence.

— Mais qu'est-ce qui se passe, bon sang ?

— Rien. C'est juste que… je vérifiais quelque chose, c'est tout.

— Tu vas bien ?

Elle inspira, puis expira. Lentement.

— Oui, ça va.

Il avait baissé la voix et parlait plus calmement. Elle ne percevait plus dans le ton qu'une pointe de tendresse et d'intimité qui ricocha sur ses souvenirs.

Elle ferma les yeux. Elle savait ce qui se passerait si elle lui demandait de venir. Ils le savaient tous les deux. Elle était vulnérable, elle avait peur. Et Sean était Sean.

Dès qu'il franchirait cette porte, elle se jetterait dans ses bras pour tirer sur ses vêtements comme un chat sauvage, tout en se déshabillant sans la moindre hésitation et sans retenue. Parce que, au lit, avec Sean, toutes ses défenses tombaient d'un seul coup.

Mais pas question d'en arriver là. Elle avait joué pas mal de rôles dans sa vie, mais celui de maîtresse ne lui convenait pas.

— Sarah, murmura-t-il presque tendrement.

— Tu es marié, Sean. L'aurais-tu oublié ?

— Je ne l'ai pas oublié. Mais il faudrait aussi que nous ayons une petite discussion à ce sujet.

— Certainement pas. Pas ce soir. Et sans doute jamais.

— Sarah, je t'en prie.

— Ne viens pas, Sean. Et ne me rappelle pas. Rentre chez toi avec ta femme et laisse-moi tranquille.

Elle raccrocha avant qu'il ait le temps de répondre et jeta le téléphone au loin. Puis elle se laissa retomber sur le canapé et tenta de se détendre. Mais la voix de Sean résonna encore un long moment dans sa tête. Elle s'attendait presque à l'entendre sonner à sa porte en dépit de son interdiction, mais au bout d'un moment, comme il ne venait pas, la solitude de sa maison trop silencieuse lui parut plus écrasante que jamais.

Son esprit se mit lentement à dériver et des détails de son enfance qu'elle avait oubliés depuis longtemps remontèrent lentement à la surface, auréolés d'une sorte de brume. Elle songea aux clochettes du vieil arbre de la ferme Duncan.

Quand le vent soufflait dans une certaine direction, elles s'agitaient au-dessus des tombes. Leur timbre l'avait toujours intriguée, voire dérangée. Ashe lui avait dit une fois qu'elles annonçaient la mort.

« Je croyais que les cloches venaient après un décès, plutôt qu'avanté », avait-elle rétorqué.

Il avait souri.

« Celles-ci sont différentes, Sarah. Quand elles résonnent, c'est que la mort rôde. »

Quelques nuits plus tard, elle avait été réveillée par le son lointain et mélodique des clochettes. Elle s'était levée et elle avait marché jusqu'à sa fenêtre pour regarder au-dehors. Quand elle avait fait glisser le châssis, le son s'était engouffré : Ashe avait accroché les clochettes dans l'arbre planté devant sa chambre.

Et aujourd'hui, en ce moment, il lui semblait encore entendre ces clochettes. Au loin.

Elle ouvrit les yeux et demeura immobile un instant. Elle aurait bien voulu croire qu'il s'agissait d'une hallucination auditive, mais elle les entendait toujours. Distinctement. Elles étaient bien réelles.

Elle se leva et suivit le son jusque dans sa chambre. Là, elle ouvrit les portes-fenêtres donnant sur le jardin. Son cœur battait violemment dans sa poitrine.

Mais elle n'eut pas le courage de sortir pour voir ce qui

se passait. Pas ce soir. Pas dans le noir. De toute façon, c'était inutile. Elle avait reconnu les clochettes et elle savait ce qu'elles signifiaient.

La mort rôdait dans les parages.

Sean remit le téléphone dans sa poche. C'était encore Cat et il préférait ne pas répondre. Il allait devoir l'affronter tôt ou tard, mais après cette conversation déprimante avec Sarah il ne se sentait pas d'humeur à s'expliquer avec sa femme, d'autant plus qu'il savait que ça finirait mal.

Elle allait lui demander où il était et ce qu'il faisait, et il lui répondrait de façon évasive, ce qui ne manquerait pas de la mettre hors d'elle. Ensuite elle se mettrait à pleurer, tout en le suppliant de rentrer, pendant qu'il s'évertuerait à lui expliquer gentiment qu'il n'avait l'intention de « rentrer » que pour récupérer ce qui restait de ses affaires. Leur histoire était terminée, il reprenait sa liberté. Point.

Il n'était pas fier de son attitude. Un homme digne de ce nom aurait probablement donné une chance à son mariage et à sa femme. Mais il savait que l'issue serait la même et il ne voyait pas l'intérêt de différer. Ça ne pouvait pas marcher entre eux pour une raison très simple : il n'était pas amoureux d'elle et ne l'avait probablement jamais été. Pire que ça, il ne l'appréciait pas en tant que personne.

Il se demandait pourquoi il avait laissé les choses aller si loin entre eux. Il avait eu tort de foncer tête baissée dans un second mariage si peu de temps après sa rupture avec Sarah. Elle avait raison quand elle disait qu'il avait cherché une femme calme et sans histoires, capable de lui offrir quand il rentrait chez lui une vie paisible et un sanctuaire où il se reposait des horreurs qu'il côtoyait dans son travail.

Il avait cru que Cat serait cette femme. Quand il l'avait rencontrée par hasard dans ce restaurant, elle lui avait apporté une bouffée d'air frais. La façon dont elle le regardait, son sourire… Avec elle, il avait oublié à quel point sa vie était devenue pénible.

Et puis… elle lui plaisait physiquement. Déjà au lycée, Cat était un canon. Elle avait maintenant trente ans et elle était devenue une femme superbe. Durant les premiers mois, il s'était senti flatté que cette magnifique blonde s'intéresse à lui.

Cat était totalement différente de Sarah et il n'avait pas eu de mal à se convaincre qu'elle était la femme de sa vie. Qu'il serait plus heureux avec elle. Que Sarah alimentait ses angoisses et vice versa. Que leur malaise avait pris des proportions inquiétantes depuis qu'ils étaient ensemble.

Il en était arrivé à redouter de rentrer chez lui de peur de ce qu'il y trouverait.

Mais Sarah était aussi la femme la plus fascinante qu'il ait jamais rencontrée. Et il n'était pas aussi facile de l'oublier qu'il l'avait cru.

En apparence, elle n'arrivait pas à la cheville de Cat. Il fallait du temps pour être sensible à la beauté de Sarah. Vous deviez faire abstraction de son maquillage outrancier et de ses coiffures bizarres. Et, même là, vous ne saviez jamais si vous étiez enfin en contact avec la vraie Sarah ou avec un deuxième masque, plus subtil et plus discret que le premier.

Sean se rendait compte à présent qu'il était tombé dans les bras de Cat parce que Sarah le dominait. Et aussi parce qu'elle lui faisait peur.

Le meurtre de sa sœur l'avait abîmée, traumatisée. Il

la dévorait encore après toutes ces années et tout le reste était secondaire, même sa rencontre avec lui. Très bien. Il aurait pu l'accepter, mais tous ces secrets qui la rongeaient de l'intérieur, c'était une autre histoire. Ils l'effrayaient. Ils l'avaient même empêché de dormir la nuit.

Il avait d'abord cru naïvement qu'en retrouvant le meurtrier de Rachel il pourrait libérer Sarah de ses démons. Mais plus il s'intéressait à l'affaire, plus il creusait le problème, plus ses soupçons se confirmaient... Jusqu'à ce qu'un jour il décide d'arrêter de chercher. Parce qu'il avait brusquement pris conscience qu'il n'était sans doute pas prêt à affronter la vérité sur ce qui s'était passé ce jour-là à Adamant.

Au fond, c'était ses soupçons qui l'avaient éloigné de Sarah. Il était parti pour la protéger. Pour les protéger tous les deux. Cat s'était trouvée là au bon moment. Rien de plus.

Alors pourquoi ne pas vivre seul ? Sarah était sortie de sa vie. S'il avait encore de l'affection pour elle — et il en avait —, il devait comprendre qu'elle avait besoin d'aller de l'avant, de mener sa vie comme elle l'entendait. Sans lui.

« Ne réveille pas le chien qui dort », aurait conseillé Danny.

Mais Sean n'était pas du genre à suivre les sages conseils.

Il paya son verre et quitta le bar de Decatur Street dans lequel il s'était réfugié. Le vent glacial qui venait du fleuve soufflait par rafales. Sean s'emmitoufla dans son manteau et avança dans les rues étroites, courbé en deux comme un soldat vaincu. Il était 23 heures passées et il était épuisé, mais au lieu de retourner à sa voiture il traversa Jackson Square, remonta St. Peter, puis passa devant la cathédrale Saint-Louis et le Cabildo.

Sous le réverbère du passage des Pirates, un trompettiste jouait pour une poignée de touristes. La mélancolie de sa mélodie émut Sean et il se dépêcha de fuir vers les rythmes entraînants qui s'échappaient des bars et des clubs de Bourbon Street.

Bourbon Street était pour lui le cœur du quartier français. Ici, le temps importait peu. De jour comme de nuit, on pouvait y faire la fête, même en plein milieu d'une tempête. Aucune autre rue au monde n'offrait autant de distractions et d'érotisme sur une longueur de sept pâtés de maisons.

Fleming parlait « d'excès d'érosion de l'âme » et Sean trouvait la formule parfaite pour décrire Bourbon Street. Il avait toujours apprécié l'atmosphère intense et légèrement décadente qui planait dans cette rue. Surtout quand il se sentait nerveux, comme ce soir.

Et qu'il ne savait pas où aller, puisqu'il ne voulait pas rentrer avec Cat et que Sarah lui refusait l'hospitalité.

Il erra un long moment dans les rues, indifférent à la musique et à la foule, comme un fantôme dérivant dans un monde auquel il n'appartient plus.

Sean s'était toujours mal accommodé de la solitude. Il n'aimait pas se retrouver seul avec ses pensées. Il avait besoin de quelqu'un pour l'aider à occuper son temps. L'introspection, il préférait éviter. Il y avait trop de questions sans réponse dans sa vie. Trop d'impasses.

Et trop de chemins qui le ramenaient à une femme dont le passé l'effrayait autant qu'il l'intriguait.

14.

Janvier
Adamant, Arkansas

Un vent froid soufflait entre les branches du sycomore, devant la fenêtre de Sarah. Depuis son point d'observation, Ashe pouvait voir l'intérieur de la chambre. Il avait passé pas mal de temps dans cet arbre. Surtout de nuit. La chambre de Sarah donnait sur l'arrière du jardin, le sycomore était donc visible depuis le cottage. Ça pouvait poser un problème, mais Ashe ne venait que par les nuits sans lune pour limiter les risques.

De toute façon, le jeu en valait la chandelle, même si espionner Sarah par la fenêtre n'était pas aussi agréable — ni excitant — que de passer du temps dans sa chambre à fouiller dans ses affaires.

Ces incursions secrètes lui avaient tant appris sur elle… Les livres qu'elle lisait, la musique qu'elle écoutait. Il connaissait même son film préféré et, tout en levant les yeux vers le poster accroché au-dessus du lit, il se demanda si elle avait compris où il voulait en venir et si elle voyait dans ses rêves un visage blanc et familier qui veillait sur son sommeil.

Au-dessus de sa tête, des nuages sombres dérivaient dans le ciel d'hiver, mais Ashe apercevait de temps à autre les étoiles.

Il contempla longuement les points lumineux qui brillaient là-haut. Par une nuit comme celle-ci, il se fondait dans les ombres et ses sens s'éveillaient pleinement. Il pouvait enfin ignorer ces voix insistantes qui le rendaient fou de colère. Ces voix, il les haïssait. Elles l'arrachaient à son monde et le projetaient dans un espace qui pour lui n'avait pas de sens. Un espace où Sarah n'existait pas.

Il changea de place pour se rapprocher de la fenêtre, mais en prenant soin de ne pas attirer son attention. Il s'était arrangé jusque-là pour qu'elle ne le voie pas. Il ne voulait pas l'effrayer et, pour le moment, leurs rendez-vous au crépuscule à la ferme abandonnée étaient plus sûrs. Pour elle comme pour lui.

Mais ce soir il s'apprêtait à faire une exception. Il allait enfreindre les règles qu'il s'était fixées. Il avait quelque chose de très important à lui dire.

Un frisson le parcourut quand il tenta d'imaginer comment elle réagirait en le reconnaissant. Impossible à dire... Sarah était une jeune femme imprévisible. C'était le trait de caractère qu'il admirait le plus chez elle. Mais pas le seul. Elle le fascinait pour beaucoup d'autres raisons.

Il regarda sa main qui s'activait au-dessus du carnet à croquis posé sur son bureau. La tête penchée, le front plissé par la concentration, elle n'avait pas conscience d'être observée, elle ignorait encore que sa vie allait bientôt changer pour toujours.

Il se pencha en avant et frappa aux carreaux.

Sarah leva brusquement la tête. En l'apercevant, elle parut tout d'abord effrayée. Elle se leva et traversa lentement la pièce pour vérifier qu'il n'y avait personne dans le couloir, avant de refermer sa porte à clé.

Puis elle vint ouvrir la fenêtre.

— Qu'est-ce que tu fais là ? demanda-t-elle dans un murmure excité qui fit sourire Ashe.

— Je suis venu te chercher. J'ai quelque chose à te montrer.

— Vraiment ? Qu'est-ce que c'est ?

— Tu verras. C'est une surprise.

Les yeux de Sarah pétillèrent.

— Un cadeau ? Moi aussi j'ai un cadeau pour toi. Je sais que Noël est déjà passé, mais… Tu veux bien entrer pour que je te le donne ?

Ashe hésita. Entrer signifiait fouler aux pieds deux règles au lieu d'une et donc jouer avec le feu, mais Sarah avait l'air tellement heureuse qu'il n'eut pas le cœur de refuser. Il jeta un coup d'œil autour de lui. Les fenêtres du cottage n'étaient pas éclairées et des nuages voilaient la lune. Personne ne pouvait le voir.

— Eteins la lumière, dit-il. Les lampes me font mal aux yeux.

— Mais tu ne verras pas ton cadeau si on est dans le noir, protesta-t-elle.

— Tu peux laisser la lampe de chevet.

Elle éteignit le plafonnier et alluma la lampe de chevet près de son lit. Ashe attendit que la pièce soit plongée dans la pénombre pour enjamber la fenêtre. En entrant, il inspira profondément pour emplir ses poumons et tout son être de l'odeur de Sarah.

Il se sentait ému à l'idée de pénétrer dans cette chambre dont il connaissait en secret tous les trésors et les recoins. Et justement, à propos de secrets, le moment était venu de partager avec Sarah le plus sombre de tous.

Mais il fallait d'abord l'y préparer et la préparation commençait ce soir.

Il prit machinalement l'oiseau en porcelaine jaune qui traînait sur son bureau et le serra dans sa main. Cet objet l'intriguait depuis longtemps. D'habitude, elle le conservait dans une boîte de verre, sur sa table de nuit.

Elle remarqua que l'oiseau l'intéressait et sourit.

— C'est ma grand-mère qui me l'a offert quand j'étais petite. Elle collectionnait des oiseaux en porcelaine qu'elle exhibait dans une vitrine, dans son salon. J'avais trouvé la clé, j'ai ouvert, et j'ai pris un oiseau dans mes mains. Mais j'ai cassé une aile, alors je l'ai caché derrière les autres pour ne pas être grondée. Grand-mère s'en est aperçue tout de même, mais elle ne s'est pas fâchée… Elle m'a simplement demandé de l'aider à le réparer avec de la colle. Et ensuite elle me l'a donné en me disant qu'un oiseau blessé avait besoin de soins particuliers.

— Elle avait raison, commenta-t-il. Elle vit dans le coin, ta grand-mère ?

— Elle est morte depuis longtemps. Quelques semaines après m'avoir offert cet oiseau. Parfois je me demande si elle ne m'a pas fait ce cadeau parce qu'elle savait qu'elle allait partir et qu'elle voulait que je garde quelque chose d'elle. Enfant, je m'étais persuadée que son âme s'était réfugiée dans ce petit objet en porcelaine. C'est pour ça que je veux l'avoir près de mon lit. Le matin, c'est sur lui que j'ouvre les yeux.

Elle prit l'oiseau des mains d'Ashe et le rangea dans sa boîte avec des gestes précautionneux.

Quand elle se tourna de nouveau vers lui, ce fut avec un sourire timide qui le surprit.

— C'est bizarre, n'est-ce pas ? Toi… chez moi… dans ma chambre…

— Tu veux que je m'en aille ?

— Non. Je ne t'ai pas encore donné ton cadeau.

Elle marcha jusqu'à son bureau et prit son carnet à croquis.

— Je ne l'ai pas encore terminé, mais… Ta-dam !

Elle lui tendit le carnet en rougissant et Ashe le plaça sous la lumière de la lampe, en prenant soin, comme toujours, de garder son visage dans l'ombre. Quand il découvrit le dessin, un frisson le parcourut…

Il se voyait pour la première fois à travers les yeux de Sarah. Le croquis qu'elle avait fait de lui mettait son âme à nu. Elle avait su voir son être profond à travers son déguisement. Et ce qu'elle avait retranscrit était à la fois magnifique, fascinant et terrifiant.

— Il ne te plaît pas, murmura-t-elle comme il ne disait rien.

— Ne crois pas ça… C'est juste que…

L'émotion le submergeait. Il avait du mal à parler.

— Certaines personnes n'apprécient pas les portraits que je fais d'elles, expliqua-t-elle tranquillement. Mais moi j'ai la sensation de… Je ne sais pas trop… De voir la partie d'eux-mêmes que les gens cachent, même s'ils n'ont pas forcément envie de la connaître.

— Tu as du talent, dit-il. Ta grand-mère avait raison, Sarah. Tu es quelqu'un de spécial.

— Ouais… Tu parles… C'est à mon père qu'il faudrait expliquer ça.

Elle rit, mais il eut l'impression qu'une larme brillait dans ses yeux. Puis elle se détourna.

— Il le sait déjà. Et ça le rend malade de jalousie. Ou bien ça lui fait peur.

— De quoi pourrait-il avoir peur ?

— Tu le découvriras un jour. Et ce que je vais te montrer ce soir t'aidera peut-être à comprendre.

— Qu'est-ce que c'est ?

— Tu vas voir.

Elle enjamba la fenêtre derrière lui et ils descendirent de l'arbre pour rejoindre le jardin. La nuit était sombre, mais ils prirent tout de même la précaution de raser les murs et les buissons, jusqu'à ce qu'on ne puisse plus les voir de la maison.

Ils marchaient en silence et, quand ils s'approchèrent de la ferme, ils entendirent les clochettes tinter au loin.

Ashe songea qu'elles sonnaient le glas. Pour ce qui allait venir.

— Ashe ?

— Oui ?

— Où habites-tu ?

— Pas très loin.

— Oui, mais où ?

Il haussa les épaules.

— Qu'est-ce que ça peut faire ?

— Simple curiosité. Tu vis dans une maison ?

— Oui. Mais pas dans une maison comme la tienne.

— Une maison comment ?

— Moins grande et moins belle.

— Je hais ma maison, fit-elle d'un ton fervent. J'ai hâte de la quitter et de ne plus jamais y revenir.

Une rafale souffla et elle serra les pans de sa veste contre elle.

— Je peux te poser encore une question ? demanda-t-elle.

— Vas-y.

— L'autre jour, tu as entendu ces filles qui m'insultaient, n'est-ce pas ? Amber et les autres ? C'est pour ça que tu leur as volé des affaires ? Tu l'as fait pour moi.

— Comment s'appelait celle qui riait si fort, déjà ?

— Tu veux parler d'Holly Jessup ?

— Oui, c'est ça, Holly Jessup. Holly Jessup, Holly Jessup, répéta-t-il en détachant les syllabes, comme pour être certain de ne plus oublier ce nom.

Il regarda droit devant lui, à travers la nuit. Il aurait voulu les punir sur-le-champ, mais il ne pouvait pas. Pas encore. Mais un de ces jours… Un de ces jours elles auraient ce qu'elles méritaient.

— Mais qu'est-ce que ça peut te faire, au fond, que ces filles m'embêtent ? insista Sarah.

— Ça me fait que nous sommes amis et que je n'aime pas qu'on embête mes amis.

— Pourquoi tiens-tu tellement à ce que nous soyons amis ? Nous n'avons pas le même âge, nous ne fréquentons pas le même lycée… Et puis tu fais un drôle d'ami. Un ami qui ne veut pas me dire où il habite.

— C'est un détail sans importance, Sarah. Nous sommes amis parce que nous sommes pareils, toi et moi. Je l'ai compris à la minute où je t'ai vue. Nos âmes sont le miroir l'une de l'autre.

Cette déclaration la laissa songeuse quelques instants, puis elle acquiesça.

— Tu as raison, dit-elle. Nous sommes pareils.

La ferme était maintenant en vue. Ashe songea qu'il s'agissait d'un endroit d'ombre et de légende. De mort.

Mais le démon, c'était lui.

Ils trouveraient ses empreintes dans le sang, sa marque sur le corps. Et ensuite cette putain de ville vivrait dans la terreur pendant les soixante-dix années à venir.

15.

Ce vendredi après-midi, Lukas Clay quitta son travail plus tôt que de coutume pour réceptionner le revêtement de sol qu'on devait lui livrer. Tout en attendant le camion, il décida d'arracher la moquette moisie du salon, ce qui l'occupa jusqu'à la nuit tombée.

Il termina épuisé, mais, comme il n'avait pas envie de se coucher tout de suite, il ouvrit une canette de Turbodog et alla s'asseoir sous le porche, au frais, en écoutant les trains de marchandises qui passaient au loin et en admirant la lune qui se levait à travers les arbres en saupoudrant d'argent la surface de l'étang.

Lukas était heureux du tournant qu'avait pris récemment son existence. La facilité avec laquelle il s'était accoutumé à la vie à la campagne ne cessait de l'étonner. Il avait quitté le comté d'Union après le lycée et n'avait jamais envisagé d'y vivre avant la mort de son père.

Il n'était revenu que pour s'occuper des affaires du vieux, avec l'intention de vendre la propriété dans laquelle il avait grandi. Il avait espéré qu'il s'en débarrasserait rapidement et qu'il pourrait ensuite réfléchir à ce qu'il comptait faire du reste de son existence. Mais le marché de l'immobilier était difficile en Arkansas et il fallait parfois des mois, voire des années, pour se débarrasser d'un bien. Pendant que Lukas attendait impatiemment que quelqu'un morde à l'hameçon, on lui avait proposé le poste de chef de la police d'Adamant.

D'après ce qu'on lui avait dit, il devait cette offre à ses impressionnants états de service dans la police locale d'une petite ville, mais il soupçonnait que son patronyme avait pesé lourd dans la balance.

Enfin, peu importait… Les propositions ne pleuvaient pas depuis qu'il avait donné sa démission ; aussi, après une journée à ruminer les possibilités qui s'offraient à lui, il avait accepté et s'était cherché un petit appartement pas trop loin du commissariat.

Au cours des mois suivants, il avait vendu plusieurs parcelles du terrain du vieux, ce qui lui avait permis d'amasser un petit magot pour démarrer. Mais personne n'avait demandé à visiter la maison et Lukas avait commencé à y venir pendant le week-end pour la retaper, en pensant que ça l'aiderait à trouver un acquéreur.

Au début, il avait commencé par de petites réfections qui ne visaient qu'à donner meilleure allure au bâtiment. Mais au fil des jours il s'était pris au jeu et il avait attaqué la plomberie, l'électricité, le toit. Sans même s'en rendre compte, il s'était retrouvé en train de retaper la maison de fond en comble.

La satisfaction qu'il retirait à faire renaître à la vie cette vieille bicoque le surprenait d'autant plus qu'il ne pouvait pas dire qu'il y avait été heureux. Mais c'était une bonne maison, édifiée sur un joli morceau de terrain éloigné de la route.

Lukas avait donc trouvé la paix intérieure sur les lieux de son enfance, un endroit qu'il avait longtemps considéré comme l'antichambre de l'enfer. Il appréciait la morsure du soleil qui lui brûlait les épaules et les courbatures d'une longue journée de travail au grand air. Le soir, il se jetait sur son matelas et dormait d'une seule traite jusqu'au lever du jour.

Il resta un long moment sous le porche, puis rentra se doucher et se mit au lit.

Il n'aurait pas su dire depuis combien de temps il dormait quand le téléphone sonna sur sa table de nuit. On ne l'appelait que pour les urgences, aussi n'hésita-t-il pas à répondre.

— Oui ?

— Shérif Clay ?

— Non, c'est Lukas Clay à l'appareil, corrigea-t-il en appuyant avec emphase sur son prénom.

— Désolé… Votre père était bien le shérif d'Adamant, non ?

Lukas roula sur le dos.

— Qui est à l'appareil ? demanda-t-il.

— Quelqu'un que tu cherches, Luk-ass.

La voix avait traîné sur les dernières syllabes, en imitant la façon dont Lukas prononçait lui-même son nom.

— Il paraît que tu me cherches en ville, continua l'homme.

Lukas se redressa d'un bond.

— Fears ?

— Tu veux toujours me parler ?

— Oui, mais je préférerais poursuivre cette conversation dans mon bureau plutôt qu'au téléphone.

— C'est compliqué…, ironisa Fears. Il faudrait que je consulte mon agenda et que je demande à mon secrétaire de prendre rendez-vous avec le tien… Pourquoi faire tant d'histoires ? Réglons le problème tout de suite.

— Où es-tu ?

— Penche-toi à ta fenêtre.

Lukas se leva et écarta le rideau. Un vieux pick-up bleu et blanc était garé dans son allée et il apercevait une silhouette installée derrière le volant. Il fut surpris et un peu déstabilisé de ne pas avoir entendu le moteur. Il fallait croire qu'il avait dormi profondément. Ça lui arrivait.

— C'est toi que je vois là-haut, Luk-ass ? fit la voix au téléphone tandis qu'un bras s'agitait à la vitre de la portière.

— Ouais.

— J'espère que je n'interromps rien d'important, ricana Fears. Tu es seul ?

— Je descends tout de suite.

— Prends-nous une bière en passant par la cuisine. J'ai fait une longue route, je me sens un peu desséché.

Lukas s'habilla en vitesse, sans oublier de glisser son .38 dans la ceinture de son jean. Puis il enfila sa veste et alla ouvrir.

Derrick Fears était descendu de son véhicule. Il l'attendait, adossé contre la barrière, les bras sur le ventre, les jambes croisées au niveau des chevilles. Il contempla d'un air goguenard Lukas qui traversait le jardin pour le rejoindre et ouvrit à son approche des bras accueillants comme s'il voulait lui donner l'accolade.

— Tu voulais me parler, je suis là, dit-il.

Avec le clair de lune, Lukas distinguait nettement les traits de son visage maigre et froissé, celui d'un homme vieilli prématurément. Mais, sous son jean et son épaisse veste de chasse, on devinait un corps vigoureux et musclé.

— Et ma bière ? protesta-t-il.

— Désolé, je n'en avais plus au frais, répondit Lukas avec un haussement d'épaules.

Les cheveux de Fears étaient coupés si court que l'on voyait briller son crâne au clair de lune. Il gardait la tête légèrement inclinée pour scruter Lukas à travers ses cils, comme s'il cherchait à lui montrer qu'il avait des raisons de se méfier de lui.

— Tu n'as pas répondu à ma question, fit-il. Tu es tout seul ?

Lukas le jaugea froidement du regard.

— Qui t'a dit où me trouver ? demanda-t-il.

— Un petit oiseau que je connais bien m'a murmuré à l'oreille que tu passais le plus clair de ton temps ici, répondit Fears en regardant autour de lui. Tu as fait du bon boulot, c'est beaucoup mieux que la dernière fois que j'y suis passé.

— Et c'était quand, la dernière fois que tu y es passé ?

— Oh, ça fait un bail… Quand ton père était encore en vie. Il m'avait fait faire le tour de votre charmante propriété.

Il désigna du menton un point derrière l'épaule de Lukas.

— Il y a un vieil abri qui servait de refuge pendant les tempêtes, quelque part dans ces bois. Il était rattaché à une maison, mais elle a brûlé. Tu y es déjà allé ?

— Pas récemment.

— Tu devrais tout de même y jeter un œil de temps à autre. Pas besoin de te dire qu'elle est sûrement infestée d'araignées et de rats, ajouta-t-il en souriant.

— J'y jetterai un coup d'œil un de ces jours, oui, pourquoi pas, fit calmement Lukas.

— Ouais, tu le feras, ricana Fears. C'est dans ce vieil abri que ton père interrogeait ses prisonniers. Et quand je dis interroger, je veux dire passer à tabac…

Il se tourna vers Lukas et inclina la tête tout en guettant sa réaction.

— Ça te dirait d'y faire un tour avec moi, là, maintenant, pour voir s'il ne s'y passe rien d'anormal ? J'ai une lampe de poche dans ma camionnette. Ce serait une petite visite nostalgique…

— Plus tard, peut-être, répondit Lukas qui n'aimait pas du tout la lueur sauvage qui venait de s'allumer dans les yeux de Fears.

Cette lueur, il l'avait déjà vue…

— Où étais-tu mardi dernier ? demanda-t-il.

— Chez moi.

— Chez toi ? Tu me réponds comme ça ? Sans même avoir besoin d'y réfléchir ?

— C'était le lendemain de l'arrivée de la tempête. Je n'ai pas travaillé, je suis resté couché.

— Toute la journée ?

— Tu sais ce que c'est… Les types comme moi dorment comme des bébés. Si tu ne me crois pas, demande à ma vieille maman. Elle pourra te le confirmer. Je suis resté avec elle.

— J'ai déjà vérifié, rétorqua Lukas. Ta mère travaillait à l'hôpital, mardi. Elle faisait un double service et elle y a passé la journée entière. On dirait qu'elle ne va pas pouvoir te fournir un alibi, cette fois.

Fears s'essuya les commissures des lèvres avec le pouce et l'index.

— Et pourquoi diable aurais-je besoin d'un alibi ? marmonna-t-il.

— Quelqu'un est entré par effraction chez les DeLaune, mardi. Un voisin nous a prévenus et j'y suis allé. Je me trouvais dans une des chambres quand j'ai vu une silhouette dans le carreau d'une fenêtre, juste avant qu'une lampe s'abatte sur mon crâne. Et cette silhouette, elle te ressemblait, Derrick.

Fears éclata de rire.

— Sans blague ?

— Sans blague. Donc, pourquoi ne me dis-tu pas plutôt ce que tu faisais là-bas ?

Le sourire de Fears disparut aussitôt.

— Vous vous trompez de coupable, shérif.

Lukas ne se donna pas la peine de corriger le titre.

— Je ne pense pas. Je t'ai vu. Vu et reconnu.

— Ah oui ? Dans ce cas, pourquoi ne suis-je pas déjà derrière les barreaux ?

— Peut-être parce que j'ai envie d'entendre ta version de l'histoire.

— Voilà un scrupule qui t'honore. Ton père n'aurait pas pris autant de gants, ça c'est sûr.

Fears croisa les bras et s'adossa à la camionnette.

— Admettons que ce soit bien moi que tu as vu dans ce carreau. J'étais peut-être dans cette maison pour les mêmes raisons que toi.

Lukas le regarda droit dans les yeux.

— C'est-à-dire ?

— Tu ne cesses de poser des questions sur le meurtre de

la fille DeLaune et j'en déduis que tu cherches l'assassin. Si c'est le cas, nous poursuivons le même but.

— Ça ne m'explique pas pourquoi tu es entré chez les DeLaune.

— Je n'ai jamais dit que j'y étais entré. Il ne s'agissait que d'une supposition, tu te souviens ?

Lukas le dévisagea intensément.

— Tu sais quelque chose au sujet du meurtre de Rachel DeLaune ? demanda-t-il.

— Je sais que je ne suis pas coupable, ce qui signifie que le meurtrier est encore quelque part dans le coin. Et j'ai de bonnes raisons d'en vouloir à ce fils de pute qui n'aurait pas hésité à me faire porter le chapeau.

Il s'écarta légèrement de la voiture et son regard se tourna de nouveau en direction des bois.

— Tout le monde pense que ton père était un superflic, mais il a complètement déconné dans l'affaire DeLaune, je suis bien placé pour le dire. Il a décidé que j'étais le coupable et n'a même pas cherché ailleurs. Evidemment, j'étais parfait comme bouc émissaire. Mais j'avais un alibi, alors il lui fallait des aveux. Et comme il lui fallait des aveux il m'a emmené dans cet abri pour me les arracher. Il m'a battu, puis il m'a laissé dans mon sang et dans ma merde pendant deux jours. Mais comme je ne craquais toujours pas il a recommencé une séance. Donc, tu comprends, j'ai la sensation d'avoir des comptes à régler…

— Et c'est pour ça que tu es allé chez les DeLaune ? Qu'espérais-tu trouver là-bas ? Des preuves ? Tu ne crois pas que cette maison a déjà été fouillée de fond en comble depuis le meurtre ?

— Pourquoi ton père aurait-il ordonné une fouille

puisqu'il croyait dur comme fer avoir trouvé le coupable ? Il n'a pas pu me faire inculper, mais, comme je te l'ai déjà dit, il n'a jamais sérieusement cherché du côté des autres suspects.

— Quels autres suspects ?

— Pas mal de gens détestaient cette gamine. Elle n'était pas du tout ce qu'elle prétendait.

— C'est-à-dire ?

— C'était une véritable teigne, même si elle le cachait bien. Au lieu de te demander qui a bien pu la tuer, tu devrais plutôt chercher qui avait intérêt à ce qu'elle disparaisse.

— Et toi, tu penses savoir qui ?

Fears eut de nouveau un sourire malin.

— J'ai ma petite idée. Ma vieille mère travaillait pour le Dr Washington quand il avait son cabinet en ville. Elle m'a dit que Rachel était venue le consulter en se plaignant d'étourdissements. Elle s'était même évanouie au lycée. Le médecin a d'abord pensé qu'elle faisait des crises d'hypoglycémie, mais, après analyses, il s'est avéré qu'elle avait le ballon.

Lukas tenta de dissimuler son étonnement.

— Elle était enceinte quand elle est morte ?

— Ouais. Sauf si elle avait avorté entre-temps.

— Le rapport d'autopsie ne mentionne pas de grossesse.

— Le juge DeLaune n'aurait pas permis que l'on écrive un truc pareil sur sa petite princesse, tu ne crois pas ? Et ton père et lui étaient comme ça...

Il noua ses deux index comme des crochets.

— A eux deux, ils faisaient la pluie et le beau temps dans

ce comté. Ils ont pu s'arranger pour effacer des rapports ce qui les dérangeait.

— Pourquoi ta mère n'en a-t-elle pas parlé quand on t'a arrêté ?

— Elle l'a fait. Mais personne n'a voulu l'écouter.

— Elle sait qui était le père ?

— Non, mais moi j'ai ma petite idée là-dessus aussi. Je te le répète, il faut te demander qui avait intérêt à ce que cette fille meure. Probablement quelqu'un qui avait gros à perdre si un scandale éclatait, pas vrai ? Comme un camarade de classe de bonne famille. Ou une épouse. Ou quelqu'un d'autre.

— Ce sont des suppositions ou tu sais quelque chose de précis ? s'énerva Lukas.

Fears haussa les épaules.

— Disons que j'ai eu le temps de gamberger en prison. Et je n'arrête pas de penser que le juge DeLaune matait bizarrement sa fille quand il pensait que personne ne le regardait.

— Tu crois qu'il aurait pu tuer sa propre fille ?

— Ça ne serait pas la première fois qu'un père tuerait sa fille, non ? Il s'est peut-être laissé emporter. Qui sait ? C'est bien lui qui l'a trouvée, n'est-ce pas ? Je ne suis pas un flic expérimenté comme toi, mais je pense que ça expliquerait pourquoi ses empreintes étaient partout sur la scène du crime.

Lukas se souvint que le juge DeLaune avait transporté Rachel chez lui pendant que sa femme débarrassait Sarah de son sang... Ils avaient soigneusement détruit les preuves qui auraient pu mener jusqu'à l'assassin de leur fille. Pourquoi ?

— Quand ton père m'a fait descendre dans l'abri, je n'avais que dix-sept ans. J'étais trop jeune pour me défendre, mais ce n'est plus le cas maintenant. Etre enfermé pendant des années avec des crapules, ça vous apprend la vie. Si tu veux vraiment mettre la main sur l'assassin de cette fille, je te souhaite bonne chance. Mais si tu as l'intention de me harceler comme ton père l'a fait autrefois, je te préviens que je ne me montrerai pas aussi amical la prochaine fois que nos chemins se croiseront.

Lukas toucha le revolver glissé dans sa ceinture.

— C'est une menace ?

— Une menace ? répéta Fears en ouvrant la portière de sa camionnette pour s'installer derrière le volant. Je me suis déplacé jusqu'ici pour te donner une information et tu me demandes si je te menace ? Non, je ne te menace pas. Il s'agissait simplement d'un conseil d'ami.

16.

Sarah venait de rentrer du travail ce samedi-là quand Sean se présenta chez elle. Elle avait quitté le studio sous une pluie battante et elle était trempée en regagnant sa voiture. Elle venait tout juste de changer de chemisier et d'ôter ses chaussures quand elle entendit sonner, et se résigna à aller ouvrir avec les cheveux humides.

— Qu'est-ce que tu fais là ? demanda-t-elle en découvrant son ex-mari sur le seuil.

Elle se mit en travers de la porte, une façon de lui signifier qu'elle n'avait pas l'intention de le laisser entrer.

— Je t'ai dit hier soir que je ne voulais plus que tu viennes chez moi, insista-t-elle.

— Je pensais que l'interdiction ne valait que pour hier soir, protesta-t-il avec un haussement d'épaules.

Il portait un pull noir ras du cou sur un T-shirt blanc et un jean, ce qui signifiait que c'était son jour de congé ou du moins qu'il avait terminé son service. Pour travailler, il aurait mis un costume et une cravate. Il avait expliqué un jour à Sarah que c'était pour faire plus sérieux, mais elle le soupçonnait de vouloir se montrer sous son meilleur jour. Le costume lui allait bien et il le savait.

— Tu t'es trompé, fit-elle sèchement. Je voulais dire : ne viens plus. Plus du tout.

— Plus du tout, ça me paraît un peu radical.

— Eh bien oui, justement. C'est le but.

Il la contempla longuement en silence. Son visage était dans l'ombre, elle voyait briller ses yeux, mais elle ne pouvait déchiffrer son regard.

— Tu as l'air fatiguée ce soir, ma petite.

Elle eut un rire amer.

— Décidément, il semblerait que tu ne trouves rien d'autre à me dire…

— Tu n'as pas bien dormi hier soir, n'est-ce pas ?

Elle haussa les épaules.

— Le carillon éolien de mon voisin m'a empêchée de fermer l'œil.

Elle avait découvert en se levant que les clochettes qui l'avaient tant impressionnée la veille au soir n'étaient pas des clochettes, mais un simple carillon éolien. Le silence et la solitude lui tapaient parfois sur les nerfs…

Elle s'appuya au chambranle de la porte et croisa les bras.

— Comment savais-tu que tu me trouverais chez moi ?

— Je suis d'abord passé au salon et on m'a dit que tu étais déjà partie. J'ai voulu m'assurer que tu étais bien rentrée chez toi.

— Pourquoi ?

— Le quartier n'est plus très sûr, ces derniers temps.

Elle resta silencieuse un moment.

— Pourquoi fais-tu ça ? dit-elle enfin.

— Et qu'est-ce que je fais de spécial ? s'étonna-t-il en arborant un air parfaitement innocent. Je passe prendre de tes nouvelles, il n'y a pas de quoi fouetter un chat. Et puis, tu sais ce qu'on dit à propos des vieilles habitudes…

— Que veux-tu de moi, Sean ?

Elle avait mis dans la question plus de chagrin et de colère qu'elle n'aurait voulu. Il grimaça. Imperceptiblement. Mais elle le vit quand même. Ou plutôt elle le sentit.

— Bon sang, Sarah…, murmura-t-il. Il faut vraiment que je me justifie ? Nous n'avons pas le droit de parler ?

Dans le crépuscule, il n'était qu'une silhouette sous son porche, mais elle n'avait aucun mal à compléter mentalement le tableau. Ses yeux perçants… Sa bouche maussade…

— Je voudrais simplement savoir où tu veux en venir, fit-elle d'un ton las. Chaque fois que nous parlons, ça nous mène sur le même terrain miné.

— Je le sais. Et pourtant je suis là.

Elle leva les yeux vers le ciel sombre et constata qu'il pleuvait encore. Ils demeurèrent silencieux un long moment, puis Sean leva les mains et souffla sur ses doigts pour les réchauffer.

— Il fait froid, dehors, Sarah.

— Quelqu'un t'attend chez toi pour te réchauffer. A moins que Catherine ne soit pas à la maison ?

Il parut à court de reparties pendant quelques minutes, puis il haussa les épaules.

— Je ne sais pas où est Catherine ce soir.

— C'est pour ça que tu viens te réfugier chez moi ?

— J'avais envie de te voir. Et de te parler. Même si nous connaissons par cœur les sujets que je veux aborder.

Elle hésita, à peine, avant de reculer pour le laisser passer. En entrant dans le salon, il balaya la pièce d'un regard de propriétaire.

— Rien n'a changé, dit-il.

— A part que tes affaires n'y sont plus, corrigea-t-elle d'un ton aigre.

— C'est vrai.

Sarah demeura immobile en essayant d'ignorer les battements affolés de son cœur. Mais de le voir chez elle, avec ces cheveux trempés et ce regard troublé, réveillait des souvenirs et des émotions qu'elle aurait dû dépasser depuis longtemps. Leurs yeux se rencontrèrent et elle sentit ses terminaisons nerveuses grésiller.

Sa propre faiblesse la mit hors d'elle et elle ne put dissimuler plus longtemps sa rancœur.

— Mais qu'est-ce que tu croyais, Sean ? fit-elle d'un ton de défi. Que j'allais me débarrasser de mes meubles parce qu'ils me rappelaient le temps où tu vivais ici avec moi ? J'aime ma maison et je ne vois aucune raison d'y changer quoi que ce soit.

— Moi aussi j'aime ta maison, murmura-t-il. Elle m'a toujours plu.

— Il faut croire qu'elle ne te plaisait pas suffisamment pour que tu y restes.

Il ne répondit pas, mais son silence était plus éloquent que toutes les réponses.

— Tu sais que ce n'est pas simple, se défendit-il enfin. Je n'ai pas voulu te faire de mal…

— Tu n'as pas voulu, mais tu n'as rien fait pour l'éviter.

Il se força à sourire.

— Je déteste cette amertume dans ta voix, dit-il.

— Oui, je suis pleine d'amertume. Je croyais que tu le savais. Je suis une femme perturbée, ne l'oublie pas.

— Ne parle pas comme ça. Je n'aime pas que tu plaisantes avec ta souffrance.

Elle lui jeta un regard surpris.

— Tu veux rire ? Depuis quand ?

Il détourna les yeux.

— Je n'aime pas, c'est tout.

Il aperçut la petite valise qu'elle avait préparée le matin avant de partir.

— Tu as prévu un voyage ? demanda-t-il.

— J'ai pris quelques jours de congé pour rendre visite à mon père, en Arkansas.

— Je croyais que tu haïssais ton père.

— Non, c'est mon père qui me hait. C'est très différent.

— S'il te hait, pourquoi lui rendre visite ? Tu devrais le laisser pourrir sur place, tout seul.

— Michael m'a laissée entendre que je devrais me réconcilier avec mon passé.

Quelque chose passa dans les yeux de Sean.

— Michael ? fit-il d'un ton posé.

— Mon thérapeute.

La bouilloire siffla et Sarah passa devant Sean, en direction de la cuisine.

— Pardon, dit-elle.

Quand elle revint, elle le trouva dans la petite alcôve du salon qu'elle avait transformée en atelier, en train d'étudier les croquis de son carnet à dessin.

Il leva les yeux en l'entendant arriver.

— Qu'est-ce que c'est que tout ça ? demanda-t-il.

Elle alla le rejoindre près de la table à dessin et ils demeurèrent côte à côte.

— C'est le tatouage de ta victime. J'ai essayé de le représenter de mémoire.

— Pourquoi ?

— Je n'en sais trop rien, répondit-elle en fronçant les sourcils. Il me hante. J'ai l'impression que si je pouvais le regarder suffisamment longtemps je serais capable de comprendre ce qu'il signifie.

— Tu m'as pourtant affirmé qu'on n'avait aucune chance de comprendre le message qu'il contenait, si message il y avait.

— Je ne te parle pas du message de l'assassin, mais de ce que cette tache signifie pour moi.

Sean plongea la main dans sa poche et en sortit des photographies qu'il posa sur le dessin.

— Cela t'aidera peut-être, dit-il.

Sarah prit les photos et les plaça sous la lampe pour les examiner.

— Attends une minute, fit-elle au bout de quelques secondes. Ces clichés représentent différents tatouages.

— Tu connais le premier, expliqua Sean en montrant une des photos. Le deuxième est celui d'une autre victime qui avait elle aussi un tatouage sur le dos.

Sarah sortit sa loupe d'un tiroir.

— Je vois un double visage sur les deux, commenta-t-elle. Mais, sur l'un, c'est le droit, le côté sombre, tandis que, sur l'autre, c'est le gauche.

— Tu vois des visages, Danny voit des seins, et moi je ne vois rien du tout, fit remarquer Sean. Comment savoir ce que voit le tueur ?

— Tu devrais montrer ces photos à Michael, suggéra-t-elle.

— Tu appelles ton psy par son prénom ?

— Et après ? J'avoue que je n'arrive pas à l'appeler « docteur Garrett ».

— Ça me paraît très familier. Et pas très professionnel de sa part d'autoriser ce genre de privautés.

Il était visiblement agacé et Sarah eut envie de rire.

— Michael est un excellent thérapeute et il se trouve qu'il utilise le Rorschach. Il est aussi enseignant à l'université et il ne reçoit que quelques heures par semaine dans son cabinet. Je te conseille de l'appeler pour prendre rendez-vous si tu veux être sûr de le trouver.

— Ça ne te dérangerait pas que je le rencontre ?

La question pouvait paraître anodine, mais Sarah savait qu'elle ne l'était pas.

— Ça ne me dérangerait pas, non. En fait, ça serait plutôt à toi d'être gêné.

— Pourquoi ? Ah, je vois… Tu lui as parlé de moi au cours de tes séances.

— Une ou deux fois, oui.

— Et que lui as-tu dit à mon sujet ? Que j'étais un salaud sans cœur ?

— Entre autres…

Sean se tourna vers elle. Ils étaient soudain si proches qu'elle sentait les effluves de son eau de toilette, son souffle sur son visage, ses yeux qui dévoraient les siens d'un regard de braise.

— Et à notre sujet ? insista-t-il. Que lui as-tu dit ? Tout ? Tu lui as tout dit ?

Sarah fut brusquement submergée par un millier de sensations… Tant de souvenirs… Les lèvres de Sean… Sa langue… Le goût de sa bouche, de sa peau…

Son regard suivit l'angle aigu de sa mâchoire, les lignes sensuelles de ses lèvres. Elle était soudain terriblement consciente de la présence de son corps d'athlète à quelques centimètres d'elle.

Il avança la main et effleura sa joue.

— Tu ne lui racontes pas tous nos secrets, Sarah ? murmura-t-il. Nos secrets n'appartiennent qu'à nous, n'est-ce pas ?

Elle vit briller une lueur de colère dans ses yeux quand elle repoussa sa main. Puis il détourna le regard.

— Je te laisse les photographies, dit-il. Tu auras peut-être d'autres idées si tu as le temps de les étudier.

— Ce n'est pas contraire au règlement ?

— Peu importe. Je suppose que tu ne vas pas me dénoncer.

Sarah se demanda si elle n'aurait pas mieux fait de le dénoncer. Ç'aurait été un bon moyen de mettre fin à son cinéma. Une fois pour toutes.

Elle avait encore le souffle court et ses joues la picotaient là où il l'avait caressée.

— Vous les avez identifiées ?

— Qui ? fit-il d'un ton professionnel en la contemplant froidement, avec son regard de flic. Les victimes ?

Le changement n'échappa pas à Sarah.

— La première, toujours pas, poursuivit-il. Mais la deuxième, oui. Elle s'appelle Holly Jessup.

Sarah eut l'impression que son cœur s'arrêtait de battre. Que tous ses organes se mettaient en suspens.

Holly Jessup.

— Quoi ? fit Sean qui avait remarqué qu'elle blêmissait. Ne me dis pas que tu la connaissais ?

— Non, mais…

Sarah abandonna la table à dessin et alla dans le salon. Il la suivit.

— … ce nom me dit quelque chose, poursuivit-elle. J'ai lu un article au sujet de cette femme, dans les journaux. Je me souviens même qu'elle habitait Shreveport. Elle avait disparu depuis plusieurs jours, non ?

— Oui, c'est exact. Son ravisseur l'a gardée un certain temps avant de la tuer, puis il s'est débarrassé de son corps en le déposant dans un appartement vide. Nous n'avons pas trouvé de sang sur la scène du crime, ni de symboles. Mais l'assassin a laissé un message sur le miroir de la salle de bains.

— Quel message ?

— *Je suis toi*. Comme la première fois. Tu avais raison. Il a un truc avec les miroirs.

— Et avec les images en miroir, compléta Sarah.

Sean la dévisagea si intensément qu'elle frissonna.

— Pourquoi me regardes-tu comme ça ? demanda-t-elle.

— Une idée vient de me traverser l'esprit…

— Quelle idée ?

Comme il ne répondait pas, elle baissa la voix.

— Sean, quelle idée ?

— Je ne voudrais pas faire dans le mélodrame, mais… Où étais-tu samedi soir ?

Sarah le contempla fixement sans répondre.

— Le voisin d'Holly Jessup a remarqué dans la rue une voiture qu'il ne connaissait pas, expliqua-t-il. Une vieille berline verte. La première scène du crime se trouvait à quelques pâtés de maisons de chez toi. L'assassin a déposé la deuxième victime tout près de ton quartier. Je me disais que si tu étais sortie samedi soir tu avais peut-être remarqué toi aussi une vieille berline verte.

Sarah songea aussitôt à la voiture qui avait attiré son attention la veille au soir. Il faisait déjà nuit quand elle était arrivée chez elle et elle s'était dépêchée de rentrer à l'intérieur. Elle n'avait pas vu s'il s'agissait d'une berline, ni de quelle couleur elle était.

— J'ai quitté le studio à 22 heures et je suis rentrée directement, dit-elle.

— Et tu n'as plus bougé ?

— Non.

Il avait soudain un regard distant et une voix étrangement neutre.

— Ça ne te ressemble pas de rester enfermée un samedi soir, fit-il remarquer.

— Je n'aime pas tes insinuations. Où veux-tu en venir ?

— Nulle part. Je voulais simplement savoir si tu avais remarqué une voiture verte.

— J'étais chez moi samedi soir, insista Sarah d'un ton mécontent. Et toi, où étais-tu ?

Sean leva vers elle des yeux étonnés.

— Pardon ?

— Mon téléphone a sonné plusieurs fois, mais on m'a raccroché au nez. J'ai rappelé le numéro qui s'affichait. C'était celui de Catherine. Je suppose qu'elle te cherchait et j'en déduis que tu n'étais pas chez toi.

Une brève lueur d'agacement passa dans son regard, puis il eut un sourire énigmatique.

— J'ai toujours pensé que tu aurais fait un excellent flic, commenta-t-il d'un ton satisfait.

17.

Catherine avait les yeux irrités à cause de la fumée qui s'échappait en volutes du mégot de joint posé dans le cendrier. Elle était affreusement tentée d'ouvrir la vitre de sa portière pour laisser entrer un peu d'air frais, mais elle ne voulait pas déranger sa coiffure et son maquillage. Depuis qu'elle avait dépassé la trentaine, ça devenait compliqué d'obtenir le teint frais et rosé de sa jeunesse et elle n'avait pas passé une heure et demie devant son miroir pour laisser la pluie et le vent gâcher son travail.

Sa courte robe noire remontait sur ses cuisses et elle ne cessait de tirer dessus, même si elle était seule en voiture avec son amie Ginette. Cat regretta de ne pas avoir choisi des vêtements plus confortables — comme Ginette qui portait un jean étroit et un très mignon petit haut —, mais elle avait prévu de surprendre Sean avec sa petite amie et elle tenait à leur en mettre plein la vue pour qu'ils voient bien tous les deux ce qu'il perdait.

— Ça fait combien de temps, Kitty Cat ?

Elle se tourna vers Ginette qui conduisait.

— Depuis combien de temps que quoi ?

— Que toi et moi ne sommes pas sorties ensemble pour une virée ? Et je ne te parle pas de boire une bière au bord d'une piscine ou un cocktail avant le dîner. Je parle d'une nuit passée à écumer les bars.

Elle tendit le bras pour prendre le joint, mais il ne restait plus rien à fumer et elle fit descendre sa vitre pour le jeter dehors.

— Merde, fit-elle. Je me suis brûlé les doigts.

— Tu devrais cesser de fumer ça, Ginette. Tu n'es plus une gamine.

— Dis donc… Tu picoles, je fume de l'herbe. Je ne vois pas la différence.

— La différence, c'est que tu te détruis les cellules du cerveau. Et depuis le temps que tu consommes il ne doit plus t'en rester beaucoup.

— Prêche toujours, ma sœur, répondit Ginette d'un ton joyeux. Je trouve que mes méninges fonctionnent plutôt bien. Sans compter que tu es mal placée pour me faire la leçon, vu la façon dont tu as descendu ta bibine depuis qu'on est parties de la maison. Il te reste combien de tes sept cent cinquante millilitres ?

— Suffisamment pour me soûler si ça me chante.

— Eh bien, qu'est-ce que tu attends pour te soûler ?

Cat secoua la tête.

— Tu n'as pas changé. Tu cherches toujours à exercer une mauvaise influence sur moi, comme me le faisait très justement remarquer ma mère.

— Exactement, fit Ginette d'un ton triomphant en passant une main dans ses courts cheveux noirs pour écarter une mèche qui la gênait. Et j'en suis fière.

Elle n'était pas particulièrement séduisante. Elle avait des traits trop aigus et une peau tannée par le soleil du golfe. Il lui restait tout de même un joli corps et un superbe sourire.

Et aussi un entrain de jeune fille qui la rendait sympathique : elle était toujours partante pour s'amuser.

Elles se connaissaient depuis la classe de quatrième et Catherine eut envie de lui dire à quel point elle accordait de l'importance à leur amitié. Mais elle était légèrement éméchée et cette confession risquait de tourner à la déclaration pleurnicharde. Et de faire couler son mascara.

Cat se détourna donc vers la vitre de sa portière et contempla les enseignes auréolées de brume des bars et des clubs, les rues humides qui luisaient d'un éclat argenté à la lumière des réverbères. A travers la vitre fermée, on entendait la musique qui s'échappait des boîtes de jazz. La Nouvelle-Orléans était belle sous la pluie.

Elle se sentit soudain remplie de nostalgie et d'un sentiment de solitude auquel elle n'avait pas envie de céder. Sa vie était sens dessus dessous… Et après ? Ce n'était pas la première fois qu'elle affrontait la fin d'un mariage. Par contre, c'était la première fois qu'on la quittait et cette position ne lui convenait pas. Pas du tout.

Elle décida de ne pas se laisser abattre. Ce salaud allait payer.

Ginette tourna dans North Rampart et Cat, dont l'imagination s'était mise à galoper depuis qu'elle avait décidé d'adopter une attitude de combattante, tomba brusquement sur la preuve qu'elle attendait. La voiture de Sean était garée pile devant la maison de Sarah DeLaune. Le rouge de l'indignation lui monta aux joues. Celui de l'indignation et celui du whisky.

— Ce salaud de fils de pute ! s'exclama-t-elle.

Ginette lui jeta un regard ahuri.

— Tu dois être vraiment furieuse, commenta-t-elle. Je ne t'ai jamais entendue parler comme ça.

— Tu ne m'as jamais entendue parler comme ça, mais c'est la première fois que je suis cocue.

— C'est vrai, admit Ginette en actionnant les essuie-glaces pour nettoyer le pare-brise. C'est sa maison ?

— Ouais.

— Et c'est sa voiture ?

— Ouais.

— Putain de salaud de fils de pute ! fit Ginette en ralentissant. Que veux-tu que je fasse ? Je propose d'aller leur botter le cul. Pour de bon. Tu n'as qu'un mot à dire et je m'arrête, là, en plein milieu de la rue.

— Non. Continue à rouler.

— Quoi ? Tu es sûre ?

— Certaine. Avance.

Une lumière s'alluma derrière l'une des fenêtres de façade et Cat scruta le cadre éclairé à travers la bruine, dans l'espoir d'apercevoir la silhouette de Sean.

Ginette se pencha pour regarder aussi.

— C'est une jolie petite maison. Qu'est-ce qu'elle fait comme boulot, déjà ?

— Des tatouages.

— Merde, Cat, on s'est trompées de vocation. Ce n'est pas en coupant des cheveux qu'on pourra se payer une maison comme celle-là.

— Sa famille avait de l'argent, cracha Cat d'un ton méprisant.

— La salope. Bon. Qu'est-ce que tu décides ?

— Tourne au coin de la rue et gare-toi derrière cette

vieille camionnette. On pourra surveiller la maison, mais ils ne nous verront pas s'il leur prend l'envie de sortir.

Ginette fit ce que Cat lui demandait et rangea sa petite voiture derrière la camionnette. Elle éteignit toutes les lumières et coupa le contact. Dans le silence qui s'ensuivit, Cat écouta le moteur qui refroidissait en cliquetant et, au loin, le hurlement d'une sirène. La nuit lui parut soudain glauque et triste. Elle ne s'amusait plus du tout. Et ça ne lui convenait pas.

Ginette posa son bras sur le volant et la scruta dans la pénombre de l'habitacle.

— Ça va ?

— Ouais. Je prends le temps de réfléchir au sort que je réserve à ce salaud.

— Et si tu lui coupais le pénis, comme Lorena Bobbitt ?

— Non, je n'aime pas les couteaux. Ce serait plus simple de lui tirer une balle dans le crâne.

Ginette parut soudain dégrisée.

— Ecoute, sérieusement, ne va pas trop loin, d'accord ? Ça ne vaut pas le coup de faire de la prison pour ce salaud. Ni pour aucun homme d'ailleurs. Comprends-moi bien : je trouve qu'il mérite une bonne raclée, mais ce flingue que tu as glissé dans ton sac avant de partir, ça ne me dit rien qui vaille.

Cat haussa les épaules.

— C'est pour me défendre.

— Contre quoi ? Ou plutôt contre qui ?

— Tu n'écoutes jamais les nouvelles ? La police a découvert récemment deux corps dans le quartier. Et les victimes étaient des femmes de notre âge.

— Tu aurais pu me le dire avant de… Enfin, merde… Avant de m'embarquer dans cette virée nocturne. La police a retrouvé l'assassin ?

— Non.

— Donc il se balade peut-être encore dans les parages.

— C'est pour ça que j'ai pris le flingue. Mieux vaut se montrer prudentes.

— Il est chargé, ce flingue ?

— Putain, oui, il est chargé.

Ginette ôta une peluche de son pull de laine.

— Tu pourrais arrêter de dire putain ? J'ai l'impression d'entendre ma mère.

— Putain, ça c'est bête parce que j'ai l'intention de dire putain ce soir autant de putains de fois que ça me fera plaisir, putain ! Ça te va ?

— J'en dis que, putain, il n'y a pas moyen de t'obliger à fermer ta putain de gueule !

Elles partirent d'un formidable éclat de rire. Ginette surtout, renversée sur son siège, riait à s'en tenir les côtes.

— Qu'est-ce qu'on se marre ! hoqueta-t-elle. Si ça continue je vais faire pipi dans ma culotte.

— Tu devrais pouvoir trouver un buisson pour te soulager.

— Tu veux que je pisse dans un buisson alors qu'un assassin se balade en liberté en brandissant une hache ? Non, merci. Je préfère me retenir.

— Je ne crois pas qu'il se serve d'une hache.

— Peu importe. Je ne t'ai jamais parlé de ce rêve récurrent où une drag-queen me poursuit autour de ma maison avec une hachette ? Je ne sortirai pas pisser ce soir dans un buisson.

— Comme tu veux. C'est ta vessie.

Ginette se mit à tripoter les boutons du lecteur de CD.

— Qu'est-ce que tu aurais envie d'entendre ? demanda-t-elle.

— Je ne sais pas. Pourquoi pas un groupe qu'on écoutait au lycée ?

— Que dirais-tu d'un groupe de rock sudiste ? Un truc bien de chez nous ?

— Skynyrd ?

— Oui, Skynyrd.

Ginette mit le CD qu'elles écoutèrent avec nostalgie.

— Ça n'a pas vieilli, commenta enfin Ginette.

— Ça me rappelle le lycée, fit Cat. Tu te souviens qu'on terminait toujours les soirées par *Freebird*? Et ensuite on allait chez toi et on jouait à boire en regardant *Beverly Hills* : un verre chaque fois que Brandon invitait une fille à sortir avec lui.

Elle rit.

— On devrait y jouer ce soir, ajouta-t-elle.

— Et comment ?

— Chaque fois que l'une de nous prononce le mot putain, elle boit une gorgée.

— Certainement pas, putain ! s'exclama Ginette. Je conduis, ne l'oublie pas. Si on nous arrêtait, je serais foutue… Déjà que j'ai du mal à rouler droit quand je suis sobre… Tu serais obligée de payer en nature pour m'éviter la prison.

— Pourquoi moi ?

— Tu as l'habitude de coucher avec des flics.

— Dis donc, toi aussi ! Eddie Jarvis, ça ne te rappelle rien ?

— Putain ! J'espérais que tu n'étais pas au courant.

Cat lui tendit la bouteille.

— Allez, bois une gorgée.

— Pourquoi ?

— Parce que tu viens de dire putain.

— Non, je ne l'ai pas dit.

— Si, tu l'as dit. Bois.

— Je l'ai peut-être dit, putain, mais je refuse de boire.

Elles demeurèrent un long moment silencieuses, les mains posées à plat sur les sièges rembourrés de la voiture, à écouter *Simple Man* tout en regardant la pluie tomber à travers le pare-brise.

— J'ai toujours envie de pisser, protesta Ginette. On va attendre encore longtemps ?

Cat se redressa brusquement.

— Le voilà.

Elle le regarda sortir sous le porche, le cœur battant. Il ne traînait pas, comme un homme qui s'en va à regret, mais il fila vers sa voiture d'un pas vif, comme s'il était excédé. Cat connaissait bien cette démarche.

Puis il s'installa derrière le volant et démarra.

— Que fait-on maintenant ? demanda Ginette.

Cat tendit la main vers la poignée de la portière.

— Je vais entrer pour avoir une petite discussion avec elle.

— Quoi ? Pourquoi ?

— D'après toi ?

— Et si elle appelle les flics ?

— Elle ne va pas appeler les flics parce que je demande à lui parler.

— J'ai comme dans l'idée que tu n'y vas pas simplement pour parler. Hé… Attends une minute. Regarde.

Elle désigna la maison du menton.

— C'est elle ?

Une femme était sortie sous le porche avec une petite valise à la main. Elle la posa pour fermer à clé derrière elle, puis elle la reprit pour la porter jusqu'à sa voiture et la mettre dans le coffre. Quand elle ouvrit la portière pour s'installer derrière le volant, la lumière de l'habitacle l'éclaira.

— Elle aurait besoin d'une styliste, murmura Ginette.

La voiture recula dans l'allée et s'engagea dans la rue. Elles se baissèrent quand elle passa à leur hauteur, puis Cat ouvrit sa portière.

— Où vas-tu ? demanda Ginette d'un ton méfiant.

— J'ai l'occasion de jeter un coup d'œil pour voir si Sean a emménagé avec elle. Je ne vais pas laisser passer cette chance. J'ai le droit de savoir, non ?

— Tu as le droit de savoir, en effet, mais je vais te poser une devinette, Catwoman. Comment comptes-tu t'y prendre pour entrer ? Tu as vu comme moi, je suppose, qu'elle a fermé à clé en partant.

— Elle laisse peut-être un double sous le paillasson ou quelque part du côté de l'entrée.

— Et si ce n'est pas le cas ?

Cat haussa les épaules.

— Je trouverai bien quelque chose.

— Tu veux dire que tu as l'intention d'entrer par effraction ? Tu sais que la peine encourue n'est pas une simple nuit au poste. Tu risques le pénitencier d'Etat, pour ça.

— Je m'en fiche.

— Eh bien moi je ne m'en fiche pas, parce qu'on m'embarquera avec toi. Clovis va avoir une attaque s'il doit payer une caution pour me sortir de là.

— Ecoute, tu n'auras qu'à m'appeler sur mon portable si tu vois venir quelqu'un ou si les flics débarquent. J'aurai largement le temps de filer.

— Merde, Cat…

Cat se tourna vers elle.

— Tu te souviens de ce qu'on a toujours dit ? Une amie vous aide à sortir de prison, mais votre meilleure amie…

— Votre meilleure amie n'hésite pas à vous y accompagner, oui, je sais…

— J'ai besoin que tu sois ma meilleure amie, là, Ginette.

Ginette soupira.

— Tout ça ne me dit rien qui vaille, je n'y peux rien.

— Tout se passera bien, la rassura Catherine en sortant de la voiture. Je serai de retour avant que tu aies le temps de t'apercevoir de mon absence.

— Cat ?

Cat se pencha vers la vitre que Ginette venait de baisser.

— Oui ?

— Il faut tout de même que tu saches que je ne m'amuse plus du tout.

Le sac en bandoulière, Cat marchait d'un bon pas en espérant que personne ne la remarquerait. Il ne pleuvait plus, mais un léger brouillard planait sur la rue et glissait comme un voile de coton au-dessus des toits. Les pneus des voitures crissaient sur l'asphalte mouillé et quelques conducteurs la saluèrent d'un geste appréciateur en passant à sa hauteur.

Elle se pelotonna dans son imperméable et jeta un regard inquiet par-dessus son épaule. Ginette n'était plus qu'une vague silhouette dans la voiture et elle résista à l'envie de la rejoindre. Cela lui faisait un drôle d'effet d'être pour une fois celle qui menait la sarabande. D'habitude, c'était Ginette qui l'entraînait dans des aventures farfelues, et pas le contraire. Mais Ginette était toute molle ce soir. Sans doute parce qu'elle avait trop fumé de sa cochonnerie.

Mais peu importait. De toute façon, elle devait y aller seule parce que c'était son problème. Sa mission. Elle ne savait même pas ce qu'elle ferait si elle trouvait un moyen de s'introduire dans la maison de Sarah, donc ce n'était pas plus mal que Ginette soit restée dans la voiture. Si par malheur elle trouvait les vêtements de Sean dans l'armoire de cette fille, elle risquait de péter les plombs et elle ne voulait pas que quelqu'un assiste à ça, même si ce quelqu'un était sa meilleure amie.

Et elle allait péter les plombs, pas la peine de se raconter des histoires. Elle arrivait la plupart du temps à paraître calme et posée, mais il s'agissait d'une façade qu'elle s'était composée pour plaire à Sean. Depuis longtemps. Parce que, d'aussi loin qu'elle s'en souvienne, elle avait toujours essayé de lui mettre le grappin dessus.

Autrefois, au lycée, lui aussi en avait pincé pour elle. Ils avaient passé des soirées torrides à l'arrière de sa voiture, sur le canapé du salon, dans la maison de ses parents. En ce temps-là, il n'était jamais rassasié d'elle.

Mais, quand il était parti faire ses études à Baton Rouge, Cat avait tout de suite senti un changement. Ils n'étaient séparés que par deux heures de route, mais il trouvait tout le temps des excuses pour l'éviter, jusqu'au jour où il avait fini par lui dire que c'était terminé entre eux.

Elle songea avec amertume que la situation d'aujourd'hui avait un goût de déjà-vu.

Elle glissa une main dans son sac et effleura du bout des doigts son .38.

Sean ignorait à qui il avait affaire. L'amour ne la rendait pas idiote et cette fois elle n'avait pas l'intention de se lamenter en silence et de disparaître de sa vie sans un mot comme la première fois. S'il croyait qu'il pouvait lui manquer de respect sans en payer les conséquences, il se trompait lourdement. Merde... Catherine Landry n'était pas n'importe qui et elle avait bien l'intention de le lui montrer.

En approchant de la maison, elle inspira une grande bouffée d'air frais pour se calmer les nerfs. Elle ne se donna pas la peine de soulever le paillasson pour y chercher une clé et fila directement vers la porte de derrière en rasant les murs. Les maisons de ce quartier étaient si proches les unes des autres qu'elle entendait la télévision du voisin. Une légère brise soufflait à travers les arbres et agitait un carillon éolien, quelque part dans le voisinage.

Le son avait quelque chose de mystérieux et de plaintif et Catherine frissonna en poussant la porte en fer forgé donnant sur le jardin de derrière. Les charnières grincèrent et elle s'arrêta pour sonder du regard les ombres autour d'elle en laissant claquer le verrou. Elle entendait le filet d'eau d'une fontaine et le bruissement des feuilles mortes de bananier. Et toujours cette mélodie fantomatique provenant du carillon éolien.

Tandis qu'elle restait immobile à réfléchir à ce qu'elle allait faire maintenant, elle eut soudain la sensation d'être observée. Elle scruta les fenêtres de la maison et ne perçut à l'intérieur aucun mouvement, aucun signe de vie, pas d'yeux luisant dans le noir.

Elle en déduisit qu'elle se faisait des idées. Sean était parti. Sarah aussi. C'était maintenant ou jamais.

Elle inspira une dernière fois pour se donner du courage et franchit les quelques mètres qui la séparaient de la porte-fenêtre. Elle se pencha, ramassa un caillou dans un parterre de fleurs et s'arma de courage. Elle s'apprêtait à casser une vitre, mais elle essaya tout de même la poignée, on ne savait jamais. Coup de chance, le battant s'ouvrit sans difficulté.

Etrange… Sarah était partie avec une valise. Elle aurait dû vérifier que tout était bien fermé si elle projetait de s'absenter plusieurs jours. Elle avait sans doute oublié, distraite par la présence de Sean. Ou bien elle avait laissé ouvert parce que ce monsieur avait prévu de revenir.

Si c'était le cas, il allait avoir une mauvaise surprise.

Cat fit un pas dans la pièce sombre et attendit que ses yeux s'accoutument à l'obscurité. Il lui fallut quelques secondes pour s'apercevoir qu'elle se trouvait dans la chambre à coucher. L'idée que Sean avait sans doute dormi récemment dans le lit de cette femme la rendit folle de rage. Elle était passée maître dans l'art de dissimuler ses sentiments, mais quand elle ne se contrôlait plus, comme en ce moment, la rage et l'indignation lui sortaient par tous les pores de la peau.

Et cette rage, elle la défoula sur tout ce qui lui tombait sous la main. Elle déchira les vêtements accrochés aux cintres, renversa le contenu des tiroirs, brisa tout ce qui pouvait se briser.

Finalement elle se calma et s'arrêta, haletante, face au

miroir. Elle n'avait pas allumé la lumière, mais elle distinguait les contours de sa silhouette.

Un mouvement dans le miroir retint son attention. Elle eut juste le temps d'apercevoir une forme sur le seuil de la porte, derrière elle. Qui la regardait.

Son cœur bondit dans sa poitrine et elle fit volte-face.

— Qui est là ? bredouilla-t-elle.

Merde !

Le téléphone collé à l'oreille, Ginette accéléra le pas en frissonnant.

— Merde, Cat, décroche !

Mais qu'est-ce qu'elle pouvait bien foutre dans cette maison depuis tout ce temps ?

Au moins personne ne l'avait repérée et les flics n'avaient pas débarqué. Pour le moment.

Ginette jeta un coup d'œil inquiet autour d'elle avant de quitter le trottoir et de se glisser dans l'ombre, tout contre le mur de la maison. Il bruinait toujours et elle avait encore envie de pisser. Cat allait lui payer cher cette petite virée.

Elle trouva la porte donnant sur le jardin de derrière et entra, puis alla coller son nez aux vitres des portes-fenêtres. Il faisait noir dans la pièce et elle ne voyait rien.

Elle appuya sur la poignée et, comme la porte s'ouvrait en silence, elle passa la tête.

— Cat ? murmura-t-elle. Où es-tu ?

Pas de réponse.

Elle fit un pas à l'intérieur.

— Cat ? Tu es toujours là ?

Elle avait pris la précaution d'emporter avec elle une lampe électrique et l'alluma. Puis elle promena le faisceau lumineux dans la pièce. Et, là, elle poussa un gémissement horrifié.

— Merde, Cat, mais qu'est-ce que tu as foutu ?

On aurait dit qu'un ouragan était passé par là. Les draps étaient déchirés, les vêtements épars, du verre brisé jonchait le sol, les meubles et les lampes étaient renversés.

Et il y avait quelque chose de poisseux et de glissant sous ses pieds.

Elle eut à peine le temps de s'en rendre compte avant de déraper. Elle lâcha la lampe pour freiner sa chute avec ses mains et poussa un cri de douleur quand ses paumes allèrent se planter sur des tessons de verre.

Putain !

La lampe s'éteignit en s'écrasant au sol. Ginette plongea pour la rattraper avant qu'elle roule sous le lit.

Elle la cogna contre sa cuisse et la lumière revint, éclairant de nouveau le sol.

Ginette découvrit ce qui l'avait fait tomber.

Du sang.

Ses mains et ses vêtements en étaient couverts.

Il y en avait partout dans la pièce.

Doux Jésus…

Elle tenta de se relever, mais la panique la rendait maladroite et elle retomba dans la flaque. A présent, elle avait même le goût du sang dans la bouche.

Elle se hissa à quatre pattes en sanglotant et en haletant, puis alla se réfugier contre un mur. De nouveau, elle balaya la pièce du faisceau de sa lampe, en revenant par intermittence éclairer le sang sur le sol.

Seigneur, mais qu'est-ce qui avait bien pu se passer ici ?

Puis elle entendit un bruit étrange provenant de l'autre côté du lit.

Les doigts crispés sur la lampe, elle avança vers le lit.

— Cat ?

Cat était allongée sur le côté. Face au mur.

— Seigneur, Cat, mais que t'est-il arrivé ? Qu'est-ce que tu as fait ?

Ginette était maintenant près de son amie qu'elle fit rouler sur le dos. La lampe éclaira les yeux de Cat. Ils étaient grands ouverts et fixaient le plafond.

Morte. Elle était morte.

Oh ! mon Dieu ! oh ! mon Dieu ! oh ! mon Dieu !

Ginette resta quelques secondes sous le choc, abasourdie, paralysée. Puis son cerveau se remit à fonctionner.

Appeler. Appeler le 911.

Où était son putain de sac ?

Elle allait s'éloigner de Cat pour chercher son sac quand elle vit battre ses paupières, puis remuer ses lèvres.

Elle était en vie !

Merci, Seigneur, merci !

— Cat, que s'est-il passé ? Où es-tu blessée ? Bon sang, Cat, il y a du sang partout…

Elle se tut brusquement en se rendant compte que Cat ne la regardait pas. Elle fixait quelque chose par-dessus son épaule.

Ginette n'entendit qu'un très léger bruit et sentit à peine plus qu'une piqûre quand la lame s'enfonça dans sa gorge.

Elle eut juste le temps de baisser la tête vers Cat et d'apercevoir dans ses yeux la silhouette de son assassin.

18.

Le père Dominique Dagan se tamponna les lèvres avec sa serviette tout en poussant un soupir de contentement.

— Ce repas était délicieux, Michael. Je suis désolé que tu n'aies pas apprécié… La viande était trop cuite pour toi ?

Michael baissa les yeux vers le steak et les asperges qui refroidissaient dans son assiette et haussa les épaules tout en esquissant un sourire contrit.

— Je n'ai rien à reprocher à cette côte de bœuf, s'excusa-t-il. Je crois que je n'avais pas très faim, tout simplement.

Dominique le dévisagea attentivement à travers la flamme de la bougie posée au milieu de la table.

— Je te connais beaucoup trop bien, Michael… Et je ne pense pas que ton appétit soit en cause aujourd'hui. On dirait que tu portes tous les malheurs du monde sur tes épaules.

— Je n'ai aucune chance de te dissimuler quoi que ce soit, n'est-ce pas ? Tu as raison, tu me connais beaucoup trop bien.

En dépit de leur différence d'âge — Dominique venait de fêter ses soixante ans et Michael n'en avait pas encore quarante —, les deux hommes étaient amis depuis longtemps. Ils avaient affronté ensemble de nombreuses tempêtes. Spirituelles, entre autres.

Quand des rumeurs avaient commencé à circuler au sujet d'une liaison entre le jeune prêtre que Michael était autrefois et une paroissienne mariée, Dominique leur avait accordé le bénéfice du doute. Et ensuite, quand la vérité avait éclaté au grand jour et que leur relation s'était achevée sur un tragique événement, Dominique avait été le premier à soutenir son jeune protégé.

Il ne l'avait pas quitté durant les longues heures où la police l'avait interrogé, après la découverte des corps. Ni plus tard, quand les journaux avaient publié les sordides détails de l'affaire. Par la suite, il l'avait aidé et conseillé quand Michael s'était débattu dans les affres du doute au moment de prendre la difficile décision de quitter la prêtrise.

Depuis de longues années, Dominique était le pilier de la vie de Michael.

Dominique fit glisser ses lunettes sur son nez et examina Michael par-dessus la monture.

— Dis-moi donc ce qui pèse si lourd aujourd'hui.

Michael attendit que la table soit débarrassée, puis il prit son verre et but lentement, tout en s'absorbant dans la contemplation de la flamme de la bougie.

— Je me fais du souci pour un de mes patients, avoua-t-il enfin.

— Tu peux en parler avec moi ?

Le regard de Michael n'avait pas quitté la flamme. Il éprouvait le besoin de parler de Sarah, mais, pour une raison qui lui échappait, il avait décidé de ne pas aborder ce sujet épineux. Sans doute était-ce parce que Dominique en savait un peu trop sur son passé. Il avait une fois franchi des limites à ne pas dépasser, il avait rompu ses vœux, des gens étaient morts par sa faute. Parce qu'il était faible et qu'il avait péché.

Il s'était promis à lui-même et avait juré devant Dieu — celui auquel il croyait encore, quel qu'il soit — de ne plus jamais céder à la tentation. Et pourtant... Quand Sarah avait quitté son cabinet ce matin, il était longuement resté assis dans son jardin, à penser à elle.

Michael n'était pas insensible aux femmes. Après Elise, il y en avait eu d'autres. Plusieurs, pour être honnête, depuis qu'il avait quitté l'Eglise. Et pas parce qu'il avait voulu rattraper le temps perdu, comme certains auraient pu le croire. Michael avait besoin d'une compagne. Et il la cherchait encore.

Sarah lui ressemblait. Elle aussi cherchait. Elle aussi était pleine de désirs. Elle aussi était un ange déchu qui n'appartenait ni au ciel ni à l'enfer, mais qui vivait à la lisière d'un monde où elle serait toujours incomprise.

— Tu sais ce que sont les troubles dissociatifs de la personnalité ? demanda-t-il à Dominique.

— Je crois. On les appelle aussi désordres multiples de la personnalité, c'est ça ? Les cas de possession sont parfois rangés dans cette catégorie.

— Mon passé me rend inapte à traiter de tels cas, commenta tristement Michael.

— Au contraire, il te rend peut-être plus capable qu'un autre, répondit Dominique avec un sourire. Mais il me semblait que la communauté psychiatrique avait abandonné cette classification depuis longtemps.

— Oui et non, fit Michael. La controverse continue et certains considèrent encore qu'elle correspond à une réalité. En ce qui me concerne, je m'efforce de ne pas baser ma pratique sur les dernières trouvailles et je ne me fie pas forcément aux débats qui font rage en ce moment dans les magazines spécialisés.

— J'en déduis donc que tu penses avoir parmi tes patients une personne présentant ce type de désordres.

— Pour l'instant, je lui ai trouvé trois personnalités bien distinctes. Mais je n'ai pas pu encore identifier l'hôte, c'est-à-dire la personnalité qui réclame de l'aide. Celle qui me paraît dominer est celle d'un jeune homme prénommé Jude et qui se fait appeler « Le protecteur ».

— Et qui protège-t-il ?

— Ça reste à déterminer. J'ai aussi entraperçu un enfant, un jeune garçon. Il s'agirait d'un enfant qui aurait été maltraité ou abusé sexuellement. Cet enfant a dû se glisser dans la peau d'un autre pour évacuer le traumatisme et se détacher de ce qui lui arrivait, pour assister à son martyre comme un observateur.

— Et cet observateur serait « Le protecteur ».

Michael acquiesça.

— Et maintenant Le protecteur est revenu, parce que l'hôte, à tort ou à raison, se sent de nouveau en danger.

Dominique se pencha en avant, visiblement intrigué.

— En danger de quelle manière ? demanda-t-il.

— A cause d'une troisième personnalité, répondit Michael. Du moins, c'est ce qu'il me semble. Je ne l'ai perçue qu'une fois, de façon très brève, mais je crois qu'il s'agit cette fois encore d'un homme, un peu plus jeune que Le protecteur. Il est apparemment plein de colère et je crois que c'est à cause de lui que Jude est venu me voir. Pour l'instant, Jude a réussi à garder le contrôle, mais il est à craindre que la personnalité en colère prenne le dessus. La seule façon pour lui de s'en sortir serait de fondre les trois personnalités en une seule.

— Et c'est là que tu entres en scène.

— Que je devrais, oui, fit Michael en finissant son vin au moment où le serveur apportait discrètement l'addition. Mais ce cas me paraît difficile. Par exemple, j'ai remarqué des incohérences dans le comportement de Jude. Je n'exclus pas le fait qu'il me mène en bateau.

Dominique haussa un sourcil.

— Tu crois que l'ensemble du tableau pourrait être un canular ? Pourquoi un patient se donnerait-il tant de mal ?

Michael haussa les épaules tout en signant le reçu de sa carte bleue.

— Pour se prouver qu'il souffre d'un désordre psychiatrique. Ça s'est déjà vu, aussi étrange que cela puisse paraître.

Une fois la note réglée, ils sortirent ensemble sur le parking. Avant de monter dans sa voiture, Dominique marqua une pause.

— En admettant que ton malade possède bien une personnalité violente… tu penses que cette personnalité pourrait passer à l'acte ?

— Dans certaines circonstances, oui, sans aucun doute.

— Alors sois prudent, Michael. Que ton patient souffre ou non du désordre psychiatrique que tu m'as décrit, tu as peut-être affaire à un individu fourbe et dangereux.

Tout en roulant sous la pluie en direction de sa maison, Michael réfléchissait à l'avertissement du vieux prêtre. Il s'était senti en danger le jour où il avait entrevu l'alter ego violent de son patient, mais il n'avait pas voulu effrayer Dominique en lui parlant de son regard brillant de haine — un regard de démon — qui lui avait fait froid dans le dos.

Il tenta d'écarter cette pensée de son esprit et considéra la possibilité de s'arrêter pour déposer des fleurs sur la tombe d'Elise. Mais il était déjà tard et les cimetières de La Nouvelle-Orléans étaient dangereux la nuit. Le lendemain était un dimanche. Il aurait toute la journée pour se vautrer dans son repentir.

Il rentra sa voiture dans le garage et, quand il sortit par la petite porte ménagée sur le côté, son attention fut attirée par le jardin. Il laissait toujours une lampe allumée dans son bureau et, avec la lumière qui filtrait par la porte vitrée de la salle d'attente, il distinguait une silhouette recroquevillée sur les marches, la tête dans les genoux, qui frissonnait dans le froid.

Il resta saisi de surprise, juste une fraction de seconde, puis traversa le jardin en avançant résolument vers la silhouette. Arrivé au pied des marches, il hésita de nouveau.

— Hello, fit-il en commençant à monter. Je ne vous attendais pas ce soir.

Il n'obtint pas de réponse, mais l'homme leva la tête.

Michael poussa un léger soupir.

— Bien, fit-il doucement. Auquel d'entre vous ai-je affaire aujourd'hui ?

19.

Sarah se trouvait à mi-chemin entre Adamant et La Nouvelle-Orléans quand le ciel s'ouvrit pour déverser des trombes d'eau sur l'autoroute. Le trafic ralentit aussitôt et de nombreux conducteurs s'arrêtèrent sur la bande d'arrêt d'urgence en mettant leurs feux de détresse — le temps que l'orage passe.

Sarah aurait voulu continuer, mais il pleuvait si fort qu'elle y voyait à peine. Elle longea prudemment la longue file ininterrompue de véhicules à l'arrêt et bifurqua dans le premier relais routier qui se présenta. Elle laissa le moteur allumé le plus longtemps possible pour chauffer l'habitacle, mais, comme la pluie redoublait de violence, elle se résigna à couper le contact, s'emmitoufla dans sa veste et allongea son siège pour essayer de se détendre.

Contre toute attente, elle parvint finalement à s'assoupir.

Quand elle se réveilla, la pluie avait nettement diminué en intensité et le parking s'était vidé. Il ne restait que quelques voitures et des semi-remorques.

En jetant un coup d'œil à l'horloge du tableau de bord, elle se rendit compte qu'elle avait dormi plus de deux heures d'affilée, un véritable record pour elle. Elle avait l'esprit embrumé de sommeil et elle ressentait le besoin de se rafraîchir le visage et d'aller aux toilettes. Mais elle répugnait à quitter sa voiture dans un relais d'autoroute alors qu'il faisait nuit.

Malheureusement, ses besoins naturels se faisaient pressants et elle n'avait pas le choix. Elle fut un peu rassurée en voyant passer dans le rétroviseur une femme qui sortait des toilettes avec ses deux petites filles. Elles s'attardèrent à l'abri, dans le pavillon, près des distributeurs de nourriture et de boisson. La femme fouillait dans son sac pour chercher de la monnaie.

Sarah se décida à traverser le parking pour rejoindre le pavillon. Elle salua au passage la conductrice d'un signe de tête, puis poussa la porte des toilettes pour femmes.

L'endroit ressemblait à toutes les toilettes d'autoroute. Sarah choisit le box qui lui paraissait le moins sale et s'y enferma. En ressortant, elle alla se laver les mains et se passer un peu d'eau fraîche sur le visage.

Au moment où elle se penchait sur le lavabo, elle entendit la porte donnant sur l'extérieur s'ouvrir et se refermer. Elle pensa que la mère ou l'une des deux petites était revenue et elle termina tranquillement de s'asperger le visage. En tendant le bras vers le distributeur de serviettes en papier, elle jeta un coup d'œil dans le miroir.

Il n'y avait personne avec elle. Etrange… Celle qui était entrée restait de l'autre côté de la mince cloison qui séparait les toilettes pour femmes de l'entrée… Pourquoi ?

Son cœur se mit à battre plus vite et elle se figea, le souffle court.

Puis, de nouveau, elle entendit la porte s'ouvrir et se refermer. Très doucement.

Elle passa son sac en bandoulière et sortit en courant

du local des toilettes. La femme et les deux petites avaient disparu. Le pavillon était vide.

Elle regagna sa voiture en se répétant qu'elle n'avait aucune raison de paniquer. Il y avait encore des véhicules dans le parking, elle ne risquait rien.

Mais elle fourra tout de même sa main dans sa poche pour sortir la commande à distance qui déverrouillait les portières, et se tint prête à appuyer sur le bouton d'alarme en cas de problème.

Quand elle atteignit enfin sa voiture, une rafale de pluie glacée balaya le parking. Elle frissonna tout en ouvrant les portières et scruta les ombres autour d'elle en s'installant au volant.

Une fois à l'intérieur, elle se détendit un peu. Mais elle continua à fouiller le parking du regard. Et elle se rendit compte qu'elle cherchait une berline verte.

Quand elle arriva à Adamant, il était plus de minuit et elle trouva les rues désertes. La ville n'offrait pas beaucoup de distractions…

Le samedi soir, les jeunes gens en âge de conduire allaient s'amuser à El Dorado, le chef-lieu du comté, à vingt minutes de là. Ou bien ils passaient leur soirée à faire des courses de voiture dans la rue principale, une rue à deux voies, toute droite, avec quelques rares feux tricolores aux carrefours.

Adamant n'avait pas toujours été une ville morte. Elle avait accueilli autrefois une petite communauté prospère. Quand les marchés du bois et du coton avaient commencé à chuter, ils avaient été remplacés par les puits de pétrole, au début des années 1920.

La banque Busey s'était installée près d'El Dorado et

l'économie avait fait un bond. Géologues, spéculateurs et foreurs avaient débarqué de tous les coins du pays. Les derricks s'étaient mis à pousser comme des champignons en gâchant sans vergogne le paysage.

Mais cette opulence n'avait pas duré. Les puits de pétrole avaient tari au bout de cinq ans, en ne laissant que le squelette des tours, et des trous profonds et sombres dans une terre polluée.

Sarah traversa les rues désertes et mal éclairées. Adamant avait perdu depuis longtemps son charme d'autrefois. A part les églises et les stations d'essence, il ne restait plus rien de sa splendeur passée et la population végétait en se consolant avec des souvenirs.

Il pleuvait encore quand Sarah s'engagea dans l'allée de la maison de son enfance. Elle demeura un long moment assise à contempler cette belle demeure que les touristes admiraient au passage. Surtout l'été, quand le jardin était en fleurs.

Le père de Sarah avait autrefois employé un jardinier, mais Esme ne lui faisait pas confiance pour soigner ses précieuses pivoines et, munie de son bonnet et de ses gants, elle le suivait à la trace pour le surveiller.

La maison en imposait toujours, mais c'était celle de James DeLaune. Sarah ne s'y était jamais sentie chez elle.

Elle ouvrit le garage avec la commande à distance que lui avait confiée Esme pour se garer à l'abri de la pluie, puis, sa valise à la main, elle remonta à petits pas l'allée glissante menant à la maison.

Elle laissa ses chaussures dans le vestibule de l'entrée de service et entra dans la cuisine où elle posa sa valise en allumant la lumière. A part quelques améliorations qui se limitaient aux appareils électriques, rien n'avait changé depuis le jour où son père l'avait envoyée en internat : mêmes éléments, même carrelage bleu et blanc.

Et ses souvenirs…

Esme avait toujours régné sur cette cuisine. Quand Sarah rentrait de l'école, sa mère était souvent sortie et c'était Esme qui l'accueillait. Elle avait été le pilier de sa vie, l'unique présence pour adoucir sa solitude.

Quant à Rachel, elle repartait dès qu'elle avait posé son cartable, sans même prendre le temps de se changer, pour se livrer à ses activités habituelles — entraînement de majorette, réunions d'étudiants, tout était bon pourvu qu'elle soit loin.

Le maître de maison, quant à lui, arrivait vers 18 heures et filait tout droit s'enfermer dans son bureau où il ne fallait pas le déranger jusqu'à l'heure du dîner. Là, la famille se réunissait pour un long moment qui paraissait interminable à Sarah. Elle aurait préféré manger dans sa chambre ou dans le cottage d'Esme. N'importe où plutôt qu'à la table de cet homme qui supportait à peine de poser les yeux sur elle.

Tout en montant sa valise dans sa chambre, elle songea que Sean avait raison. Que venait-elle faire ici ? Elle aurait dû laisser son vieux père croupir dans son amertume.

Elle n'espérait pas gagner son affection après toutes ces années… Alors, à quoi bon ?

Je ne cherche pas l'affection de mon père…

Dans la maison de son enfance elle cherchait les démons qu'il lui fallait affronter.

Ceux qu'elle devait vaincre pour gagner sa liberté.

20.

Sarah dormit peu cette nuit-là, mais le lendemain matin elle était déjà levée et habillée à 9 heures. La pluie avait cessé pendant la nuit et le soleil qui dardait des rayons obliques à travers la fenêtre paraissait chaud et engageant. Elle contempla le jardin et la fumée qui sortait de la cheminée d'Esme. L'hiver, Esme tenait à sa flambée, même quand il faisait beau.

Elle sentit l'arôme du café depuis l'escalier. Esme était passée par là et elle lui avait même laissé une assiette de petits pains à la cannelle. Elle en prit un en attendant que le café finisse de passer.

Quinze minutes plus tard, Sarah avait fini son petit déjeuner. En sortant, elle ne prit pas la peine de frapper à la porte du cottage d'Esme qui était sûrement à l'église. Elle traversa le verger sans s'arrêter et fila droit dans les champs.

La terre était encore trempée et, lorsque Sarah atteignit la ferme Duncan, ses chaussures étaient couvertes de boue. Elle se servit d'un bâton pour les nettoyer, puis elle resta un long moment à contempler la vieille bâtisse.

C'était une typique maison de ferme de la fin du XIXe siècle. Un étage, un large porche, un toit en pente. La chaux des murs s'écaillait depuis longtemps et le toit paraissait sur le point de s'effondrer par endroits. Les mauvaises herbes et les ronces avaient envahi le jardin, la forêt de pins gagnait peu à peu sur les anciens champs de coton.

Sarah était venue ici chaque fois qu'elle avait rendu visite à son père, mais, au moment où elle grimpa les marches du perron, elle se rendit compte qu'elle ne s'était jamais aventurée aussi loin. La première fois, c'était peu avant Noël, elle s'était garée au bout de l'allée de gravier pour contempler la façade depuis sa voiture. La fois suivante, elle avait marché vers la maison, mais elle n'était pas entrée dans le jardin. La troisième fois, elle s'était avancée jusqu'aux marches du perron et s'y était assise un long moment.

Aujourd'hui, encore quelques marches et elle atteindrait la porte. Encore un pas, et elle serait à l'intérieur.

Mais ce pas, elle préférait le garder pour un autre jour. Déjà, son souffle s'accélérait et un poids énorme lui tombait sur la poitrine. Elle avait avalé la moitié d'un Xanax avant de venir, mais ça ne lui faisait pas beaucoup d'effet.

Ou bien l'angoisse qui l'étreignait en ce moment était rebelle à toute médication.

Tandis qu'elle contemplait fixement la vieille porte battue par le temps, la panique la submergea. Elle eut brusquement les paumes moites et un nœud à l'estomac.

Elle ferma les yeux et tenta de se souvenir de ce que Michael lui avait conseillé quand elle sentait venir la crise. Respirer. Respirer profondément et lentement.

Elle ouvrit les yeux et la porte parut onduler, comme un mirage. Son front se couvrit de sueur et ses genoux faiblirent. Elle attrapa le pilastre le plus proche et lutta pour ne pas s'évanouir. Pas maintenant. Pas ici.

Pitié, Seigneur, pas ici.

La dernière fois…

Non ! Elle ne devait pas y penser. Elle ne pouvait pas y penser.

Elle fouilla dans sa poche et ses doigts rencontrèrent l'autre moitié du cachet qu'elle parvint à avaler avec un peu de salive. Puis elle se laissa tomber sur les marches et fourra sa tête entre ses genoux.

Le soleil lui avait paru chaud tout à l'heure, mais à présent le vent était glacé sur sa peau moite. Elle resta un long moment recroquevillée.

Elle regrettait d'être venue. Elle n'était pas prête.

Mais quand ? Quand le serait-elle ? Aurait-elle jamais le courage d'affronter ce qui l'attendait dans cette maison ? Allait-elle passer le reste de son existence à fuir des ombres ? A fuir la vérité ? A se laisser submerger par la peur ? Par un secret immonde dont elle ne se souvenait pas ?

Ce n'est pas dans le noir que l'on combat le mal, Sarah. L'unique moyen d'en venir à bout est de l'affronter en pleine lumière.

La panique s'envola d'un seul coup, aussi vite qu'elle était venue. Etait-ce l'effet du cachet ou celui de sa volonté, elle ne le savait pas et peu lui importait. Elle se sentait de nouveau maîtresse d'elle-même. Rien d'autre ne comptait.

Elle releva la tête, juste quelques secondes avant de sentir les doigts de l'homme effleurer ses cheveux.

21.

Il s'agissait d'un fantôme. Sûrement. Il ne pouvait en être autrement.

Les planches du perron craquèrent et Sarah vit une ombre se pencher sur elle. Non. Il ne s'agissait pas d'un fantôme. Il y avait bien quelqu'un.

Surprise, elle dégringola les marches et fit volte-face en s'attendant à… Mais non, l'homme qui se tenait en face d'elle n'était pas Ashe Cain.

Depuis la dernière fois qu'elle l'avait vu, Derrick Fears s'était complètement métamorphosé, mais elle le reconnut tout de même. Il ne restait plus rien de l'adolescent sombre et mystérieux qu'elle trouvait à l'époque tellement attirant, du gothique qui prétendait suivre un chemin tracé par le diable. Il était remplacé par un homme de trente ans, au visage balafré et marqué par la souffrance, au regard dur, à la bouche cruelle.

Il ne dissimulait plus son visage sous un masque blanc et ses cheveux, autrefois teints en noir, étaient clairsemés et coupés si court que, quand il tournait la tête, Sarah pouvait voir la croix gothique tatouée sur le côté gauche de son crâne — un vestige du garçon qui s'était autrefois rebaptisé Azrael.

Il portait un jean et une vieille chemise de flanelle

sur un T-shirt gris à l'effigie d'un groupe de rock. Des flammes d'encre lui léchaient le cou jusqu'à la mâchoire. Ses manches retroussées laissaient apparaître les tatouages de ses avant-bras, mais Sarah ne reconnut pas les symboles dont ils étaient recouverts.

Il la contemplait depuis le perron avec un regard moqueur.

— Tu ne sais pas qui je suis, n'est-ce pas ?

— Je sais exactement qui tu es, répondit Sarah d'une voix ferme.

— Après toutes ces années ?

Il appuya sa main à un pilastre, sans la quitter des yeux.

— Ça fait longtemps, Sarah… Qu'est-ce que tu deviens ?

— Je m'en sors. Et toi ?

— Je n'ai pas à me plaindre. Pas en ce moment en tout cas. J'ai connu pire.

Son sourire s'effaça.

— Je suppose que tu as entendu dire que j'avais fait de la taule.

— On a dû m'en parler, oui. Mais je ne vis plus à Adamant, alors je ne suis pas très au courant des ragots du coin.

— Je te comprends. A ta place, je n'aurais pas envie qu'on me rappelle régulièrement toute cette merde. Je me demande d'ailleurs ce que tu viens faire dans cette ferme.

— Je me posais la même question à ton sujet…

Un léger sourire étira de nouveau les lèvres de Derrick.

— J'espérais peut-être t'y trouver.

— Comment savais-tu que j'étais en ville ?

— Je ne suis pas comme toi. Je me tiens au courant des ragots.

— Mais tu ne pouvais pas savoir que je ferais un tour à la ferme Duncan.

Elle songea brusquement qu'il l'avait peut-être suivie et un frisson la parcourut.

— Nous avons eu la même idée, voilà tout, fit-il en haussant les épaules et en jetant un coup d'œil du côté de la porte de la maison. Tu es entrée à l'intérieur ?

— Non. Pas encore.

— Ne me dis pas que tu as la trouille. Autrefois, cette maison ne t'effrayait pas. Tu traînais toujours par ici.

Avant que ma sœur soit assassinée dans la pièce principale.

— C'était aussi ton repaire, rétorqua-t-elle. Le tien et celui de tes amis. Tu n'as jamais vu un type bizarre sur la propriété avant le meurtre de ma sœur ?

De nouveau, il eut cet étrange demi-sourire.

— Bizarre, c'est une notion très relative pour des gens comme toi et moi. A quoi ressemblait-il ?

— Il était gothique, mais...

— Mais quoi ?

Elle secoua la tête.

— Rien. Tu m'as sûrement rencontrée une fois ou deux avec lui.

Il parut hésiter.

— Non, fit-il enfin. Tu venais toujours seule. Seule avec ton chien.

Quelque chose dans son regard — et aussi le fait qu'il avait hésité avant de répondre — incita Sarah à douter de sa sincérité. Mais pourquoi aurait-il menti ? Et puis, s'il l'avait aperçue avec Ashe sur cette propriété, il ne se serait pas gêné pour le dire à la police.

— Il n'y avait que toi pour oser venir seule ici à la nuit tombée, poursuivit-il. A part moi, bien entendu. Tu adorais les endroits sinistres, n'est-ce pas ?

— Comme toi, apparemment.

— Non. Moi je cherchais à emmerder mon père. Ce que j'adorais, c'était choquer les gens. Mais on a fait des trucs dans cette maison qui foutaient franchement la trouille. Un soir, il y a même eu des crétins dans notre bande pour s'imaginer que nous avions réussi à convoquer le diable.

— Tu jouais bien le jeu, fit Sarah. Je crois me souvenir que tu avais tes adeptes…

— Ce n'était pas difficile, ricana Derrick. La plupart des gens sont complètement stupides et s'arrangent pour croire ce qu'ils ont envie de croire.

Il posa sur elle un regard goguenard. Cette maison de cauchemar qui se dressait derrière lui rendait son visage encore plus impressionnant.

— Prends l'exemple de ces fameuses empreintes, dit-il. C'est des conneries. Un vieux fou croit voir des empreintes de bouc et tout le monde marche à fond au lieu de l'envoyer à l'asile. Les gothiques ne fonctionnaient pas autrement. Ils arrivaient à se convaincre que le diable sortait d'un puits de pétrole désaffecté pour danser dans les champs de coton.

Il éclata de rire et croisa les bras en s'adossant au pilastre.

— Les gens s'imaginaient aussi beaucoup de choses à ton sujet, pas vrai ? Tu sais comment ils te surnommaient ?

— Non, mais j'en ai une vague idée.

— Sarah la suicidaire.

— C'est affreux, protesta-t-elle d'un ton sincèrement horrifié. Après tout, je n'étais qu'une enfant.

— Mais ça t'allait bien, reconnais-le. Tu fichais la trouille, à l'époque. Tu étais franchement lugubre.

— Tu es mal placé pour me faire ce genre de remarques. Souviens-toi que tu te faisais appeler « l'ange de la mort ».

Il leva un sourcil étonné.

— Eh oui… Je sais qui est Azrael.

— J'ai toujours dit que tu étais plus futée que ne le pensaient les bouseux du coin.

Il se tourna vers la porte.

— Ne dit-on pas qu'un meurtrier revient toujours sur les lieux de son crime ? demanda-t-il.

Sarah en eut la chair de poule. Ils se jaugèrent du regard.

— Ce qui est arrivé à ta sœur… ce n'est pas facile de surmonter un truc pareil. Surtout quand il s'agit d'un proche. Mais au fond toi et Rachel n'étiez pas si proches que ça, non ? Du moins c'est ce que j'ai entendu dire. Sans doute parce qu'elle était la préférée de ton père. Tout le monde en ville savait qu'il était dingue d'elle. Il n'a pas été vraiment chic avec toi, n'est-ce pas ? Il s'est débarrassé de toi dès qu'il a pu.

Il descendit lentement l'escalier et Sarah résista à l'envie de s'enfuir. Il paraissait déterminé à lui faire peur et elle ne voulait pas lui montrer qu'il avait en partie réussi.

Il inclina la tête en la dévisageant intensément.

— Tu ne l'apprécies pas beaucoup, ton vieux, pas vrai ? Remarque, c'est un bon point pour toi.

— Et pourquoi donc ?

— Disons que je ne suis pas un fervent admirateur du

juge DeLaune. Surtout depuis qu'il a fait tout ce qu'il a pu pour me coller le meurtre de sa fille sur le dos. C'est tout de même bizarre qu'un homme comme lui se soit persuadé que j'étais coupable alors qu'il n'y avait rien de tangible contre moi. Un autre se serait posé des questions et se serait inquiété de savoir s'il tenait bien le véritable meurtrier de sa fille.

— En dépit de ce qu'a fait ou n'a pas fait mon père, tu n'as jamais été poursuivi en justice pour le meurtre de Rachel, fit remarquer Sarah.

— En effet, mais ça ne change pas grand-chose. La plupart des gens sont persuadés que c'est moi l'assassin. Ils le croient parce que c'est ce qu'ils ont envie de croire, toujours pareil. Il vaut mieux avoir un coupable à se mettre sous la dent. Un voisin. Un ami. Peu importe. Laisser planer le doute sur l'assassin dans une petite ville comme la nôtre, c'est problématique. Donc, tout le monde me montre du doigt. C'est plus simple.

— Pourquoi me dis-tu tout ça ? demanda Sarah. Je n'ai rien à voir avec ceux qui t'accusent et ça fait des années que nous ne nous sommes pas vus.

— Parce qu'il y a quelque chose que tu dois savoir à mon sujet : je ne suis pas un assassin. J'ai tué une fois, en état de légitime défense. Si j'ai fait de la prison pour ce meurtre, c'est uniquement parce qu'on tenait à me faire payer celui de ta sœur.

Il franchit en quelques pas l'espace qui les séparait et vint se planter devant Sarah. Il avait un corps maigre, mais qui dégageait une grande force. Elle avait l'impression de sentir la tension qui faisait tressaillir ses muscles.

Son cœur se mit à battre et ses paumes à transpirer. Elle commençait à regretter de s'être aventurée jusqu'ici.

C'était de la folie de tenir tête à un homme qui aurait pu la briser en deux comme une brindille. Elle n'était plus la gamine de treize ans qui avait besoin de prouver qu'elle ne se laissait pas intimider par une vieille légende ou par le jugement de son père.

Elle avait peur.

Pourtant, la colère de Derrick Fears l'intriguait.

Il montra du doigt une cicatrice sur sa tempe.

— Tu vois ça ? Je le dois au poing du shérif Clay. Et ça…

Il tendit le bras pour exhiber des marques rondes à l'intérieur de son avant-bras.

— … ce sont des brûlures de cigarette. J'en ai aussi sur les jambes et sur le dos. Tout le monde croyait dur comme fer que j'avais tué ta sœur et le shérif tenait absolument à me le faire avouer.

— C'est le shérif Clay qui t'a fait ça ? s'exclama Sarah d'un ton horrifié en contemplant les cicatrices.

— Ouais. C'est lui. Et ça fout la trouille quand on pense qu'il a sûrement fait pire.

— Que veux-tu dire ?

— C'était un salaud. Un type comme lui est un salaud vingt-quatre heures sur vingt-quatre. Je crois que ton père et lui partageaient pas mal de vilains secrets.

— Si tu sais quelque chose au sujet de mon père, pourquoi ne le dis-tu pas carrément ?

— Parce que je pense que je ne t'apprendrais rien de nouveau.

Il tournait maintenant autour de Sarah comme un prédateur.

— Toi aussi, tu as tes petits secrets, pas vrai, Sarah la

suicidaire ? Tu étais là quand ça s'est passé. Tu sais qui a tué ta sœur.

— Non.

— Ah, c'est vrai que tu as complètement perdu la mémoire.

Il eut un sourire mauvais et continua à tourner autour d'elle.

— C'est ce que tu prétends, mais peut-être que tu mens, après tout. Tu as peut-être vu quelque chose que tu gardes pour toi depuis toutes ces années.

Il s'arrêta pour la contempler fixement. Elle sentit son haleine chaude sur son visage glacé.

— Admettons tout de même que tu ne te souviennes de rien. Peut-être que de revoir les taches de sang donnerait un coup de pouce à ta mémoire. Je suis sûr que si tu essayais vraiment ça te reviendrait. Et les cris ? Elle a dû gueuler quand il a commencé à lui entailler la peau. Tu ne vas pas me dire que tu ne peux pas te souvenir des cris qu'elle a poussés ? Ça me paraît vraiment incroyable.

Une peur glacée se mit à couler dans les veines de Sarah. Elle voulut reculer, s'éloigner de lui, mais il lui attrapa le bras pour la retenir.

— Les gens se demandent ce que ça fait de mourir à petit feu, comme ça, si ça fait mal, mais je parierais que le pire, ce n'est pas la douleur, mais le bruit humide de la lame qui s'enfonce dans la peau, la chair, la graisse. Tu as déjà entendu ce bruit, Sarah ?

— Ote ta main de mon bras, je te prie, fit-elle sèchement.

Il se pencha vers elle en souriant et serra plus fort. Puis quelque chose derrière elle attira son attention, elle le vit à son regard et à l'expression de son visage. Il traça furtivement une croix sur sa gorge du bout du doigt et la relâcha.

Quelques secondes plus tard, il avait disparu.

Sarah suivit des yeux la voiture de patrouille qui avançait en cahotant sur l'allée de gravier. Elle s'arrêta au bord du jardin, un homme en uniforme en sortit et vint dans sa direction.

Elle comprenait maintenant pourquoi Derrick était parti si vite. Il avait vu le véhicule approcher.

L'homme traversa le jardin, au milieu de l'herbe haute. Sarah mit sa main en visière pour se protéger du soleil qui l'aveuglait.

— C'était bien Derrick Fears qui était avec vous ? fit l'homme.

Sa voix exprimait un certain contentement et Sarah en fut surprise.

— Oui, c'était lui, répondit-elle.

Il baissa les yeux vers elle et la fixa à travers ses lunettes noires.

— C'est un sale type, commenta l'homme. J'espère qu'il ne vous a pas molestée.

— Tout dépend de ce qu'on entend par molester. Il ne m'a pas agressée.

— Je suppose que c'est déjà pas mal. Mais il n'avait rien à faire sur cette propriété. Personne n'a rien à y faire, d'ailleurs.

— Pourquoi ? Elle appartient à quelqu'un ?

Elle sentait le regard appuyé de l'homme à travers les verres opaques et ne put s'empêcher de frissonner.

— Elle appartient au comté depuis des années. Depuis

que les héritiers Duncan ont cessé de payer leurs impôts locaux. Et mon travail est de verbaliser ceux qui y pénètrent par effraction.

— Moi, par exemple ?

— Oui, vous. A moins que l'on ne vous ait chargée officiellement d'un travail sur le terrain. Et je me demande ce que ça pourrait bien être.

Sarah jeta un coup d'œil en direction de la maison.

— Je ne crois pas que la curiosité entre dans le cadre d'un travail officiel. J'ai grandi tout près d'ici. J'avais simplement envie de voir à quoi ressemblait maintenant cette vieille ferme.

— Ouais, vous n'êtes pas la première.

Il continuait à la fixer, immobile comme une statue.

— Croyez-le ou non, beaucoup de gens passent dans le coin pour chercher les empreintes, poursuivit-il.

— Je ne suis pas venue pour les empreintes.

Il ôta ses lunettes et elle put constater qu'il avait des yeux plus sombres qu'elle ne l'aurait cru. Froids et pénétrants. D'une intensité vraiment dérangeante.

— Si ce ne sont pas les empreintes qui excitent votre curiosité, je suppose que c'est le meurtre, dit-il.

Un fantôme effleura Sarah.

— Qu'en savez-vous ? protesta-t-elle.

— Je le sais parce que j'ai l'habitude. Ceux qui ne viennent pas pour les empreintes viennent pour le meurtre. Ils veulent voir l'endroit. Ça les excite, même après toutes ces années.

— C'est différent pour moi. Je connaissais la victime.

— Adamant est une petite ville. Tout le monde connaissait la victime.

Son regard quitta enfin Sarah pour glisser vers la vieille maison, tandis que le vent dérangeait ses cheveux.

— Mon père était le shérif du comté à l'époque. Il n'a jamais pu coincer le coupable et ça l'a rendu malade. C'était un homme fier, il n'a pas supporté cet échec. Je n'étais pas ici, mais j'ai entendu dire que ce meurtre l'a obsédé jusqu'à sa mort.

— Je vous connais ! s'exclama Sarah. Vous êtes le nouveau chef de la police locale, n'est-ce pas ? J'ai entendu parler de vous.

Un léger sourire étira les lèvres de l'homme et Sarah trouva que son sourire n'était pas beaucoup plus rassurant que celui de Derrick Fears.

— Bah... Vous savez ce qu'on dit... Il ne faut pas croire tout ce que les gens racontent.

— Je suis Sarah DeLaune, fit-elle en lui tendant la main.

— Lukas Clay.

A la façon dont il la dévisagea et dont il retint sa main quelques secondes de plus que ne l'exigeait la politesse, elle sentit qu'elle ne lui déplaisait pas. Mais elle n'était pas disponible pour un homme. Elle n'avait pas encore oublié Sean et elle ne savait pas si elle serait capable de l'oublier un jour. Pourtant ce Lukas Clay la troublait tout de même et elle se demanda pourquoi.

— Je présume que ce sont des raisons personnelles qui vous ont poussée à venir ici, commenta-t-il d'un ton chaleureux. On m'a dit que vous étiez passée plusieurs fois au commissariat en demandant à me voir.

— Oui, mais vous étiez sorti et personne n'a paru

très désireux de m'aider ni de me dire où je pouvais vous trouver.

— J'ai cru comprendre que vous souhaitiez jeter un coup d'œil sur le dossier concernant l'affaire de votre sœur.

— C'est exact. Y aurait-il une raison pour que je n'y sois pas autorisée ?

— Non. Mais je me demande pourquoi vous tenez tant à le consulter.

— J'essaye de comprendre ce qui s'est passé, répondit-elle en haussant les épaules. De recoller les morceaux.

Il acquiesça.

— Je conçois que vous ne puissiez pas laisser tomber. C'est dur pour la famille de passer à autre chose tant que le meurtrier n'a pas été arrêté et puni.

— Mes motivations ne sont peut-être pas aussi altruistes que vous le croyez, dit-elle. Je cherche surtout à me débarrasser de mes cauchemars. Mon psychiatre prétend que me réconcilier avec mon passé ferait des miracles.

— Méfiez-vous. Il ne faut pas croire tout ce que disent les psychiatres.

— Pardon ? s'étonna Sarah.

Lukas Clay paraissait soudain ému. Les coins de sa bouche tremblèrent légèrement.

— Vous ne regardez jamais de films ? ajouta-t-il. Les psychiatres ont l'esprit tordu. Ce sont tous des psychopathes.

Elle trouva l'idée bizarre.

— Je tâcherai de m'en souvenir, fit-elle.

— Mais je vous promets que vous pourrez voir ce dossier. Arrêtez-vous au commissariat quand vous voulez.

— Merci.

— Je passe près de chez vous pour rentrer, je peux faire un détour pour vous déposer, proposa-t-il.

— Mes chaussures sont pleines de boue, je ne voudrais pas salir votre voiture.

— Les tapis de sol sont là pour ça, ne vous inquiétez pas. Et puis, avec Fears qui traîne dans le coin, je serais plus tranquille si vous me laissiez vous raccompagner.

— Si ça ne vous dérange pas trop…

— Ça ne me dérange pas du tout.

Il la fit monter dans la voiture de patrouille, recula dans l'allée et prit la route principale en direction de la ville. Dans l'habitacle, ça sentait la menthe et aussi une autre odeur que Sarah ne parvint pas à identifier.

Il avait remis ses lunettes de soleil pour conduire, mais de profil elle voyait tout de même le coin de son œil.

— Esme vous a parlé de ce qui s'est passé l'autre nuit ? demanda-t-il.

— Je n'ai pas encore vu Esme, répondit Sarah. Elle a un problème ?

— Non. Mais elle prétend avoir aperçu quelqu'un sur le toit de votre maison.

— Sur le toit ? Mais pourquoi quelqu'un serait monté sur ce toit ?

Il haussa les épaules.

— C'est ce que je me suis demandé aussi. J'ai d'abord cru qu'elle se faisait vieille, qu'elle n'y voyait plus très bien, et qu'elle avait confondu avec des branchages agités par le vent. Mai j'ai tout de même fait un tour dans la maison par acquit de conscience. Et figurez-vous qu'il y avait quelqu'un et que ce quelqu'un m'a assommé. Je n'ai eu que le temps d'apercevoir une silhouette derrière moi, dans le reflet d'une vitre.

Sarah le contempla d'un air choqué et surpris.

— Il vous a blessé ?

— Non. Je m'en tire avec une bosse. Mais ce qui me tracasse c'est que je n'ai pas trouvé de signe d'effraction. Je me demande comment il est entré.

Ils étaient arrivés chez Sarah et il arrêta sa voiture le long du trottoir devant la maison.

— Il est possible qu'il soit passé par une fenêtre. Esme vient régulièrement pour aérer et elle a pu oublier d'en fermer une.

Sarah en doutait… Ça ne ressemblait pas à Esme. Elle avait vieilli, mais elle avait encore toute sa tête.

— On a volé quelque chose ?

— Non, j'ai envoyé Esme vérifier. Elle m'a assuré qu'il ne manquait rien.

— Que voulait donc l'intrus ?

Il hésita avant de répondre.

— Je crois qu'il s'agissait de Fears. Il a nié quand je lui ai posé la question, bien entendu, mais je ne l'ai pas trouvé très convaincant.

Sarah revit le regard sombre et moqueur de Derrick Fears.

— Si ce n'était pas pour voler, pourquoi est-il entré ?

— Je n'en sais rien. Mais ne vous en faites pas, même si c'était lui, il n'osera pas revenir. Il sait que je l'ai à l'œil. Soyez tout de même prudente, verrouillez portes et fenêtres. A votre place, j'envisagerais de changer les serrures.

— Je ne reste pas assez longtemps pour ça, objecta Sarah.

Mais merci tout de même du conseil. Et merci aussi de m'avoir raccompagnée.

Il sortit une carte de sa poche et la lui tendit.

— Si vous remarquez quoi que ce soit de bizarre, n'hésitez pas à m'appeler, dit-il. Je suis là pour ça.

Sarah descendit de voiture et remonta l'allée sans jeter un regard en arrière. Il n'attendit pas qu'elle entre pour démarrer.

22.

Dans le couloir menant à la chambre de James DeLaune, il flottait une tenace odeur d'antiseptique évoquant la maladie et le désespoir, une odeur douceâtre et écœurante qui ne ressemblait à rien de ce que Sarah connaissait et qui lui donnait envie de fuir cet hôpital.

Elle avait pourtant l'habitude du désinfectant qu'elle utilisait pour les tatouages et la vue du sang suintant de la peau de ses clients ne la dérangeait pas : elle l'essuyait sans même y penser, en même temps que le surplus d'encre.

Mais un hôpital n'était pas un salon de tatouage et une visite à un malade vous gâchait la journée.

Arrivée devant la porte de la chambre, elle s'arrêta. Elle redoutait d'affronter ce père qui ne l'avait jamais aimée, mais il était son unique parent, ils étaient faits de la même chair et du même sang et il était mourant. C'était chaque fois un choc de le voir si faible et si diminué, lui qui avait été plein d'énergie et de vie.

Elle rassembla tout son courage et poussa la porte. Il était allongé sur le dos et il dormait. Du moins, il avait les yeux fermés.

Un homme en costume noir et portant le col blanc des hommes d'Eglise se trouvait à son chevet.

Sarah retint sa respiration.

— Il est… ?

— Non, non, il dort, répondit le pasteur.

Elle porta une main à son cœur.

— Quand je vous ai vu penché sur lui comme ça, je…

Elle laissa échapper un rire tremblant.

— Un pasteur au chevet de mon père, voilà bien la dernière chose à laquelle je m'attendais.

Il eut un sourire gêné.

— Je suis désolé que ma présence vous déplaise, s'excusa-t-il.

— Non, ce n'est pas du tout ce que je voulais dire…

Elle s'interrompit quand leurs regards se croisèrent de nouveau. Elle eut l'impression qu'il la reconnaissait.

Il avait la cinquantaine et un visage ordinaire, mais quelque chose dans son attitude éveilla la curiosité de Sarah — la manière dont il se penchait sur le malade, ses yeux noirs qui la dévisageaient avec un intérêt évident. Qui pouvait-il bien être ?

Elle contempla son père.

— Comment va-t-il ? demanda-t-elle.

— Il tient le coup. L'infirmière m'a dit qu'il y avait un léger mieux depuis ce matin.

— C'est une bonne nouvelle.

Le pasteur fit le tour du lit pour se placer à côté d'elle.

— Vous devez être Sarah. Je ne vous ai pas vue depuis des années, mais je vous ai tout de suite reconnue. Vous ressemblez terriblement à votre mère.

Il lui prit la main et Sarah sentit des larmes lui piquer les yeux. Personne ne lui avait jamais dit qu'elle ressemblait à sa mère.

— Je suis Tim Mason, expliqua-t-il en posant sa deuxième main sur celle qu'il tenait. Vous ne vous souvenez probablement pas de moi.

— Non, je suis désolée, je ne me souviens pas du tout, fit Sarah en retirant sa main. Cela fait longtemps que je ne vis plus ici.

— Depuis que vous avez eu treize ans. Depuis que vous êtes partie en internat.

Sarah fut surprise.

— En effet, dit-elle. Je suis étonnée que vous vous souveniez de ça.

Elle marqua une pause.

— J'espère que vous ne vous formaliserez pas de ma question, mais… que faites-vous ici ? Mon père n'a jamais fréquenté l'église. Il avait même des discours assez tranchés sur la religion.

— Oh, je sais très bien ce que James pensait des gens de mon espèce, comme il disait.

— On dirait que vous le connaissiez bien.

— Nous avions pris nos distances…

Il y avait une pointe de regret dans sa voix.

— C'est lui qui vous a demandé de venir ?

— Non. Mais à l'heure de sa mort même un homme qui a perdu la foi peut avoir envie de soulager sa conscience.

Sarah le contempla fixement. Il l'intriguait de plus en plus.

— Je ne suis pas certaine qu'il vous donnerait raison, dit-elle.

Il eut l'air confus.

— Je me fais surtout du souci pour vous, murmura-t-il. Je déteste penser que vous êtes seule avec lui dans un moment pareil. Si vous ressentez le besoin de parler, n'hésitez pas à passer me voir au presbytère. Nous sommes toujours dans Oak Street. Je suis presque toujours dans mon bureau.

— Merci.

— Je suis sérieux, insista-t-il. Je serai disponible pour vous. N'importe quand.

Il poussa la porte pour sortir, puis la tint à une infirmière qui entrait. Quand elle aperçut Sarah, elle lui adressa un sourire chaleureux.

— Je suis Judy, dit-elle. Nous ne nous sommes jamais rencontrées, mais je suppose que vous êtes la petite-fille de M. DeLaune.

— Sa fille, corrigea Sarah.

— Oh, je croyais...

Elle eut l'air étonnée et jeta un coup d'œil songeur vers la porte.

— J'ai beaucoup de travail aujourd'hui, soupira-t-elle. Je viens pour la piqûre de M. DeLaune.

— Dois-je attendre dehors ?

— Non, vous pouvez rester.

Après la piqûre, elle jeta de nouveau un drôle de regard à Sarah et sortit. Sarah baissa les yeux vers son père. L'injection l'avait réveillé. Il tourna vers elle un regard voilé par la dose de morphine qu'on venait de lui administrer.

— C'est moi, papa, fit Sarah.

Pendant quelques secondes, elle crut qu'il n'avait plus toute sa tête. Il n'avait pas l'air de la reconnaître, il respirait péniblement, sa peau était pâle et fine comme du parchemin. Ses bras étaient maigres, décharnés, et sillonnés de veines gonflées.

— Quel jour sommes-nous ? demanda-t-il enfin en toussotant.

— Dimanche.

— Dimanche, répéta-t-il d'un air songeur.

Il parut réfléchir.

— Tu ne travailles pas demain ? demanda-t-il.

— J'ai pris quelques jours de congé pour te rendre visite.

— Tu n'as pas perdu ton emploi ?

— Non, papa, je n'ai pas perdu mon emploi.

Il lui posait chaque fois la question et elle jugea inutile de préciser qu'elle était pour moitié propriétaire de son salon de tatouage !

— Dire que j'ai dépensé une fortune pour t'envoyer dans une école de dessin et que tu te compromets dans un salon de tatouage.

Il avait craché cette condamnation avec une moue écœurée, comme s'il avait un mauvais goût dans la bouche.

— Ce n'est pas toi qui m'as payé l'école de dessin, riposta-t-elle. Pour mes études, j'ai utilisé l'héritage de maman.

— Et d'après toi comment avait-elle fait pour amasser cet argent ? Ce que je gagnais servait à vous payer la nourriture et un toit. Elle n'a pas dépensé son fric parce qu'elle a pu gaspiller le mien.

— Papa ! protesta Sarah.

— Si elle avait eu à travailler, ne fût-ce qu'un seul jour dans sa vie, elle aurait peut-être compris la valeur de l'argent. Et si elle n'avait pas eu tant d'argent elle n'aurait peut-être pas fini aussi mal.

Les doigts du juge DeLaune se crispèrent sur les couvertures.

— Maman n'a jamais rien fait de mal, protesta Sarah.

— Elle passait tout son temps à l'église au lieu de rester à la maison, là où était sa place. Tu crois qu'un mari peut supporter ça longtemps sans rien dire ?

Sarah ne répondit rien.

— Elle aurait voulu que j'oublie. Elle disait que c'était du passé, qu'il fallait laisser ça derrière nous. Comment aurais-je pu oublier quand j'avais tous les jours sous les yeux la preuve de sa trahison ?

— Je ne sais pas de quoi tu parles, protesta Sarah. Que t'avait donc fait maman ?

Il lui lança un regard glacial. Ses doigts trituraient toujours la couverture.

— C'est pour ça que tu me hais ? insista Sarah. A cause de quelque chose que maman t'aurait fait ?

— Je ne te hais pas, répondit-il d'une voix rauque. Ta vue m'insupporte, c'est tout.

Sarah détourna le regard en essayant de se convaincre qu'elle n'accordait pas d'importance à ce qu'il venait de dire, qu'elle n'avait besoin ni de son amour ni de son approbation. Elle aurait voulu ignorer son mépris, pourtant elle se sentit blessée au plus profond d'elle-même.

— Mais qu'est-ce que tu me reproches ? gémit-elle.

— J'aurais dû la protéger, poursuivit-il comme s'il n'avait pas entendu sa question. Le devoir d'un homme est de protéger sa famille. Et surtout ses enfants.

Une quinte de toux secoua de nouveau son corps amaigri et cette fois cela parut l'épuiser.

Sarah se pencha vers lui et lui prit les mains.

— Ecoute, papa, tu ne devrais pas parler, ça te fatigue. Repose-toi.

— Me reposer ?

— Tu as besoin de tes forces.

— Pourquoi ? Je n'ai pas envie de m'attarder sur cette terre plus que nécessaire. Je préfère au contraire m'en aller au plus vite. Ça fait quatorze ans que j'agonise à l'intérieur.

— Je le sais.

Il ne réagit pas, comme s'il n'avait pas entendu. Il paraissait perdu dans son désespoir.

— C'était mon devoir de la protéger, reprit-il. On a tué ma petite fille et je n'ai rien fait pour la sauver.

— Ce qui est arrivé à Rachel n'était pas ta faute.

— Pas ma faute ? répéta-t-il d'un ton étrange. Et qui serait fautif, alors ?

— Je n'en sais rien.

— Bien sûr que si, tu le sais, s'énerva-t-il en attrapant brusquement le poignet de Sarah. Tu le sais, parce que c'est toi qui l'as tuée.

Sarah eut le souffle coupé par la violence et la soudaineté de l'attaque. Il avait mis dans cette déclaration tant de haine et de colère qu'elle eut l'impression qu'une lame acérée s'enfonçait dans son cœur. Elle resta un moment sans voix, puis se rebiffa.

— Non ! protesta-t-elle.

Les doigts du mourant se crispèrent un peu plus autour de son poignet.

— Je l'ai compris tout de suite, quand on t'a ramenée à la maison. Quand j'ai vu que tu étais couverte de sang. Tu avais un comportement bizarre, tu refusais de dire un mot. Tu la haïssais, tu étais jalouse d'elle. Je disais à ta mère que tu finirais par l'agresser et elle refusait de m'écouter. Mais jamais je n'aurais pensé que tu irais aussi loin. Ta propre sœur. Ta chair et ton sang. Personne n'aurait pu prévoir ça. Personne.

Sarah tremblait de tous ses membres. Son cœur battait la chamade dans sa poitrine.

— Je n'ai fait aucun mal à Rachel. Comment peux-tu me croire capable d'une telle atrocité ?

— Ta propre mère l'a cru, fit-il d'un ton de triomphe mauvais. Pourquoi s'est-elle empressée de te débarrasser du sang, d'après toi ? Pourquoi a-t-elle demandé à Esme de brûler tes vêtements ? Parce qu'elle tenait à faire disparaître les preuves de ta culpabilité. Elle ne voulait pas non plus que tu sois suivie par un psychiatre parce qu'elle craignait que la vérité éclate au grand jour. Une fille assassinée, l'autre une meurtrière psychopathe. C'était plus qu'elle n'en pouvait supporter.

Sarah voulut s'éloigner du lit. Son père n'avait théoriquement pas la force de la retenir, pourtant elle ne put se dégager de sa poigne.

— Tu ne quitteras pas cette pièce tant que je n'en aurai pas terminé avec toi, cracha-t-il. J'ai gardé tout ça pour moi pendant des années et ça m'a rongé, comme ce foutu cancer. Si je n'ai jamais rien entrepris contre toi, c'est uniquement parce que j'avais promis à ta mère de me taire si elle acceptait de t'envoyer en internat. Je ne supportais plus de te savoir sous mon toit... Et maintenant tu prétends te rapprocher de moi ! Tu quémandes mon pardon. Tu attends ton héritage. Mais tu n'auras rien, tu m'entends ? Je ne te pardonne pas et je ne te laisserai pas un centime.

Sarah parvint enfin à se libérer et sortit en courant de la chambre, poursuivie par ses invectives.

Elle ne songeait plus qu'à quitter cet hôpital, loin de cette voix pleine de hargne et de rancœur, loin de cette odeur douceâtre. Loin de la peur qui grandissait en elle. Elle avait besoin de respirer de l'air frais pour ne pas vomir. Elle sentait déjà un goût de bile dans sa bouche.

Dans sa course aveugle, elle heurta un corps dans le couloir. Elle murmura une vague excuse et fit mine de repartir, mais des mains puissantes la retinrent.

— Sarah ?

Elle leva un regard apeuré et perdu.

— Ça va ?

— Je ne…

Elle battit des paupières.

— Curtis ?

Son cerveau refusait de lui obéir.

— Qu'est-ce que tu fais là ?

— Je travaille ici, tu l'as oublié ?

Il jeta un regard du côté de la porte de la chambre.

— Qu'est-ce qui s'est passé ? demanda-t-il.

— Rien.

— Ça m'étonnerait. On entendait ton père crier depuis l'autre bout du couloir.

— Nous nous sommes disputés, avoua-t-elle. Mais rien de grave. Tu sais comment il est. Je suis sortie parce que j'avais besoin de respirer un peu d'air frais.

— Admettons. J'espère que tu n'as pas l'intention de conduire dans cet état. Tes mains tremblent… J'ai quelques heures de libres, je peux te raccompagner chez toi.

— Ma voiture est garée dans le parking, protesta-t-elle.

— Nous prendrons ta voiture et je demanderai à quelqu'un de venir me chercher.

— Ça me paraît bien compliqué.

Tout ce qu'elle voulait, c'était un peu de solitude.

Mais Curtis se montra insistant.

— Pas du tout. Et puis grand-mère ne me pardonnerait jamais de t'avoir laissée prendre le volant dans cet état.

Ses yeux verts lui sourirent.

— Attends-moi, d'accord ?

Il revint au bout de quelques minutes. Il la conduisit jusqu'à l'ascenseur, puis ils traversèrent ensemble le hall, vers la sortie du bâtiment.

Sarah tremblait encore quand elle s'installa sur le siège du passager. Curtis prit sa place au volant.

— Je persiste à dire que tu aurais pu t'épargner cette peine, protesta-t-elle en se frictionnant les avant-bras. Comment vas-tu faire pour retourner à l'hôpital ?

— Un ami va passer me récupérer chez toi. Ne t'en fais pas. Il me doit un service.

Il lui jeta un regard inquiet, tout en quittant le parking.

— Tu ne veux pas me dire ce qui s'est passé ?

— Rien de particulier. Il est mourant et pourtant ma présence continue à le mettre hors de lui.

— Et toi tu continues à croire que tu en es responsable, commenta-t-il posément. Tu as tort. C'est exactement ce qu'il cherche.

Sarah se tourna vers lui pour le regarder.

— Tu ne l'apprécies pas beaucoup, n'est-ce pas ?

— Il a toujours été très bon pour ma grand-mère, répondit simplement Curtis. Je suis bien obligé de l'admettre, même si c'est un monstre.

— Qu'est-ce qu'il t'a fait ?

Il haussa les épaules.

— Aucune importance. C'est une vieille histoire.

Ça avait apparemment de l'importance, mais il préférait ne pas en parler. Elle n'insista pas et fouilla dans son sac pour en sortir ses médicaments.

— Qu'est-ce que tu prends ? demanda Curtis.

— Du Xanax.

— Tu as des crises d'angoisse ?

— Angoisses, insomnies, terreurs nocturnes… Je n'ai que l'embarras du choix.

— Depuis combien de temps carbures-tu aux cachets ? fit-il d'un ton inquiet.

— Je ne sais pas exactement. Quelques mois. Mais rassure-toi, il s'agit d'une prescription médicale et je suis suivie par un psychiatre. Je suis très prudente.

— Tu sais qu'il y a un risque important d'accoutumance, n'est-ce pas ? J'espère que ton médecin aussi est prudent et qu'il sait ce qu'il fait.

— J'en prends uniquement quand je me sens vraiment angoissée, le rassura-t-elle.

Elle se garda bien d'ajouter que ça lui arrivait un peu trop régulièrement ces derniers temps.

— J'ai déjà entendu ce genre de discours, marmonna-t-il tout en fixant la route.

Sarah contempla son profil. Il avait toujours été beau, mais aujourd'hui, avec la maturité de la trentaine, il était devenu extrêmement séduisant. Un jeune et séduisant médecin… Il faisait un beau parti. Elle se demanda pourquoi il était encore célibataire.

— Je parie que toutes les femmes te courent après, fit-elle remarquer.

— Pardon ?

Elle sourit.

— Tu dois être un des célibataires les plus convoités de la ville.

— Je n'ai malheureusement pas de temps à perdre en mondanités, répondit-il. Je ne sors pas beaucoup.

— Tu sais que ta grand-mère est fière de toi, n'est-ce pas ?

— Je l'espère. Je lui dois tout. Je préfère ne pas penser à ce que je serais devenu si elle ne m'avait pas accueilli chez elle.

— C'est pour ça que tu t'es installé à Adamant ? Pour rester près d'elle ?

— Oui, en grande partie. Mais je crois aussi que j'avais besoin de prouver quelque chose.

— Tu peux considérer que c'est fait.

— Je n'en suis pas si sûr, répondit-il d'un air pensif. Parfois, je me demande s'il est vraiment possible de se débarrasser de son passé. De ce qui fait ce que nous sommes devenus. Un détail et nous aurions pu être quelqu'un de tout à fait différent. C'est l'effet papillon… Un dixième de seconde peut changer toute une vie.

— Tu es très philosophe, ce soir, fit Sarah. Mais tu as raison. Ma vie a changé la nuit où Rachel est morte.

— Sa mort a changé la vie de beaucoup de gens. Tous ceux qui l'ont connue seraient autres si elle n'avait pas disparu dans des circonstances aussi tragiques.

— Je sais que tu étais amoureux d'elle, murmura Sarah. Je l'ai toujours su.

Elle vit ses mains se crisper sur le volant.

— Tu n'es pas obligé de me parler d'elle si tu n'en as pas

envie, mais j'aimerais que tu le fasses. Je la connaissais si peu. Nous étions sœurs, mais elle était pour moi presque une étrangère.

Il se tut un long moment.

— Elle voulait devenir médecin, dit-il enfin.

— Vraiment ? A la maison, elle a toujours prétendu se destiner au droit. Je croyais qu'elle avait décidé de marcher sur les traces de notre père.

— Non. C'était ce qu'il aurait voulu, lui.

Sa voix se durcit.

— Mais Rachel avait d'autres projets.

— Pourquoi ne le lui a-t-elle jamais dit ?

Un muscle de sa mâchoire tressaillit et il continua à fixer la route.

— Leur relation était un peu compliquée.

— Qu'entends-tu par là ?

Il lui jeta un regard en coin.

— Je ne suis pas certain que tu aies vraiment envie d'entendre la réponse.

Une pierre tomba dans l'estomac de Sarah.

— A quoi fais-tu allusion ? insista-t-elle.

— Tu ne savais vraiment pas ? fit-il d'une voix agacée.

— Qu'est-ce que j'aurais dû savoir ? Tu es la deuxième personne aujourd'hui à faire des allusions désobligeantes au sujet de mon père. S'il y a quelque chose que je dois savoir, dis-le-moi, c'est tout. Je n'ai pas envie de jouer aux devinettes.

Il hésita, les mains crispées sur le volant, la bouche pincée.

— Rachel tenait beaucoup à ne pas le décevoir. Son besoin de lui plaire frisait le pathologique.

— Ils étaient très proches, voilà tout.

— Proches ? C'est le moins qu'on puisse dire.

Il paraissait soudain très las.

— Ça ne te sera sûrement pas d'un grand réconfort, Sarah, mais... Il faut que tu saches que la place de Rachel n'était pas plus enviable que la tienne. Il est parfois tout aussi difficile de se trouver sur un piédestal que d'être tout en bas.

Sarah avait offert un café à Curtis qui attendait son ami. Depuis leur conversation dans la voiture, il planait un léger malaise entre eux. Aussi Sarah fut-elle soulagée quand Esme vint les rejoindre.

Elle planta ses poings sur ses hanches en dévisageant Sarah.

— Enfin, te voilà... Tu n'as pas daigné traverser le verger pour frapper à la porte de mon cottage...

— Je suis désolée, s'excusa Sarah. Je voulais le faire tout à l'heure, et puis j'ai décidé de rendre d'abord visite à papa à l'hôpital.

Elle se leva de table pour aller serrer Esme dans ses bras.

— Crois-moi, j'aurais préféré passer du temps avec toi plutôt qu'avec lui.

Les bras décharnés d'Esme se refermèrent sur elle. Quand elle la relâcha enfin, elle se tourna vers Curtis.

— Qu'est-ce que tu fais là, toi ?

Un coup de Klaxon résonna dehors et il se leva.

— C'est mon ami, dit-il. Je dois partir, Sarah te mettra au courant. Je vous souhaite une bonne soirée, mesdames.

Il déposa au passage un baiser sur le front d'Esme.

— Ne travaille pas trop dur, conseilla-t-il.

— Je n'ai pas besoin que tu me dises si je peux travailler dur ou pas, se défendit-elle. Occupe-toi de tes affaires.

Il fit un clin d'œil à Sarah.

— Prends soin d'elle, dit-il. Et si vous avez besoin de quoi que ce soit, n'hésitez pas à m'appeler.

Dès que la porte se fut refermée sur Curtis, Esme s'approcha de la table et se mit à ramasser leurs tasses.

— Laisse-moi faire, protesta Sarah.

Son offre lui valut un regard mauvais.

— Je suis capable de laver quelques tasses, grommela Esme. Je ne suis pas encore bonne pour la maison de retraite, quoi qu'en pensent certains.

— Ce n'est pas ce que je voulais dire, se défendit Sarah. Je voulais simplement t'aider.

— Quand j'aurai besoin d'aide, je te le ferai savoir.

Sarah leva les mains en signe de reddition.

— Très bien, tu as gagné. J'abandonne. Mais viens d'abord t'asseoir près de moi, je voudrais te parler.

Esme s'approcha en traînant les pieds et tira une chaise. Elle avait travaillé quarante ans dans cette cuisine, mais il lui semblait déplacé de s'installer à la table avec Sarah.

C'était dans des moments comme celui-ci que Sarah mesurait la distance qui les séparait. Elle aimait Esme plus que tout au monde et elle savait que celle-ci aurait donné sa vie pour elle. Mais, le mur de leur différence sociale, Esme refusait de l'abattre. Sarah s'en attristait, mais elle devait l'accepter. Il y aurait toujours entre elles des barrières à ne pas franchir.

— Qu'est-ce qu'il y a ? demanda Esme d'un air plus que

méfiant. Tu n'as pas d'ennuis, j'espère ? Ce n'est pas pour ça que Curtis était avec toi ?

— Non, je n'ai pas d'ennuis. J'ai rencontré Curtis à l'hôpital et il m'a raccompagnée.

— Bon, je suis soulagée. Il est temps que tu arrêtes les bêtises. Tu devrais être mariée, avoir des enfants.

— J'ai encore quelques années devant moi. D'autant plus que je ne me sens pas vraiment la fibre maternelle.

— Là, je ne peux pas te donner tort…, fit Esme.

— Je dois ressembler à mon père, poursuivit Sarah. Lui non plus n'avait pas la fibre paternelle.

— Que Dieu te pardonne, ma fille, on ne doit pas parler comme ça de son vieux père.

— Mais c'est pourtant la vérité, non ?

Esme ne répondit pas.

— Tu sais très bien ce que je veux dire, insista Sarah. Ne fais pas semblant de ne pas comprendre.

Esme secoua la tête d'un air de reproche.

— M. James est mourant…

— Il ne mérite pas tant d'égards, fit sèchement Sarah.

Esme poussa un gros soupir.

— Oublie tout ça, mon enfant.

— Je ne peux pas. Tu sais pourquoi il me hait, n'est-ce pas ? Si quelqu'un était au courant de ce qui se passait dans cette maison, c'est bien toi.

— Je t'ai déjà dit et répété ce que j'en pensais. Il ne te hait pas. C'est avec lui-même qu'il a un problème.

— Non. Il me rend responsable de la mort de Rachel.

— Responsable de la mort de Rachel ! Mais comment ?

— Il ne t'en a jamais parlé ?

— Il dit beaucoup de choses en ce moment, mais il ne faut pas y prêter attention. Les médicaments qu'on lui donne lui montent au cerveau. Il ne pense pas vraiment ce qu'il dit.

Sarah se pencha par-dessus la table.

— Il pense que je l'ai tuée, Esme.

Esme ouvrit de grands yeux.

— Non. Je ne te crois pas.

— Il me l'a craché à la figure pas plus tard que tout à l'heure. En ajoutant que maman le croyait aussi. D'après lui, c'est pour ça qu'elle s'est empressée de me débarrasser du sang de Rachel et qu'elle a cessé de m'emmener chez le psychiatre qui me suivait. Elle craignait qu'il ne découvre la vérité. Et maintenant que j'y réfléchis je me dis que… Que c'est peut-être à cause de ce secret qu'elle est morte. Que c'est à cause de moi que son cœur a lâché.

— Ta mère est morte parce qu'elle avait le cœur brisé, c'est vrai, Sarah, mais ça n'a rien à voir avec toi.

— Maman avait le cœur brisé ?

Esme hésita.

— On avait assassiné l'une de ses petites filles, murmura-t-elle enfin. Bien sûr qu'elle avait le cœur brisé…

— Tu crois que j'ai tué Rachel, Esme ?

Esme tendit les bras par-dessus la table pour prendre les mains de Sarah dans les siennes.

— Ecoute-moi bien, dit-elle : tu n'es en rien responsable de la mort de ta sœur. J'ignore qui a tué cette pauvre enfant, mais je sais que ce n'est pas toi.

— Comment peux-tu en être si sûre ?

— Parce que personne au monde ne te connaît mieux

que moi. Tu n'as pas fait ça. Tu n'es pas une meurtrière. Je ne veux plus que tu me poses cette question stupide.

— Esme, tu savais, pour Curtis et Rachel ?

Les yeux d'Esme brillèrent.

— Je ne veux pas aborder le sujet, dit-elle d'un ton qui n'admettait pas de réplique.

— Pourquoi ?

— Je t'en prie, ma fille…

— Mon père a fait des histoires à cause de Curtis ?

— S'il y a eu des histoires, Curtis en est l'unique responsable. Il savait parfaitement qu'il n'aurait pas dû faire ce qu'il a fait.

— Qu'a-t-il fait à part tomber amoureux de ma sœur ?

— Il n'avait pas le droit de l'aimer. Elle ne lui appartenait pas.

— Elle n'appartenait à personne. Elle avait son libre arbitre. Et je sais qu'elle l'aimait, elle aussi. Je le sais à la façon dont ils se regardaient. Papa a fait quelque chose pour les séparer ?

— Je l'ignore, fit Esme d'un air buté.

— Esme…

Les yeux noirs d'Esme suppliaient Sarah d'abandonner le sujet, mais il était trop tard. Sarah ne pouvait pas laisser tomber, c'était plus fort qu'elle.

— Mon père a fait du mal à Rachel ?

— Fait du mal à Rachel ? Comment ça ? Sûrement pas. Il l'adorait.

Sarah lui agrippa les mains.

— Tu sais très bien ce que je veux dire.

Esme fit la moue.

— Ce que je sais, c'est que tu dois cesser de te torturer avec le passé. Il n'en sortira rien de bon.

— J'ai besoin de savoir s'il lui faisait du mal, Esme. Ça changerait tout, tu comprends.

Esme secoua la tête.

— Avais-tu remarqué quelque chose d'anormal entre eux ? insista Sarah.

— Non, ma fille, ça ne faisait pas partie de mes attributions.

Sarah sortit sous le porche pour suivre des yeux Esme qui regagnait son cottage en traversant le verger. Puis elle retourna sans entrain à l'intérieur. Elle ne cessait de ruminer la question qu'elle avait posée à Esme et cela la rendait malade. Elle regrettait d'être revenue dans la maison de son enfance.

Esme avait peut-être raison. Cela ne servait à rien de se torturer avec le passé. Maintenant que Rachel était morte, et que James DeLaune n'allait pas tarder à la suivre, la vérité ne réglerait rien. Surtout si elle était plus pénible à supporter que le doute parce qu'elle impliquait la complicité involontaire de ceux qui avaient habité cette maison.

Sa chambre était contiguë à celle de Rachel. Si quelqu'un était venu la rejoindre le soir, elle l'avait forcément entendu. Au moins une fois. Et elle n'avait rien dit.

Ecrasée par le silence pesant qui régnait dans la vieille demeure, Sarah monta à l'étage pour chercher une occupation. Elle alluma sa lampe de chevet et ouvrit la boîte de verre qui y était toujours posée. L'oiseau n'y était plus. Elle l'avait placé entre les mains rigides et froides de Rachel, le jour de l'enterrement.

Pendant des années, elle avait perçu cette sœur aînée comme un être parfait qu'elle ne pourrait jamais égaler. Aujourd'hui elle découvrait que Rachel avait été une jeune fille comme les autres. Avec ses rêves, ses espoirs. Et ses secrets.

Elle regrettait de ne pas avoir trouvé le moyen de tisser des liens avec elle. Mais les regrets ne servaient à rien. Rachel et elle avaient toujours été des étrangères l'une pour l'autre et elles le resteraient à jamais.

Sans doute était-ce pour cela qu'elle avait tenu à glisser l'oiseau de porcelaine dans ses mains. Elle lui avait donné ce qu'elle possédait de plus précieux. Pour lui dire combien elle l'aimait. Pour lui apporter dans la tombe le réconfort qu'elle n'avait pas su lui offrir de son vivant.

Sarah s'approcha en frissonnant de la fenêtre pour contempler le crépuscule qui tombait lentement. Elle avait toujours eu peur du noir, même si elle avait longtemps refusé de l'admettre, autrefois, quand elle se rendait seule à la ferme Duncan pour prouver que rien ne l'effrayait.

Elle se sentit soudain envahie par les ténèbres. Des ténèbres froides qui venaient de l'intérieur. Dans cette maison, elle avait toujours été seule, isolée du reste du monde.

Elle se demanda si Rachel aussi y avait vécu avec un sentiment de solitude et d'abandon.

Pourquoi est-elle morte et pas moi ?

Qu'est-ce qui pouvait conduire un homme à aimer l'une de ses filles d'un amour incestueux et à rejeter l'autre comme si elle n'était pas la sienne… ?

Pas la sienne…

Sarah se figea. Elle tenta de repousser cette idée, de se dire qu'elle délirait, mais cela aurait expliqué bien des choses.

Cela aurait *tout* expliqué.

23.

— La semaine commence très fort, annonça Danny en raccrochant. On dirait que quelqu'un a fini par réclamer notre inconnue

On était lundi matin et il était installé face à Sean dans un box tout juste assez grand pour deux bureaux collés l'un à l'autre et une grande armoire à dossiers.

Il se renversa dans son fauteuil en nouant ses mains derrière sa nuque.

— Elle s'appelle Amber Gleason et elle travaillait comme serveuse dans un bouge, le *Neon Lounge*, sur Airline Drive. Une serveuse a reconnu sa photo dans le journal. Amber ne s'est pas présentée à son poste depuis plus d'une semaine.

Sean leva les yeux du rapport qu'il tapait sur son ordinateur.

— Et personne là-bas ne s'était inquiété de sa disparition ?

— Tu oublies que nous sommes à La Nouvelle-Orléans, Sean… Big Easy… Les comportements bizarres constituent la norme. Quand une serveuse disparaît dans la nature pendant quelques jours, personne ne songe à en faire une maladie. En plus, il paraît qu'elle picolait dur. Ils ont pensé qu'elle avait pris une bonne cuite et qu'elle cuvait dans un coin.

— Il va falloir aller sur place pour interroger ses collègues, soupira Sean.

Il enregistra ce qu'il venait de taper et attrapa son gobelet de café.

— Cette fille est d'accord pour se rendre à la morgue et identifier le corps ?

— Elle est en route et je dois l'y rejoindre. Tu veux venir avec moi ?

— A la morgue ? Non. Je préfère m'abstenir.

— Je m'en doutais.

— Et puis j'ai un rendez-vous. Avec un psychiatre.

— Eh bien, il était temps, commenta Danny tout en prenant sa veste. Tu devrais lui exposer ma théorie, tant que tu y es. Tu sais, au sujet de tes problèmes.

— Ouais, Danny, t'inquiète, j'y compte bien.

Quelques minutes plus tard, Sean roulait déjà vers Garden District. Il s'arrêta dans Chestnut Street, à l'adresse que Sarah lui avait indiquée, devant une maison à étage, avec une large véranda, une grille en fer forgé, une étroite allée qui menait à un jardin entouré de murs recouverts de glycine. Garden District était connu pour ses jolies maisons aux pelouses vertes, ses piscines qui étincelaient au soleil et ses jardins protégés des regards des passants — le tout enveloppé de l'atmosphère délicate et chaleureuse du Sud.

Michael Garrett avait demandé à Sean de traverser par le jardin et d'emprunter un escalier sur le côté de la maison, celui qui donnait accès à son cabinet.

Sean passa la grille d'entrée avec un vague sentiment de malaise et prit le chemin que Michael lui avait indiqué. Arrivé devant la porte, il frappa. Comme on ne lui répondait pas, il prit la liberté d'entrer. Le battant s'ouvrit sur une minuscule salle d'attente meublée de fauteuils en cuir et décorée de reproductions de tableaux de maîtres qu'il ne put identifier — même s'il lui sembla les avoir vus passer dans un livre d'art.

— Il y a quelqu'un ? appela-t-il.

— Bonjour, inspecteur, fit une voix qui venait de la pièce contiguë.

Sean poussa une deuxième porte. Garrett était posté devant la fenêtre et contemplait le jardin. Quand il se retourna, le contre-jour l'enveloppa pendant quelques minutes d'un halo lumineux qui disparut quand il s'avança.

— Inspecteur Kelton, je présume ? dit-il en tendant la main. Je suis Michael Garrett.

Sean fut surpris. Il s'attendait à voir un homme ventripotent, la cinquantaine, portant un gilet et des mocassins, mais le psychiatre était vêtu d'un élégant costume noir, d'une chemise bleue, d'une cravate de soie. Quand ils se serrèrent la main, Sean remarqua une montre en or à son poignet.

— Merci de prendre le temps de me rencontrer, dit-il.

— Pas de problème, répondit Garrett.

Il lui désigna un fauteuil tout en allant s'asseoir derrière son bureau.

— Je serais heureux de vous aider, mais, comme je vous l'ai expliqué au téléphone, je ne sais pas si je pourrai vous dire grand-chose en me basant uniquement sur des photos de la scène du crime Je ne suis pas expert en criminologie et je suis d'ailleurs surpris que vous vous adressiez à moi. La police n'a-t-elle pas ses propres experts ?

— Nous souffrons de restrictions de budget en ce moment et il faut parfois attendre des semaines avant de pouvoir obtenir un expert, fit Sean en s'asseyant en face de Garrett. Mais ce n'est pas seulement pour ça que je viens vous voir.

Garrett posa sur lui un regard impassible.

— Je me fais du souci au sujet de Sarah, poursuivit-il courageusement.

— La déontologie m'interdit de parler de Sarah avec vous.

— Elle, par contre, vous a probablement parlé de moi, rétorqua sèchement Sean.

Le comportement froid et distant de ce psychiatre le mettait mal à l'aise. Il n'avait pas l'impression de contrôler la situation et ça ne lui convenait pas.

— Je tiens toujours beaucoup à Sarah et je ferais n'importe quoi pour la protéger.

Michael Garrett haussa un sourcil.

— Vous le lui avez dit ?

— Oui, mais je ne pense pas qu'elle puisse l'entendre en ce moment.

Garrett ne bougeait pas d'un millimètre dans son fauteuil. Sean admira sa maîtrise.

— Vous vous êtes marié récemment, inspecteur, n'est-ce pas ?

— Oui.

— C'est sans doute pour cette raison que Sarah n'a pas envie d'entendre ce que vous ressentez pour elle.

Il n'avait pas changé d'expression, mais Sean eut l'impression d'avoir reçu une douche froide.

— Vous connaissez le passé de Sarah, n'est-ce pas ? Vous êtes au courant pour sa sœur ?

— Comme je vous l'ai dit…

— Oui, oui, j'ai compris. Vous n'êtes pas autorisé à en discuter avec moi. Rassurez-vous, je vous demande simplement de m'écouter. J'ai un mauvais pressentiment. Je crois que… Je crois que le passé de Sarah a quelque chose à voir avec les deux affaires dont je m'occupe en ce moment.

— Poursuivez.

Sean se frotta le menton d'un air songeur. Il ne savait pas par où commencer.

— Quand je vivais avec Sarah, je me suis intéressé au meurtre de sa sœur. J'avais la folle prétention de découvrir un élément qui aurait échappé aux enquêteurs de l'époque.

— Et vous l'avez découvert ?

Sean hésita.

— J'ai trouvé pas mal de choses dérangeantes. Notamment la présence de symboles sataniques sur la scène du crime. A cause de ces symboles, la police s'est focalisée sur un seul suspect et elle a perdu un temps considérable à essayer de démonter son alibi. En lisant le dossier, je me suis dit que si le meurtrier avait utilisé ces symboles pour mettre les flics sur une fausse piste il avait remarquablement réussi.

— Vous pensez que ça pourrait être le cas dans les affaires de La Nouvelle-Orléans ?

Sean haussa les épaules.

— Je n'en sais rien encore. Tout ce que je peux dire, c'est que la première scène de crime était truffée de symboles sataniques. Comme la vieille ferme de l'Arkansas dans laquelle on a retrouvé le corps de Rachel DeLaune il y a quatorze ans. De plus, le tueur a tatoué la victime. Ces deux éléments m'ont incité à croire que Sarah pouvait m'aider à comprendre ce qui se passait. Elle a toujours été fascinée par l'occultisme et elle connaît tous les tatoueurs de la ville.

Elle est venue voir le cadavre et elle m'a demandé si nous avions trouvé des empreintes inhabituelles. Deux jours plus tard, le médecin légiste a découvert sur le corps de la victime des ecchymoses faites par des coups de sabots. Et là, je dois avouer que j'ai trouvé ça bizarre.

Le regard implacable du psychiatre rencontra celui de Sean.

— Vous avez abordé le sujet avec elle ?

— Elle m'a parlé d'une vieille légende d'Adamant. Une histoire d'empreintes du diable qui date du siècle dernier. On aurait trouvé des empreintes en forme de sabots autour de la ferme Duncan et certains prétendent les avoir revues au moment de la mort de Rachel… Sarah dit que ce souvenir serait remonté à la surface à cause des symboles sataniques de la scène du crime.

— Et vous la croyez ?

— Ce que je crois, c'est qu'elle veut y croire.

— Mais vous, vous n'y croyez pas.

— Pour être honnête, je suis un peu perdu. Les points communs entre mon affaire et le meurtre de sa sœur me tracassent.

— Vous pensez que Sarah pourrait être impliquée dans les meurtres d'aujourd'hui ?

Cette fois, Sean ne répondit pas.

— Si je découvrais qu'un de mes patients était dangereux, je serais tenu par la loi de faire un rapport aux autorités compétentes. Je n'ai pas fait de rapport, inspecteur.

Sean acquiesça.

— Je vois ce que vous voulez dire.

Il aurait bien voulu se sentir soulagé, mais trop de choses

dans cette affaire échappaient encore à sa compréhension. Et le passé de Sarah l'obsédait.

— Cette histoire d'ecchymoses en forme de sabots me paraît très intéressante, murmura Garrett. Vous en avez trouvé sur la deuxième victime ?

— Non. Et ça aussi ça me pose problème, répondit Sean. Le tueur s'est donné du mal pour la mise en scène du premier meurtre. Il a même choisi le numéro de la maison dans laquelle il a déposé la victime. Tout avait un sens, tout était précis et calculé. Le cas de la deuxième femme est très différent, comme s'il estimait que nous avions déjà compris et qu'il n'avait plus à se donner tant de mal. Il l'a tuée, puis transportée dans un endroit où il savait que l'on trouverait le corps. Mais il l'a tatouée et défigurée, comme la première. Sans doute pour qu'on fasse le rapprochement entre les deux.

— Vous dites qu'il défigure ses victimes ?

— Oui, il entaille les commissures des lèvres et enlève les paupières pour donner au visage l'aspect d'un masque grimaçant.

Sean sortit les photographies qu'il avait apportées dans une enveloppe et se leva pour les donner à Garrett.

— Voici les clichés de la première scène de crime. Les symboles que vous voyez sur le mur sont des *udjats*, ils représentent l'œil du diable. Il a dessiné le droit, pour le soleil, et le gauche, pour la lune… Le jour et la nuit, le bien et le mal. D'après ce qu'on m'a dit, les deux sont rarement associés. Le triangle sur la paume sert à convoquer les démons. Vous voyez, nous ne manquons pas de symboles sataniques.

— Vous pensez vraiment que ces symboles visent à brouiller les pistes ? demanda Michael en prenant une loupe.

— Ce n'est pour l'instant qu'une supposition. D'après Sarah, le tatouage sur le dos est parfait, tandis que celui de la paume est maladroit. Il est facile de se procurer sur internet l'attirail d'un tatoueur et, avec un peu de talent et de pratique, le tueur a pu réaliser le premier, même s'il n'est pas un professionnel. Quant au second, on peut supposer qu'il l'a moins bien réussi parce qu'il commençait à se sentir pris par le temps et qu'il avait hâte de partir.

Sean contempla quelques minutes les photographies.

— Je voudrais savoir si le tatouage du dos représente une vraie planche de Rorschach. Ça pourrait signifier que notre assassin a déjà eu affaire à un psychiatre.

Garrett fouilla dans un tiroir et en extirpa un porte-documents en cuir dont il sortit une série de planches cartonnées qu'il passa en revue. Il en sélectionna une et la posa près de la photographie.

— Vous avez des clichés de la deuxième victime ? demanda-t-il.

Sean posa son enveloppe sur le bureau.

— Les tatouages paraissent identiques au premier coup d'œil, mais quand on y regarde de près ils sont différents.

— Je vois ça, fit sobrement Garrett.

Il prit son temps pour examiner les photographies.

— Les deux sont pourtant inspirés de la même planche, fit-il enfin en montrant celle qu'il avait mise de côté. Il les a modifiés pour représenter quelque chose de personnel.

— Vous pouvez me dire de quoi il s'agit ?

— C'est compliqué. Les taches d'encre cultivent l'ambiguïté perceptive pour que le sujet puisse projeter ses fantasmes.

Il leva les yeux vers Sean.

— Mais les modifications apportées par le tueur me renseignent tout de même.

— C'est-à-dire ?

— Il a cherché à mettre des visages en évidence. Sur le premier tatouage, le visage de droite est éclairé et celui de gauche est dans l'ombre. Ce côté gauche, comme les *udjats,* représente la nuit, la lune, le côté obscur, l'image en miroir du premier. Sur le deuxième tatouage, tout est inversé, c'est le côté droit qui devient l'image en miroir.

— Mais qu'est-ce que tout ça signifie ? s'énerva Sean.

— L'assassin cherche à communiquer. A transmettre un message. Mais ce n'est pas le plus important. La question qu'il faut se poser, c'est à qui est destiné ce message.

— A la police, je suppose, répondit Sean. Les psychopathes aiment montrer combien ils sont intelligents. Et je ne vous ai pas encore tout dit. Il nous a laissé d'autres messages. Sur la première scène de crime, il a tracé sur le mur une phrase qui donne « Je suis toi » quand on la lit en miroir. Sur la seconde, on a trouvé la même phrase, mais cette fois directement tracée sur un miroir.

Garrett fronça les sourcils.

— Je suis toi, murmura-t-il d'un air songeur.

Puis, brusquement, son visage se décomposa.

— Vous comprenez ce que ça signifie ? demanda Sean.

— Cet homme ne cherche peut-être pas à communiquer avec vous, inspecteur Kelton, répondit Garrett d'une voix troublée. Il est possible que ces messages soient destinés à lui-même.

***

— Comment ça s'est passé, à la morgue ? demanda Sean à Danny qui était rentré au commissariat avant lui.

— La serveuse a identifié le corps. A partir de maintenant, nous pouvons commencer à chercher un lien entre Amber Gleason et Holly Jessup.

— C'est un progrès. Tu veux un compte rendu de mon entretien avec le psy ?

— Oui, mais je dois d'abord te dire quelque chose.

Sean remarqua que Danny avait l'air sombre. Ça lui avait échappé jusque-là.

— Qu'est-ce qui se passe ? demanda-t-il.

— Tu connais un certain Clovis Tenney ?

— Il est marié avec une amie de Cat, pourquoi ?

— Il a appelé quand nous étions sortis et c'est Morales qui lui a répondu. Il a dit que sa femme avait disparu. Elle est sortie samedi soir et depuis elle n'a plus donné de nouvelles.

— Il a rempli un dossier de déclaration de disparition ?

Danny acquiesça.

— Une voiture de patrouille a retrouvé la voiture de sa femme dans une petite rue, près de North Rampart.

Il tendit à Sean le papier sur lequel il avait noté l'adresse.

— North Rampart, en ce moment, ce n'est pas le coin où il faut traîner, ajouta-t-il.

— Rien de bizarre dans la voiture ?

— L'un des officiers de police a remarqué du sang près de la portière du conducteur.

Danny marqua une pause.

— Ce n'est pas tout. Tenney pense que sa femme était avec Cat samedi soir.

Sean observait depuis le trottoir l'équipe des experts qui s'occupait de la voiture. Ils relevèrent d'abord les empreintes, puis utilisèrent un pied-de-biche pour ouvrir le coffre qu'ils trouvèrent vide. Excepté le sang sur la portière, ils ne décelèrent rien d'anormal.

Mais cette tache de sang rendait Sean malade d'inquiétude. Et pourquoi la voiture était-elle justement garée près de la maison de Sarah ? Danny lui avait annoncé l'autre soir que Cat avait l'intention d'aller s'expliquer avec elle… Tout ça ne lui disait rien de bon.

Si Cat l'avait vu chez Sarah samedi soir, elle en avait sûrement tiré aussitôt la mauvaise conclusion. Et on pouvait très bien imaginer qu'elle ait sonné à la porte pour s'expliquer avec sa supposée rivale avant que celle-ci ne parte pour l'Arkansas. Si c'était le cas, Sarah était peut-être la dernière personne à avoir vu Cat.

Tout en attendant que l'équipe des experts en termine avec la voiture, il appela Sarah sur son portable et, comme elle ne répondait pas, il lui laissa un message. Sans grand espoir… Quelque chose lui disait qu'elle avait décidé de l'ignorer en ce moment.

Il appela ensuite les amies de Cat. L'une d'elles déclara l'avoir vue avec Ginette samedi, en début de soirée. Clovis Tenney ne s'était donc pas trompé. Les deux femmes étaient bien sorties ensemble. Et à présent elles avaient disparu toutes les deux.

Sean attendit que la remorqueuse emporte la voiture à la

fourrière, puis il remonta la rue en direction de la maison de Sarah. Il possédait encore une clé et il entra.

Sur le pas de la porte, il s'arrêta pour regarder autour de lui. Il ne savait pas quoi chercher. Il n'était pas impossible que Cat et Ginette aient décidé de faire une escapade avec une troisième personne possédant une voiture. A Biloxi, par exemple. Elles étaient peut-être en ce moment en train de s'amuser comme des folles dans un casino. Danny avait raison. Les gens de La Nouvelle-Orléans étaient des excentriques, on pouvait s'attendre à tout venant d'eux. Il ne fallait pas s'affoler trop vite.

Mais ce sang sur la portière…

Il n'avait pas le droit d'entrer chez Sarah sans son autorisation, mais elle était loin et elle ne répondait pas à ses appels. Deux femmes avaient disparu et le facteur temps était déterminant pour les retrouver en vie. Il fallait qu'il sache si Cat était passée par là.

Il fit lentement le tour des pièces. Quand il ne resta plus que la chambre à coucher, il hésita avant de pousser la porte, puis se décida.

Cette chambre avait été la sienne pendant plus de deux ans et il en connaissait les moindres recoins. Elle n'avait pas changé, tout paraissait en ordre. Il n'avait donc aucune raison de sortir son arme avant d'ouvrir la porte de la salle de bains, pourtant il le fit.

Une silhouette remua quand il poussa la porte et il sursauta. Puis il eut un rire nerveux en se rendant compte qu'il s'agissait de son propre reflet dans le miroir.

Il n'y avait personne.

Personne. Rien d'anormal. Pourtant…

Soudain, Sean comprit ce qui le dérangeait. La chambre

sentait le citron et l'ammoniaque, elle était d'une propreté impeccable. Sarah aimait l'ordre, mais elle n'était pas maniaque. Elle empilait des vêtements sur la commode et sur le dossier de sa chaise, elle laissait traîner ses livres un peu partout.

Mais, là, rien.

Les draps du lit venaient d'être changés, mais l'édredon avait disparu.

Il avait la sensation qu'il manquait aussi autre chose, mais il n'aurait pas su dire quoi.

Il avança jusqu'au miroir. Impeccable. Pas une trace de doigt ou de poussière.

Pareil pour la commode.

Il s'approchait du lit quand quelque chose crissa sous sa chaussure. Une paire de gants en Lastex! Il s'agenouilla pour les ramasser... Sous les gants, il vit briller un morceau de verre qu'il prit et éleva à la lumière.

Des traces rouges ressemblant à du sang marquaient les rainures du bout de cristal brisé.

24.

Sarah prenait son petit déjeuner. Elle en était à sa deuxième tasse de café quand un bruit de moteur lui fit lever la tête. Par la fenêtre de la cuisine, elle vit une voiture de patrouille s'engager dans l'allée. Lukas Clay en sortit et avança à grands pas vers la maison. Quelques secondes plus tard, la sonnette de la porte d'entrée résonna.

— Quelle surprise! s'exclama-t-elle en lui ouvrant. Je projetais justement de vous appeler dans la matinée pour savoir quand je pouvais passer consulter les dossiers.

— Je pense que ça attendra, répondit-il en se balançant d'un pied sur l'autre d'un air embarrassé.

Il s'éclaircit la voix avant de poursuivre.

— J'apporte malheureusement une mauvaise nouvelle.

— Il vaudrait mieux que vous entriez, dans ce cas, dit Sarah en s'écartant pour le laisser passer.

Elle referma la porte derrière lui.

— De quoi s'agit-il? demanda-t-elle.

— Je suis désolé d'avoir le triste privilège de vous annoncer que votre père est décédé.

Le cœur de Sarah se serra. Légèrement.

— Quand est-ce arrivé?

— Tôt ce matin. L'infirmière venait dans sa chambre pour lui faire sa piqûre et elle l'a trouvé mort.

— Il est mort dans son sommeil, murmura Sarah.

Il lui avait dit qu'il était prêt, qu'il ne souhaitait pas s'attarder sur cette terre. Au fond, il avait été exaucé.

Mais Lukas la fixait avec un drôle d'air.

— Votre père n'est pas mort dans son sommeil, Sarah. On l'a assassiné.

Elle se sentit blêmir.

— Assassiné ? Mon Dieu ! Vous en êtes certain ? Je... Mais bien sûr que vous en êtes certain... Vous ne vous seriez pas déplacé jusqu'ici pour rien... C'est juste que... ça me paraît tellement invraisemblable.

— Vous devriez vous asseoir, fit gentiment Lukas.

Il la prit par le coude et la guida jusqu'au salon. Elle se laissa tomber sur le canapé. Elle se sentait soudain très faible, ses jambes ne la portaient plus. Il s'installa près d'elle.

— Je ne comprends pas, murmura-t-elle en cherchant son regard. Pourquoi l'aurait-on assassiné ? Il était mourant. Tout le monde savait qu'il n'en avait plus pour longtemps. Vous croyez que quelqu'un a voulu lui éviter les affres de l'agonie ?

— Non. Il ne s'agissait pas d'un acte de compassion, si c'est à ça que vous faites allusion.

— Comment le savez-vous ?

Il posa de nouveau sur elle cet étrange regard.

— On lui a tranché la gorge, dit-il.

Sarah reçut un choc violent, comme si on l'avait projetée à terre. Tout se figea à l'intérieur et elle eut le souffle coupé pendant quelques secondes.

A travers le brouillard qui enveloppait son cerveau, elle tenta de se rassurer. Elle avait dû mal entendre. L'idée que quelqu'un était entré comme un voleur dans la chambre de son père — un homme cloué au lit et incapable de se défendre… Pour lui trancher la gorge…

— Seigneur…, murmura-t-elle.

Elle eut la nausée et mit une main devant sa bouche.

— Je sais que ça vous fait un choc, dit doucement Lukas. Mais je dois tout de même vous poser les questions de routine. Nous pouvons parler sur le chemin, en allant à l'hôpital, si vous le voulez.

Elle acquiesça.

— Vous m'accordez quelques minutes ? demanda-t-elle.

Elle se leva et sortit en courant de la pièce sans attendre la réponse. Elle s'enferma dans la salle de bains, se pencha au-dessus du lavabo et s'aspergea d'eau froide. Puis elle contempla son visage dans le miroir. Son père était mort. Tué de sang-froid. La gorge tranchée.

Quelqu'un lui avait volé les dernières heures de sa vie et il avait eu une fin atroce. Aussi atroce que Rachel. Cet acte n'avait aucun sens. Seul un être habité par le mal pouvait…

A moins que…

Elle ferma les yeux.

Et si elle ne s'était pas trompée au sujet de son père ? S'il avait vraiment abusé de Rachel ? Pouvait-on dire qu'il n'avait eu que ce qu'il méritait ?

Mais ce n'était pas à elle de le juger. Et encore moins au meurtrier.

Esme… Il faut que j'appelle Esme…

Non. Elle ne voulait pas lui annoncer la nouvelle par téléphone et le plus urgent était de se rendre à l'hôpital. Il y avait des dispositions à prendre, les formalités d'usage. Et elle devait répondre aux questions de Lukas Clay.

S'il a maltraité Rachel pendant toutes ces années...

Ce n'est pas le moment de réfléchir à ça. Concentre-toi sur les heures à venir.

Mais s'il l'avait vraiment...

Sarah vit briller dans ses yeux une étrange lueur qu'elle ne reconnut pas et elle se détourna vivement du miroir. Elle s'essuya le visage et les mains, puis rejoignit Lukas. Il l'aida à enfiler son manteau et elle le suivit jusqu'à sa voiture. Elle se déplaçait comme une somnambule, elle n'arrivait pas à reprendre contact avec la réalité. Plus tard, quand elle se retrouverait seule, elle aurait tout le loisir de réfléchir à l'étrangeté de la situation. Son père et sa sœur étaient morts assassinés, la gorge tranchée tous les deux...

— Connaissiez-vous quelqu'un qui aurait pu souhaiter la mort de votre père ? demanda Lukas.

Il avait remis ses lunettes noires pour conduire et Sarah ne voyait plus ses yeux. Comment savoir ce qu'il pensait ?

Elle croisa en tremblant ses bras sur son ventre et secoua la tête.

— Personne ne l'avait jamais menacé ? Quelqu'un qu'il aurait envoyé en prison, par exemple ?

— Comment le saurais-je ? Je n'avais plus beaucoup de contacts avec mon père depuis la mort de ma mère.

— Et qu'est-ce qui vous a poussée à revenir vers lui récemment ?

Sarah détourna le regard vers la vitre.

— Il était mourant. Je voulais faire la paix avant qu'il disparaisse.

— Ce n'est pas la seule raison, n'est-ce pas ?

Elle tressaillit.

— Vous m'avez dit l'autre jour que vous vouliez comprendre ce qui était arrivé à votre sœur.

Il se tourna lentement vers elle.

— Vous avez peut-être compris.

Quelque chose dans sa voix fit frissonner Sarah.

— Que voulez-vous dire ? soupira-t-elle.

— Quand avez-vous vu votre père pour la dernière fois ?

— Dimanche après-midi. Je ne sais plus exactement à quelle heure.

— Et cette visite vous a éclairée sur le sort de votre sœur ?

Ses questions commençaient à inquiéter sérieusement Sarah.

— Je ne vois pas où vous voulez en venir, protesta-t-elle.

Mais elle commençait tout de même à l'entrevoir et ça ne lui plaisait pas.

— Quelqu'un assure avoir entendu des éclats de voix provenant de la chambre de votre père quand vous lui avez rendu visite. Vous vous êtes disputée avec lui ?

— Mon père s'énervait facilement. Surtout quand nous parlions de ma mère ou de ma sœur.

Lukas la contempla de nouveau fixement. Cette fois, elle sentait l'intensité de son regard à travers ses lunettes noires.

— J'ai une dernière question, poursuivit-il. Ça ne va pas vous plaire, mais sachez que de toute façon le shérif du comté vous la posera.

— Je vous écoute.

— Etes-vous l'héritière de James DeLaune ?

La question eut le mérite de réveiller Sarah.

— Vous ne pensez tout de même pas que je suis coupable ! s'exclama-t-elle. Pourquoi aurais-je fait une chose pareille ? Même si mon père m'a tout laissé, ce dont je doute, il ne lui restait que très peu de temps à vivre et je n'avais pas besoin de le tuer pour toucher l'héritage.

— Je suis d'accord avec vous, Sarah. Pourquoi prendre le risque d'assassiner un mourant ? Et pourtant quelqu'un l'a fait.

Cette question l'obséda durant tout le trajet jusqu'à l'hôpital, puis durant les longues heures qui suivirent. Bien sûr… Elle était l'héritière supposée de son père et cela la plaçait en tête sur la liste des suspects. Mais, comme elle l'avait fait remarquer à Lukas, il ne lui restait plus beaucoup à attendre et tuer son père aurait simplement risqué de tout lui faire perdre. Ça ne tenait pas debout.

Sauf… Sauf si on considérait que l'argent n'était pas le mobile du crime.

Si quelqu'un l'avait entendue se disputer avec son père, on aurait vite fait de conclure qu'elle avait d'excellentes raisons de vouloir se débarrasser de lui au plus vite.

Et il y avait du monde dans un hôpital, n'importe qui avait pu les entendre…

Elle eut brusquement envie de tout plaquer. De rentrer à La Nouvelle-Orléans et d'oublier ce qui s'était passé ici. Elle songea à ce que Curtis lui avait dit. Une seule seconde pouvait déterminer le cours d'une existence, une simple décision transformer à jamais votre vie.

Son père l'avait accusée d'avoir tué sa sœur. Il l'avait menacée de la déshériter. Et on l'avait assassiné le soir même.

D'abord Rachel. Maintenant son père. Et ensuite ? Qui ? Elle ?

Elle aurait voulu éprouver un peu de chagrin. Mais elle ne ressentait que de la peur.

Et elle ne savait pas ce qui était le plus terrible…

Etre la prochaine cible de l'assassin…

Ou pas.

Quand Sarah rentra enfin chez elle dans l'après-midi, Esme l'attendait dans la cuisine avec un ragoût de poulet. Elle ne put en avaler une bouchée et se contenta de manier sa fourchette d'un air pensif pendant qu'Esme lui parlait des funérailles. Et, sur la question des funérailles, elles n'étaient pas d'accord.

— Je n'ai pas envie d'attendre, protesta Sarah. Je sais que ça peut paraître cynique, mais je tiens à me débarrasser de cette corvée le plus vite possible.

Esme lui jeta un regard désapprobateur.

— Quoi ? fit Sarah.

— Tu ne peux pas le mettre en terre avant que les gens aient eu le temps de lui dire adieu correctement. M. James était un homme important, ici.

— Je ne veux pas que ça dure plus longtemps, ça ne fait que rendre les choses plus pénibles, rétorqua Sarah.

Esme secoua la tête d'un air exaspéré.

— Tu es plus têtue qu'une mule. Quand tu as une idée dans le crâne, impossible de l'en déloger. Il n'y a pas moyen de discuter avec toi.

— Je suis contente de savoir que tu es de mon avis, ironisa Sarah.

Esme croisa les bras pour montrer qu'elle n'était pas disposée à céder sur tout.

— Qui veux-tu pour le service religieux ?

— Je n'y ai pas réfléchi et je ne vois pas l'utilité d'un service religieux. Tu sais très bien ce que papa pensait de tout ça. Je pencherais plutôt pour un enterrement discret, avec juste quelques mots au moment de descendre le cercueil dans la tombe. Quelque chose de simple.

Esme n'était visiblement pas d'accord et Sarah eut droit à un autre regard offensé.

— On va tout de même prier autour de la tombe ?

Sarah ne put s'empêcher de sourire.

— Bien entendu.

— Même si tu ne veux pas d'un vrai service religieux, il faudra bien que quelqu'un s'occupe des prières et de l'éloge funèbre. Nous n'allons pas rester plantés à regarder bêtement le cercueil.

— Que dirais-tu de Tim Mason ?

La suggestion laissa Esme pantoise.

— Que sais-tu de Tim Mason ?

— Rien. Je sais simplement que c'est un pasteur.

— Oui, c'est un pasteur.

— Donc, je propose de lui demander de se charger de l'enterrement de mon père. Je l'ai rencontré l'autre jour et il m'a plu.

— Voilà qui ne me surprend pas, marmonna Esme.

— Que dois-je comprendre ?

— Tim n'est pas ce qu'on pourrait appeler un pasteur conventionnel. Ses idées et sa morale sont plus que discutables, si tu veux mon avis.

Sarah haussa les épaules.

— Très bien. Dans ce cas, nous ferons appel à quelqu'un d'autre. Tu peux choisir. Ça m'est égal.

Esme posa bruyamment la vaisselle dans l'évier et tourna vers Sarah des yeux brillants.

— Ça ne devrait pas t'être égal. Nous parlons de l'enterrement de ton papa. Pas de celui d'un étranger. M. James était un homme difficile à vivre et parfois dur, mais il s'est toujours montré bon pour moi.

La bouche d'Esme trembla et elle se tamponna les yeux.

— Il m'a donné ma petite maison, il m'a aidée à envoyer Curtis à l'école. Ce n'est pas juste... D'abord Rachel. Ensuite M. James. Une même famille frappée deux fois par le malheur... C'est à se demander si le monde tourne rond.

Sarah se leva pour aller la serrer dans ses bras.

— Je suis désolée, s'excusa-t-elle. Je ne voulais pas te faire de la peine. Nous ferons ce que tu voudras pour le service religieux. Mais pour l'instant laissons tomber cette discussion et viens t'asseoir avec moi. Je vais te servir du café.

— Pas de café, ça m'empêche de dormir.

— Un verre de whisky, alors ?

— Je n'ai jamais bu de whisky et tu ne devrais pas en boire non plus. Cette liqueur du diable dévore le foie et l'âme.

— Ne t'en fais pas, la rassura Sarah. Je ne bois que très rarement des alcools forts.

Parce que ça ne faisait pas bon ménage avec ses cachets, mais elle ne prit pas la peine de livrer cette précision à Esme.

— Esme, pourquoi n'aimes-tu pas Tim Mason ?

— Je n'ai jamais dit que je ne l'aimais pas.

Elle ne l'avait pas dit, mais elle l'avait laissé entendre.

— J'ai bien vu ton expression quand j'ai mentionné son nom. Qu'est-ce qu'il a fait ?

Esme parut gênée.

— Seigneur, ma fille, j'avais oublié que tu ne lâches pas prise tant que tu n'as pas obtenu ce que tu voulais. Pourquoi t'intéresses-tu à Tim Mason ?

— Je te l'ai dit. Parce que je l'ai rencontré l'autre jour. Je l'ai trouvé dans la chambre d'hôpital de papa en arrivant.

Esme eut du mal à dissimuler son agitation.

— Tim Mason se trouvait dans la chambre de M. James ?

— Oui. Ça t'étonne à ce point ?

Esme détourna le regard.

— Non. C'est simplement que M. James n'a jamais beaucoup fréquenté les pasteurs.

— Il n'y a pas que ça. Tu me caches quelque chose, j'en suis sûre. Tu as sur ce Mason une opinion trop bien arrêtée.

— Je t'ai déjà expliqué pourquoi. Je n'approuve pas ses vues sur la religion. Et ses sermons ne m'inspirent pas.

— Maman fréquentait son église ?

— Pourquoi cette question ?

— Parce qu'il m'a dit que je lui ressemblais. Il savait pas mal de choses à mon sujet. Il se souvenait même à quel âge on m'avait envoyée en internat. J'en ai conclu que maman s'était confiée à lui.

— C'était il y a bien longtemps et je suis une vieille femme. J'oublie régulièrement où j'ai laissé mes lunettes, alors, c'est dire…

— Ne te fiche pas de moi. Tu n'as aucun problème de mémoire. Je peux te poser encore une question ?

— Je n'ai pas encore trouvé le moyen de t'empêcher de poser des questions, grommela Esme.

— Papa n'aimait pas beaucoup que maman se rende à l'église, n'est-ce pas ? Il m'en a parlé l'autre jour en disant qu'elle y passait trop de temps et qu'elle aurait mieux fait de rester à la maison, là où était sa place.

— C'est ça ta question ?

— J'y viens… Il a laissé entendre que maman lui avait fait quelque chose qu'il ne pouvait pas lui pardonner. D'autant plus, a-t-il ajouté, qu'il ne supportait plus d'avoir à longueur de temps la preuve de sa faute sous le nez.

— Je t'ai dit que ses médicaments le rendaient fou. Il délirait, c'est tout.

— Il m'a paru parfaitement lucide quand il a déclaré que ma vue lui était insupportable.

Des larmes brillèrent dans les yeux d'Esme.

— Il t'a dit ça ?

— Je le savais déjà, ne t'en fais pas. Mais ce que j'ignore, c'est pourquoi. J'ai ma petite idée sur la question, mais j'aimerais entendre ton point de vue.

Esme la contempla longuement en silence avant de se décider à parler.

— Tu m'en demandes beaucoup trop, Sarah June. Laisse tomber, mon enfant. Je t'assure que ça ne sert à rien de remuer le passé et qu'il n'en sortira rien de bon. Laisse les fantômes où ils sont et concentre-toi plutôt sur ta vie.

Après le départ d'Esme, Sarah se servit un verre de vin qu'elle but lentement tout en errant dans la maison silencieuse. Les fantômes qu'Esme lui avait conseillé de tenir à l'écart étaient partout ce soir-là.

Son père, sa mère, sa sœur…

Il ne restait plus qu'elle, le mouton noir de la famille. Elle songea que c'était une étrange ironie du sort, mais elle ne se sentait pas d'humeur à philosopher sur les paradoxes de la vie.

Elle était épuisée et effrayée et, quand elle réfléchissait à ce qui l'attendait dans les jours à venir, elle avait l'impression de marcher sur un fil tendu au-dessus du cratère d'un volcan en fusion. Elle allait devoir affronter l'enterrement, l'enquête officielle, les questions du shérif.

Elle songea à appeler Sean pour lui raconter ce qui lui arrivait. Si quelqu'un pouvait l'aider à sortir de ce pétrin, c'était bien lui. Il lui avait laissé plusieurs messages sur son répondeur, mais elle ne les avait même pas écoutés. C'était délicat de le solliciter et de l'entraîner dans cette vilaine aventure, alors qu'elle ne cessait de lui répéter qu'elle ne voulait plus de lui dans sa vie.

Elle était trop nerveuse pour se reposer et avança jusqu'à la fenêtre pour se distraire avec le spectacle de la rue. Le crépuscule était tombé. Les pacaniers se détachaient — noirs sur un ciel d'un mauve profond. Il y avait du brouillard, mais, sous le halo de lumière des réverbères, on voyait qu'il bruinait. Le temps était froid et lugubre. La nuit qui tombait l'angoissait déjà.

Elle resta là, à boire son vin à petites gorgées, l'esprit tellement préoccupé qu'elle ne prêta pas attention à l'ombre de l'autre côté de la rue. Il pouvait s'agir d'un chien errant, ou tout simplement d'un arbre agité par le vent. Elle la remarqua à peine.

Et soudain elle le vit.

Derrick Fears était sorti de dessous les arbres pour se placer sous un réverbère, en pleine lumière, comme s'il voulait se montrer.

Il avait relevé la capuche de sa veste et il courbait les épaules à cause du froid. Sarah apercevait à peine son visage, mais elle savait qu'il regardait dans sa direction.

La lumière était allumée dans la pièce et elle songea aussitôt qu'il voyait donc nettement sa silhouette se détacher dans l'embrasure de la fenêtre.

Elle recula précipitamment et se drapa dans le rideau. Là-bas, de l'autre côté, il affichait sûrement son affreux sourire. Il la provoquait, comme l'autre jour à la ferme.

Quand elle se risqua de nouveau à jeter un œil, il avait disparu.

25.

De lourds nuages obscurcissaient le ciel et des éclairs zébraient l'horizon lorsque Sean s'arrêta dans la rue de Sarah. Il descendit de voiture et jeta un regard prudent autour de lui.

Il avait fait le tour des maisons du quartier avec Danny, mais ils n'avaient trouvé comme témoin qu'une vieille femme qui croyait avoir aperçu une voiture inhabituelle qui avait longuement stationné dans le coin. Elle n'était même pas certaine que c'était bien samedi, le soir où Catherine et Ginette se trouvaient dans le quartier. Elle l'avait remarquée parce qu'elle ressemblait vaguement à celle de son dernier mari, mais elle ne se souvenait pas de la couleur. Elle hésitait entre vert sombre, marron ou noir.

Le seul indice que Sean avait pu récolter jusque-là était le morceau de verre taché de sang dans la chambre. Il fallait maintenant vérifier que ce sang correspondait à celui d'une des deux disparues. Sinon, on ne pouvait en tirer aucune conclusion. Sarah avait pu casser un objet et se blesser.

Mais les faits étaient là. Catherine n'avait pas donné signe de vie depuis maintenant trois jours et Sean trouvait cela très inquiétant. Comme il trouvait inquiétant la présence de cette voiture aperçue par la voisine, qu'il s'agisse ou non d'une berline verte, qu'il s'agisse ou non de la voiture signalée à Shreveport peu de temps avant la disparition d'Holly Jessup, avant que l'on ne découvre son corps à La Nouvelle-Orléans, à quelques pâtés de maisons de cette rue.

Sean ne se souvenait pas de la dernière fois qu'il avait dormi. En plus de passer au peigne fin le quartier de Sarah, il avait consacré des heures à tenter de reconstituer le parcours de Catherine et Ginette à partir du moment où elles étaient parties de chez elle. Mais personne ne les avait vues ni n'avait eu de leurs nouvelles depuis samedi soir. Elles s'étaient évaporées de la surface de la terre.

Mais Sean savait par expérience qu'on ne s'évaporait pas comme ça. On laissait toujours quelque chose derrière soi. Une trace de sang sur une portière de voiture, un morceau de verre sur le sol d'une chambre…

Il n'avait pas envie de le croire, mais il ne pouvait s'empêcher de penser qu'il s'était passé quelque chose de terrible dans la maison de Sarah.

Sarah…

Elle était sombre et secrète et, oui, il devait se l'avouer, certains éléments de son passé, ceux qui touchaient à la mort de sa sœur, l'avaient toujours troublé. Une partie de lui s'était toujours demandé ce qui s'était vraiment passé à la ferme Duncan.

Il avait tenté de se rassurer en se disant que c'était loin, que ça remontait à plus de quatorze ans.

Mais la disparition de Catherine ne remontait pas à quatorze ans.

Le simple fait qu'il soupçonne Sarah au point de fouiller sa maison risquait de changer à jamais leur relation. Pourtant, il avait la sensation que rien de ce qu'il pourrait y trouver n'altérerait les sentiments qu'il éprouvait pour elle.

Il sortit son sac de sa voiture et la verrouilla. Il faisait doux et il ne portait qu'une veste légère qui dissimulait tout de même l'arme qu'il portait en bandoulière.

Tout en traversant la rue, il songea qu'au moins il n'avait pas à s'inquiéter d'être surpris. Il avait tenté à plusieurs reprises de joindre Sarah sur son portable, et, comme elle ne répondait pas, il l'avait appelée chez son père, à Adamant. La femme de ménage avait décroché et lui avait dit qu'elle était sortie et ne rentrerait que tard le soir. Elle était donc bien là-bas. Il pouvait donc fouiller tranquillement chez elle, il avait tout son temps, elle ne risquait pas de débarquer à l'improviste.

Un chien aboya quand il grimpa les marches du perron. Il jeta un vague coup d'œil par-dessus son épaule, introduisit la clé et se dépêcha de disparaître à l'intérieur.

Il alluma sa lampe de poche et promena le faisceau dans l'entrée. La maison était calme et silencieuse, mais, en avançant dans le couloir, il ressentit le même malaise diffus que la veille.

Sean ne croyait pas au surnaturel, mais il faisait confiance à son instinct. Il sentait planer dans l'air un je-ne-sais-quoi de violent et de sombre.

En entrant dans la chambre, il éclaira les murs et le sol avec le faisceau de sa lampe, puis le braqua dans l'armoire. Tout était comme il l'avait laissé hier. Rangé. Propre. Irréprochable.

Il enfila des gants en latex, tira les rideaux des fenêtres et suspendit un drap devant la porte-fenêtre donnant sur le jardin. Puis il alluma le plafonnier, s'agenouilla près du lit, à l'endroit où il avait trouvé le morceau de verre, pour installer une caméra vidéo sur un trépied.

Puis il sortit de son sac une bombe de luminol.

Même si un criminel ne laissait pas le corps sur la scène du crime et qu'il nettoyait les lieux avant de partir, de minuscules particules de sang invisibles à l'œil nu se glissaient entre les lames des parquets, dans les plinthes, collaient aux murs et aux tapis. Le luminol permettait de détecter ces faibles traces de sang auxquelles il réagissait en prenant un éclat bleuté révélant les anciennes éclaboussures, les flaques, parfois même des empreintes de pas. L'eau de Javel réagissait aussi avec le luminol, mais en produisant un éclat plus faible.

Sean envoya du luminol sur le sol, puis éteignit la lumière. Quelques secondes plus tard, l'endroit qu'il venait de vaporiser se mit à luire d'un éclat étrange.

Une empreinte apparut. Puis une autre.

Et ces empreintes avaient la forme des ecchymoses que Sean avait vues à la morgue, sur le torse de la femme de la rue Marigny.

Elles avaient une forme de sabot.

Il attendit un peu. L'éclat s'intensifia.

Il ralluma la lumière et tout disparut, comme par magie.

Il reprit sa bombe de luminol et vaporisa au hasard d'autres endroits. Cette fois, quand il plongea la pièce dans le noir, l'effet fut saisissant.

Il se plaça au centre de la pièce et tourna lentement sur lui-même. Les traces de sabots étaient partout. Partout. Il y en avait autant sur les murs que par terre.

— Sarah…, murmura-t-il. Mais qu'est-ce qui se passe ?

*
* *

Esme avait proposé de passer la nuit dans la maison DeLaune, mais Sarah savait qu'elle préférait dormir dans son petit cottage et elle avait refusé cette offre généreuse. Elle aussi aurait donné n'importe quoi pour se trouver chez elle en ce moment, loin de toute cette folie.

L'atmosphère de cette vieille demeure de famille la rendait nerveuse. Elle ne s'y était jamais sentie à son aise. Des fantômes habitaient chacune des pièces, de noirs secrets se dissimulaient derrière chaque chevron. Mais Sarah n'en était plus ce soir à s'inquiéter des mystères de son passé.

La vue de Derrick Fears qui l'observait depuis le trottoir d'en face l'avait terrorisée, mais elle n'avait pas jugé utile d'appeler la police. Il n'avait rien fait de mal. Il n'était pas entré par effraction dans la propriété. On ne pouvait donc rien lui reprocher.

Mais elle craignait qu'il revienne pendant son sommeil. Il était déjà entré une fois, d'après ce que Lukas lui avait dit. Qu'est-ce qui l'empêchait de recommencer ?

Sarah entreprit donc une fouille en règle — une de ces fouilles tant redoutées dont elle était coutumière. Elle commença par le vestibule, passa dans l'office et dans la cuisine, puis elle fit le tour de la salle à manger, de l'entrée, du salon, et enfin elle entra dans le bureau de son père — en prenant soin de vérifier les fenêtres et de boucler les portes donnant sur l'extérieur.

Dans le bureau, elle s'attarda quelques instants. Il conservait autrefois un revolver dans un tiroir et elle savait où il cachait la clé. C'était l'avantage d'être invisible aux yeux des autres. On ne vous remarquait pas. On oubliait votre présence.

Elle souleva la vitrine à cigares. La clé était bien scotchée en dessous, comme autrefois. Elle la prit et ouvrit le tiroir. Le revolver se trouvait à sa place. Un .38 spécial dont le poids lui parut familier quand elle le prit en main. Elle l'avait déjà soupesé enfant. Et maintenant elle savait s'en servir. Sean y avait veillé.

Elle avança jusqu'à la cheminée pour regarder les photos de Rachel. Elle était belle. Elle souriait. Et pourtant… Elle n'avait sans doute pas été aussi heureuse et innocente que le laissaient croire ces portraits.

Sarah se sentit soudain oppressée par l'atmosphère de la pièce. L'odeur tenace des cigares de son père lui rappelait qu'il avait peut-être…

Elle décida de monter à l'étage, pour terminer ce qu'elle avait commencé, en emportant avec elle le revolver. Elle fit le tour, là aussi, et visita la chambre de ses parents, celle de Rachel, les salles de bains. Quand elle arriva enfin dans sa chambre, elle était rassurée. Il n'y avait personne dans cette maison et Derrick Fears ne pouvait pas entrer. Et, s'il trouvait un moyen, elle avait une arme.

Elle avala un Xanax et alla se coucher. Mais en dépit du cachet elle mit du temps à s'endormir et resta longuement allongée, les yeux grands ouverts, à fixer le plafond et à guetter le moindre bruit.

Finalement, la fatigue prit le dessus et elle se laissa aller. Elle allait s'assoupir quand un son étrange la fit sursauter.

Elle tenta de se rassurer en se disant qu'il y avait toujours dans les vieilles maisons des planchers qui grinçaient et des tuyauteries qui glougloutaient. Il n'y avait pas de quoi s'inquiéter.

Mais son cœur battait la chamade quand elle fit basculer

ses jambes hors du lit, l'oreille aux aguets. A présent, elle n'entendait plus rien. La maison était presque trop silencieuse.

Elle prit le revolver posé sur sa table de nuit, traversa la chambre et se glissa dans le couloir — avec ce cœur qui battait toujours en résonnant dans son crâne. Arrivée en haut de l'escalier, elle s'arrêta et se pencha par-dessus la rambarde.

Les petits cheveux de sa nuque se dressèrent un dixième de seconde avant qu'elle entende craquer le plancher, juste derrière elle.

Elle fit volte-face et tenta de percer la pénombre. Rien ne bougeait, mais elle avait la sensation qu'une présence l'observait dans le noir.

Sa main chercha à tâtons l'interrupteur sur le mur, comme une araignée. La lumière jaillit brusquement et elle en fut presque étonnée, tant elle s'était attendue à ce que l'intrus ait coupé le compteur. Elle demeura quelques secondes immobile, en retenant son souffle, la main crispée sur le revolver.

Il n'y avait personne.

Elle descendit rapidement l'escalier pour aller jusqu'à la porte d'entrée qu'elle trouva fermée à clé. Elle traversa avec précaution le salon et la cuisine pour vérifier l'autre porte donnant sur l'extérieur. Fermée elle aussi. Tout était exactement comme elle l'avait laissé avant de se coucher.

Alors pourquoi ce frisson qui lui glaçait le dos ? Pourquoi ne parvenait-elle pas à se débarrasser de l'étrange sensation qu'elle n'était pas seule dans la maison ?

Bon sang... Elle se faisait des idées... Elle avait probablement entendu une planche craquer ou une branche d'arbre gratter contre un carreau.

Il était parfaitement normal qu'elle soit à cran. Son père gisait en ce moment à la morgue avec la gorge tranchée. On n'avait jamais retrouvé le meurtrier de sa sœur assassinée quatorze ans plus tôt. Il y avait de quoi être angoissée.

Elle remonta dans sa chambre et reposa le revolver sur la table de nuit. Puis elle se pelotonna sous ses couvertures, tout en sachant qu'en dépit du Xanax elle n'avait plus aucune chance de trouver le repos cette nuit.

Elle resta une heure allongée, à dériver entre la veille et le sommeil, quand, brusquement, un nouveau bruit attira son attention et lui fit ouvrir les yeux. Une sorte de martèlement régulier…

Son sang se glaça dans ses veines…

Pom… Pom… Pom…

Sûrement le bois des vieilles poutres qui jouait. Ou celui des murs. Elle passa de nouveau en revue la rassurante litanie des explications plausibles et raisonnables.

Pom… Pom… Pom…

De la poussière lui tomba sur le visage. Cette fois, elle se dressa sur le lit et leva les yeux vers le plafond.

Le grenier… Elle n'avait pas pensé à vérifier le grenier… On marchait là-haut.

Pom… Pom… Pom…

Les planches gémissaient sous le poids.

Et soudain ce fut de nouveau le silence.

Le cœur de Sarah s'affola. Il y avait bien quelqu'un. Elle sentait une présence. Et pourtant elle n'entendait plus rien.

Ou plutôt si… Elle entendait nettement une respiration.

Profonde. Etrange. Presque sauvage. Elle en eut la chair de poule.

Fuis ! Sors de là !

Mais ses muscles refusaient de lui obéir. La terreur la paralysait, comme dans un cauchemar.

Il lui sembla que le bruit cessait quand elle s'immobilisait et qu'il reprenait aussitôt qu'elle faisait mine de se déplacer.

Elle voulut tester cette théorie et fit un effort surhumain pour mettre les jambes hors du lit.

Un raclement au-dessus de sa tête lui répondit. Puis le son s'intensifia, s'accéléra, adopta un rythme frénétique, comme si des griffes grattaient le plancher du grenier.

Elle jeta autour d'elle un regard affolé. Son père avait toujours refusé d'installer le téléphone dans sa chambre et elle avait laissé son portable en bas, dans son sac.

Elle attrapa le revolver et vola littéralement à travers la pièce, vers la porte. L'accès au grenier se trouvait au bout du couloir et elle évalua mentalement la distance qui la séparait de l'escalier menant au rez-de-chaussée. Elle devait quitter cette maison avant que la chose — homme ou bête — qui se trouvait là-haut décide de descendre.

Elle ouvrit le battant et s'arrêta pour écouter. Le bruit avait cessé. On ne marchait plus.

Elle se prépara à foncer.

Un moment plus tard, elle se tenait de nouveau dans le couloir du premier, tremblante, quand l'officier de police disparut dans l'escalier menant au grenier. Elle l'entendit marcher là-haut, puis il réapparut. Elle sursauta.

— Vous avez vu quelque chose ? demanda-t-elle.

— Non. Personne. Mais je voudrais faire une expérience. Voulez-vous entrer quelques minutes dans votre chambre ?

— Pourquoi ?

— Vous verrez.

La suggestion n'emballait pas Sarah, mais elle fit ce qu'il lui demandait.

— Vous m'entendez ?

La voix de l'officier la surprit. Il paraissait terriblement proche.

— Oui. Je vous entends parfaitement bien.

— Je descends.

Sarah sortit de nouveau dans le couloir. Il la rejoignit bientôt en époussetant les toiles d'araignées accrochées à ses manches.

— Le son passe par le conduit de cheminée, expliqua-t-il. Vous avez entendu un bruit amplifié. C'est cela qui l'a rendu si impressionnant.

Sarah sentit de nouveau cette peur glacée au creux de son ventre.

— J'ai entendu une respiration, protesta-t-elle. Et ensuite une sorte de grattement sur le plancher.

— Il s'agissait sans doute d'un écureuil, dit-il en continuant à brosser les manches de sa veste.

— Non, ce n'était pas un écureuil, protesta-t-elle.

— Je ne peux pas vous dire de quel animal il s'agissait, mais il n'y est plus. En tout cas, ce n'était pas un homme. Personne n'aurait pu entrer, sauf en passant par le toit.

— Justement, ma voisine la plus proche a signalé quelqu'un qui marchait sur le toit il y a quelques jours, fit Sarah. Il est sûrement passé par là ce soir.

L'officier de police leva un sourcil.

— On dirait que vous pensez à quelqu'un de précis.

Sarah frissonna.

— J'ai vu Derrick Fears qui traînait sur le trottoir d'en face tout à l'heure et il m'a semblé qu'il regardait ma maison. Alors, forcément, je pense à lui…

— Ça ne m'étonne pas, répondit l'officier d'un air grave. Depuis qu'il est revenu en ville, plusieurs personnes se sont plaintes de lui. J'ai bouclé la fenêtre du toit et le loquet de la porte du grenier. Malheureusement, il n'est pas très solide. Si quelqu'un voulait vraiment entrer, il n'aurait pas de mal. Mais ça le ferait réfléchir, ou au moins ça le ralentirait.

Il jeta un coup d'œil autour de lui.

— Je vais quand même fouiller la maison, et ensuite votre jardin. Mais il fait nuit. Il faudrait que quelqu'un repasse demain, en plein jour.

Sarah l'attendit dans l'entrée pendant qu'il faisait le tour, puis elle le raccompagna jusqu'à la porte.

— Je ne pense pas que vous aurez d'autres problèmes ce soir. S'il y avait quelqu'un là-haut, il est parti. Mais je patrouille toute la nuit et je repasserai régulièrement devant chez vous.

— Merci, répondit Sarah.

Elle referma la porte derrière lui et mit le verrou. Par la fenêtre, elle suivit le faisceau de sa lampe dans le jardin. Puis il regagna sa voiture et partit.

Elle resta encore un moment au pied de l'escalier. Tout était allumé à l'étage, mais elle n'y serait retournée pour rien au monde. De toute façon, elle ne risquait plus de dormir. Elle posa le revolver sur la table basse du salon, prit une couverture, et se recroquevilla sur le canapé pour attendre le lever du jour.

26.

Quand Esme arriva le lendemain matin, Sarah dissimula le revolver sous sa robe de chambre et monta aussitôt se doucher.

Epuisée, elle se déshabilla lentement, puis se brossa les dents et se lava le visage.

Mais, sous le jet d'eau chaude, tout lui revint. L'intrus dans le grenier, le meurtre de son père…

Elle ne put s'empêcher de se demander si quelqu'un n'avait pas décidé d'éliminer un à un les membres de sa famille. En finissant par elle…

Quand elle sortit de la salle de bains, elle trouva Lukas Clay dans la cuisine avec Esme. Il la salua du menton tout en posant sur elle un regard insistant. Il portait un uniforme propre et s'était rasé de près.

— On m'a mis au courant pour votre appel de cette nuit, dit-il. Je suis venu vérifier que tout était normal. En plein jour, cette fois.

— J'apprécie la qualité du suivi, remercia Sarah.

Devant l'évier, Esme avait écouté leur échange avec des yeux brillant de curiosité. Elle fit la moue, croisa les bras et fixa Sarah.

— Pourquoi as-tu appelé ? s'étonna-t-elle.

— Je t'expliquerai ça plus tard.

— Tu vas me le dire tout de suite, Sarah June. Mais qu'est-ce qui se passe, à la fin ? Pourquoi tant de secrets ?

— J'ai cru entendre marcher quelqu'un dans le grenier, répondit Sarah. J'ai paniqué et appelé la police, mais l'officier qui est venu n'a rien trouvé. C'était sans doute un écureuil.

— Et pourquoi tu ne m'as pas appelée, moi ? demanda Esme. Je serais venue plus vite que la police.

Appeler une femme de soixante-dix ans à mon secours...

Sarah voyait d'ici la scène. Esme en peignoir et pantoufles, menaçant un rôdeur avec le pistolet à plomb dont elle se servait pour effrayer les chiens errants. En dépit de sa fatigue, l'image la fit sourire.

— Je vais vous conduire jusqu'à l'entrée du grenier, dit-elle à Lukas.

Elle sentit le regard d'Esme la suivre. La discussion n'était pas terminée...

Elle s'arrêta dans l'entrée et jeta un œil par-dessus son épaule pour s'assurer qu'Esme ne les avait pas suivis.

— J'ai aperçu Derrick Fears devant la maison, hier soir. Je l'ai dit à l'officier de police qui est venu.

— A quelle heure l'avez-vous vu ?

— Il était tôt. La nuit venait juste de tomber. Je me trouvais dans le salon et je regardais par la fenêtre. Il s'est placé sous un réverbère comme s'il voulait que je sache qu'il était là.

Elle avait enfilé un jean et un pull chaud, mais elle frissonnait. Elle n'avait pas encore mangé ni même bu une tasse de café, mais elle avait envie de vomir.

— Il portait une capuche et je n'ai pas vu distinctement

son visage, mais je suis pratiquement certaine qu'il s'agissait bien de Fears.

Un rayon de soleil qui passait à travers les panneaux vitrés de la porte éclaira le visage de Lukas. Il s'en écarta.

— Il est resté combien de temps ?

— Je ne sais pas exactement, quelques minutes tout au plus. Mais il devait guetter depuis longtemps. Ce n'est sûrement pas une coïncidence s'il s'est montré au moment où j'étais derrière la fenêtre.

— Si vous le voyez de nouveau, signalez-le immédiatement. Et s'il continue à vous ennuyer nous le ferons savoir à l'officier qui le suit. Il est libéré sur parole. Ça devrait l'inciter à se calmer et à passer à autre chose.

— Vous pensez que c'était Derrick, dans le grenier, hier soir ? L'officier qui est monté m'a assuré qu'il n'avait pu passer que par là. La fenêtre n'était pas bouclée. Il a peut-être l'habitude de l'utiliser… N'oubliez pas qu'Esme a aperçu une silhouette sur le toit l'autre nuit.

— Je vais aller voir, fit Lukas. Comment fait-on pour accéder au grenier par l'intérieur de la maison ?

— Montez l'escalier. C'est à droite au bout du couloir.

Sarah resta dans l'entrée. Au bout de quelques minutes, on sonna à la porte. Elle crut qu'il s'agissait d'un voisin qui venait présenter ses condoléances en apportant une marmite — comme il est de coutume dans le Sud —, mais le battant s'ouvrit sur un Sean mal rasé et aux yeux bouffis.

Elle fut tellement surprise qu'elle laissa échapper la première remarque qui lui vint à l'esprit.

— Tu as une sale mine !

— Normal. Je suis dans un sale état. Je peux entrer ?

Elle recula et il entra en lui jetant un bref regard.

— Toi non plus tu n'as pas l'air au meilleur de ta forme. La nuit a été longue ?

— On peut le dire comme ça.

Il demeura prudemment dans l'entrée, un peu gêné.

— Alors, c'est là, hein ? C'est là que tu as grandi ?

— Oui, c'est là, répondit Sarah en passant une main lasse dans ses cheveux. Tu n'avais pas besoin de faire tout ce trajet pour me voir…

Il parut mécontent.

— C'est aussi ce que je croyais, mais tu ne répondais pas à mes coups de fil. Tu as écouté mes messages, au moins ?

— Je pensais qu'il valait mieux éviter toute relation avec toi pour le moment.

— Vraiment ?

Le regard de Sean parut brusquement se figer sur un point derrière elle. Elle se retourna : Lukas descendait l'escalier. Elle n'eut pas besoin de vérifier pour savoir que Sean était aux aguets, tendu comme un cobra qui vient d'apercevoir une mangouste.

Quand Lukas les rejoignit, elle fit les présentations et ils se serrèrent la main.

— Je vais jeter un coup d'œil dehors avant de partir, fit Lukas. Je trouverai peut-être des empreintes que Terry n'a pas vues dans le noir.

Il fixa intensément Sarah.

— N'oubliez pas ce que je vous ai dit à propos des serrures.

— Ne vous en faites pas, j'y penserai.

Elle lui ouvrit la porte quand il sortit, puis revint vers Sean qui avait pris son air des mauvais jours.

— Qu'est-ce que c'est que cette histoire ? demanda-t-il.

— Un rôdeur s'est introduit chez moi hier soir, je l'ai entendu marcher dans le grenier. On suppose qu'il est passé par le toit.

— Tu n'as rien ?

— Non. Je ne l'ai même pas vu. Juste entendu.

De nouveau, Sarah eut l'impression que l'attention de Sean était accaparée par quelque chose qui se passait derrière elle. Cette fois il s'agissait d'Esme. Elle s'était approchée dans le salon pour espionner sans vergogne leur conversation. Devant l'air mécontent de Sarah, elle se mit à épousseter la table avec son tablier.

— Allons nous promener, murmura Sean.

Elle le fit sortir par la porte principale, puis contourner la maison pour prendre le petit chemin traversant le verger en direction des champs. Un chaud soleil brillait et la brise qui soufflait à travers les feuilles mortes faisait un bruit d'averse.

Au loin, les clochettes des tombes Duncan tintèrent.

Sean jeta un regard interrogateur à Sarah.

— C'est un carillon éolien ?

— Non, ce sont des clochettes.

— Quel son étrange…, murmura-t-il. En pleine nuit, ça doit faire un drôle d'effet.

Il se tut et Sarah se surprit à l'observer du coin de l'œil. Il portait une fine veste de cuir avec un T-shirt et un jean gris. Il paraissait exténué et inquiet, mais ça ne l'empêchait pas d'être attirant.

— Comment as-tu appris la nouvelle ? demanda-t-elle.

Il eut l'air surpris.

— Appris quoi ?

Elle fronça les sourcils.

— A propos de mon père... Ce n'est pas ce qui t'amène aujourd'hui ?

— Ton père ? Non. Que s'est-il passé ?

— Il est mort. Je croyais que tu étais venu à cause de ça.

— Je suis désolé, dit-il. Je sais que vous n'étiez pas en très bons termes, mais c'est tout de même un dur moment à passer, je suppose.

Elle poussa un long soupir.

— Surtout dans ces circonstances, murmura-t-elle.

— Quelles circonstances ?

— Il n'est pas simplement mort, Sean. On l'a tué.

Il la dévisagea longuement sans un mot.

— Quelqu'un a débranché les appareils qui le maintenaient en vie ? fit-il enfin.

— J'aimerais bien que ce soit simplement ça, mais c'est pire. C'est tellement affreux que ça me fait mal d'y penser et encore plus d'en parler.

Elle marqua une pause. Pour prendre son élan avant de se lancer.

— On lui a tranché la gorge.

Sean parut secoué.

— C'est arrivé quand ?

— Tôt hier matin. Une infirmière l'a trouvé en venant lui faire sa piqûre.

— La police a des suspects ?

Sarah repoussa une mèche de cheveux derrière son oreille. Sa main tremblait.

— C'est moi, leur suspect.

Une étrange lueur passa dans les yeux de Sean.

— Pourquoi pensent-ils que tu aurais pu tuer ton père ?

Sarah désigna la maison d'un geste vague.

— Il avait pas mal d'argent et je suis la seule famille qui lui reste. Je suppose que ça fait de moi un suspect tout désigné.

— Mais il était mourant. Tu m'as dit qu'il n'en avait plus que pour quelques mois.

— Oui, je sais.

— Il te suffisait d'attendre. A moins qu'il n'ait menacé de te déshériter. Et même… Tu ne m'as jamais paru intéressée par son argent.

— La police d'ici ne me connaît pas aussi bien que toi, répondit-elle doucement.

Il regarda par-dessus les poiriers du verger. Le vent dérangea ses cheveux et un rayon de soleil qui perçait les nuages éclaira sur son visage un fin réseau de rides que Sarah remarqua pour la première fois.

— Il m'arrive de me demander si je te connais vraiment, dit-il enfin. Tu es tellement secrète. Je n'ai pas la moindre idée de ce qui se passe dans ta tête.

La tension dans sa voix inquiéta Sarah.

— Sean, si tu n'es pas venu pour mon père, tu es venu pour quoi ?

— Pour te parler de Cat.

— Cat ? Catherine ?

— Je voudrais savoir si tu l'as vue récemment. Ou si elle est entrée en relation avec toi.

La question surprit Sarah, puis, soudain, elle comprit. Sean n'avait pas fait le voyage depuis La Nouvelle-Orléans pour lui demander si elle avait eu des contacts avec sa femme. Il avait dû se passer quelque chose de grave.

— Est-ce que Catherine est venue chez toi samedi soir, après que j'ai quitté ta maison ? insista-t-il.

— Non, je suis partie tout de suite après toi.

— Tu as roulé directement jusqu'ici ?

— Oui. Je me suis juste arrêtée quelques heures à cause d'un orage. Pourquoi ?

Il se frotta le visage.

— Elle a disparu.

— Elle a disparu ? Depuis quand ?

— Depuis samedi soir. Elle s'est littéralement évanouie dans les airs.

Sarah fronça les sourcils.

— Je ne comprends pas. Pourquoi l'aurais-je vue ? Je ne la connais pas.

— J'ai des raisons de penser qu'elle a pu passer chez toi. D'après Danny, elle s'est imaginé que nous avions repris, toi et moi, et elle voulait s'expliquer avec toi.

Sarah commençait à avoir mal à la tête.

— Qu'est-ce qui aurait pu lui faire croire que nous avions repris ?

Il n'osa pas la regarder.

— Je l'ai quittée.

Elle le contempla d'un air abasourdi.

— Mais pourquoi me l'as-tu caché ? Tu n'y as même pas fait allusion.

— Je voulais t'en parler, mais… j'ai eu l'impression que tu te fichais complètement de ma vie amoureuse.

— Il est vrai que ça ne me concerne pas.

— Bien sûr que ça te concerne, Sarah. Qu'est-ce que tu

t'imagines ? Mais ce n'est pas le moment d'en parler. Nous approfondirons le sujet une autre fois. Ce qui compte, pour le moment, c'est de retrouver Cat.

— Bien sûr…, fit Sarah que cette conversation déboussolait complètement. Tu es certain qu'elle n'avait pas simplement besoin d'un peu de solitude pour réfléchir ?

— Elle n'était pas seule. Elle est sortie samedi soir avec une amie. Laquelle a disparu aussi.

— Elles ont pu faire une escapade à deux, entre copines.

— On a retrouvé la voiture de son amie près de North Rampart. A quelques pâtés de maisons de chez toi.

— Et tu penses qu'elle venait chez moi ?

— Pour l'instant, je ne sais que penser. Il y avait du sang sur la portière de la voiture. Mais ce sang n'appartient ni à Cat ni à son amie.

— A qui appartient-il, alors ?

Son silence fit à Sarah l'effet d'une gifle. Elle eut la bouche sèche.

— Tu penses que c'est le mien ? demanda-t-elle d'un ton incrédule. Tu penses que j'ai quelque chose à voir avec sa disparition ?

Elle lui prit le bras pour l'obliger à se tourner vers elle, pour lire la réponse dans ses yeux.

— Oui, murmura-t-elle d'une voix atterrée. C'est bien ce que tu penses.

Il posait sur elle un regard froid et distant. Pas celui d'un homme qui l'avait aimée ou d'un ex-mari inquiet. Elle comprit qu'elle n'avait plus affaire qu'au flic.

— J'essaye simplement de comprendre ce qui s'est passé, dit-il.

Il hésita.

— Et comme je pensais que Cat était entrée chez toi je me suis permis de faire un tour dans la maison.

— Dans *ma* maison ?

— Oui. Tu comprends, il fallait bien que je sache si elle était venue ou non.

Il avait tout de même la décence de paraître sur la défensive.

— J'ai utilisé ma clé pour entrer.

— *Ma* clé, tu veux dire. Celle que tu ne m'as jamais rendue. Et tu as trouvé ce que tu cherchais ?

— J'ai trouvé un minuscule tesson de verre avec du sang.

— Il était peut-être là depuis des années, objecta-t-elle.

— Oui, c'est ce que j'ai d'abord pensé…

Il marqua une pause.

— Tu sais ce qu'est le luminol ?

— Bien sûr que je sais ce que c'est. J'ai vécu deux ans avec un flic, tu n'es pas au courant ?

— Sarah, j'en ai vaporisé dans ta chambre et tout s'est mis à briller autour de moi.

Le cœur de Sarah se mit à battre. Beaucoup trop vite. Elle posa sa main sur sa poitrine comme pour l'apaiser.

— De quoi parles-tu ? fit-elle enfin.

— Il y avait des empreintes ensanglantées partout dans ta chambre.

Sarah sentit une terreur glacée se déverser lentement dans ses veines.

— C'est impossible, murmura-t-elle. Ou alors elles étaient là depuis très longtemps.

— Je ne pense pas. Ces empreintes avaient une forme de sabot. Comme sur le corps de la victime de la rue Marigny.

— Seigneur…

— Je ne te le fais pas dire, commenta sombrement Sean. L'autre soir, quand j'ai prononcé le nom de la deuxième victime, Holly Jessup, tu as eu l'air de la connaître.

— Je t'ai dit que j'avais lu ce nom dans le journal. Parce qu'on parlait de sa disparition.

— Oui, c'est ce que tu m'as dit.

— Sean, que se passe-t-il ? Pourquoi me regardes-tu comme ça ?

Il secoua la tête et se détourna.

— Je ne sais pas ce qui se passe, merde ! Mais c'est évident que tout ça a un lien avec toi. Et même que tu en es la clé.

— La clé de quoi ?

— Nous avons identifié la première victime. Elle s'appelle Amber Gleason. Son nom de jeune fille était Hays. Ça te dit quelque chose ?

Sarah secoua la tête.

— Je ne crois pas.

— Tu en es certaine ? Parce que nous avons trouvé un lien entre les deux femmes. Amber Hays et Holly Jessup vivaient ici, à Adamant. Elles étaient au lycée avec ta sœur.

Holly Jessup.

Sean lui tenait le bras, comme pour l'empêcher de fuir. Mais à quoi bon fuir ? Elle n'avait nulle part où aller.

Ses yeux inquiets la dévisagèrent.

— Tout converge vers toi, Sarah. Ce sang dans ta chambre. Les deux victimes que tu as probablement connues autrefois. Ces empreintes dont tu connaissais l'existence avant même que nous les découvrions. Comment expliques-tu tout cela ?

— Je ne l'explique pas, avoua-t-elle.

Sean suivait des yeux Sarah qui s'éloignait à travers les arbres, vers sa maison. Il se sentait déchiré entre le désir de la suivre et celui de conserver des distances professionnelles. Il était arrivé ici plein de bonnes résolutions, mais elles avaient fondu comme neige au soleil quand il s'était retrouvé devant elle.

Il songea aux nombreuses années qu'ils avaient passées ensemble. Au fardeau qu'elle portait. Aux souvenirs auxquels elle n'avait plus accès. A ceux qui restaient à sa portée, mais flous. Il avait toujours mis cela sur le compte des cachets qu'elle prenait.

Mais à présent il se demandait si ça n'était pas plus compliqué.

Deux femmes étaient mortes. Deux autres avaient disparu. Quelqu'un avait tranché la gorge d'un homme qui mourait d'un cancer sur un lit d'hôpital. Qu'elle en soit responsable ou non, Sarah était bien le catalyseur d'un cauchemar qui planait sur Adamant et sur La Nouvelle-Orléans. Elle avait de gros ennuis et il ne savait pas comment l'aider. Il ne savait même pas s'il devait la croire innocente ou non.

Le vent se leva et il entendit les clochettes dans le lointain. Il suivit leur son pour traverser le verger, puis un grand champ, en direction de la ferme Duncan, là où Rachel DeLaune avait été assassinée. Il y était déjà venu une fois, mais il n'en avait jamais parlé à Sarah. Il était entré dans la pièce principale. C'était dans cette maison qu'il avait décidé de ne plus chercher la vérité sur cette affaire. Parce qu'elle risquait de le placer devant un choix difficile.

Il grimpait déjà les marches du perron. Les clochettes résonnaient toujours au loin. Les charnières grincèrent quand il poussa la porte et les planches plièrent sous son poids quand il franchit le seuil.

La maison était froide et sombre. Les fenêtres crasseuses empêchaient les maigres rayons de soleil d'entrer et il regretta de ne pas avoir apporté de lampe torche. Les murs étaient couverts d'inscriptions qu'il devinait à peine : des grossièretés et des numéros de téléphone griffonnés près des symboles sataniques…

Il avança jusqu'au centre de la pièce et s'agenouilla. Ses doigts effleurèrent la tache sombre sur le sol. Un frisson le parcourut. Il avait la soudaine impression de ne plus être seul.

Il se releva lentement. A l'autre bout de la pièce, une porte s'ouvrait sur un étroit escalier. Il s'en approcha et passa sa tête.

— Il y a quelqu'un ? appela-t-il en sondant les ténèbres du regard.

Il sortit son revolver et commença lentement à monter les marches de bois. Tout en haut, une autre porte donnait directement dans une chambre. Il remarqua une vieille armoire à glace dont la porte était fendillée et noircie par le temps. Des vêtements, des livres, et quelques touffes ressemblant à des cheveux humains jonchaient le sol. Il flottait une odeur épouvantable. Une odeur de chair en putréfaction.

Mais Sean ne reconnut pas l'odeur du cadavre humain et il songea qu'il s'agissait probablement d'un rat mort.

Il traversa la pièce et alla ouvrir l'armoire. Elle était vide. Pas de bête morte à l'intérieur.

Il allait refermer la porte quand il s'arrêta net. Pendant un dixième de seconde, il aurait juré avoir aperçu une silhouette derrière lui dans le miroir.

Pourtant la pièce ne contenait qu'une armoire. Personne ne pouvait s'y cacher.

Une petite bête traversa le plancher en courant. Probablement un rongeur… En très bonne santé celui-là…

Il se tourna de nouveau vers le miroir et ce qui lui avait échappé jusque-là lui sauta aux yeux. Il y avait un message sur le mur derrière lui.

Je suis toi.

27.

La police rendit le corps avant la fin de la semaine et les funérailles eurent lieu le jeudi après-midi, à 14 heures. Il faisait un temps magnifique, chaud et sans un nuage — une de ces journées qui marquent la fin de l'hiver et annoncent le printemps.

Sarah s'était procuré une robe noire et une veste décente au centre commercial d'Adamant. Elle n'avait pas jugé utile de passer un manteau tout à l'heure, mais un vent frais soufflait sous l'auvent qui les protégeait et elle eut froid.

C'était finalement Tim Mason qui prononçait l'éloge funèbre, mais Sarah l'écoutait à peine. Elle poursuivit son rêve éveillé jusqu'à ce qu'il dise « … et sa fille Sarah lui survit… ». Là, elle leva les yeux vers lui. Leurs regards se croisèrent brièvement avant qu'elle se détourne vers la rangée de pierres tombales.

Sa mère, sa sœur, son père… Ils étaient tous partis, sauf elle.

Curtis se tenait un peu en retrait, au soleil, et Sarah le vit s'agenouiller près de la tombe de Rachel, le menton dans la main. Il paraissait complètement perdu dans ses pensées. Comme elle quelques minutes plus tôt.

Quand il releva la tête, elle fut saisie par la tristesse de son regard, par son air décidé, déterminé même, comme s'il se battait contre quelque chose qui venait de loin, de son passé. Elle songea à ce qu'il lui avait dit dans la voiture quand il l'avait raccompagnée de l'hôpital : un détail pouvait changer définitivement le cours de toute une vie, vous faire devenir quelqu'un d'autre.

Elle se demanda quel était le détail qui avait changé sa vie et ce qu'elle serait maintenant s'il avait été autre…

Elle frissonna en posant les yeux sur le cercueil de son père. Qu'avait-il pensé au moment de mourir ? Avait-il vu le visage de celui qui lui avait volé les derniers mois de son existence ?

Puis elle songea à ses accusations.

C'est toi. Tu l'as tuée.

Avait-il emporté cette conviction dans sa tombe ? Et sa mère ?

Le ciel était bleu et sans nuages, pourtant elle eut l'impression d'être enveloppée par un sombre crépuscule. Le soleil qui dardait ses rayons à travers les arbres ne lui parut plus aussi chaud. Les ombres lui semblèrent plus longues.

Elle contempla les visages de ceux qui s'étaient rassemblés pour dire adieu à son père en se demandant si le tueur était parmi eux.

A moins que le visage du tueur ne soit celui qu'elle contemplait tous les matins dans la glace…

Sean, aide-moi à comprendre ce qui se passe…

Mais Sean avait ses propres soucis en ce moment, avec la disparition de Cat. Et puis il ne lui faisait plus entièrement confiance, elle l'avait bien senti. Depuis leur dernière conversation, il était reparti pour La Nouvelle-Orléans et il n'avait plus donné de nouvelles.

Bercée par les prières de Tim Mason qui lui parvenaient

comme un vague ronron, Sarah contemplait le cercueil de son père.

Et, soudain, elle se sentit emportée par un très vieux souvenir…

Elle devait avoir quatre ans, tout au plus. Elle était allongée dans son lit, les yeux grands ouverts. Elle écoutait un bruit étrange provenant de la chambre de Rachel.

Sarah sortit de son lit et ouvrit la porte. Dans le couloir, le bruit était encore plus fort. Elle avança à pas de loup, pieds nus, vers la chambre de Rachel, et s'arrêta derrière la porte.

Ce bruit l'inquiétait parce qu'elle ne savait pas à quoi l'attribuer. Elle aurait voulu réveiller sa mère, mais elle n'osa pas. Son papa allait être fou de rage.

Au bout d'un moment, le bruit s'arrêta et elle entendit son père qui parlait doucement. Si doucement qu'elle ne comprit pas ce qu'il disait.

Elle eut envie de se sauver. Papa ne serait pas content de la trouver dans le couloir. Elle n'était pas autorisée à quitter sa chambre la nuit.

Tu ne sors pas. Tu n'appelles pas.

L'avertissement résonnait encore dans sa tête.

La porte s'ouvrit et elle vit que sa sœur était couchée sur son lit. Elle ne pleurait pas, elle n'avait pas l'air malade, elle était simplement allongée sur le côté. Sans bouger.

Son père sortit et l'aperçut. Elle fit aussitôt demi-tour et se mit à courir vers sa chambre. Là, elle sauta dans son lit et fourra sa tête sous les couvertures.

Elle entendit un pas dans le couloir. Le pas s'arrêta devant sa porte…

Quelques secondes plus tard, papa tira d'un coup sec sur les couvertures et la saisit par les poignets pour la faire mettre debout.

— Tu n'es qu'une sale gosse ! fit-il d'une voix froide et méchante qui arracha un gémissement de peur à Sarah. Depuis que tu es née, tu ne nous causes que des ennuis.

— Pardon, papa.

— Je t'interdis de m'appeler papa. Ça me donne envie de vomir. Je ne suis pas ton père. Tu m'as entendu ? Pour moi, tu n'es qu'une erreur.

Sarah se débattit, mais il refusa de la lâcher.

— Ne t'avais-je pas interdit de sortir de ta chambre le soir ? Hein ?

— Si, papa, murmura-t-elle.

— Si tu recommences, je vais t'envoyer dans une maison pour les petites filles méchantes comme toi.

Sarah savait de quoi il parlait. Il lui avait déjà expliqué. Il parlait d'un endroit où on vous enfermait dans des pièces toutes noires. Elle ne voulait pas y aller. Elle avait peur du noir. Et puis... elle ne voulait pas quitter sa maman et Rachel.

— Pas dans le noir, gémit-elle.

— Si tu ne veux pas aller dans le noir, ne parle à personne de ce que tu as vu ce soir, insista-t-il en lui broyant les bras.

Sarah fit quelques pas dans le cimetière et s'installa à l'écart, sur un banc. Elle posa sa veste sur ses épaules pour se réchauffer, puis contempla un couple de cardinaux qui sautillaient d'arbre en arbre. La scène qu'elle venait de revivre l'avait plongée dans un profond malaise.

Une ombre passa au-dessus d'elle et elle tressaillit.

— Tu as l'air au bout du rouleau, fit Curtis en s'asseyant près d'elle.

— Ça se voit donc tant que ça ?

— En général, quand quelqu'un préfère la compagnie des morts à celle des vivants…

— Les morts ne peuvent plus vous blesser.

— Très juste…

Elle baissa le nez vers ses chaussures. Elles étaient trop hautes et trop serrées. Elle ne le remarquait que maintenant parce qu'elle avait mal aux pieds. Elle se pencha pour les enlever.

— Tu te rends compte qu'on est en plein hiver ? fit remarquer Curtis. Je serais tenté de te dire que tu vas attraper la mort, mais ça pourrait passer pour un mauvais jeu de mots.

— C'est le moins qu'on puisse dire, convint Sarah. Et ce ne serait pas une remarque judicieuse de la part d'un médecin. Je sais que ce sont les germes qui causent les maladies, pas le froid, et pourtant je ne suis pas très futée.

— Tu dis n'importe quoi, protesta Curtis.

Quelque chose dans sa voix intrigua Sarah et elle leva les yeux.

A l'ombre du magnolia, ses yeux verts avaient pris une couleur profonde comme le jade. Il regardait au-delà des tombes.

— Tu as toujours été très futée, au contraire. Futée et brillante. Tu ne te contentais pas de voir les choses ou les gens, tu les regardais. C'est pour ça que tu faisais d'eux des portraits si saisissants. Tu mettais l'âme de ton modèle à nu. Et ce n'était pas toujours flatteur.

— Je n'ai jamais fait de portrait de toi, dit-elle. Ou si je l'ai fait, je ne te l'ai pas montré

— Grâce à Dieu, répondit-il en jetant un coup d'œil à sa montre. Ça me déplaît de devoir écourter cette conversation, mais j'ai promis à grand-mère de lui donner un coup de main.

— On a engagé du monde pour ça. Esme n'aura pas à lever le petit doigt.

— Tu crois vraiment qu'elle va livrer sa cuisine à des étrangers ?

Sarah fit la grimace.

— Tu marques un point.

— Tu veux que je te raccompagne ?

— Non, merci. J'ai envie de rester encore un peu ici. Je ne me sens pas encore capable d'affronter ces gens. La moitié d'entre eux pensent que j'ai tué mon père pour hériter et l'autre moitié…

Elle frissonna.

— Dieu seul sait ce qu'ils pensent. Je ne supporte pas leurs messes basses, leurs regards méfiants.

— Depuis quand te préoccupes-tu de ce que pensent les gens ?

— Les gens, je m'en fiche. Ce qui me préoccupe, surtout, c'est ce que pensent les flics. Mais ça me déplaît qu'on me prenne pour une meurtrière.

— Comme ton père ?

Il avait posé la question gentiment, mais Sarah en fut secouée. Elle se tourna vers lui sans rien dire. En le regardant fixement.

— J'ai entendu votre conversation à l'hôpital, l'autre

jour, avoua-t-il. Je ne voulais pas vous espionner, mais il criait si fort…

— Ce n'est plus la peine que je me demande pourquoi la police s'intéresse tant à moi.

— Je n'ai rien dit à la police, protesta-t-il. Et je ne pense pas que quelqu'un d'autre ait entendu le détail de votre conversation.

— Et pourquoi n'as-tu rien dit aux flics ?

— Parce que je ne te crois pas coupable d'avoir assassiné ton père. Et même si je le croyais…

Il haussa les épaules.

— Il n'a eu que ce qu'il méritait.

— Je sais ce qu'il lui faisait, murmura Sarah. Je me suis souvenue tout à l'heure d'un épisode de mon enfance… Je l'ai vu une nuit sortir de la chambre de Rachel et il m'a menacée de m'envoyer à l'internat si j'en parlais à qui que ce soit.

Une brise plus forte que les autres souffla à travers les arbres, envoyant des feuilles mortes sur les tombes. Les cardinaux s'étaient posés sur le sol et picoraient la terre.

— Il a continué, n'est-ce pas ? dit-elle. Il n'a jamais cessé ?

Curtis ferma les yeux.

— Elle n'a jamais voulu me l'avouer, mais j'avais des soupçons. Et quand elle s'est retrouvée enceinte je n'ai plus douté.

Cette révélation arracha un cri étouffé à Sarah.

— Ça non plus, elle n'a jamais voulu l'admettre, mais elle n'a pas pu me le cacher, poursuivit Curtis. J'ai essayé de la convaincre de s'enfuir avec moi, j'étais prêt à accepter l'enfant, même si ce n'était pas le mien. Je l'aurais élevé.

Je l'avais presque convaincue, ou du moins j'ai cru l'avoir convaincue. Et puis on l'a assassinée.

— Mon père savait qu'elle attendait un enfant ?

— Je l'ignore.

— Curtis, tu crois que c'est lui qui l'a tuée ?

— Je me suis posé la question, mais non, je ne pense pas. Il était fou d'elle, obsédé par elle, mais jamais il ne l'aurait tuée. Si je l'avais cru coupable, je l'aurais égorgé de mes propres mains depuis longtemps.

Sarah frissonna.

— Je me demandais pourquoi il ne m'aimait pas et j'en ai beaucoup souffert. Maintenant j'en suis plutôt soulagée.

— Tu sais pourquoi il ne t'aimait pas ?

— Toi, tu le sais ? demanda-t-elle dans un souffle.

— Je crois. J'ai toujours trouvé que tu ne ressemblais pas du tout à ta sœur. Elle était très blonde. Et toi, brune. Et puis, un jour, j'ai compris…

— Qu'est-ce que tu as compris ?

Il secoua la tête.

— Je t'ai regardée et j'ai compris.

— C'est drôle, murmura Sarah. Je n'ai jamais su qui j'étais et je vais peut-être le découvrir aujourd'hui.

Curtis sourit.

— Tu devrais chercher du côté de l'église.

Sarah leva les yeux vers lui.

— Tu essayes de me dire quelque chose ?

— Ne fais pas l'innocente. Je crois que tu as compris, toi aussi.

Quand Sarah quitta son banc pour traverser le cimetière, tout le monde était déjà parti. Elle s'arrêta quelques secondes pour ramasser deux roses sur le monticule de terre fraîche qui recouvrait la tombe de son père et les plaça sur celles de sa mère et de sa sœur. Puis elle se détourna et suivit le chemin de pierres plates menant à la grille.

Le crépuscule n'allait tomber que dans deux heures, mais les grands arbres projetaient de longues ombres sur le trottoir. Sarah avait froid, elle était épuisée, ses nouvelles chaussures lui faisaient des ampoules. Elle les enleva et les prit à la main, puis poursuivit sa route sur le pavé frais.

Une voiture s'arrêta à son niveau. Elle crut qu'il s'agissait de Curtis et sourit. Mais son sourire s'évanouit quand elle vit que Lukas Clay en sortait.

Il s'appuya d'un bras sur le capot de sa voiture tout en baissant les yeux vers ses pieds nus.

— Tout va bien ? demanda-t-il.

— Oui, je rentrais à pied du cimetière, répondit-elle en agitant ses chaussures dans la direction qu'elle suivait.

— Vous voulez que je vous raccompagne ?

Elle hésita.

— Ça dépend…

— De quoi ?

— Vous passiez par hasard, ou vous me cherchiez ?

Il fronça les sourcils.

— Ça a de l'importance ?

— Ça en a si vous avez l'intention de faire un détour par le commissariat.

— Je n'ai pas prévu de vous arrêter, si c'est ce qui vous tracasse. Vous aviez l'air pitoyable et je voulais vous rendre service. Mais si vous préférez marcher…

— Non, non… J'accepte votre proposition.

Elle avança en boitillant vers la voiture et s'engouffra à l'intérieur.

— Vous êtes sûr qu'il n'y a pas conflit de légitimité, là ? Je suis toujours le suspect numéro un, non ?

— Je ne pense pas que vous raccompagner chez vous soit contraire au règlement, même si vous êtes soupçonnée de meurtre.

Ils roulèrent en silence.

Quand ils arrivèrent devant la maison, Sarah s'affola devant la longue file de voitures.

— Stop ! s'exclama-t-elle.

Lukas lui jeta un regard surpris.

— Je n'y vais pas, insista-t-elle.

Elle ne se sentait pas capable d'entrer dans la maison de son père et de se mêler aux gens qui pleuraient sa mort. Pas après ce qu'elle venait d'apprendre.

— Où voulez-vous aller, dans ce cas ?

— Je n'en sais rien. N'importe où sauf ici. Déposez-moi en ville. Je trouverai un endroit pour attendre que tous ces gens s'en aillent.

— Ça pourrait être long.

Elle haussa les épaules.

— Peu m'importe.

Il se gratta le menton d'un air songeur.

— J'ai un truc à faire. Vous pouvez m'accompagner si vous voulez.

Elle tourna vers lui un regard reconnaissant.

— Ça ne vous dérangerait pas ?

— Non, mais je vais sortir de la ville. Je ne serai pas de retour avant un bon moment.

— Ça me va très bien.

Ils prirent vers le sud en empruntant une route nationale qui les mena dans la campagne. Puis Lukas s'engagea sur un chemin de gravier bordé de haies et de pins. Sarah songea qu'ils se trouvaient à des kilomètres de la ville. Loin de tout.

Le chemin menait à une allée privée et les pneus tressautèrent quand ils passèrent sur une grille à bovins.

Quelques minutes plus tard, ils s'arrêtaient devant une maison de bois montée sur pilotis. Elle comportait deux cheminées et une grande véranda protégée par une grille moustiquaire pour se préserver des insectes par les chaudes soirées d'été.

Sarah remarqua qu'on venait de remplacer des bardeaux sur le toit et de repeindre les gouttières.

— C'est votre maison ? demanda-t-elle quand ils sortirent de la voiture.

— Oui. Mais je n'y habite pas. J'ai un appartement en ville. Je ne viens ici que le week-end. Pour faire des travaux.

— C'est joli, fit Sarah en regardant autour d'elle. Mais un peu isolé.

Elle se frictionna les bras. Il commençait à faire froid.

— Venez, dit-il. Je vais vous faire visiter. Mais attention où vous mettez les pieds. C'est encore le chantier. Tâchez d'éviter les planches pourries et les outils qui traînent.

Des fauteuils à bascule en rotin étaient alignés sous la véranda. Sarah pensa qu'il devait être agréable de s'y asseoir l'été pour admirer les lucioles.

Lukas lui ouvrit la porte et elle entra.

— En effet, c'est un véritable chantier, commenta-t-elle.

Il avait commencé à arracher le papier peint et à refaire les boiseries et le plancher. Mais rien n'était terminé.

— J'ai l'impression que vous vous lassez vite d'une tâche, fit-elle remarquer.

— Bah… Je suis peut-être un peu flemmard, surtout…

Il paraissait différent ici, plus décontracté.

— Asseyez-vous, dit-il. Je vais voir si je peux nous trouver quelque chose à boire.

La pièce qui sentait la sciure de bois et le vernis rappela à Sarah la maison de la rue Marigny. Elle eut tout à coup devant elle la vision des *udjats* qui la regardaient.

Mais ici il n'y avait pas d'*udjats*. Juste un crucifix accroché au mur et une reproduction de la Cène.

Quand Lukas revint de la cuisine, il trouva Sarah en train d'étudier de près une photographie qu'elle avait prise sur la cheminée.

Il tenait deux bières fraîches à la main.

— Verre ou bouteille ?

— Bouteille, ça ira.

Elle baissa les yeux vers la photographie pendant qu'il décapsulait les bouteilles.

— C'est votre mère ?

— Oui.

— Elle est très belle.

— Etait. Elle est morte quand j'avais sept ans. Je ne sais pas pourquoi, mais j'ai très peu de souvenirs d'elle. Comme si j'avais brusquement cessé de penser à elle un beau jour.

Il lui tendit une bouteille.

— Je crois que c'était plus facile pour moi comme ça.

Sarah reposa la photographie et prit un oiseau de bois.

— C'est vous qui avez fait ça ? demanda-t-elle.

— Oui. C'était un de mes passe-temps favoris de sculpter le bois, mais ça fait longtemps que je n'ai rien fait. Je peignais un peu, aussi. Mais la véritable artiste de la famille, c'était ma mère.

— Je l'ignorais, fit Sarah. En tout cas, c'est très beau.

Un coup de Klaxon résonna au-dehors. Elle se tourna vers lui.

— Vous attendiez de la visite ?

— Une livraison. Ici, on ne vous laisse rien si vous n'êtes pas là pour signer.

Sarah sortit avec lui et le regarda décharger des palettes de bois avec le conducteur. Quand il la rejoignit, elle s'était installée dans un fauteuil à bascule.

— Il fait froid, fit-il remarquer. Vous auriez dû attendre à l'intérieur.

— Non, je me sens bien. J'aime beaucoup le paysage. Quand on habite en ville, on en arrive à oublier ce qu'est un véritable coucher de soleil. J'ai l'impression que je m'habituerais aisément à vivre dans un endroit aussi beau et aussi calme.

— Oui, fit Lukas en contemplant l'horizon. Moi aussi, j'ai toujours apprécié la solitude.

28.

Michael Garrett accueillit Sean en haut des marches et ils entrèrent ensemble dans son cabinet. Garrett portait un pantalon noir et un cardigan gris sur une chemise blanche impeccable. Sean soupçonna que c'était sa conception d'une tenue décontractée.

Garrett désigna un fauteuil à Sean et s'installa derrière son bureau. La lumière du crépuscule entrait derrière lui par la fenêtre.

— Merci de me recevoir, fit Sean. Je n'ai pas réussi à me libérer plus tôt. Toute la misère du monde s'empile sur ma table. Mais ce n'est pas à vous que je vais expliquer ça…

Michael lui répondit par un de ses sourires indéchiffrables.

— Je suis content que vous ayez appelé. Je ne savais pas, pour le père de Sarah. C'est une nouvelle inquiétante, pour ne pas dire plus.

Il remua légèrement dans son fauteuil.

— Vous dites avoir encore trouvé un message…

— Il était griffonné sur un mur, à l'étage, dans la vieille ferme où la sœur de Sarah a été assassinée il y a quatorze ans.

— Et quelle était la teneur de ce message ?

— *Je suis toi*… Il est impossible qu'il s'agisse d'une coïncidence.

— C'est aussi mon avis, convint tristement Garrett. Les meurtres de La Nouvelle-Orléans auraient donc un rapport avec celui de Rachel DeLaune. L'assassin aurait décidé de reprendre du service.

— Mais pourquoi ? fit Sean. Pourquoi maintenant ?

Pendant un instant, Garrett parut perdu dans son propre désarroi.

— J'ai longuement réfléchi à notre conversation de l'autre fois, fit-il enfin. Et quelque chose me tracasse au sujet des tatouages.

— Quoi ?

Garrett se tourna vers son ordinateur.

— Je vais vous montrer quelque chose, dit-il.

Sean se leva et alla se placer à côté de lui, devant l'écran, pour regarder les taches d'encre que Garrett venait de faire apparaître.

— Les deux premières images sont celles des tatouages de vos victimes, expliqua-t-il. Je les ai scannées pour les comparer de plus près aux planches de Rorschach, pour mettre en évidence les ressemblances, et surtout les divergences, même minimes et impossibles à voir à l'œil nu.

— Et vous avez trouvé ?

— Je crois bien…, fit Garrett en pointant le doigt sur plusieurs portions de l'image. Apparemment l'artiste tenait à faire la distinction entre les visages dans l'ombre et les visages éclairés. J'ai eu l'idée de superposer les deux images représentant ses tatouages, clair sur foncé et foncé sur clair.

— Vous disiez que le côté gauche représentait l'image en miroir.

— Oui, c'est d'abord ce que j'ai cru. Deux facettes d'un même personnage. Mais en étudiant la question de plus près je me suis rendu compte que je m'étais trompé.

Sean se pencha en avant, les yeux rivés à l'écran, en essayant de donner un sens au bref résumé de Garrett. Son bras effleura la souris et l'une des images disparut.

— Désolé, murmura-t-il. Nous ne l'avons pas perdue, n'est-ce pas ?

Garrett ne répondit pas. Il paraissait hypnotisé par ce qui se passait sur l'écran. Sean entendait presque les rouages de son cerveau s'affoler.

— Qu'est-ce qui se passe ? demanda-t-il.

— Nous n'avons rien perdu, murmura Garrett. La première image a glissé sous la deuxième. Et vous voyez ce que ça donne ?

Sean ne comprenait pas, non, mais il fixa lui aussi l'écran.

Sans un mot, Michael leva la main et suivit du bout de l'index les contours dessinés par les deux images superposées.

— Un cinquième visage ? murmura Sean.

— Un cinquième qui est l'intégration des quatre autres. Un corps, un esprit, cinq personnalités…

Michael s'adossa à son fauteuil, le regard toujours posé sur l'écran.

— Nous avons affaire à un multiple…, énonça-t-il posément.

Un frisson parcourut Sean. Il craignait de comprendre.

— Un multiple ? fit-il. Vous voulez dire…

— Je veux dire « Troubles dissociatifs de la personnalité », une personnalité clivée : une personne, plusieurs identités.

La pointe d'excitation dans la voix de Garrett fit froncer les sourcils à Sean.

— J'ai vu ça dans les films, dit-il. Mais ça n'existe pas vraiment, n'est-ce pas ?

— Bien sûr que si, ça existe. C'est exceptionnel, mais ça existe. Un thérapeute peut ne jamais en rencontrer dans sa carrière, mais…

— Mais quoi ?

— Il se trouve que j'en reçois un en ce moment dans mon cabinet.

— Voilà qui est intéressant, fit Sean.

— Presque trop intéressant, fit Garrett dont l'excitation venait de retomber.

Il y avait même une pointe d'inquiétude dans sa voix, à présent.

— Et maintenant que j'y réfléchis, c'est aussi une drôle de coïncidence.

Sean aussi commençait à s'inquiéter.

— Où voulez-vous en venir ? demanda-t-il.

— Ce patient s'est présenté en prétendant être adressé par un collègue. Mais quand j'ai pris contact avec le collègue, il s'est avéré qu'il n'a pas reconnu le dossier, sans doute parce que la personne qui s'est présentée devant moi était une autre facette de son patient, une autre personnalité, avec une autre histoire. J'ai continué à le recevoir tout de même, parce que je trouvais le cas passionnant. Mais maintenant je commence à me demander s'il ne m'a pas choisi intentionnellement.

— Il vous a tendu un piège, fit Sean qui se sentait cette fois en territoire familier.

Il n'y connaissait rien en psychanalyse, mais il était capable de repérer un coup fourré.

— Les traces qu'il laisse nous mènent droit à Sarah. Il savait qu'elle était une de vos patientes. C'est pour ça qu'il vous a choisi.

— Je commence à le croire, répondit Garrett. Reste à savoir dans quel but.

— Dans quel but ?

— Il ne fait rien au hasard, et, comme vous l'avez parfaitement compris, tout mène à Sarah. Pourquoi, nous n'en savons rien. Ce qui est sûr, c'est qu'elle est devenue très importante pour Jude.

Sean commençait à juger la situation sérieuse.

— Il a un nom de famille, ce Jude ?

— Cole.

Sean sortit son carnet pour prendre des notes.

— Depuis combien de temps le suivez-vous ?

— Depuis quelques semaines seulement.

Sean leva les yeux.

— Il est venu avant la série de meurtres. Vous trouvez ça logique ?

Garrett était de nouveau songeur.

— Pourquoi pas ?... Oui, si l'une des personnalités se sent menacée par Sarah. Jude se définit comme le protecteur.

— Le protecteur de quoi ? interrompit Sean avec agacement.

— Ce type de désordre se développe au cours de l'enfance, dans des situations d'abus sexuels ou de maltraitance. Une personne souffrant de troubles dissociatifs peut avoir des personnalités très diverses faisant varier l'âge, le sexe, parfois même la nationalité. Mais on trouve des constantes. Il y a toujours, par exemple, un protecteur. Le protecteur est la personnalité qui se met en place au moment de la maltraitance et il est déterminant pour la survie du sujet. Il y a aussi le persécuteur, celui qui prend en charge la colère de ce même sujet. C'est lui le gardien du secret sur ce qui s'est passé dans l'enfance et il peut se montrer violent s'il a l'impression que ce secret est menacé. Le sujet lui-même a rarement conscience de ses multiples facettes, mais les facettes le connaissent et se connaissent entre elles. Elles interagissent et communiquent. C'est pour cette raison que le sujet se plaint de voix qui le perturbent.

— Un tel dingue peut vraiment passer inaperçu ? s'étonna Sean.

— Oui. Il s'intègre à la vie sociale et peut parfaitement passer inaperçu. Mais ça ne signifie pas qu'il n'a pas de problèmes. Il est obsédé par des flash-back, il a des trous de mémoire… Il est hanté par des cauchemars. Sa vie est un peu chaotique et il a tendance à absorber un peu n'importe comment des calmants ou des somnifères.

— Comme Sarah, fit doucement Sean.

— Sarah présente certains de ces symptômes, c'est vrai, mais elle ne souffre pas de désordres dissociatifs, je peux vous l'assurer. Celui dont nous parlons est probablement sensible au plus léger stress. Il est impulsif et je pense qu'il est en train de perdre le contact avec la réalité. J'aurais pu le prévoir… La première scène de crime était très soignée, la deuxième un peu moins… Il craque…

Sean aurait dû se sentir soulagé que Sarah ne soit pas

impliquée dans les meurtres, mais à présent il songeait qu'elle était bien seule dans sa grande maison d'Adamant.

— Il faut absolument arrêter ce type, dit-il. Vous avez prévu une autre séance avec lui ?

Garrett acquiesça.

— Oui, mais pas avant la semaine prochaine. Je peux vous communiquer tous les renseignements que je possède sur lui, mais, à mon avis, ils ne vous seront pas très utiles. Vous ne trouverez rien dans vos fichiers concernant un Jude Cole.

— Donnez-les-moi quand même, dit Sean. Je réclamerai une recherche dans les archives. Vous reconnaîtriez une photo de lui, je suppose ?

— Oui, à condition que vous ayez photographié le protecteur, celui que je reçois... Ce trouble est parfois tellement extrême qu'il peut modifier l'apparence physique du sujet. Je pense d'ailleurs que la manière dont il mutile ses victimes est une expression de l'image déformée qu'il a de lui-même.

— Nous allons vous envoyer un de nos portraitistes, dit Sean. Nous avons besoin de savoir à quoi il ressemble. Sans visage, nous courons après un fantôme.

Quand Esme la laissa seule, Sarah se mit à errer dans la maison, un verre de vin dans une main et son .38 dans l'autre. Le Xanax qu'elle avait pris l'avait un peu apaisée.

Au début de la semaine, elle avait appelé quelqu'un pour changer les serrures et placer une grille devant la fenêtre du grenier. A présent, personne ne pouvait entrer.

Aussi, ce soir-là, ce n'était pas l'intrus qui inquiétait Sarah.

Elle pensait à Rachel… Chaque fois qu'elle imaginait ce que sa sœur avait enduré, elle avait la nausée.

Pourquoi personne n'avait rien fait pour empêcher ça ? Personne. Ni Esme, ni sa mère, ni Curtis. Ni elle…

A présent que l'enterrement était fini, elle avait hâte de rentrer chez elle. Elle ignorait où en était l'enquête, mais ils ne pouvaient pas exiger qu'elle reste indéfiniment à Adamant. Elle avait une vie, un travail. Et elle serait mieux n'importe où ailleurs qu'ici.

Mais d'autres ennuis l'attendaient à La Nouvelle-Orléans. Sean avait trouvé des traces de sang dans sa chambre, deux femmes qu'elle avait connues autrefois avaient été assassinées, la femme de son ex-mari avait disparu. Et, d'après Sean, tout cela avait un rapport avec elle. Elle était la clé de tout.

Son regard tomba sur les croquis représentant les tatouages en forme de taches d'encre. Deux visages. L'un clair et l'autre sombre. L'un bon, l'autre mauvais. Deux images en miroir. Deux facettes de la même personne.

Un autre. Un autre moi noir et sombre comme les ténèbres.

Cette idée la terrifia.

Si elle ne se souvenait pas de ce qui s'était passé la nuit où sa sœur était morte, il y avait une raison. Elle était rentrée couverte de sang. Du sang de Rachel… Elle cherchait à comprendre depuis des années, mais la réponse lui échappait toujours.

Elle fixa si longuement les croquis que sa vision commença à se brouiller. Elle les éleva à hauteur de ses yeux pour faire le point. A la lumière, par transparence, un nouveau dessin apparut quand les deux feuilles se superposèrent. Les lignes mêlées du premier et du deuxième tatouage créaient une seule image. Un seul visage.

Sarah retint sa respiration et manœuvra sa lampe de bureau de façon à éclairer directement les feuilles. C'était évident…

Les tatouages allaient ensemble, il ne pouvait s'agir d'un hasard. Le message du tueur devait s'interpréter en superposant les dessins.

Le sang de Sarah se glaça… Les mains qui tenaient le papier se mirent à trembler.

Elle connaissait ce visage pour l'avoir elle-même croqué autrefois.

Ashe Cain

Le portrait qu'elle avait fait de lui se trouvait sûrement quelque part dans la maison. Et ce serait pour elle la preuve qu'il avait réellement existé. La preuve que c'était lui — et non elle — qui avait tué sa sœur, son père et les deux pauvres femmes de La Nouvelle-Orléans, lui qui laissait des empreintes en forme de sabot.

Ashe Cain.

Il était revenu dans sa vie. Les messages des scènes de crime, les tatouages, c'était à elle qu'il les destinait.

Nos âmes sont le miroir l'une de l'autre.

— Salaud de dingue, murmura-t-elle tout en fourrageant dans les tiroirs pour chercher son vieux carnet à dessin.

Elle fouilla ensuite la commode et l'armoire, vérifia le tiroir sous son lit. Et puis, brusquement, elle se souvint qu'elle avait fait un tri de ses affaires avec Esme avant de partir pour l'internat. Elle ne pouvait pas prendre tous ses carnets avec elle et elle en avait rangé une grande partie dans une boîte en carton qu'Esme avait montée au grenier.

Au grenier.

Sarah se laissa tomber lourdement dans le fauteuil du bureau et but une gorgée de vin tout en soupesant l'éventualité de monter au grenier pour récupérer ses dessins. Il valait peut-être mieux attendre le matin. Esme l'accompagnerait et l'aiderait à mettre la main dessus.

Mais Sarah n'avait pas envie d'attendre jusqu'au lendemain. Elle voulait voir les dessins tout de suite. Ils détenaient peut-être la clé de ses souvenirs enfouis. La clé de tout.

Elle but une autre gorgée de vin pour se donner du courage, tout en maniant le revolver.

Ça ne lui prendrait pas beaucoup de temps. Il suffisait de monter, de trouver la boîte, de redescendre. Elle en avait pour trois ou quatre minutes tout au plus.

Elle prit une troisième gorgée de vin, sans lâcher le revolver, se leva et sortit de sa chambre en courant. Le cœur battant, elle monta l'escalier menant au grenier. Elle actionna l'interrupteur… Les ombres projetées par la lumière crue de l'unique lampe la firent sursauter et elle pointa instinctivement le revolver devant elle.

Elle balaya rapidement l'espace du regard. Comme tous les greniers, celui-ci était rempli de meubles délaissés, de jouets cassés et de cartons. Elle reconnut même l'une de ses vieilles bicyclettes appuyée contre le mur et des équipements de sport abandonnés depuis longtemps.

La grille protégeant la fenêtre était toujours en place… Parfait.

Elle coinça son arme dans la ceinture de son pantalon et passa les cartons en revue. Ils étaient tous étiquetés et elle n'eut aucun mal à repérer ceux qui portaient son nom. Il ne lui restait plus qu'à les entrouvrir pour vérifier leur contenu et elle eut vite fait de trouver celui qu'elle cherchait. Elle le prit, éteignit la lumière, et redescendit le plus vite possible dans sa chambre avec son précieux fardeau.

Quand elle lâcha le carton, il souleva en atterrissant un nuage de poussière qui la fit éternuer.

Elle le contempla un moment sans bouger, pétrifiée par l'excitation et la peur. Les toiles d'araignées collées à ses cheveux et l'araignée qui s'échappa de sous le carton n'étaient pas pour la rassurer.

Elle écarta l'insecte d'une chiquenaude et ouvrit le carton. Il contenait plusieurs douzaines de carnets remplis de portraits. Comme l'avait si bien dit Curtis, elle avait autrefois croqué ses petites camarades avec un œil et un trait incisifs. Ses portraits étaient macabres et difformes, mais le modèle restait identifiable. Et c'était bien ça le plus terrible. Avec elle, la plus belle fille se transformait en monstre. Ce parti pris pouvait paraître maladif, mais il lui avait servi d'exutoire, de vengeance contre celles qui la persécutaient.

— C'était mieux que de les tuer, murmura-t-elle pour elle-même.

Elle feuilleta un à un les carnets à mesure qu'elle les sortait du carton, jusqu'à trouver celui qui l'intéressait. Elle contempla le visage d'Ashe en s'attendant presque à ce qu'il prenne feu dans ses mains. Mais c'était stupide. Ashe Cain n'était pas un démon. Il ne possédait pas de pouvoirs surnaturels. C'était tout simplement un malade.

Elle avait fait son portrait dans l'intention de le lui offrir et elle le lui avait même montré. Mais elle l'avait gardé pour le terminer et n'avait plus eu l'occasion de le lui donner. Et à présent elle avait sous les yeux le pâle visage qui la terrifiait dans ses cauchemars.

Avec lui, elle n'avait pas eu besoin d'exercer son talent de caricaturiste. Il lui avait suffi de le représenter tel qu'il se montrait, avec son maquillage gothique.

Sarah ne l'avait jamais vu sans maquillage, mais un maquillage ne modifiait pas la structure d'un visage.

Elle le contempla longuement.

Réfléchis, Sarah, réfléchis…

Reconnaissait-elle ces yeux, ce nez ?

Elle leva un regard méfiant vers le miroir, puis poussa un soupir de soulagement. Ashe Cain n'était pas son alter ego — même si au fond le dessin ne prouvait pas grand-chose. Ashe ne lui ressemblait pas, certes, mais il pouvait tout de même être sorti tout droit de son imagination.

Tout en continuant à tourner les pages du carnet, elle but une gorgée de vin pour hydrater sa gorge desséchée par la poussière du grenier. Elle reconnut au passage un certain nombre de visages familiers : sa mère, son père, sa sœur… Esme et Curtis…

Remuer tous ces vieux souvenirs lui donnait le vertige. Ou bien c'était la poussière. Elle alla se passer un peu d'eau sur la figure, mais elle avait dû se lever trop vite et elle fut prise d'un étourdissement. Elle regagna le lit en titubant.

Assise bien droite sur le bord du matelas, les mains à plat, elle tâcha de se concentrer pour empêcher la pièce de tourner.

Elle s'en voulut d'avoir mélangé l'alcool et les cachets. N'importe quel idiot savait que ça donnait des résultats catastrophiques. Pourtant, un peu de vin ne lui avait jamais fait de mal et des cachets elle en prenait tout le temps… Ce soir, elle avait sans doute bu plus que de raison sans s'en apercevoir.

Tant pis. Il ne lui restait plus qu'à s'allonger et à fermer les yeux en attendant que ça se tasse.

Sarah ouvrit les yeux. Elle ne savait pas combien de temps elle avait dormi. A en juger par ce goût aigre dans sa bouche, ça devait faire des heures. Mais le jour ne s'était pas encore levé, elle voyait par la fenêtre la lune dont la faible lueur créait dans sa chambre d'étranges silhouettes. Elle demeura allongée un long moment en tentant de rassembler ses idées, mais elle avait l'esprit confus et ralenti.

En refaisant peu à peu surface, elle se souvint qu'elle n'avait pas éteint avant de s'allonger sur le lit. Alors pourquoi la chambre était-elle plongée dans le noir ?

Et d'où venait cette étrange odeur de… De terre humide ?

Elle avait les mains sèches et couvertes de quelque chose de sablonneux… Elle les éleva à hauteur de son visage. Elles étaient noires. Et pas que les mains. Elle était noire jusqu'aux coudes.

Merde ! Mais qu'est-ce que ça signifiait ?

Elle fit glisser ses jambes hors du lit, se redressa lentement, et contempla ses mains. Elles sentaient la terre comme si elle avait remué un parterre de fleurs. En pleine nuit et au cœur de l'hiver ?

Son cerveau encore à moitié paralysé ne parvenait pas à tirer les conclusions qui s'imposaient. Elle marcha en titubant jusqu'à la salle de bains et alluma la lumière. Là, elle put se rendre compte qu'elle avait de la terre jusque sous les ongles. Son jean aussi était sali au niveau des genoux.

Comme si elle avait voulu déterrer quelque chose.

Elle fut saisie du besoin frénétique de se débarrasser de

toute cette saleté et ouvrit le robinet pour se frotter vigoureusement sous l'eau du lavabo. Puis elle songea de nouveau à la lumière. Oui, elle avait dû l'éteindre en quittant la pièce. Parce que apparemment elle était bel et bien sortie.

Elle attrapa une serviette et retourna dans la chambre où elle alluma le plafonnier pour jeter un coup d'œil autour d'elle.

Au début, elle ne remarqua rien.

Puis, brusquement, elle fut saisie de surprise et d'horreur.

L'oiseau de porcelaine jaune offert par sa grand-mère était à sa place, dans sa petite boîte de verre.

L'oiseau jaune qu'elle avait déposé entre les mains de sa sœur quatorze ans plus tôt, juste avant qu'on ne referme son cercueil…

Quelqu'un était donc entré dans sa chambre pendant son sommeil pour déposer cet oiseau, il n'y avait pas d'autre explication.

Puis son regard tomba sur ses mains : il restait encore des traces de terre sous ses ongles.

Comme si elle avait voulu déterrer quelque chose.

Son cœur se mit à battre. Si vite qu'elle pouvait à peine respirer.

La panique lui noua la gorge.

Elle ramassa son sac posé à terre près de son bureau et courut.

29.

Sarah appuya sur le bouton de la commande à distance et la porte du garage bascula, avec une lenteur exaspérante. Elle sortit en marche arrière — sans même attendre que la porte soit tout à fait remontée — et recula dans l'allée de gravier jusqu'à la rue, avant de repartir en marche avant, en suivant ses phares qui traçaient un large chemin de lumière devant elle.

Calme-toi. Reprends-toi. Ce n'est pas le moment de craquer et d'envoyer ta voiture contre un réverbère.

Inspire… Expire…

L'oiseau qu'elle avait placé quatorze ans plus tôt entre les mains de sa sœur se trouvait de nouveau dans sa chambre.

Elle frissonna.

C'est impossible.

Il s'agissait d'un autre oiseau, sûrement. Elle aurait dû vérifier s'il avait une aile rafistolée. Mais en le voyant elle n'avait songé qu'à fuir.

Quelqu'un était entré pendant son sommeil pour poser cet oiseau sur sa table de nuit dans le but de lui faire perdre la tête. Il n'y avait pas d'autre explication.

Mais… elle s'était réveillée avec de la terre sur les mains, sur les bras, sous les ongles, sur son jean… comme si elle s'était agenouillée pour creuser !

Non. Non !

Elle ne voulait pas penser à ça, mais l'image lui traversait déjà l'esprit. Et cette odeur… Elle sentait la tombe… L'odeur était partout sur elle. Pas seulement celle de la terre fraîchement remuée, mais celle des roses de serre qui décoraient les tombes.

Inspire… Expire…

Elle s'efforça de se concentrer sur sa respiration pendant tout le trajet jusqu'au cimetière, puis après s'être garée dans le parking, en sortant sa lampe de poche de la boîte à gants.

Inspire… Expire…

En passant les grilles et quand la porte se referma derrière elle avec un petit bruit sec.

Inspire… Expire…

En traversant le cimetière, tout en prenant soin de ne pas marcher sur les tombes.

Inspire… Expire…

La concession des DeLaune se trouvait de l'autre côté d'une petite butte. Arrivée au sommet, Sarah aperçut la tombe de son père couverte de fleurs, entre les deux autres. Celle de sa mère était la plus proche, celle de Rachel de l'autre côté.

Inspire… Expire…

Elle dépassa la tombe de sa mère, celle de son père, s'arrêta devant celle de sa sœur.

Elle vit tout de suite qu'on avait remué la terre…

Un cri monta dans sa gorge quand elle éclaira le monticule du faisceau de sa lampe : une main en sortait.

Son cœur fit un bond affolé et elle recula. Elle buta contre une racine et tomba avec un bruit sourd.

Seigneur…

On avait profané la tombe de Rachel. C'était atroce. Atroce. Qui ? Pourquoi ?

Pour te rapporter l'oiseau.

Mais qui ?

Qui ?

Non. Ce n'est pas toi. Non !

En dirigeant sa lampe vers le sol, elle éclaira le manche d'une pelle. Voilà donc sur quoi elle avait buté… Elle l'écarta d'un coup de pied, s'approcha de nouveau de la tombe, chercha la main avec le faisceau de la lampe…

Elle voyait maintenant un corps allongé, le visage vers le ciel. Il n'était recouvert que d'une mince couche de terre. La décomposition avait déjà altéré les traits et Sarah les reconnaissait à peine, mais elle sut d'instinct de qui il s'agissait.

Catherine. La Catherine de Sean.

Une sirène hurla dans le silence. Elle l'entendit à peine au début, mais comme le bruit s'amplifiait elle fut prise de panique. Et si la police la surprenait maintenant, avec ses mains et ses vêtements souillés de terre, la pelle un peu plus loin ?… On conclurait forcément qu'elle venait d'enterrer Catherine. On la soupçonnait déjà du meurtre de son père…

Quelqu'un essaye de te piéger, Sarah…

L'idée était terrifiante, mais elle penchait en faveur de son innocence. Elle préférait être victime que coupable. Elle n'avait pas fait ça. Elle n'avait pas tué tous ces gens.

Non.

Elle retraversa le cimetière dans l'autre sens, vite, vite. Elle trébucha à deux reprises sur des tombes, mais elle parvint à se rétablir et à reprendre sa course. Elle s'efforçait de ne plus penser.

Juste courir.

Tu dois quitter cet endroit avant que la police arrive. Monte dans ta voiture et file. Peu importe où.

Elle fouilla dans sa poche pour en sortir ses clés, passa la grille, fila dans le parking. Arrivée devant sa voiture, elle appuya avec des mains qui tremblaient sur la commande à distance, puis tira sur la poignée de la portière pour entrer.

Clé de contact. Marche arrière. Sors de là.

En tournant au coin de la rue, elle jeta un coup d'œil dans son rétroviseur. Une voiture de patrouille entrait dans le parking du cimetière. Elle voyait d'ici le gyrophare.

Sarah laissa un message à Michael Garrett. Il la rappela aussitôt.

— Sarah ? Ça fait des heures que j'essaye de vous joindre. Je suis en route pour Adamant.

Sa voix paraissait si proche, si chaleureuse, si rassurante. Sarah eut presque l'impression qu'il était assis près d'elle, dans la voiture.

— Vous êtes en route pour Adamant. Pourquoi ?

— Je vous expliquerai ça de vive voix. Comment ça va ? Vous me paraissez inquiète et essoufflée.

— Vraiment ? fit-elle avec rire tremblotant et vaguement hystérique. C'est peut-être parce que je viens de découvrir un cadavre sommairement enterré dans la tombe de ma sœur. Et puis, oh, mais c'est un détail, l'oiseau de porcelaine que j'avais placé entre les mains de sa dépouille il y a quatorze ans a volé ce soir jusqu'à ma table de nuit.

De l'autre côté, il y eut un long silence.

— Où êtes-vous ? demanda enfin Michael.

— Je roule. Je n'ose pas rentrer chez moi, parce que je pense que les flics m'y attendent. J'étais déjà soupçonnée du meurtre de mon père, alors maintenant, avec ce cadavre qui a décidé de tenir compagnie à Rachel…

Sarah s'arrêta net. Michael n'avait pas l'air surpris de ce qu'elle lui apprenait. Ou croyait lui apprendre. Même un thérapeute expérimenté et habitué à adopter une attitude neutre en toute occasion aurait dû réagir.

Son pouls s'accéléra.

— Michael, que se passe-t-il ? Pourquoi êtes-vous en route pour Adamant ?

— J'ai vu Sean hier soir.

Elle balaya d'une main tremblante la mèche qui lui barrait le visage.

— Il vous a dit qu'il pensait que j'avais quelque chose à voir avec les récents meurtres, n'est-ce pas ? C'est pour ça que vous prenez la peine de vous déplacer. D'après vous, je serais en pleine crise.

— Nous pensons tous les deux que vous êtes concernée par les meurtres, mais pas de la manière dont vous croyez. Si nous ne nous trompons pas, vous êtes en grand danger.

Son cœur se mit à battre la chamade. Ses muscles crispés commencèrent à trembler.

— Qui me fait ça ? demanda-t-elle.

— Nous l'ignorons encore. Pour l'instant, tout ce que je peux vous dire, c'est que vous devez vous réfugier dans un endroit sûr et ne plus en bouger. Je vous expliquerai tout dès que j'arriverai. Vous avez parlé avec Sean ?

Cette fois, le ton calme et mesuré du psychiatre ne suffisait pas à la calmer. Elle sentait la panique monter dans sa gorge.

— Ce soir, vous voulez dire ? Non, je ne lui ai pas parlé.

— Il essaye de vous joindre depuis hier, mais vous ne répondez pas au téléphone.

— S'il m'a appelée ce soir, je n'ai pas entendu. J'étais complètement dans les vapes.

Elle n'avait pas non plus entendu la personne qui avait déposé l'oiseau dans sa chambre.

Elle songea soudain que celui qui la persécutait avait dû éteindre son téléphone. Comme il avait éteint la lumière dans sa chambre.

Tout ce qui s'était passé cette nuit avait été soigneusement orchestré et prévu. Soudain, elle pensa au verre de vin qu'elle avait laissé sur son bureau quand elle était montée au grenier.

L'assassin entrait et sortait comme il voulait de la maison DeLaune. Et aussi de chez elle, à La Nouvelle-Orléans. Mettre une grille à la fenêtre du grenier et changer les serrures ne suffisait pas à l'arrêter. Rien ne l'arrêtait.

Une peur glacée se déroula le long de sa colonne vertébrale.

— Tout cela a un rapport avec la mort de Rachel, n'est-ce pas ? Son assassin me prend maintenant pour cible.

— Oui, c'est aussi notre avis. C'est pour cela que vous devez absolument vous réfugier dans un endroit sûr jusqu'à notre arrivée.

Elle jeta un coup d'œil inquiet dans le rétroviseur. Non, on ne la suivait pas. Il n'y avait pas de phares sur la route. Du moins pour le moment.

— Je ne vois qu'un moyen d'arrêter tout ça, dit-elle dans un souffle. Vous devez m'aider à me souvenir de ce qui s'est passé la nuit où Rachel est morte.

— Je ferai tout ce que je peux pour vous aider, répondit Michael. Vous le savez bien.

— Vous seriez prêt à m'hypnotiser ?

— L'hypnose ne vous apportera peut-être pas la réponse. Nous en avons déjà discuté. Il existe peut-être une cause physiologique au fait que vous ne vous souveniez de rien et dans ce cas…

— Ça ne marcherait pas, coupa Sarah. Je sais, vous me l'avez déjà expliqué. Mais ça mérite d'être tenté, non ? De toute façon, je ne vois pas ce que je pourrais faire d'autre. Ce type a réussi à échapper aux flics jusque-là. Pendant combien d'années devrai-je me cacher s'ils n'arrivent pas à le coincer maintenant ?

Michael hésita.

— Essayez de ne pas vous affoler. Dites-moi simplement où je peux vous trouver.

— Je vais là où personne ne pensera à aller me chercher, répondit-elle. L'adresse ne vous dirait rien. Prévenez-moi quand vous arriverez en ville et je vous guiderai.

— Restez cachée, surtout restez cachée jusqu'à ce que j'arrive. N'appelez personne. Ne dites à personne où vous êtes. J'insiste, Sarah, c'est très important. Ne faites confiance à personne. Même à ceux que vous connaissez depuis toujours. Vous m'avez compris ?

— Venez le plus vite possible, répondit-elle.

***

En s'arrêtant devant la maison d'Adamant, Sean remarqua tout de suite la porte du garage ouverte. La voiture de Sarah n'y était pas… Elle était partie en pleine nuit ?

Il prit sa lampe torche Mag-Lite dans la boîte à gants et remonta l'allée à pied jusqu'au garage. Il promena un faisceau de lumière à l'intérieur, puis sur la pelouse. En approchant de la maison, il remarqua une porte ouverte sur le côté, comme si quelqu'un était sorti précipitamment sans prendre le temps de refermer derrière lui.

Il sortit instinctivement son arme en arrivant devant l'entrée et sa lampe balaya les ombres quand il franchit le seuil. Il faisait encore chaud, même avec la porte ouverte. Sarah n'était pas partie depuis longtemps.

Il traversa la cuisine, puis le salon, pour rejoindre l'entrée principale. Là, il s'arrêta au pied de l'escalier. Au rez-de-chaussée, il faisait noir comme dans un four, mais de la lumière filtrait d'une des chambres de l'étage.

Il tendit l'oreille. Pas de bruit.

La maison était parfaitement silencieuse et pourtant il avait la désagréable sensation de ne pas être seul.

Un avertissement résonna dans sa tête tandis qu'il montait furtivement les marches, sur l'épais tapis d'escalier qui étouffait le bruit de ses pas.

Arrivé en haut, il remit la lampe dans sa poche pour tenir son Glock à deux mains, tout en avançant prudemment dans le couloir. Une planche craqua un peu plus loin.

Presque aussitôt, la lumière s'éteignit dans la pièce.

— Sarah ?

Pas de réponse.

Pas un son à part celui du rythme fou de son cœur qui battait dans ses tympans.

Le dos au mur, il continua à progresser dans le couloir, tout en scrutant les ténèbres. Quand il entendit coulisser une fenêtre, il bondit vers la chambre, s'arrêta quelques secondes sur le seuil pour évaluer le danger : une forme noire enjambait la fenêtre.

— Police ! Arrêtez !

L'intrus disparut dans les ténèbres. L'espace d'un instant, Sean crut qu'il avait sauté, puis il aperçut l'arbre planté devant la chambre. Il se précipita vers la fenêtre et dirigea sa lampe vers le bas.

Les vêtements noirs de l'homme se fondaient si bien avec la nuit qu'il fallut à Sean quelques secondes avant de repérer sa forme sombre : il descendait avec une telle agilité qu'on avait l'impression qu'il était doué d'une coordination et d'une rapidité surnaturelles.

Sean glissa la lampe dans sa poche et rangea le Glock dans son étui, puis il enjamba la fenêtre pour se lancer à la poursuite de l'homme. Mais il n'était pas aussi doué que sa proie. Il progressait lentement, peinait à trouver des prises où s'accrocher et des branches où poser ses pieds. Au moment où il entendit le bruit sourd d'un atterrissage, puis des pas qui s'éloignaient, il n'était encore qu'à mi-chemin.

Il continua à descendre, au milieu des branches sèches qui lui griffaient le visage et les bras. Il évalua mal la distance en sautant des plus basses branches et se tordit la cheville en touchant terre. Il tomba, mais se releva aussitôt et reprit sa lampe torche pour s'éclairer dans le noir. Une silhouette remontait le chemin qu'il avait emprunté quelques jours plus tôt avec Sarah. Il se mit à courir dans sa direction.

Avant d'atteindre le cottage, l'homme quitta le chemin pour traverser le verger. Sean allait aussi vite qu'il le pouvait, mais il ne connaissait pas le terrain et l'homme n'eut aucun mal à le distancer. Lorsqu'il atteignit le champ, il dut se rendre à l'évidence : il l'avait perdu de vue.

Haletant, grimaçant à cause de sa cheville qui l'élançait, il fouilla la nuit du faisceau de sa lampe. Au bout de quelques instants, un bruit parvint jusqu'à lui. Etouffé, lointain, dissonant… mais vaguement familier.

Les clochettes…

Il comprit soudain où le menait sa chasse.

Sans tenir compte de la douleur à sa cheville, il reprit sa course à travers le champ jusqu'au chemin de gravier de la ferme Duncan. Il ne s'arrêta qu'à la lisière du jardin envahi par les hautes herbes.

La ferme se dressait au clair de lune comme une silhouette fantomatique. Il ne l'avait vue qu'en plein jour et n'avait pas prêté attention à cette vieille masure qui avait été autrefois le théâtre d'une terrible tragédie : ici, on avait mis fin à la vie d'une jeune fille avec une brutalité sans nom ; les gens du coin n'avaient jamais pu oublier ; la sœur de la jeune fille n'avait jamais surmonté le choc.

Quatorze ans plus tard, le tueur de Rachel DeLaune se manifestait de nouveau.

Sean se rendit compte qu'il serait seul pour l'affronter. Il n'avait pas averti les autorités locales de son arrivée et appeler du renfort maintenant l'aurait obligé à une longue et laborieuse explication. Il n'avait pas le temps.

Il prit son arme et se fraya un chemin à travers les ronces, en renonçant à s'éclairer avec sa lampe pour ne pas se faire repérer. Il grimpa les marches du perron et s'arrêta à la porte pour écouter. Puis il ouvrit d'un coup de pied et s'aplatit contre le mur, le cœur battant.

Les charnières protestèrent en grinçant. Il attendit un peu, puis entra dans la maison — en prenant soin de baisser son arme au moment où il franchissait le seuil.

Il resta immobile, en essayant de percer les ténèbres. Pendant un long moment, il n'entendit rien, ni bruit de pas ni respiration. Rien d'autre que le tintement de ces clochettes qui ne voulaient pas s'arrêter.

La vieille maison était glacée et pleine de courants d'air, mais Sean avait le visage couvert de sueur et les mains moites ; il les essuya l'une après l'autre sur son jean pour garder une poigne ferme et sûre sur son revolver.

Il y eut un léger grattement sous lui. Un rat, peut-être… Et peut-être pas…

Il se décida à avancer à pas prudents sur le vieux plancher défoncé et alla ouvrir la porte donnant sur le petit escalier. Il y faisait noir comme dans un four.

Merde.

Une fois là-dedans, il ferait une cible idéale.

Mais il monta tout de même les marches, poussa la porte, entra en rasant le mur et alluma sa lampe une fois en haut.

La pièce était vide, comme l'autre fois. Il n'y avait que l'armoire — une armoire trop petite pour qu'un homme adulte puisse s'y cacher. Mais quand il s'en détourna il entendit un grincement. La porte s'ouvrait doucement.

Il braqua son arme, traversa la pièce, se plaça sur le côté de l'armoire, l'ouvrit d'un coup de pied, éclaira l'intérieur avec sa lampe.

Un rat affolé en sortit. Sean allait refermer la porte quand il vit dans la glace la silhouette qui se dressait derrière lui. Il comprit en un éclair qu'il avait commis une erreur en montant. Aussi silencieux qu'un fantôme, le tueur s'était glissé derrière lui dans l'escalier.

Tout cela lui traversa l'esprit pendant le dixième de seconde qu'il lui fallut pour faire volte-face. Un dixième de seconde beaucoup trop long… Quelque chose le toucha à l'épaule et une violente décharge d'électricité le secoua. Un Taser… Il eut l'impression que quelqu'un lui attaquait la colonne vertébrale à coups de marteau. Ses muscles se contractèrent et son corps devint rigide. Les épaules aux oreilles, les bras crispés le long du corps, il s'effondra lourdement sur le sol.

— Ne le tue pas tout de suite, fit une voix dans le noir. Il te faut son arme.

Des pas s'approchèrent.

Un visage se pencha.

Sean eut tout juste le temps de le reconnaître avant que la crosse d'un revolver ne s'abatte sur son crâne.

Sarah priait pour retrouver le chemin. Quand Lukas l'avait emmenée chez lui, il faisait jour. Mais la nuit et l'angoisse déformaient sa perception du paysage.

La solitude de cette route de campagne isolée avait quelque chose d'irréel et elle avait l'impression de traverser un monde imaginaire. La peur lui broyait toujours la poitrine, mais maintenant qu'elle avait un plan et qu'elle savait que Michael ne tarderait pas à la rejoindre elle se sentait tout de même un peu plus calme.

Elle reconnut enfin le chemin privé menant à la maison

et ralentit en passant sur la grille à bovins. Au bout de dix minutes, ses phares éclairaient la clairière.

Aucune lumière ne brillait aux fenêtres et il n'y avait pas de voiture dans l'allée. Tant mieux. C'était justement ce qu'elle avait escompté. Elle s'arrêta et laissa tourner le moteur pendant qu'elle cherchait sa lampe torche dans la boîte à gants.

La veille, Lukas avait rangé les poutres apportées par le livreur dans une vieille grange. Elle y alla d'abord à pied, en testant le sol pour être certaine que la voiture ne risquait pas de s'embourber. Puis elle revint s'asseoir au volant et se gara dans la grange en marche arrière. Si on venait par la route, elle verrait les phares de loin et aurait le temps de partir.

Elle rangea la lampe dans son sac avec le revolver et son téléphone, puis descendit de voiture et traversa le jardin dans le noir. Elle poussa la porte moustiquaire et grimpa sous le porche, en espérant trouver un double des clés sous un paillasson ou un pot de fleurs.

Mais elle n'eut pas cette chance.

Elle fit le tour de la maison. Le perron donnant dans la cuisine avait été démoli et le seuil de la porte se trouvait à plus de un mètre du sol. Elle trouva un chevalet de scieur, grimpa dessus et essaya la poignée. C'était fermé. Tant pis. Elle se servit de la crosse de son revolver pour briser un carreau. Il ne lui restait plus qu'à glisser la main à l'intérieur pour ouvrir le loquet et entrer.

Dans le salon, elle ferma tous les volets et éteignit sa lampe, puis elle se recroquevilla sur le canapé pour attendre l'appel de Michael.

*
* *

Michael s'arrêta au bout de l'allée et coupa les phares. Il avait appelé deux fois pour demander son chemin, et une troisième sur la petite route de gravier pour être sûr qu'il avait bifurqué au bon endroit. Sarah avait proposé de l'attendre à l'embranchement qui partait de la route principale, mais il lui avait assuré qu'il s'en sortirait très bien tout seul.

Et à présent il était arrivé.

Quand elle vint à sa rencontre, il vit tout de suite qu'elle était à bout.

Elle éclaira de sa lampe une vieille grange.

— Vous devriez garer votre voiture derrière la mienne, conseilla-t-elle. Elle est là-bas.

Il fit ce qu'elle lui demandait, puis la rejoignit.

— Où sommes-nous ? demanda-t-il.

— Au milieu de nulle part.

— Je m'en suis rendu compte. Mais à qui appartient cette maison ?

— Vous vous sentiriez mieux si je vous disais qu'elle appartient à un ami ?

— Nous sommes en train de violer une propriété privée, si je comprends bien…

On ne pouvait pas dire que les conditions idéales étaient réunies pour plonger sa patiente dans l'état de relaxation nécessaire à l'hypnose.

— Nous sommes en sécurité, assura-t-elle. C'est le plus important. Personne ne sait où je suis et nous ne resterons que quelques heures. J'ai hâte de commencer, ajouta-t-elle en grimpant les marches du perron. J'ai pris un Xanax tout à l'heure. Ça ne devrait pas être trop difficile de m'hypnotiser.

— Ce n'est pas aussi évident que vous semblez le croire, répondit Michael en lui emboîtant le pas à l'intérieur. Vous subissez en ce moment un énorme stress et l'hypnose demande de la concentration et de la confiance. De plus, n'oubliez pas que vous n'obtiendrez pas forcément les réponses que vous attendez.

— Vous voulez dire que je n'obtiendrai pas de réponse du tout, ou que je n'aimerai pas celles que j'obtiendrai ?

Ils s'installèrent dans le salon.

— Les deux sont possibles. Comme je vous l'ai déjà expliqué, forcer les portes de l'inconscient peut provoquer des réactions inattendues. L'idéal aurait été de nous préparer sur plusieurs séances.

— Nous n'avons pas le temps, rétorqua Sarah.

Elle s'assit et croisa les bras.

— Mais je voudrais tout de même savoir quelque chose avant de commencer, poursuivit-elle. Pensez-vous que j'ai tué ma sœur, mon père et ces pauvres femmes ?

— Pas du tout, répondit-il. Je n'ai jamais eu la sensation que vous représentiez un danger pour les autres ou pour vous-même.

— Mais quelqu'un cherche à me faire passer pour dangereuse. C'est pour ça que tous les meurtres ont un rapport avec moi. Plus j'y réfléchis, plus je suis persuadée que la mort de Rachel est la clé de tout. Ce qui s'est passé cette nuit-là, ce que j'ai vu et dont je ne me souviens pas, est la genèse de ce que nous vivons aujourd'hui. Et si je n'arrive pas à me souvenir je ne pourrai pas le prouver et je resterai le suspect numéro un. Vous êtes le seul à pouvoir m'aider.

— Vous avez déjà eu recours à l'hypnose ?

— Non. L'un de mes thérapeutes a essayé une fois, mais

ça n'a pas fonctionné. Je n'étais sans doute pas prête. Mais aujourd'hui c'est différent.

Michael la contempla longuement en silence. Elle venait de traverser de dures épreuves, mais elle paraissait plus déterminée que jamais.

— Je veux que vous restiez assise et que vous vous mettiez à l'aise. Le principe de l'hypnose repose sur une relaxation profonde, puis une concentration dirigée sur un point précis qui permet l'accès aux souvenirs stockés dans le subconscient. C'est un état différent du sommeil et vous pouvez accomplir sous hypnose tout ce que vous êtes capable d'accomplir dans l'état normal de veille. Vous n'êtes pas en danger physiquement et la séance peut être interrompue à n'importe quel moment à votre demande. Vous ne perdez pas le contrôle.

Sarah entra aussitôt dans le jeu et fit de son mieux pour se détendre.

— Vous avez des questions ? demanda-t-il.

— Non.

— Nous allons débuter par quelques exercices de relaxation. Ensuite, nous verrons s'il est possible d'aller plus loin.

— D'accord.

Au bout de quelques minutes, il sentit qu'il pouvait commencer.

— Concentrez-vous maintenant sur cette lumière qui vacille sur le mur et détendez-vous complètement.

Il attendit un peu, puis la piqua avec une aiguille pour tester la profondeur de la transe. Elle était sous hypnose.

— Sarah, vous êtes maintenant complètement détendue et en sécurité. Je vous demande de vous rendre dans un endroit où vous vous sentirez heureuse et calme.

Elle sourit.

— Ensuite nous irons ailleurs, là où vous n'êtes pas allée depuis bien longtemps. Vous n'aurez pas à vous inquiéter. Ni à avoir peur. Les souvenirs que vous trouverez ne peuvent pas vous atteindre : ils ne sont que des images d'événements passés. Vous ne risquez rien. Vous comprenez ?

— Oui.

— Vous voulez poursuivre ?

— Oui.

— Inspirez. Vous plongez encore plus profondément dans votre relaxation, mais vous gardez le contrôle de la situation. Faites confiance à votre subconscient pour vous mener là où vous désirez aller.

Elle fronça les sourcils, comme si elle ne comprenait pas bien ce qu'il voulait dire.

— Je veux que vous vous imaginiez devant un écran de cinéma. Il est là, en face de vous, mais aucune image n'y est projetée pour l'instant. Vous êtes toujours parfaitement détendue, en sécurité, vous contrôlez toujours la situation. Vous souvenirs vont bientôt apparaître sur cet écran, comme les images d'un film. Vous ne risquerez rien, mais vous pourrez arrêter le processus quand vous le déciderez. Vous êtes toujours d'accord pour continuer ?

Elle acquiesça.

Il la prépara en remontant progressivement le cours de sa vie. Durant tout ce temps, elle resta calme et réceptive.

— Sarah, que voyez-vous sur l'écran, à présent ?

— Du sang, murmura-t-elle. Je vois du sang.

***

Lukas était pratiquement certain de perdre son temps. Depuis plusieurs jours, quelqu'un laissait régulièrement sur son répondeur le même message :

« Es-tu allé voir ce qu'il y avait dans l'abri ? »

Celui qui s'amusait à ce petit jeu déguisait sa voix, bien sûr, mais il croyait savoir de qui il s'agissait.

Il aurait d'ailleurs continué à ignorer cet abri s'il n'avait pas reçu hier un dernier coup de fil :

« Combien de temps crois-tu qu'une personne puisse survivre dans l'abri ? » avait demandé la voix.

Tout en s'engageant sur la route de gravier, il s'efforça de situer l'abri. Fears avait dit que c'était tout ce qui restait d'une maison qui avait brûlé. Lukas se souvenait vaguement y avoir joué enfant. Il pensait pouvoir retrouver le chemin à partir de la grille à bovins.

Il s'arrêta au bord de la route et sortit en se servant de sa lampe de poche pour se diriger entre les arbres.

Il n'avait pas traversé ces bois depuis des années, mais il devait être guidé par son instinct car il retrouva l'endroit sans difficulté. Il ne restait de la vieille maison que les murs extérieurs et une partie du toit. Le feu l'avait saccagée.

L'abri à tornade se trouvait à quelques centaines de mètres de la maison. Il s'agissait d'une construction en béton, en forme de dôme, avec une vieille porte de bois qui s'ouvrait sur un escalier s'enfonçant dans la terre. Au moment où il ouvrait le loquet, Lukas entendit à l'intérieur un bruit qui lui donna le frisson.

Il poussa le battant et commença à descendre. La puanteur le saisit à la gorge au bout de quelques marches. Une main devant le nez et la bouche, il dirigea le faisceau de la lampe vers l'ouverture.

— Hello ? appela-t-il. Il y a quelqu'un ?

Il attendit un peu, mais n'entendit plus rien et se rassura en se disant qu'il avait dû imaginer le bruit de tout à l'heure. Ou alors il s'agissait d'un rat. Voire pire… Des serpents à sonnette hibernaient peut-être dans un trou.

Il avait perdu son temps en venant ici, comme il s'en était douté.

Il s'apprêtait à remonter quand il l'entendit de nouveau…

Un faible murmure. Humain, sans aucun doute.

Il se remit à descendre les marches. Il faisait froid et humide là-dedans et l'odeur était insoutenable. Tout en ôtant d'une main les toiles d'araignées qui lui chatouillaient le visage, il éclaira la petite pièce. Des bancs de bois s'alignaient contre le mur et on avait placé un lit de camp pour pouvoir dormir sur place si le danger exigeait d'attendre de nuit.

Et, sur ce lit de camp, il y avait quelqu'un.

Il contempla le visage entouré de courts cheveux noirs. Les traits étaient encore reconnaissables… Cette femme… il l'avait déjà vue quelque part.

Une image lui traversa l'esprit au moment précis où il entendit résonner des pas sur les marches de ciment. Il fit volte-face, perdit l'équilibre et tomba à la renverse, sur le corps. Sa main rencontra quelque chose de gluant et il la retira vivement, sans lâcher la lampe qu'il tenait toujours.

— Tu es venu, hein, espèce de salaud ? Je vais t'écorcher vif…

— Lukas, cache-toi. Ne le laisse pas t'attraper.

La porte se referma et le verrou coulissa.

— On va voir combien de temps tu tiendras le coup avant de faire dans ton pantalon, cette fois.

Lukas se recroquevilla sur le sol en tremblant de terreur.

Parce qu'il savait maintenant qui lui avait laissé des messages.

— Vous êtes toujours détendue, Sarah. Vous avez toujours le contrôle, vous vous sentez bien. Vous n'avez ni froid ni chaud. Vous êtes parfaitement à l'aise. Parfaitement en sécurité. Vous me comprenez ?

— Oui.

— Que voyez-vous maintenant sur l'écran ?

— Du sang. Encore plus de sang.

— D'où vient ce sang ?

— Il est sur moi. J'en ai partout.

— Vous êtes blessée ?

— Non.

— Où êtes-vous ?

— A la ferme Duncan.

— Que faites-vous là-bas ?

— Ashe m'y a donné rendez-vous. Il veut me montrer quelque chose.

— Il est avec vous ?

— Je ne vois personne. Rien que du sang. Sur mes mains. Sur mes cheveux.

— Vous savez pourquoi vous êtes couverte de sang ?

— J'ai glissé. Le sol est plein de sang.

— Que faites-vous maintenant, Sarah ?

— Je rampe.

— Vous rampez pour aller où ?

— Vers elle. Je la vois. Elle est par terre… Oh ! mon Dieu !

— Vous ne risquez rien, Sarah. Personne ne peut vous faire de mal. Détendez-vous.

Elle se tut, le temps de reprendre son souffle.

— C'est Rachel, je crois que…

Elle avait le souffle court. Les battements de son cœur s'accéléraient.

— Non, je vous en prie, non…, gémit-elle.

— Vous voulez arrêter, Sarah ?

— Non. Non !

Elle se tut de nouveau.

— Tout ce sang… Tout ce sang… Il faut que j'aille chercher de l'aide.

— Vous partez chercher de l'aide, Sarah ?

— Non. Elle ne veut pas.

— Qui ne veut pas ?

— Rachel. Elle s'agrippe à ma main. Elle ne me laisse pas la quitter.

Elle murmura quelque chose qu'il ne comprit pas. Il se pencha vers elle.

— Je ne te quitterai pas, Rachel. Je le jure.

— Vous êtes toujours près d'elle ?

— Oui, mais… Sa main est si froide… Si froide…

Sa voix trembla.

— Elle essaye de me dire quelque chose.

Elle poussa un soupir. Ses paupières battirent, comme si elle sortait de sa transe.

— Il y a quelqu'un, murmura-t-elle.

— Qui est avec vous, Sarah ?

— Je ne sais pas. Je n'arrive pas à voir.

— Souvenez-vous qu'on ne peut pas vous faire de mal.

Vous n'avez rien à craindre et je peux tout arrêter quand vous voulez. C'est vous qui décidez.

— Il est là ! Je l'entends respirer.

— Où est-il, Sarah ?

— Il est derrière vous ! Là ! Derrière vous !

Sarah ouvrit les yeux. Elle se sentait parfaitement reposée, comme si elle se réveillait d'un long et profond sommeil. En se redressant, elle se rendit compte qu'elle n'était pas chez elle et se souvint des circonstances qui l'avaient poussée à venir jusqu'ici.

— Michael ?

Pas de réponse.

Elle alla voir dans la cuisine, puis revint dans la salle à manger et appela dans l'escalier. Toujours rien. Elle ouvrit les volets et chercha du regard dans le jardin. Mais elle n'avait pas vue sur la grange et ne pouvait pas savoir si la voiture de Michael était toujours là ou non.

Il n'était tout de même pas parti sans lui laisser au moins un mot. Il avait dû sortir pour prendre l'air.

Elle ouvrit la porte. Depuis le porche, elle aperçut une silhouette qui approchait, mais ce n'était pas Michael. Sa respiration s'accéléra, puis elle le reconnut. A sa démarche et à ses larges épaules.

Il ouvrit la porte moustiquaire et la rejoignit sous la véranda.

— Vous devez vous demander ce que je fais ici ? fit-elle d'un ton gêné.

Puis elle remarqua l'expression de son visage, son étrange regard.

Le sang sur ses vêtements.

Son cœur fit un bond.
— Lukas ?
— Lukas n'est pas là, Sarah. Il est sorti.
— Alors, qui êtes-vous ? murmura-t-elle.
Il sourit.
— Je m'appelle Jude Cole.

30.

Sarah fit volte-face et se précipita vers la porte. Elle la claqua violemment et parvint à boucler le verrou un dixième de seconde avant que Lukas ne la pousse de l'épaule. Il laissa échapper un cri de rage et de frustration, frappa le battant du poing et tenta de l'ébranler d'un coup de pied.

Affolée, elle recula. Elle ne savait que faire. Puis elle songea à son sac. Le revolver ! Où l'avait-elle laissé ?

Elle le chercha, mais ne put le trouver. Lukas avait dû le lui reprendre pendant qu'elle dormait.

Lukas... Ce n'était pas vraiment Lukas. Il lui avait dit s'appeler Jude Cole.

Deux visages. L'un dans la lumière, l'autre dans le noir. L'un incarnait le bien, l'autre le mal. C'était la clé de l'énigme... Ils n'avaient pas affaire à deux âmes sœurs, mais aux multiples facettes d'une même personnalité.

Lukas Clay. Jude Cole... *Ashe Cain.*

Un visage apparut soudain derrière le carreau d'une fenêtre. Il souriait. Il la narguait... Il lui avait subtilisé son arme et son téléphone portable. Il savait qu'elle était prise au piège.

— Qu'est-ce que tu veux de moi ? cria-t-elle.

Le visage disparut.

Un frisson de peur glacée la secoua. Elle entendit une fenêtre coulisser quelque part dans la maison et, quelques secondes plus tard, des pas lourds. Il était déjà à l'intérieur.

— Sarah…, appela-t-il d'une voix douce et chantante. Terrifiante.

— Sarah…

Elle avait déjà bondi vers la porte et manœuvrait le verrou. Elle se précipita sur le seuil de la véranda, ouvrit la porte moustiquaire, descendit les marches en courant. Puis elle traversa le jardin pour rejoindre la grange, là où elle avait garé sa voiture.

Elle se rappela brusquement — et un peu tard — que ses clés de voiture se trouvaient dans son sac. Et qu'elle n'avait plus son sac.

Elle poussa un gémissement de frustration, s'arrêta net et décida de se réfugier tout de même dans la grange.

La lune s'était levée et une douce lumière filtrait à travers une haute lucarne qui éclairait vaguement le grenier à foin. Mais tout le reste se trouvait dans la pénombre.

Sarah jeta un regard désespéré autour d'elle. Lukas entreposait sûrement des outils dans cette grange : un marteau, une fourche… N'importe quoi… Il lui fallait une arme.

Mais elle ne voyait rien et il pouvait pousser la porte et entrer d'une seconde à l'autre.

Cache-toi!

Et puis elle la vit… La berline verte… Garée tout au fond de la grange.

La voiture que l'on avait aperçue dans le quartier de Holly Jessup avant sa disparition. Elle était là, dans la grange de Lukas Clay…

Il avait tué Holly. Et les autres. C'était lui l'assassin.

Et maintenant il la poursuivait…

Le cœur de Sarah s'accéléra. Quand elle posa la main sur la poignée de la portière de la berline, elle était à bout de souffle. Elle se glissa derrière le volant et chercha les clés sur le contact. Elles n'y étaient pas. Elle regarda dans la boîte à gants, sous les tapis de sol. Rien.

Mais, lorsqu'elle se tourna pour regarder sur le siège arrière, elle aperçut son sac. Bien en évidence. Comme si on l'avait placé là pour qu'elle le trouve…

Elle le prit tout de même avec le vague espoir d'y découvrir son revolver. On ne savait jamais…

Au même moment, la porte de la grange s'ouvrit et Lukas entra. Il vit tout de suite où elle était et se dirigea à grands pas vers la voiture, en regardant droit devant lui, la tête légèrement baissée, les bras ballants.

Sarah se réfugia à l'arrière de la voiture où elle découvrit… Michael…

Il était allongé sur le ventre. Il ne bougeait pas.

Il était mort.

Seigneur…

Elle prit son sac, sortit de la voiture, et fila en courant et en sanglotant vers l'autre porte, sur le côté du bâtiment.

Quelque chose heurta son crâne et une violente douleur explosa juste derrière ses yeux.

Elle fit encore quelques mètres en titubant, avant de s'affaler face contre terre.

Sean était allongé sur le côté, sur le bois glacial du plancher. On lui avait attaché les poignets et les chevilles. Il contemplait le chatoiement de la lune qui filtrait à travers la fenêtre aux carreaux crasseux. Sa vision était floue, sa mémoire aussi. Il ignorait combien de temps il était resté inconscient. Il se rappelait confusément une course poursuite à travers le verger, la ferme Duncan, la décharge de Taser, un visage penché sur lui.

Le visage de Lukas Clay.

Le salaud… C'était donc lui… Ou du moins l'une de ses personnalités… Ceux que Michael Garrett avait appelés le protecteur et le persécuteur.

Lequel des deux l'avait assommé d'un coup sur la tête et laissé pour mort ?

Mais non… Lukas ne l'avait pas laissé pour mort. Pour une raison qui lui échappait encore, il l'avait délibérément épargné. Pour le moment…

Il se débattit pour tenter de se libérer de ses liens, mais cela ne fit que les resserrer. Il sentait sur son visage le sang encore humide et poisseux, mais il était incapable d'évaluer la gravité de son état. Le cuir chevelu saignait toujours beaucoup, même dans le cas d'une blessure superficielle. Et quelquefois, au contraire, vous receviez un méchant coup et pas une goutte de sang… Vous vous sentiez bien pendant plusieurs jours et on vous retrouvait mort dans votre lit un beau matin. Mais Sean ne s'inquiétait pas de ça. A moins de trouver un moyen de s'échapper, il ne risquait pas de mourir d'une hémorragie interne dans quelques jours… Pour la bonne raison qu'il n'avait pas quelques jours à vivre.

Il entendit un bruit de moteur et écouta attentivement en essayant d'évaluer à quelle distance se trouvait la voiture. Le bruit se rapprochait et il en déduisit qu'elle venait de son côté. Il rampa sur le sol, centimètre par centimètre, et parvint à se hisser à hauteur de la fenêtre en s'aidant du mur.

Une vieille berline verte cahotait sur le chemin. Elle s'arrêta devant le jardin. Le conducteur éteignit les phares, puis sortit et fit le tour pour ouvrir une portière arrière. Sean le reconnut malgré la pénombre : Lukas Clay…

Tous les muscles de son corps se figèrent quand Clay se pencha pour tirer de la voiture quelque chose qu'il laissa tomber dans l'herbe. Quand il fit un pas sur le côté, Sean vit qu'il s'agissait d'un corps inerte — probablement d'un cadavre.

Lukas Clay attrapa le bras de sa victime et la traîna derrière lui sur le sol, puis le long des marches, jusqu'à la porte de la maison, dans laquelle il entra. Quelques secondes plus tard, Sean entendit un bruit sourd.

Clay ressortit bientôt pour aller ouvrir le coffre de la voiture. Il en tira un second corps qu'il hissa sur son épaule. Quand il se retourna, Sean reconnut le bras mou et sans vie d'une femme, et une longue mèche de cheveux bruns.

Son cœur fit un bond. C'était Sarah…

Il se demanda si elle aussi était morte.

Non. Non…

Les précautions qu'il prenait pour la transporter prouvaient qu'elle n'était pas morte. On pouvait encore la sauver.

Il tira désespérément sur les liens qui lui entravaient les mains et les pieds. Mais plus il tirait, plus la corde s'enfonçait profondément dans sa chair. Pourtant il tira encore, sans se préoccuper de la douleur et du sang qui s'était remis à couler sur son visage.

Il respirait si fort qu'il faillit ne pas entendre les pas. Il crut d'abord que Clay venait le rejoindre dans la pièce, puis il se rendit compte qu'il redescendait les marches du perron, juste sous sa fenêtre.

Il colla de nouveau son visage au carreau pour suivre des yeux Clay qui effectuait un troisième voyage vers la voiture.

Cette fois, il prit un marteau et une serviette dans le coffre, puis il le referma et son regard erra jusqu'à la fenêtre du premier étage.

Sean recula vivement et se laissa glisser à terre tout en fouillant des yeux l'espace sombre de la pièce, à la recherche d'un objet qui aurait pu lui servir d'arme.

Son regard fut attiré par le rayon de lune qui se reflétait dans le miroir. Il n'y avait que cette armoire...

Sarah identifiait une odeur de soufre, légère mais omniprésente.

Elle entendait les clochettes qui s'agitaient au-dessus des tombes. Pour annoncer la mort et les malheurs.

Elle ne voyait plus Lukas et se demanda s'il était parti. Il faisait sombre et froid.

— Réveillez-vous, Sarah...

Je ne peux pas.

— Vous m'entendez ?

Elle ouvrit les yeux et tenta de soulever la tête, mais la pièce tourna autour d'elle. Elle referma les paupières et ne bougea plus en attendant que le malaise passe.

— Sarah ?

Qui est là ?

Elle aurait voulu parler, mais aucun son ne sortait de sa bouche. Elle humecta ses lèvres sèches et essaya de nouveau.

— Qui est là ?

— C'est moi, Michael... Vous m'entendez ?

Michael... Sa voix semblait venir de très loin. Elle était comme assourdie et ralentie.

Il était peut-être mort. Et elle aussi.

— Il faut que vous sortiez d'ici avant son retour.

Sarah se souvint. Tout lui revint d'un seul coup, comme une vague. Lukas Clay était Ashe Cain et aussi une autre personne qu'il appelait Jude Cole. Et l'une de ces personnes en voulait à sa vie.

Elle dut faire un effort surhumain pour relever le menton et soulever sa tête. La pièce se remit à tourner quand elle ouvrit les yeux et elle posa instinctivement les mains à terre pour se stabiliser. Puis elle se rendit compte qu'on l'avait installée sur une chaise de bois, que ses bras étaient coincés sous une corde qui lui enserrait le buste et que ses chevilles étaient attachées aux pieds de la chaise. Elle ne pouvait pas bouger.

On l'avait placée au centre d'un cercle de bougies qui venaient tout juste d'être allumées — d'où cette odeur de soufre qui provenait sûrement des allumettes. Cette odeur... Elle l'avait sentie ici, le soir de la mort de Rachel.

Cette nuit-là, il y avait eu aussi des bougies. Elle se souvenait de leurs lueurs vacillantes sur la porte qui s'ouvrait lentement. Ensuite Rachel avait poussé un cri horrifié. *Il est juste derrière toi !*

Elle s'était retournée et elle avait vu des yeux sombres dans un visage blanc. Et puis son regard était tombé sur le couteau. Un couteau encore dégoulinant du sang de sa sœur.

— Sarah ?

La voix la fit sursauter et la ramena à la réalité.

— Michael ? Où êtes-vous ?

— Ici.

Le maigre éclairage des bougies laissait de larges zones

d'ombre et il fallut quelques secondes à Sarah pour trouver Michael.

De nouveau, elle eut la nausée… C'était impossible… *Impossible*… Tout cela n'était qu'un cauchemar…

Michael était assis par terre, dos au mur. Ses bras en croix étaient maintenus par des clous plantés dans les paumes. On l'avait placé de façon à ce que le rayon de lune qui entrait par la fenêtre éclaire le macabre tableau qu'il formait.

— Seigneur…, soupira Sarah.

La tête de Michael retombait sur sa poitrine. Il avait le visage contusionné et couvert de sang, mais les yeux grands ouverts. Il paraissait parfaitement conscient.

— Michael…

— Ecoutez-moi attentivement, Sarah…

Il avait du mal à parler et elle devait tendre l'oreille pour entendre ce qu'il disait.

— Vous devez comprendre ce qui se passe. C'est votre seule chance de vous en tirer quand il reviendra. L'homme qui nous a conduits ici se fait appeler Jude Cole. Il est également Ashe Cain.

— Son vrai nom est Lukas Clay, murmura-t-elle.

— Nous avons affaire à quelqu'un qui fonctionne avec plusieurs personnalités. En ce moment, celle qui domine est Jude Cole. Jude Cole cherche à protéger Lukas Clay. Tout ce qu'il fait en ce moment vise à protéger Lukas de… de vous.

— Mais pourquoi ? Après toutes ces années…

— Parce que vous êtes revenue et que vous avez commencé à poser des questions. Quand vous avez décidé de fouiller le passé, vous êtes devenue une menace pour l'intégrité de Lukas. C'est Ashe Cain qui a tué votre sœur, mais c'est

Lukas Clay que la justice punirait. Jude ne veut pas que Lukas paye pour Ashe.

— Dans ce cas, pourquoi ne pas me tuer, tout simplement ? fit Sarah d'une voix désespérée. Pourquoi s'en prendre à ces pauvres femmes ?

— Parce que vous tuer n'aurait fait qu'attirer l'attention de la police. Tandis que si vous lui serviez de bouc émissaire… on pouvait enfin enterrer le passé. C'est pour ça qu'il s'est donné tout ce mal : les tatouages, les symboles sataniques… Même les victimes ont été soigneusement choisies parce qu'elles menaient jusqu'à vous. Il voulait que tout le monde pense que vous perdiez les pédales à cause de ce que vous aviez fait à votre sœur.

— Comment le convaincre d'arrêter ?

— Jude est le protecteur. Il est rusé et pervers, mais ce n'est pas un meurtrier. C'est Ashe qui se charge des exécutions. Mais Ashe est obsédé par vous, Sarah. Il est devenu ce qu'il est pour entrer en contact avec vous. Cette fixation peut vous aider à l'arrêter…

Sa voix se brisa au moment où les flammes des bougies se mirent à vaciller. Jude Cole entra. Il était monté sur des échasses qu'il avait confectionnées lui-même et dont l'extrémité avait une forme de sabot. Lorsqu'il avança sur le plancher, les sabots résonnèrent lourdement sur le sol.

Voilà donc comment il avait pu laisser des empreintes de sabots autour de la ferme Duncan, le soir où il avait assassiné Rachel.

Il descendit de ses échasses et se posta devant Sarah en sortant de la poche de sa veste un revolver qu'il caressa du plat de la main. Quand il parla, la voix qui sortit de sa bouche n'était pas celle de Lukas Clay. Elle paraissait plus jeune et terriblement sinistre.

— Tu vas le tuer, dit-il.

Sarah aurait voulu s'écarter de lui, mais ses muscles refusaient de lui obéir. Sa respiration s'accéléra. Un cri resta coincé dans sa gorge.

— Je vais te détacher, poursuivit-il. Je vais te détacher, te donner ce revolver et tu vas tirer sur lui.

— Tu es malade, parvint-elle à murmurer. Je ne vais tuer personne.

— Tu vas tirer sur lui et ensuite retourner l'arme contre toi. C'est ce que tu as de mieux à faire. Tu as déjà commis tant de meurtres. Tu as tué ta propre sœur...

Il s'exprimait d'un ton calme et posé qui le rendait encore plus effrayant.

— Personne ne croira à une telle mise en scène, rétorqua-t-elle.

Il inclina la tête en souriant.

— Tout le monde le croira. La police est persuadée que tu as tué ton père. Comme il le dit si bien...

Il désigna Michael.

— ... on pensera que tu as perdu le contact avec la réalité.

Sarah poussa un soupir tremblotant et releva la tête.

— Tu as fait tout cela pour rien parce que je n'ai aucun souvenir de ce qui s'est passé la nuit où ma sœur est morte.

— Il voulait t'aider à te souvenir, rétorqua Jude en désignant de nouveau Michael. C'est pour cela qu'il doit mourir aussi.

— Tu as tué tous ces gens pour protéger Lukas, n'est-ce pas ?

— Je n'ai tué personne.

— Qui est le meurtrier ?

Il sourit de nouveau.

— Tu connais déjà la réponse.

Elle ferma les yeux.

— Pourquoi a-t-il assassiné ma sœur ?

— Tu ne comprendrais pas.

Elle soupira de nouveau.

— Aide-moi à comprendre. J'ai au moins le droit de savoir.

— Le père de Lukas se croyait très intelligent, mais il n'a pas pu coincer le meurtrier… Pourtant il prenait tous les jours son petit déjeuner avec lui… Cette affaire l'a humilié. Elle l'a privé de sa fierté.

— Oui, mais pourquoi Rachel ?

— Parce qu'elle faisait une victime idéale. Elle était ce à quoi ton père tenait le plus. C'est pour toi que j'ai choisi Rachel.

Seigneur…

Sarah étouffa le cri qui lui gonflait la poitrine.

— A La Nouvelle-Orléans, tu étais là, n'est-ce pas ? Avec Ashe ? Vous avez tous les deux tatoué cette pauvre femme ?

— Oui, mais il n'était pas très doué, alors je ne lui ai pas proposé de recommencer. Je suis soulagé de ne plus être obligé de le laisser s'exprimer. Il ne créait que des problèmes.

— Il n'est pas comme toi, n'est-ce pas ? intervint Michael. Toi, Jude, tu es plus malin.

Jude se tourna vers Michael avec un sourire mauvais.

— Vous n'avez aucune chance de m'amadouer avec des flatteries, docteur Garrett.

Sarah le dévisagea à la lueur des bougies. Il était pervers et rusé… Michael l'avait bien décrit. Mais il était aussi très immature et on pouvait aisément le déstabiliser.

— Il y a une faille dans ton plan, fit-elle. Je ne vais pas tirer sur Michael et encore moins retourner l'arme contre moi. Tu vas donc devoir nous tuer toi-même ou appeler Ashe une dernière fois, pour qu'il se charge du sale boulot.

— Elle a raison, murmura faiblement Michael. Tu es le protecteur. Tu n'es pas un meurtrier. Ashe est le seul à pouvoir te tirer de ce mauvais pas.

— Non, fit Jude d'un ton furieux. Je vois très bien où vous voulez en venir, mais ça ne marche pas.

Il s'agenouilla et dénoua la corde de Sarah de façon à libérer sa main droite. Puis il se plaça derrière elle et tenta de lui mettre le revolver de force dans la main. Elle ferma son poing. Jamais elle n'aurait cru avoir tant de force.

— Ça suffit ! protesta-t-il sur le ton d'un gamin capricieux.

— Tu vois bien qu'il faut appeler Ashe, susurra faiblement Michael. Laisse-le se manifester le temps qu'il fasse ce pour quoi il est fait.

Jude se redressa d'un bond, les mains sur les oreilles.

— Non ! s'écria-t-il.

— Ashe veut venir, n'est-ce pas ? demanda Sarah. Laisse-moi lui parler.

— La ferme !

Sarah n'aurait pas su dire s'il s'adressait à elle ou à la voix d'Ashe qui le harcelait. Il fit volte-face et se mit à arpenter la pièce.

— Ashe ?

Il s'arrêta net et resta silencieux un moment. Puis son visage s'altéra. Ashe avait pris la place de Jude.

Il se remit à marcher, mais cette fois comme un prédateur qui approche sa proie.

— Ashe ?

Il continua à ignorer Sarah et ne se tourna même pas vers elle quand elle prononça son nom pour la troisième fois, mais il avança d'un pas décidé vers Michael et pointa le revolver sur sa tempe.

— Ashe, écoute-moi, supplia Sarah. Tu reconnais ma voix ? Tu sais qui je suis ?

Il avait déjà posé le doigt sur la détente.

— Tu te souviens de ce que tu disais autrefois ? Que nous étions pareils toi et moi. Que nos âmes étaient le miroir l'une de l'autre.

Cette fois, il se tourna vers elle et leurs regards se rencontrèrent. Elle décela quelque chose dans ses yeux, quelque chose qu'elle reconnut, et elle crut, l'espace d'un instant, qu'elle avait gagné.

Dans la maison, une porte s'ouvrit et se referma très doucement. Ashe fit volte-face en direction du son et se précipita dans l'escalier.

Sarah ignorait qui pouvait bien être là et elle ne prit pas le temps d'y réfléchir. La corde qui la retenait à la chaise était à moitié défaite et elle se démena frénétiquement pour se libérer avant le retour d'Ashe.

Les bras, d'abord. Ensuite les chevilles. Et puis trouver une arme.

Vite ! Vite !

*
* *

Sean savait qu'il ne pouvait compter que sur l'effet de surprise.

Il s'accroupit contre le mur et tendit l'oreille pour compter les pas qui grimpaient les marches. Il n'aurait qu'une seule chance. S'il ratait son coup, Clay ne lui laisserait pas le temps de tenter une deuxième attaque. Il lui suffirait d'une balle pour l'arrêter.

Mais celui qui montait l'escalier savait exactement où poser les pieds et il ne fit aucun bruit, comme la première fois. Sean ne l'entendit que lorsqu'il se trouva derrière la porte.

Sean abattit sur lui le tiroir de l'armoire. De toutes ses forces. Le bois était léger et pourri, mais le coup atteignit Clay en pleine poitrine et il chancela. Sean plongea sur lui avant qu'il ait eu le temps de recouvrer son équilibre. Ils dégringolèrent ensemble l'escalier et atterrirent avec un bruit sourd en bas des marches.

La tête de Sean heurta violemment le plancher et le choc l'assomma à moitié.

— Sean ! hurla Sarah quand elle vit Ashe tendre la main vers le revolver.

Sean attrapa au vol le bras de Clay et le frappa contre le sol. L'arme alla voler quelque part dans un coin sombre.

Sarah avait déjà réussi à libérer ses poignets, elle se dépêcha d'en faire autant avec les chevilles. Puis elle se précipita pour chercher le revolver qu'elle ne put trouver… Elle s'affola… Déjà les mains d'Ashe encerclaient la gorge de Sean. Et elles serraient. Elles serraient de plus en plus fort.

Ses yeux tombèrent sur les échasses. Elle en prit une et

l'abattit sur la tête d'Ashe. Il se tourna vers elle, le regard vague, et plongea dans sa direction.

Elle ne savait pas à quelle personnalité elle avait affaire maintenant. Tout ce qu'elle savait, c'était qu'elle devait à tout prix l'arrêter. Elle frappa de nouveau, cette fois avec l'extrémité. Le sabot le heurta violemment, mais il l'écarta et arracha l'échasse des mains de Sarah. Puis il baissa la tête et chargea en poussant un grognement enragé. Ils valdinguèrent tous les deux contre le mur. Sarah eut le souffle coupé et s'affaissa au sol comme une serpillière.

Et, là, elle vit le revolver.

Ashe aussi l'avait vu et se jeta dessus avant elle. Mais Sean s'était relevé et arrivait derrière lui. Ashe se plaqua contre le mur en jetant un regard de défi à ses deux agresseurs.

Puis sa colère parut brusquement l'abandonner et il se laissa tomber à genoux, sans lâcher son arme. Il ne s'agissait plus de Jude ni d'Ashe. Devant eux, il y avait Lukas Clay.

Une lueur horrifiée passa dans ses yeux quand il découvrit ce qui se passait dans la pièce.

Il mit le canon dans sa bouche et tira.

Sarah s'était assise sur les marches du perron, enveloppée dans une couverture. Elle était là depuis un moment, mais la scène qui se déroulait devant elle lui paraissait encore surréaliste. Une longue file de voitures de patrouille et d'ambulances étaient garées le long de l'allée, jusqu'à la route. Elle contempla les gyrophares, fascinée, puis s'obligea à détourner le regard.

Michael était déjà en route pour l'hôpital dans l'une des ambulances. Sean se tenait debout derrière elle, sous le porche, et il parlait avec un adjoint du shérif. A l'intérieur de la maison, les experts de la police d'Etat passaient les pièces au peigne fin pour recueillir les indices.

C'était fini… Et pourtant elle se sentait abasourdie plus que soulagée. Les événements s'étaient précipités ces derniers jours et elle avait besoin de temps pour comprendre. Mais pas tout de suite. Elle rajusta la couverture autour de ses épaules. Pour le moment, elle ne voulait penser à rien.

La ferme était isolée, mais les curieux étaient venus jusque-là, guidés par les sirènes et les gyrophares. Ils s'étaient garés sur le bord de la route et traversaient le champ pour se poster à la lisière du jardin — les policiers en faction les empêchant d'aller plus loin.

L'un d'eux se tenait un peu en retrait de la foule. Derrick Fears… Sarah sentit la force de son regard quand il se posa sur elle. Puis il haussa les épaules et disparut dans la pénombre.

Sean vint s'asseoir près d'elle.

— Tu devrais aller à l'hôpital, fit-il. Il ne faut jamais prendre à la légère une blessure à la tête.

— Et c'est toi qui me dis ça…, rétorqua-t-elle.

Il effleura le sang coagulé sur son visage.

— Nous avons passé une sale nuit, commenta-t-il.

Son regard chercha celui de Sarah, puis il le détourna en direction du champ.

— Tu ne t'étais pas trompée, dit-il. C'était bien le corps de Cat dans le cimetière.

Sarah avala sa salive.

— Et son amie ?

— La police d'Etat a reçu un coup de fil anonyme pour signaler un corps dans un abri abandonné, tout près de la propriété de Clay. Ils ont également trouvé des dessins d'enfant sur le mur et quelque chose qui ressemblait à des traces de griffures sur la porte de bois.

Sarah frissonna. Elle croyait comprendre de quoi il s'agissait.

— Je suis désolée, fit-elle. Je ne sais pas quoi dire.

— Tu n'as pas à être désolée. Tu n'es responsable de rien. Si quelqu'un est à blâmer pour la mort de Cat, c'est moi. Je n'aurais jamais dû me comporter avec elle comme je l'ai fait. Pour commencer, j'ai eu tort de l'épouser pour tenter de t'oublier.

Il se tourna vers elle et son regard plongea dans le sien.

— Sarah…

Elle ferma les yeux.

— J'aurais dû avoir foi en toi, murmura-t-il.

— Comment aurais-tu pu croire en moi quand je doutais de moi-même ?

— Je croyais t'avoir quittée pour ne pas choisir. Pour ne pas vivre avec ce que je risquais de découvrir de toi. Mais la vérité c'est que… le problème venait de moi. Tu te souviens que tu m'as traité de lâche, une fois… ? Tu avais raison. Ce n'était pas ton passé qui m'effrayait, mais les sentiments que tu m'inspirais. Et à présent il est trop tard…

— Je ne sais plus où j'en suis et je serais bien incapable de dire ce que je ressens pour toi en ce moment, fit Sarah d'un ton morne et détaché. Je ne sais même plus qui je suis. Ce que j'ai appris de moi et de ma famille va changer beaucoup de choses. Beaucoup plus que je ne peux l'imaginer…

Il lui prit la main et la tint longuement dans la sienne — si tendrement que Sarah en eut les larmes aux yeux.

— Si tu as besoin de moi…, dit-il.

— Je sais, Sean.

Un moment plus tard, Sarah traversa le champ en direction du verger. La brise faisait tinter les clochettes des peupliers et elle frissonna en regardant au loin la maison de son enfance baignée dans la froide et grise lumière de l'aube. Elle ne lui trouvait plus aucun charme. Trop de mauvais souvenirs…

Mais une lumière éclaira une fenêtre du rez-de-chaussée. Esme… Elle l'attendait là-bas. Sarah accéléra le pas.

Esme se retourna pour l'accueillir en l'entendant entrer et, quelques secondes plus tard, ses bras osseux l'enveloppaient dans un doux cocon, en la berçant, comme quand elle était petite.

— Je sais, ma fille, chantonna-t-elle. Je sais.

REMERCIEMENTS

Comme toujours ma plus profonde reconnaissance va à ma merveilleuse éditrice, Denise Zaza, ainsi qu'à toute l'équipe de MIRA Books pour ses encouragements et son soutien, et enfin à mon agent, Helen Breitwieser, pour ses conseils si pertinents.

Un grand merci également à Breathe pour son amitié et ses précieuses suggestions.

DANS LA MÊME COLLECTION
Par ordre alphabétique d'auteur

BEVERLY BARTON	*Dans l'ombre de l'assassin*
OLGA BICOS	*Nuit d'orage*
OLGA BICOS	*La mort dans le miroir*
LAURIE BRETON	*Ne vois-tu pas la mort venir ?*
BARBARA BRETTON	*Le lien brisé*
JAN COFFEY	*La dernière victime*
JAN COFFEY	*L'accusé*
JASMINE CRESSWELL	*La Manipulatrice*
JASMINE CRESSWELL	*Le secret brisé*
JASMINE CRESSWELL	*La mort pour héritage*
JASMINE CRESSWELL	*Soupçons mortels*
JASMINE CRESSWELL	*Je saurai te retrouver*
CAMERON CRUISE	*La perle de sang*
MARGOT DALTON	*Amnésie*
MARGOT DALTON	*Kidnapping*
MARGOT DALTON	*Le sceau du mal*
MARGOT DALTON	*Crimes inavoués*
WINSLOW ELIOT	*L'innocence du mal*
ANDREA ELLISON	*Elles étaient si jolies*
LYNN ERICKSON	*Le Prédateur*
SUZANNE FORSTER	*Le cercle secret*
SUZANNE FORSTER	*Secrets*
MICHELLE GAGNON	*Le cercle de sang*
TESS GERRITSEN	*Présumée coupable*
TESS GERRITSEN	*Crimes masqués*
TESS GERRITSEN	*Ne m'oublie pas*
HEATHER GRAHAM	*L'invitation*
HEATHER GRAHAM	*L'ennemi sans visage*
HEATHER GRAHAM	*Le complot*
HEATHER GRAHAM	*Soupçons*
HEATHER GRAHAM	*La griffe de l'assassin*
HEATHER GRAHAM	*Prémonition*
HEATHER GRAHAM	*L'ombre de la mort*
HEATHER GRAHAM	*Danse avec la mort*
HEATHER GRAHAM	*Noires visions*
HEATHER GRAHAM	*Nuits blanches*
HEATHER GRAHAM	*Apparences*
HEATHER GRAHAM	*La crypte mystérieuse*
HEATHER GRAHAM	*Sombre présage*
HEATHER GRAHAM	*Hantise*
HEATHER GRAHAM	*Dangereuse vision*
HEATHER GRAHAM	*La nuit écarlate*

.../...

DANS LA MÊME COLLECTION

Par ordre alphabétique d'auteur

GINNA GRAY	*Le voile du secret*
GINNA GRAY	*La cavale*
GINNA GRAY	*Les bois meurtriers*
CAROLYN HAINES	*Les fiancées du Mississippi*
KAREN HARPER	*Testament mortel*
KAREN HARPER	*Le saut du diable*
KAREN HARPER	*L'œuvre du mal*
KAREN HARPER	*Les portes du mal*
KAREN HARPER	*Une femme dans la nuit*
KAREN HARPER	*Mortel mensonge*
KAREN HARPER	*Intention mortelle*
KATHRYN HARVEY	*La clé du passé*
BONNIE HEARN HILL	*La disparue de Sacramento*
BONNIE HEARN HILL	*Mortelle perfection*
CHRISTIANE HEGGAN	*Miami Confidential*
CHRISTIANE HEGGAN	*L'Alibi*
CHRISTIANE HEGGAN	*Intime conviction*
CHRISTIANE HEGGAN	*Labyrinthe meurtrier*
CHRISTIANE HEGGAN	*Par une nuit d'hiver*
CHRISTIANE HEGGAN	*Troublantes révélations*
CHRISTIANE HEGGAN	*Intention de tuer*
CHRISTIANE HEGGAN	*Meurtre à New York*
METSY HINGLE	*Le masque de la mort*
METSY HINGLE	*La fille de l'assassin*
METSY HINGLE	*Noces noires*
GWEN HUNTER	*Faux diagnostic*
GWEN HUNTER	*Virus*
GWEN HUNTER	*Les mains du diable*
GWEN HUNTER	*Le triangle du mal*
GWEN HUNTER	*La piste du mal*
LISA JACKSON	*Dans l'ombre du bayou*
LISA JACKSON	*Noire était la nuit*
LISA JACKSON	*Les disparues de la nuit*
CHRIS JORDAN	*L'étau*
PENNY JORDAN	*De mémoire de femme*
PENNY JORDAN	*La femme bafouée*
R.J. KAISER	*Qui a tué Jane Doe ?*
ALEX KAVA	*Sang Froid*
ALEX KAVA	*Le collectionneur*
ALEX KAVA	*Les âmes piégées*
ALEX KAVA	*Obsession meurtrière*
ALEX KAVA	*Le Pacte*
RACHEL LEE	*Neige de sang*
RACHEL LEE	*Le lien du mal*
RACHEL LEE	*Secret meurtrier*

... / ...

DANS LA MÊME COLLECTION
Par ordre alphabétique d'auteur

DINAH McCALL	*Le silence des anges*
DINAH McCALL	*Les disparus de l'hiver*
DINAH McCALL	*Mélodie mortelle*
HELEN R. MYERS	*Mortelle impasse*
HELEN R. MYERS	*Les ombres du doute*
HELEN R. MYERS	*Mort suspecte*
HELEN R. MYERS	*Suspicion*
HELEN R. MYERS	*La marque du diable*
CARLA NEGGERS	*L'énigme de Cold Spring*
CARLA NEGGERS	*Piège invisible*
CARLA NEGGERS	*La dernière preuve*
CARLA NEGGERS	*Le voile noir*
CARLA NEGGERS	*La nuit du solstice*
CARLA NEGGERS	*Noirs desseins*
CARLA NEGGERS	*Une femme en fuite*
BRENDA NOVAK	*L'étrangleur de Sandpoint*
BRENDA NOVAK	*Noir secret*
MEG O'BRIEN	*Le piège*
MEG O'BRIEN	*En lettres de sang*
MEG O'BRIEN	*Pluie de sang*
MEG O'BRIEN	*La déchirure*
MEG O'BRIEN	*Spirale meurtrière*
SHIRLEY PALMER	*Zone d'ombre*
SHIRLEY PALMER	*Le bûcher des innocents*
EMILIE RICHARDS	*Le refuge irlandais*
EMILIE RICHARDS	*Mémoires de Louisiane*
EMILIE RICHARDS	*Le testament des Gerritsen*
EMILIE RICHARDS	*L'héritage des Robeson*
EMILIE RICHARDS	*L'écho de la rivière*
EMILIE RICHARDS	*Promesse d'Irlande*
EMILIE RICHARDS	*Du côté de Georgetown*
NORA ROBERTS	*Possession*
NORA ROBERTS	*Le cercle brisé*
NORA ROBERTS	*Et vos péchés seront pardonnés*
NORA ROBERTS	*Tabous*
NORA ROBERTS	*Coupable innocence*
NORA ROBERTS	*Maléfice*
NORA ROBERTS	*Enquêtes à Denver*
NORA ROBERTS	*Crimes à Denver*
NORA ROBERTS	*L'ultime refuge*
NORA ROBERTS	*Une femme dans la tourmente*
NORA ROBERTS	*Clair-obscur*
NORA ROBERTS	*Le secret du bayou*
FRANCIS ROE	*L'engrenage*
FRANCIS ROE	*Soins intensifs*

.../...

DANS LA MÊME COLLECTION

Par ordre alphabétique d'auteur

KAREN ROSE	*Le lys rouge*
KAREN ROSE	*Et tu périras par le feu*
KAREN ROSE	*Je te volerai ta mort*
KAREN ROSE	*Le cercle du mal*
KAREN ROSE	*Le sceau du silence*
M. J. ROSE	*Le cercle écarlate*
M. J. ROSE	*La cinquième victime*
M. J. ROSE	*Rédemption*
JOANN ROSS	*La femme de l'ombre*
SHARON SALA	*Sang de glace*
SHARON SALA	*Le soupir des roses*
SHARON SALA	*Meurtre en eaux troubles*
SHARON SALA	*L'œil du témoin*
SHARON SALA	*Expiation*
SHARON SALA	*Si tu te souviens*
SHARON SALA	*Dans les pas du tueur*
MAGGIE SHAYNE	*Noir paradis*
MAGGIE SHAYNE	*Un parfait coupable*
TAYLOR SMITH	*Le carnet noir*
TAYLOR SMITH	*La mémoire assassinée*
TAYLOR SMITH	*Morts en série*
ERICA SPINDLER	*Rapt*
ERICA SPINDLER	*Black Rose*
ERICA SPINDLER	*La griffe du mal*
ERICA SPINDLER	*Trahison*
ERICA SPINDLER	*Cauchemar*
ERICA SPINDLER	*Pulsion meurtrière*
ERICA SPINDLER	*Le silence du mal*
ERICA SPINDLER	*Jeux macabres*
ERICA SPINDLER	*Le tueur d'anges*
ERICA SPINDLER	*Collection macabre*
ERICA SPINDLER	*Et vous serez châtiés*
ERICA SPINDLER	*L'innocence volée*
AMANDA STEVENS	*N'oublie pas que je t'attends*
AMANDA STEVENS	*La poupée brisée*
AMANDA STEVENS	*Juste après minuit*
AMANDA STEVENS	*Le repaire du mal*
ANNE STUART	*La veuve*
TARA TAYLOR QUINN	*Enlèvement*
ELISE TITLE	*Obsession*
CHARLOTTE VALE ALLEN	*L'enfance volée*

... / ...

DANS LA MÊME COLLECTION
Par ordre alphabétique d'auteur

LAURA VAN WORMER	*La proie du tueur*
GAYLE WILSON	*Les disparus du Mississippi*
GAYLE WILSON	*Rumeurs*
GAYLE WILSON	*Le secret de Maddie*
KAREN YOUNG	*Passé meurtrier*

5 TITRES À PARAÎTRE EN MAI 2010

MIRA

Composé et édité par les
éditions Harlequin

Achevé d'imprimer en Allemagne
par GGP Media GmbH, Pößneck
en février 2010

Dépôt légal en mars 2010
N° d'éditeur : 14830